szum

robert neuman

szum

WYDAWNICTWO
KSIĄŻKOWE
TWÓJ  STYL
warszawa 2002

Projekt okładki i stron tytułowych
Maciej Sadowski

Ilustracje
Ola Kropielnicka

Redaktor
Anna Piwkowska

Korekta
Magda Szreder

ISBN 83-7163-259-2

Wydawnictwo Książkowe Twój Styl
Warszawa 2002
Wydanie pierwsze
Cena 32 zł
Skad i łamanie: Enterek
Druk i oprawa: OPOL*graf*

Dialogi, wokół których oplotłem fikcyjną akcję tej powieści, są autentyczne. Większość została spisana bez jakiejkolwiek redakcji, lecz nie jestem ekshibicjonistą. Po prostu były (a teraz już są) znacznie ciekawsze niż to, co powstaje w sterylnych mieszkaniach scenarzystów i pisarzy.

Zawarte w książce oratorskie popisy twórców fenomenu europejskiego kina należy smakować jak szczególny witraż. Mój reżyser mówi słowami czterech reżyserów (sprawiedliwie: dwóch starych i dwóch młodych), producent wziął się z trzech producentów i tak dalej. Nie chodziło mi o ukrycie personaliów poszczególnych mistrzów, lecz o sportretowanie całego środowiska. Chciałem też, by możliwie wielu szacownych reprezentantów tej elity mogło się swymi wypowiedziami jeszcze raz ucieszyć.

Z ocen oblatywaczy – próbnych, postprodukcyjnych czytelników – wnoszę, że pierwsza połowa planu mi wyszła.

Co do reszty – mam nadzieję, że książka nie zostanie potraktowana jako produkt czysto destruktywny. Na wszelki wypadek informuję, że miała nosić tytuł „W pogoni za kontrapunktem".

Uznano, że to zbyt trudny tytuł, a ja się zgodziłem.

Przepełnia mnie bowiem wiara w to, że dzieło sztuki jest zwierciadłem, w którym widzisz nie tylko gust i talent autora, lecz przede wszystkim jego iloraz inteligencji.

Dedykuję książkę Robertowi Stillerowi i Piotrowi Bratkowskiemu, bez których życie w tych długościach geograficznych byłoby nie do zniesienia, oraz wszystkim dziennikarzom.

Sądzę, że udało mi się wypełnić uroczą przepaść pomiędzy tym, co dziennikarze mówią w prywatnych rozmowach – i tym, co później czytasz w gazetach.

życzę dobrej zabawy
ROBERT NEUMAN

2 czerwca 2001

Der Punkt

W pół lotu przez wojsko zdumione
doskonałe i każdy jednaki
zakręciłem, a z drugiej strony
drugie lustro wisiało na haku.

Otto Kern

Rewolucja to nie wycieczka, towarzyszki, uczcie się
strzelać!

Stanislav Kostka Neuman

A to po tych wypadkach, proszę pana, już nie mogłem
dłużej. Niesamowite rzeczy się działy.

Marek Piegus

Więc, skoro to pana tak interesuje, najbardziej nie lubiłem matematyki. Ale nie chodzi o to, że sprawiała mi jakieś szczególne trudności. Typowe zadania zazwyczaj rozwiązywałem bez trudu, te wszystkie równania z jedną, dwiema czy trzema niewiadomymi i tak dalej. Wie pan, podejście sportowe. Żeby zrobić to szybciej niż inni, chociaż ręce się trzęsą i po plecach płynie pot. No i przeważnie wygrywałem wyścig, pierwszy wychodziłem z klasy i wreszcie mogłem robić to, co tylko chciałem. Gdzieś tam oczywiście pozostawał cień wątpliwości (choć wtedy nie przyszłoby mi nawet do głowy, żeby tak to nazwać), czy aby na pewno nie pomyliłem się w liczeniu, w tym śmiesznym sumowaniu, mnożeniu czy dzieleniu, i nie powiem – bywałem trochę struty. Ale czekanie na wynik też jest fragmentem gry, i o ile pamiętam, bawiło mnie wcale nie mniej niż sama walka.

Więc gdzieś pod spodem dygotałem, ale ostrożnie – żeby na zewnątrz wyglądało tak, jakbym był rozluźniony. Prawdziwy powód był oczywiście prosty. Widzi pan, ja, podobnie jak Oppenheimer, od małego mylę się w liczeniu. Co z tego, że koncepcja była świetna, że od razu albo prawie od razu wiedziałem, j a k to zrobić, skoro potem jeden głupi błąd i wszystko szło już w złą stronę, tak, rzekłbym, obok, a jeśli w grze były liczby ujemne (a przecież pan wie, że od pewnego momentu zaczyna się od nich dosłownie roić, jak w ciemnej kuchni), to nie raz w stronę całkiem przeciwną. No i na koniec miało być tak, a jest odwrotnie i znowu słyszę słowa, które znam już na pamięć, którymi mogę się bawić jak kostką Rubika, mogę je mniej lub bardziej udolnie przekształcać w, na przykład, prozę poetycką i tylko nagłówek się zmienia (adresat pozostaje, mimo upływu lat, ten sam) – „mój drogi", „kochanie", „proszę pana" i te de – a dalej leci już normalnie: znakomicie pomyślane, od strony architektury, hm, ehm, rozumowania, ale wynik, wynik niedobry! Tak było w pierwszej szkole, z której mnie wywalili, i pozostało bez zmian w drugiej, gdzie poznałem i rzuciłem kobietę mego życia, no i w tej trzeciej, którą wspominam najprzyjemniej, ale bynajmniej nie dlatego, że spotkałem wtedy moją, że tak powiem, żonę in spe, lecz dlatego, że byłem tam gwiazdorem o absolutnie niepodważalnej pozycji towarzyskiej. Ale o czym to ja mówiłem? Aha, wynik, no więc wynik błędny i jak tu lubić matematykę, panie doktorze? Człowiek główkuje, potem brnie przez cały ten gąszcz mniejszych i większych liczb, ma z tego nawet sporo satysfakcji, a potem gówno.

Tuż przed maturą zdałem sobie sprawę, że kompletnie, ale to kompletnie nie wiem, po co to wszystko. Po co badać przebieg funkcji? Po co mi rachunek prawdopodobieństwa, skoro wynika z niego, że nigdy nie wygram głównej nagrody? Więc dziś mogę powiedzieć, że to była chyba pierwsza iluminacja w moim życiu. Proszę zwrócić uwagę, że niewiele brakowało, a już wtedy zauważyłbym to, o czym teraz po prostu wiem – że życie człowieka, proszę pana, jest jak matematyka. I to nie tylko życie prywatne, które, jak pan się zapewne domyśla, nie miało i nie ma dla mnie najmniejszego znaczenia, bo jak na moim stanowisku, tak bardzo publicznym i odpowiedzialnym, mogłoby mieć jakiekolwiek znaczenie? W końcu, było nie było, jesteśmy władzą, choć na pozór zwyczajni z nas ludzie. Użeramy się z politykami, którzy łżą jak psy i chowają się po kątach, próbujemy wydusić coś konkretnego z pożal się Boże artystów, którzy, proszę pana, przeważnie pieprzą takie bzdury, że gdyby to puścić do druku, zarżnęliby nas procesami o to, że robimy z nich idiotów. Nawet pan nie przypuszcza, jak wiele wysiłku wkładamy w stwarzanie, że tak powiem, czegoś z niczego i co z tego mamy? Gówno, panie prokuratorze, zupełnie jak w matematyce. Jestem już prawie kompletnie łysy i zostały mi raptem trzy czy cztery zęby, zaczynałem jako gówniarz, a teraz co? Siedzę tu, a pan mnie przesłuchuje. Mnie! Pańskie pytania podważają epicki wymiar mojej pracy, a ja nie jestem byle kim! Nie rozmawia pan z byle gnojkiem! Po co te pytania o matkę? Albo o seks? Jeśli ma pan jakiś problem, to jest to pański problem, nie mój. Co z tego, że jestem niezbyt przystojny, skoro kobiety za mną przepadają? Niech pan przejrzy moje rzeczy, jest tam mnóstwo zdjęć, ja na tych zdjęciach, proszę pana, bywam prawie wyłącznie w towarzystwie kobiet, często bardzo sławnych, a na dokładkę przeważnie pięknych, pan mógłby latami próbować do nich choćby podejść i nic by z tego nie wyszło, zapewniam! Zapewniam! Ale powiem panu, a niech tam, że nigdy, ale to nigdy, proszę pana, nie miałem najmniejszych problemów w łóżku, a moje stosunki z matką, choć może to nie najszczęśliwsze sformułowanie, były jak najbardziej normalne. Mamusia karciła mnie zupełnie zwyczajnie, ot, parę klapsów i to tylko wtedy, gdy się należało! I nie podcierała mi za mocno pupy. Wy tutaj twierdzicie, że stało się coś poważnego, a ja – ja powiem panu, co o tym myślę. I nie uważam wcale, że będę subiektywny. W końcu jestem od pana dużo starszy, mam ogromne doświadczenie życiowe i przepracowałem w branży wiele lat. Więc powiem panu, że nic się nie stało. Kompletnie nic. Wynik, proszę pana, nie istnieje, a jeżeli sądzi pan, że jest inaczej, popełnia pan gruby błąd. Ta zabawa nigdy się nie kończy, a to, co pan bierze za wynik, jest wyłącznie werdyktem, niczym więcej. I to pańskim werdyktem, albo wyrokiem, nawet wolę tę drugą nazwę, przez pewien sentyment, bo liczy się tylko koncepcja, to w niej tkwi sedno sprawy, i czy się to panu podoba, czy nie, pan także jest jednym z jej składników, malutką, nic nie znaczącą cyferką, którą byle podmuch może zmienić w coś zupełnie innego, a w co, to też nie będzie miało najmniejszego znaczenia.

Nie pojmuję, dlaczego to ja nie mogę teraz ruszać rękami, a nie na przykład pan, chociaż tak naprawdę rozumiem to doskonale, znaczy i to, że nie pojmuję, i to, że akurat na mnie padło. Mój brzuch to rozumie, głowa jest całkowicie zbędna, właściwie nawet częściej

przeszkadza, niż pomaga. Bo wie pan, ja już
od dawna mam wrażenie, że wiara w potęgę
głowy to idiotyzm. To wszystko przez wzrok,
przez ten przeklęty, parszywy zmysł, który
sprawia, że taksujemy, oceniamy i boimy się
bliźnich, że tworzymy katalogi, a na fiszkach
zapisujemy defekty przyjaciół, krewnych
i znajomych. W czym nie ma zresztą nawet
cienia konfabuły, bo oni rzeczywiście mają
wyłącznie wady. Pan teraz też wlepia we
mnie oczy i w rezultacie wyda wyrok w sprawie śliny, która wisi mi z ust. A przecież wy-
tarłbym ją, gdybym mógł! Prawdziwa, wielka idea powstaje zupełnie gdzie indziej, nie
wiem gdzie, ale na pewno nie w głowie. Wie
pan, dlaczego to mówię? Ano dlatego, że
gdybym słuchał głowy, nie rozmawialibyśmy
nawet minuty. Bo to, co mi ona podpowiada
w kwestii pańskiej osoby, z pewnością nie
przypadłoby panu do gustu. No i pewnie teraz
spyta mnie pan, czy ktoś do mnie nadawał (na
przykład z kosmosu), czy odbierałem jakieś
rozkazy albo sugestie, słowem – czy przypadkiem nie jestem szalony! Czy ja jestem
szalony! Proszę pana, zapewniam, że nie wie
pan, że nie ma pan najmniejszego pojęcia
o prawdziwym szaleństwie! O miękkich no-
cach wypełnionych głosami, o miliardach
świateł, wiszących w próżni między sufitem

i dnem oka, albo o gościach, którzy czekają
w przedpokoju i najpierw są układni, defen-
sywni i można ich bezkarnie znieważać, ale
potem nieznacznie, lecz nieuchronnie przejmują inicjatywę i już nie pytają, tylko po prostu mówią, dają wytyczne, ewentualnie (jeśli
akurat są w dobrym humorze) uprzejmie
podpowiadają, a najczęściej zwyczajnie roz-
kazują. I mają w oczodołach lód, a ich twarze
są uprzejme, przeważnie uśmiechają się, ale
ich obecność nie rozgrzewa powietrza, wręcz
przeciwnie, w upalne noce są nawet przydat-
ni, bo wie pan, mimo mojego stanowiska i pozycji nie dorobiłem się jeszcze klimatyzacji
(w samochodzie owszem), więc gdy tak stoją
i się uśmiechają, to powietrze, proszę pana,
staje się zimne, rozmowa w takich warunkach ma zupełnie inną jakość, byle słowo wa-
ży tonę, dźwięki brzmią inaczej, a każdy oddech to ucieczka z więzienia. Niezłe, co?
Mógłbym godzinami opowiadać panu te baj-
ki, pan mecenas by słuchał, notował, wycią-
gał wnioski (błędne), mógłbym się ślinić jeszcze bardziej niż teraz, ale nie mam ochoty,
po prostu nie chce mi się pieprzyć głupot
i sprawiać ci, skurwielu, przyjemności. Bo
obaj wiemy, że jestem absolutnie normalny.
W mojej pracy ani razu nie naruszyłem zasad
dobrego rzemiosła, a jeżeli czymś różnię się

od kolegów, to odrobiną artyzmu, jeśli można tu użyć tak pospolitego sformułowania. Zresztą, po co ja to mówię? Pan przecież nawet nie wie, co to dobre rzemiosło, a świat to dla pana zagadka i cudu nie będzie. Nie będzie olśnienia, nie będzie prawdziwych dźwięków, kolorów i prawdziwych zapachów. Świat jest zatłoczony małymi ludzikami, mającymi wielkie ambicje i nieprzebrane zasoby tupetu, i to nie jest kwestia wychowania czy majątku, bo ja też nie miałem łatwego dzieciństwa, mój tata chlał i bił mamę (czy też był urzędnikiem, nie chlał i nie bił mamy), a jednak zostałem kimś i zrobiłem, co do mnie należało.

I z prawdziwą dumą twierdzę, że zrobiłem to lepiej, niż mi kazali bogowie z twoich notatek.

Część pierwsza

GAZETA

1.

Spójrz tylko – oto ona. Po wyrzuceniu tony ogłoszeń i reklam pozostało raptem dziesięć kart kiepskiego, szarawego papieru. Na pierwszej stronie cena, ale co to za pieniądze! Już nie pamiętasz, że je wydałeś. Pod kreską zaś litery, niezbyt duże, chociaż dobrane sprytnie i prawie każdy sobie z nimi poradzi. Oczywiście ślepiec nie złoży ich do kupy, choć czasem mogą nieźle poparzyć. Jednak dajmy spokój ślepcowi, ktoś mu przecież pomoże – dla nas liczy się tylko większość.

Większość obywateli na szczęście może czytać, więc siadają – w tramwajach, pociągach podmiejskich, autobusach, a ci najlepiej ustawieni, najsprytniejsi lub obdarzeni zwykłym szczęściem w taksówkach – i czytają. Zakładają szkła kontaktowe, okulary, z trzaskiem splatają palce, noga wędruje na nogę, a jakże, i wreszcie głowa się pochyla, tysiące głów, a w sobotę nawet miliony – i czytają.

Marszczą czoła. Śmieją się porozumiewawczo, a czasem coś mamroczą. Są skupieni.
Składają litery w słowa, słowa w zdania,
a zdania w... w... Właśnie, w co? Chyba w ca-
luteńki świat, kolorowy i straszny, ale trójwy-
miarowy i przez to niesłychanie fascynujący.
Dużo ciekawszy niż trywialne domy, drzewa
i dzieci, które można zobaczyć na ulicy. I tak
przez dwie godziny wirują tysiące małych
kosmosów, i czasem nawet coś z tego wynika,
chociaż nie zawsze, nie zawsze.

Jednak tym razem zdarzyło się coś niety-
powego. W jesienny, kolorowy poranek pewien czytelnik o dobrych oczach zawadził
o kiosk, a potem rozejrzał się wokoło, pomyślał o czekającej nań pracy, wreszcie niefrasobliwie machnął ręką i poszedł do parku.
Wolno brodził przez żółte i czerwone liście,
rozgarniając je zamszowymi butami. Space-
rował tak przez pewien czas, aż znalazł przy-
tulny zakątek i usiadł na chłodnej, omszałej
ławce. Szpetne chmury już poprzedniego
dnia odpłynęły w dal, przegnane północno-
-zachodnim wiatrem. Ów młody mężczyzna,
a może nawet jeszcze chłopak – dajmy mu na
imię Mateusz – urwał się z pracy, bo chciał
wykorzystać niespodziewany powrót dobrej
pogody i pobyć sam na sam z przyrodą. Blade słońce łagodnie pieściło twarz Mateusza,

za jego nieskazitelnie czystym uchem brzęczał ospały, spóźniony owad, a królewski karp wystawiał z wody nos i uśmiechał się przymilnie. Woda była już prawie czysta i delikatnie falowała – wiał leciutki, subtelny wietrzyk. Nieopodal, nad brzegiem stanęła piękna, jasnowłosa dziewczyna i zaczęła kruszyć bułkę. Mateusz leniwie pokręcił głową, rozłożył gazetę i od niechcenia przymierzył się do przedpołudniowej kulturalnej uczty. Było tak cudownie! Uniósł brwi, bo dostrzegł wywiad anonsowany przedwczoraj, więc bardzo się ucieszył. Po raz ostatni poprawił pozycję i łapczywie ugryzł pierwsze zdanie: „Łukasz Lesman urodził się w roku...". Mmm. Stop. Spróbował jeszcze raz: „Łukasz...". Mm. Poczuł raptem, że coś tu nie tak. Jeszcze raz przyjrzał się pierwszej stronie i niby wszystko było jak zawsze, ale jakoś niezupełnie. Coś nie grało. Wstał i podszedł do wody, cztery schodki, zanurzył ręce i w chwilę później zimne kropelki spłynęły po jego twarzy... I jeszcze raz umył ręce. Cóż – wahał się. Bo tak naprawdę już przed chwilą uchwycił to, co go zaniepokoiło: słowa były nieostre. I nie chodziło wcale o ich znaczenie, do tego było uuu! Daleko! Może zepsuł mu się wzrok? Ha, to by było niezłe, okulary, zawsze chciał nosić okulary, to znaczy podobały mu się, tak teoretycznie, nawet miał kiedyś oprawkę bez szkieł, brązową, gdzieś w jego małym, przytulnym domku powinna jeszcze być... Jednak w końcu machnął ręką, przysunął nos blisko, bliziutko, do samej kartki i stwierdził ze zdumieniem, że litery były wyraźne, lecz drżały. Każda z nich, jakby zawieszonych tuż nad papierem, trzęsła się, chaotycznie oscylowała jak werystyczny model atomu, jak tasmański diabełek z kreskówki, niby nie opuszczała swego sześciennego milimetra, ale obijała się o jego granice, gwałtownie i bezdźwięcznie. Mateusz zerwał się na równe nogi, otworzył służbowy neseser i wyciągnął szkło powiększające, które (przypadkiem) ze sobą zabrał, pochylił się nad gazetową literką i wreszcie zobaczył ją naprawdę dobrze. Była nienaturalnie ogromna, więc cała sytuacja miała świeży zapach, ciepły zapach ozonu, czy jak mu tam, i nagle, a zaczął się już oswajać, i nagle w zamęcie, tworzonym przez niespokojne „a" dostrzegł jeszcze coś. To coś było właściwie pod spodem, pod migotliwym chaosem, widział to niewyraźnie, niejasno, jak powierzchnię Ziemi przez rzadkie chmury, ale... był to misterny, maleńki procesor, mikroskopijny labiryncik, miał ścianki jak włos, jak ćwierć włosa. Mateusz chciał zobaczyć go jeszcze wyraźniej, bo ru-

Szum   23

szaly się tam jakieś kropki, a może raczej...
pajączki, widział już ich łapki, a trochę wyżej
– o rety, to chyba rączki, więc odsunął szkło,
a oko przysunął jeszcze bliżej, i jeszcze...
I nagle runął jak w studnię.

Pomieszczenie ma trzy i pół metra wysokości, dwadzieścia parę metrów długości i około
szesnastu metrów wszerz. Dawno, dawno temu zostało podzielone ściankami na dwanaście boksów w amfiladzie i tak już zostało, na
wieki wieków, sza. Ścianki nie sięgają do sufitu, lecz kończą się w okolicach szyi przeciętne-
go człowieka – choć pracujący tu ludzie wcale
nie są zwyczajni. Pozornie wszystko jest tak
jak w autobusie – można wśród nich spotkać
nie tylko blondynów, ale i brunetów, są też sza-
tyni i kilku rudych. Niekiedy, choć ostatnio coraz częściej, zdarzają się wysocy, ale przeważa-
ją niscy, a żeby nie zełgać, uchowało się także
paru prawdziwych kurdupli. W kwestii charak-
terów też, całkiem zwyczajnie, tak wśród mężczyzn, jak i wśród kobiet dominuje uczynność,
altruizm, konsekwencja i pracowitość. Lecz
coś musi wyróżniać ich z tłumu, albowiem to
właśnie w tej korporacyjnej społeczności, właśnie tutaj zdarzył się osobliwy, atrakcyjny
przypadek szaleństwa, choć opowiemy o nim
nieco później.

Pierwszy naczelny wybrał kolor farby, którą redakcja została pomalowana. Była burzliwa debata, bo jedni chcieli żółtego, inni znowuż czerwonego, a nieduża frakcja opowiadała się nawet za białym. Stanęło na jasnozielonym, z brunatnymi rzucikami tu i ówdzie. Trochę później postanowiono, że fabryczny ponury strop ma zostać zasłonięty, więc kupiono estetyczną zieloną kratkę, a następnie podwieszono ją pod sufitem – i redakcja w zasadzie była gotowa.

Należało jeszcze określić, jaka ta gazeta właściwie ma być. Bo, wiecie, jedne gazety są prawicowe, drugie znów lewicowe i tak dalej. Spór był ostry. Trwał znacznie dłużej niż wybieranie farby – chyba ze dwa tygodnie. Ale skończył się podobnie, to znaczy werdyktem pierwszego naczelnego. Powiedział, że nie będzie ani czerwona, ani czarna, tylko mądra, rzetelna i obiektywna. I wtedy wszyscy zamilkli, kłótnie ucichły i wszyscy jeszcze raz zachwycili się jego mądrością, a który to był raz – diabli wiedzą. Gwoli ścisłości należy tu wspomnieć, że teraz nie jest on już naczelnym, lecz w dalszym ciągu pracuje w gazecie. Nowy przyszedł wtedy, gdy wielkie serce pierwszego, jak to mówią, nie wytrzymało nawału pracy i odmówiło posłuszeństwa. Zacząłem stosunkowo niedawno –

prawie dwa lata wstecz – ale udają już, że mnie polubili i bodaj przed trzema dniami Stiller opowiedział mi, jak to było z tym zawałem.

Otóż dawno, dawno temu pewien polityk wyjechał za granicę, do czarnej dziczy, no i nagle ktoś przyniósł do redakcji, nagle gruchnęło, że tego faceta, o ironio, ukąsił jadowity wąż i że facet zmarł. Naczelny podobno kiedyś wespół z nim coś tam i choć później trochę się poprztykali, młodzieńcze uczucie pozostało. Osobiście więc napisał o zmarłym artykuł. Prowadzący dyskretnie przyblokował tekst, bo w serwisach nie było o tym ani słowa, ale plotka błyskawicznie poszła

w miasto. Tymczasem po paru godzinach rozdzwoniły się telefony. Facet wrócił, zdrów jak ryba, i rozpętał piekło – bo oni, rozumiesz, ta plotka do nich jakimś cudem dotarła, i zdążyli już znaleźć nowego przewodniczącego – chcesz kawałek czekolady?

– Czekaj – skrobię się po głowie, marszczę nos, biorę czekoladę – a ten gość nie nazywał się przypadkiem Appelman?

Stiller przestaje żuć, patrzy na mnie przekrwionymi oczami, uśmiecha się. Ma czekoladowe zęby.

– Słyszałeś o tym?

– Pamiętam, że kiedy zginął, w *Faktach* powiedzieli, że już go raz przez pomyłkę uśmiercono.

Stiller jest dużo wyższy ode mnie, nieco zgarbiony, czuję się trochę tak, jakby stał nade mną siwiejący znak zapytania. Pytajnik kołysze się powoli, długie ręce wiszą bezwładnie. Bufet gazety jest jasny i zatłoczony, wokół gwar i śmiechy, wszyscy starannie cyzelują swoje sz, cz, trudna sprawa – tak bezustannie pamiętać o tym, jak, nie zapominając równocześnie, co mówić.

– No widzisz – Czeko jest zachwycony swoim wyczuciem rytmu.

– Gazeta się nie myli, mój drogi.

I rzeczywiście tak jest. Chociaż rynek prasy nawiedzają wciąż nowe tytuły i część z nich o dziwo utrzymuje się na powierzchni, tylko nasza gazeta jest wieczna i tylko ona nigdy nie mija się z prawdą. Nawet kiedy była jeszcze malutka, zawsze była ok. Później naczelny powtarzał to tak często, że w końcu wszyscy przyznali mu rację, a zwłaszcza my, w większości już trzecie pokolenie jej dziennikarzy. Więc chociaż wiele jest w świecie gazet większych i bogatszych niż nasza, chociaż zdarzają się nawet starsze, wyłącznie my, według najnowszych danych 138-osobowa, a z dodatkami lokalnymi blisko 300-osobowa, wierna gwardia, tylko my wiemy zawsze, wszystko i najlepiej. Kiedy byłem dzieckiem, wydawało mi się, że na świecie są krasnale, kochałem się w królewnie Śnieżce i chciałem żyć wiecznie. Dziś jestem dziennikarzem gazety. Dowożę ludziom rzetelne i obiektywne informacje, a niektórzy z moich kolegów, na przykład Stiller, dodają im soczysty bonus – obiektywne i mądre opinie. Jako odpowiedzialny dziennikarz wiem, że nie ma seryjnych morderców, nie ma królewny Śnieżki, miłość to bajka i że nikt nie będzie żył wiecznie.

Jednak w głębi serca święcie wierzę, że wszystko to istnieje.

2.

Anna rześko wbiega do kuchni. Jak zwykle jest zaspana, tak właśnie jej organizm walczy ze stresem. Mam problem z określeniem uczuć, które wobec niej żywię. Z pewnością szanuję ją i podziwiam. Jest pracowita i ambitna, oczywiście wyłącznie wtedy, gdy nie śpi. Nie wiem, jaka jest w swych snach, ale ufam, że wysoka, silna i piękna. Ja w moich błądzę w sympatycznych, zabawnych ciągach szarych i niskich pomieszczeń, lecz nie ma tam żadnego lustra, więc nie wiem, jak wyglądam. Anna jest wyższa ode mnie – wykonany niegdyś pomiar wykazał, że niższa, ale skoro mam wrażenie, że patrzy na mnie z góry, to chyba tak właśnie jest. Poza tym ma, rzecz jasna, niezwykle silny organizm, z którym mój nie może się równać, bo mały ze mnie i parszywy gość. Jestem leniwy, gruby i nudny. Wciąż tylko jedno mi w głowie: pierdolić. To z kolei mój sposób na stres, jak sądzę, choć nie jedyny. Ot, na przykład – jakiś czas temu Piotr, dobry kolega, zaprosił mnie na wódkę. Piotr spędza czas w wielkim mieszkaniu przy placu Narutowicza zupełnie sam, od kiedy porzuciła go żona, też zresztą wielka i piękna, i od czasu do czasu gości nas, tłumek przyjaciół, potrzebujących odrobiny wytchnienia.

Mama mówiła mi, że wypoczynek powinien być aktywny, więc wysiadam z autobusu i biegnę do Piotra, biegnę z wiatrem w zawody (wygrywam), a wokół moje miasto i życzliwe, rozumne twarze, bo jest sobota. Trochę się pocę, ale nie szkodzi – establishment towarzyski Miasta oszczędza mydło na czas wojny i okupacji. Wbiegam po schodach, robię dwa przystanki, trochę mnie mdli, ale to drobiazg, no i wchodzę, a w środku są już wszyscy, którzy powinni tam być, czyli przede wszystkim dziennikarze, a poza tym naukowcy, intelektualiści i literaci. Na przykład Fertner, sławny tu i ówdzie, genialny poeta. Pod lampą siedzi mój faworyt, analityczny socjolog Śreniawa-Winnicki, którego sześć lat temu ukochała telewizyjna jedynka, i kocha do dziś, a mianowicie pewien redaktor. Przyszedł też wzięty (...) Dekert, choć urżnął się już i śpi, a ja ciągle nie wiem, skąd ta jego niesłychana popularność, a nawet sława, i najwyraźniej znowu się nie dowiem, i jeszcze kilkanaście innych fascynujących osób. Łapię kieliszek. Powoli koluję przez wielki, ośmiokątny, herbaciany pokój, rozdaję i chwytam uśmiechy, za oknem duży balkon i magiczny zachód słońca, taki krwawy, zaczynam delikatnie błyszczeć, z wdziękiem ripostować, jadowicie napadać, jeden papieros, lufa, drugi, trzeci, lufa... i nagle wyrasta przede mną Karol. Znam go od dawna, on zna mnie od dawna – dobrze się znamy. Od dawna.

– I po coś tam poszedł? – pyta drapieżnie.

– U mnie jest lepiej.

– Do was musiałbym się wpraszać, tam mnie chcieli.

– Łżesz.

Karol ma rację. Pół roku się gimnastykowałem, żeby mnie przyjęli, ale nie powiem mu tego, a w każdym razie nie teraz.

– Stary, daj spokój. Rozejrzyj się, tylu masz ludzi do męczenia. Pomęcz Joannę.

– Już mi się znudziło. Przyjdź do nas, mam miejsce.

Karol chyba naprawdę mnie lubi. Od wielu lat pracuje w świetnym brukowcu. Kiedyś pisał wiersze, a teraz tropi afery, został tropicielem, jak mój stryj z Australii, ale tamten jest jeszcze bardziej nierealny i chodzi do góry nogami. Jak mam wytłumaczyć, że gwałty, rzeź i sensacja kompletnie mnie nie interesują? Że poszedłem do gazety, żeby opisywać prawdziwy świat? Żeby wreszcie, choć raz w życiu, robić coś naprawdę?

– Karol, jesteś szczęśliwy?

– Oczywiście. Ale to nie ma najmniejszego znaczenia.

– O, moim zdaniem ma.

Wracając do stresu, dobra pijatyka nie jest zła. Oczywiście trzeba uważać, żeby nie wpaść później pod tramwaj. Groźne są też duże wystawy sklepowe, gdy czai się za nimi mrok. Zamieniają się wtedy w zwierciadła, których tak bardzo brak mi w snach, i niepokojąco przedłużają drogę. Niedawno jeden z moich nowych kolegów z gazety wracał spokojnie do domu i wszedł w wystawę. To człowiek na pozór bardzo doświadczony, a jednak się zagapił. Zarobił czternaście szwów, nie licząc upokarzającej nocy w areszcie no i pieniędzy wydanych później na nową szybę. Kiedy wrócił do pracy, zgotowaliśmy mu triumf. Były serpentyny, baloniki i dużo coli, a kiedy już towarzystwo trochę się rozruszało, przez parę chwil nad redakcją unosił się duch prawdziwej rewolucji. Nawet zaczęliśmy śpiewać.

– A ty? – pyta Karol – niby jesteś?

– A czy ja to ja, a ty to ty? – odpowiadam, pociągając według mody prosto z butelki.

– Robert, nie wygłupiaj się – bełkoce Karol. – Moja szmata jest śmieszna, ale czysta. A tam, tam mieszka Satan!

No, proszę.

– Przyjacielu, tyś się upił.

Karol milczy, przełyka ślinę, jego oczy dziwnie pływają, takie ni to żółte, ni czerwone, może to kwestia światła, a może nie. Z szatanami różnie bywa, kiedyś pożyczyłem znajomemu pewną płytę i też twierdził, że to diabelska muzyka.

– A przy okazji powiedz, od kiedy to jesteś wierzący? O ile pamiętam, a pamięć mam raczej dobrą, nie byłeś. Czy zaszły zmiany, o których nie wiem?

Od paru chwil mam wrażenie, że cała sytuacja, cała ta błaha rozmowa już raz się odbyła. Być może dlatego, że jestem zdziwiony, bo podczas naszych niewinnych spotkań obowiązuje zupełnie inny styl, a przede wszystkim inna tematyka dialogów – jeżeli rozmawia się o pracy, to każdy mówi o sobie, a ściślej, o własnych służbowych znajomych, krytykując ich i smagając bez pardonu. Jest to więc konkurs złośliwców, z których każdy jest najmądrzejszy, a przede wszystkim mądrzejszy od swojego bezpośredniego przełożonego, ponieważ zaś nie ma wśród nas ani jednego zwierzchnika wszystkich niższych zwierzchników, o co nawiasem mówiąc we współczesnym świecie coraz trudniej, licytacja polega najczęściej na próbach zaocznego przykopania najważniejszej osobie, która znajduje się w zasięgu wzroku kopiącego, oczywiście w jego (jej) pracy – i rzadko zdarza się, by ktoś czynił wycieczkę na cudzy teren. Ja oczywiście jestem taki sam, choć radośnie udaję, że wysoko oceniam moich przełożonych, i gdyby tylko któryś z serdecznych przyjaciół spróbował w nich uderzyć, choćby dla żartu, przegryzłbym mu grdykę, waliłbym na oślep w obronie struktury będącej przecież w pewnym sensie mną samym, no i oczywiście wszyscy moi serdeczni przyjaciele są równie przewrotni jak ja i każdy w takiej sytuacji zachowałby się równie brutalnie, a różnica polega tylko na tym, że w odróżnieniu od nich mam pewne, jakby tu rzec, wyczucie symetrii, albo może jestem bardziej przewidujący i nie chcąc narazić się na w tym towarzystwie teoretyczne, choć wprost narzucające się pytanie, dlaczego wciąż jestem na stanowisku, na którym jestem, i nie musieć, ośmieszając się w swych własnych oczach, odpowiadać, że to (niestety, na szczęście) kwestia układów, na wszelki wypadek przygotowuję zawczasu odpowiedni grunt, wydając sądy wyważone, a także krytykując moich przełożonych wyłącznie żartobliwie, dobrodusznie i wdzięcznie. Teraz jednak znalazłem się w prawdziwej opresji, bo pijacka wycieczka Karola to zdumiewające, bezprecedensowe wydarzenie, w naszym chłodnym i obojętnym towarzystwie szczerych głupot się nie mówi, więc nie ma kodu na odpowiedź i muszę wstąpić na lepki teren improwizacji. Z pomocą przychodzi Joanna od męczenia, stoi przy nas już od paru chwil, Karol zwraca się do niej i ładuje dalej:

– Powiedz mu, no!

Joanna mruga krótkowzrocznymi oczkami, uśmiecha się.

– Przepraszam, to chyba przeze mnie. Rozmawialiśmy troszkę i chyba nastąpiło nieporozumienie. Mówiłam, że oni się za bardzo przejmują, a ty masz to i tak. Za dużo dobrego.

– Nie, powiedz mu dokładnie, tak jak mi!

– Karol, mógłbyś przestać?

– Ale ja nigdy dotąd – wtrącam się – nie spotkałem satana. Zaciekawiliście mnie.

– Ona mówiła – oskarża Karol – że kiedy tam pracowała, czuła wszechobecne zło!

– Nie, nie – wypiera się Joanna. – Mówiłam tylko, że tam jest za dużo emocji i poczucia misji, że za święci są, a po... a po jakimś czasie nie będziesz miał innych tematów, e... znajomych i to wszystko...

Z fotela pod lampą zrywa się ekstrawertyczny Śreniawa i podbiega do nas chwiejnym truchtem.

– O czym, kochani, tak rozprawiacie?

– A nic, Karol się schlał i twierdzi, że w gazecie mieszka Zły.

– Jestem... trzeźwy!

– Natomiast Joanna mówi, że to sekta.

– Nic takiego nie mówiłam!

– Ale przecież to jasne jak słońce – Śreniawa lubi ten sport. – Przecież każda duża firma po czasie zaczyna mieć cechy sekty, jest struktura, są ludzie, jest i sekta. Ale...

– Ale to prawdziwa sekta! – wrzeszczy Karol.

– Czemu wrzeszczysz? – do rozmowy włącza się Piotr. – Napij się, zobacz, Magda siedzi w kącie i się nudzi.

– Nie nudzę się! – Magda podnosi oczy znad książki, ślini palec, przewraca stronę, opuszcza oczy.

– Ale tam rzeczywiście – Śreniawa rozpędza się jak hiszpański byk. – Ale tam rzeczywiście, dzięki żuczku, więc tam, kochani, bardziej widać niż gdzie indziej. To najprawdopodobniej...

– Widzisz!

– Kurwa, ten znowu wrzeszczy!

– Andrzej! Andrzej!

Z balkonu zagląda Fertner z papierosem w ustach.

– Czego?

– Powiedz, żeby się uspokoili!

– No nie, ten też zaczyna wrzeszczeć!

– Przecież on tam nic nie słyszy!

Poeta odsuwa firankę i majestatycznie rusza w naszą stronę, pod koszulką tańczą bicepsy. Śreniawa zerka zalotnie, odgarnia włosy, marszczy brew.

– To pewno kwestia właśnie struktury, tam jest dobra organizacja, więc na zewnątrz wygląda, jakby byli jedną osobą albo nawet jakby ich nie było, nie, ja to nawet cenię, bo praca, wiecie, dobra praca, przepraszam, prasa...

– Jedną osobą! – wrzeszczy Karol, jak Mussolini wymachuje łapami.

– Karol, stul mordę – powiada spokojnie Fertner. – Stul mordę, albowiem ta z góry...

– Nie wezwie – wtrąca uprzejmie gospodarz. – Umarła.

– Nie szkodzi, idź, zobacz, Magda się nudzi.

– Mówiłam, że się nie nudzę! – wrzeszczy Magda i zamyka z trzaskiem książkę, a ja zataczam się w kąt i czuję, że kocham moich przyjaciół, moich uroczych oszustów, wszyscy oni chyba na zawsze tacy pozostaną i będą sobie kupować wciąż nowe i nowe wody perfumowane, są tacy nierealni, ale pewnie dlatego, że zawsze, gdy się z nimi spotykam, w najlepszym razie po pięciu minutach jestem zamroczony, więc tak naprawdę nie wiem, czy ich kocham, ale się przyzwyczaiłem, nad tym sentymentem unosi się zapewne coś, co roboczo nazwę

nieuzasadnionym poczuciem niebyłej wyższości, a nawiasem mówiąc jedną z niewielu osób, od których nie czuję się lepszy, jest
wiecznie zaspana Anna, zatem prawdopodobnie właśnie tu tkwi sedno moich uczuć,
szacunek i podziw nie liczą się aż tak bardzo, w końcu siebie także szanuję i podziwiam, bo jestem pracowity i ambitny, więc,
jakkolwiek trudno to nazwać miłością – bo
czymże, ach czymże jest miłość? – to chyba
dlatego ciągle z nią jestem, tak, to chyba
najszczęśliwsze sformułowanie, i na razie
wystarczy. Czas uciekać.

Byłbym zapomniał – oszukałem Karola
i was także. Nie jest prawdą, że zacząłem pracować w gazecie, żeby wreszcie robić coś
prawdziwego. Nie jest także prawdą, że kompletnie nie interesuje mnie fikcja. Prawdą
jest, że robię to wyłącznie dla pieniędzy.

3.

A z tym pierdoleniem to też bujda. Kiedyś,
kiedy miałem długie włosy i mnóstwo
wolnego czasu, zdarzały się przygody,
owszem, niekiedy nawet poważne, przynajmniej wtedy tak je oceniałem – dziś wygląda
na to, że chyba mylnie, i czasem, gdy tkwię

bezsennie w łóżku, zastanawiając się nad dziewczynami, które jak deszcz różowych meteorów przemknęły przez moje życie, ze zdumieniem stwierdzam, że choć każda była niepowtarzalna, jak odcisk palca albo i gwiazdozbiór, to żadnej tak naprawdę nie pamiętam, nie pamiętam ani ich kształtów, ani zapachów, a co gorsza, nie umiem już dopasować ich imion do twarzy. Wszystko mi się popieprzyło, chociaż nie ma dwóch takich samych – przynajmniej to pamiętam. Kategoria przeszłości jest tu jak najbardziej na miejscu, gdyż od kiedy pracuję, a pracuję od dość dawna, mój poziom libido znacząco spadł, zaś od momentu, w którym zostałem dziennikarzem gazety, zacząłem mieć problemy na, jak by to ujął Śreniawa, poziomie prymarnym, a mianowicie przestałem odróżniać kobiety od mężczyzn – choć wcale nie stałem się jeszcze biseksualistą. W przyszłości nie jest to oczywiście wykluczone, przyszłość jest, jak mi kiedyś rzekła pewna Cyganka, a niedawno powtórzył Stiller, przyszłość jest mętna i niejasna, ale widzicie, kochani – kiedyś w telewizji oglądałem program, w którym pewna czarnowłosa, niepiękna dama z mikrofonem pląsała wśród ludzi, usilnie sprawiając wrażenie, że pragnie im pomóc w kłopocie, a ja oglądałem ten spektakl i w żaden sposób nie mogłem się zorientować, czy jej intencje są czyste, to znaczy, czy ona naprawdę chce dobra tych mutantów, czy też lewaruje się ich nieszczęściem i cwałuje po łące biedy, rżąc radośnie, pasąc się kreacją własnego wizerunku i pławiąc w samozachwycie. Bo że im pomagała i w rezultacie pomogła, to fakt, ale ekscytowały mnie te przeklęte, głębokie motywy, których zawsze i bez sensu staram się domyślić. Wiem, że najprawdopodobniej jestem niesprawiedliwy, ale nijak nie mogę się powstrzymać. Ta dygresja wiąże się pośrednio z zasadniczym problemem, czyli z kwestią dymorfizmu płciowego pracowników gazety, albowiem nie chodzi wyłącznie o to, że wszyscy oni podobnie się ubierają i identycznie zachowują, chociaż tak właśnie jest, ale o dużo lepiej ukrytą, a zatem znacznie trudniejszą zagadkę mrożącego krew w żyłach podobieństwa ich dusz.

Redakcja podzielona jest od niepamiętnych czasów na dwanaście zielonych boksów, wzdłuż ścianek każdego boksu stoją zielone nowoczesne biurka z wykwintnymi plastikowymi dziurami na komputerowe kable, na każdym biurku elegancki komputer, a obok entliczek pentliczek zielony koszyczek, służący do przechowywania aktualnie potrzebnych jabłuszek, wielofunkcyjny piórnik z tworzywa sztucznego, bo przecież wszystko robimy przy użyciu komputerów, no i każdy z nas ma własny kosz na śmieci, zgadnijcie, jakiego koloru – i wszędzie stoją ergonomiczne fotele z pokrętłami, dzięki którym można je dopasować do każdej, nawet najgrubszej dupy, chociaż rzadko korzystamy z tej fantastycznej możliwości

(ja często)

bo prawie wszyscy jesteśmy chudzi, bladzi i mamy modnie zapadnięte twarze. Foteli w przeciętnym boksie jest osiem, choć zdarzają się działy ważniejsze, na przykład dział społeczny, w którym stoi ich trochę więcej, czy też dział sportowy, gdzie jest ich nieporównanie więcej, ale zdarzają się też takie, gdzie jest ich mniej, a przykładem może być choćby dział kultury, znany mi zdecydowanie najlepiej, ponieważ to właśnie tu siedzę na jednym z sześciu foteli i piszę dla was artykuły o znakomitych książkach, wybitnych filmach i atrakcyjnych sztukach, a także o festynach i innych imprezach masowych, które z niejasnego powodu zaliczane są do wydarzeń kulturalnych.

Ubrany w czerń, jak wszyscy, siedzę i piszę. Piszę krótkimi zdaniami, bo moja gazeta jest nowoczesna.

Znaczy to, że każdy musi móc ją przeczytać.

Doktrynę tę stworzył pierwszy naczelny, opierając się na intelektualnych zdobyczach kilku generacji wybitnych architektów prasy, zdaniem których prasowe zdanie powinno składać się z liczby wyrazów nie większej niż osiem. Dziewięć raz w roku udaje się przemycić, ale na tym koniec. Potrójny System Zabezpieczeń, służący do chwytania Groźnego Nadmiaru Słów, jest zaiste niezawodny i od wielu lat przynosi gazecie kolejne, że się tak wyrażę, edycje oddanych czytelników, oraz bezprecedensowy na naszym rynku ogromny sukces finansowy. Ponadto każde zdanie winno być proste w sensie, że treści, jak też od strony prawideł gramatyki, ponieważ dobry obywatel, a tacy, jak chyba słusznie podejrzewam, są właśnie naszą grupą docelową, nijak nie poradzi sobie ze złożonym, nieprawdaż, więc wszyscy, czy to dział kultury, czy sportu, zagraniczny czy krajowy, a wreszcie nawet ekskluzywne opinie, wszyscy siedzimy i bez względu na temat piszemy rach ciach ciach krótkie, bezosobowe, radosne zdanka i prawdopodobnie dlatego mamy nie tylko takie same ubrania i wyrazy twarzy, ale także pozytywne, identyczne dusze, choć, rzecz jasna, duszy nie ma – i wszyscy rozwiązujemy problem bałkański, konstruktywnie współczujemy nieszczęśliwym, pomagamy ubogim w kraju i za granicą, aktywnie zmniejszamy liczbę ofiar na drogach (zwłaszcza wśród nieletnich), a przy okazji próbujemy wyszarpać wam z oczu okruchy zwierciadła, w którym każdy wyglądał szpetnie, choć oczywiście bierzemy pod uwagę, że ta operacja potrwa długo i będzie bardzo ryzykowna.

Pracuję w gazecie och od niespełna dwóch lat.

Do niedawna sądziłem, że zachowuję moją dawną tożsamość.

Ale starzy znajomi mieli rację, choć zapewne myśleli.

Że żartują.

Stałem się pragmatykiem. Za wszelką cenę chcę uratować dziewczynkę z zapałkami.

4.

Dzień, w którym zastępczyni Stillera, Agnieszka, przyjechała do redakcji o pierwszej w nocy, by zrobić wywiad z przebywającym za granicą sławnym reżyserem, i znalazła portiera siedzącego na krześle jakby nigdy nic, zaczął się zupełnie zwyczajnie.

Dotarłem do pracy wcześniej niż zwykle, ponieważ zostałem poproszony o zastępstwo na planowaniu. Biorą w nim udział szefowie wszystkich działów (lub ich zastępcy) oraz dyżurujący sekretarz redakcji i jeden z trzech zastępców naczelnego. Każdy dział przedstawia swe zamiary na nadchodzący dzień, propozycje tematów i ogólny pomysł, że tak powiem, kompozycyjny, na układ stron – jaka będzie objętość tekstów, ile w tej zupie znajdzie się zdjęć, jakie to będą zdjęcia i tak dalej. Misterne projekty ulegają później wywróceniu, ponieważ nasza gazeta ma trzy wydania dzienne i bez powodzenia goni wyślizgujący się świat, ale planowanie wymyślili dostojni przodkowie pierwszego naczelnego, gdy tylko zeszli z drzew – więc planujemy, jak się patrzy.

Planujący siedzą wokół długiego stołu, ustawionego w niskim zadymionym pokoju, mają na twarzach wojenne malowidła i, poza piciem kawy, fachowo i merytorycznie starają się ustalić, kto zgarnie więcej stron dla własnego działu. Kłócą się, choć rzeczywistość nie podsuwa zbyt często wartych rzezi pomysłów na zagospodarowanie wolnego miejsca, ale jak tu inaczej uzasadnić własną ważność i umocnić pozycję w gazecie? Ponieważ w odróżnieniu od nas, dziennikarzy opłacanych za liczbę napisanych linijek, szefowie działów mają sztywne pensje, skwapliwie właśnie nas wysyłają na planowanie, logicznie sądząc, że będziemy walczyć brutalniej i skuteczniej niż oni, tym samym lepiej uzasadniając ważność naszych szefów i umacniając ich pozycję w gazecie.

Planowanie ma rzeczywisty, choć dobrze ukryty sens. Pierwszy naczelny był, no i ma się rozumieć, w dalszym ciągu jest mądrym, przewidującym człowiekiem, choć, jak pamiętacie, przestał już być naczelnym i został jednym z trzech zastępców nowego naczelnego. Czasem widuję go na planowaniach. Choć odzywa się rzadko, a jeżeli, to cicho, wierzcie mi – wszyscy, choćby właśnie żarli się zaciekle (na przykład, czy puszczone wczoraj zdjęcie Clintona, podpisane „Krystyna Weingartner" można wybronić jako komentarz), milkną, natychmiast zamykają mordy, bo ten niepozorny, cichy człowiek ma w sobie tytaniczną, nieposkromioną siłę, chociaż w planie wyrażania się jąka, a niektórzy szepcą, że w planie treści jest jakby zezowaty. Tak czy tak, struktura gazety jest jego dziełem, bo poza wybraniem koloru farby, którą pomalowano redakcję, stworzył właściwie wszystko, od wyboru ludzi, którzy obsadzili kluczowe stanowiska zaczynając, na ustaleniu obiektywnego, mądrego i wyważonego nachylenia gazety kończąc, a poza tym zawsze najlepiej planował, i gdyby nie fatalna pomyłka z przedwczesnym wysłaniem polityka Appelmana do nieba, która, o ile kolega Stiller nie skłamał, zmusiła go do abdykacji, byłby zapewne do dziś redaktorem naczelnym, a może nawet aż do śmierci i obiektywnie trzeba stwierdzić, że naprawdę na to zasługuje. Jakież to byłoby piękne – wzorem wielkich aktorów, umrzeć na scenie, w blasku reflektorów, albo chociaż jednego reflektora, który wisi nad biurkiem w pokoju naczelnego... Planowanie zatem utrzymuje nas w stanie gotowości, karmi się naszą chciwością, strachem i ambicją poszczególnych szefów, a co najważniejsze, jest doskonałą aparaturą, służącą do ciągłego sprawdzania aktywności każdego działu i nieomylnego odławiania i usuwania tych z nas, którzy zdrętwieli i wpadli w osłupienie.

Walczyłem więc zażarcie. A było niełatwo, bo zaczęła się Olimpiada, pardon, Igrzyska – więc szef działu sportowego siedział rozparty w fotelu i toczył wokół sytym wzrokiem, podczas gdy reszta się boksowała. Półnaga, secesyjna panna z wielkim numerem w dłoniach weszła i wyszła, więc uniosłem pięści, zagryzłem ochraniacz, pochyliłem łeb i zaproponowałem tekst o Otto Kernie.

– ...a kto to taki? – spytała piękna Helena z miejskiego.

– Sławny trębacz – odrzekłem.

– On żartuje, to pisarz surrealista – powiedział rysownik.

– Tak, to pisarz surrealista – potwierdziłem, kiwając głową.

– Czy surrealizm aby nie wyszedł z mody? – powątpiewał sekretarz redakcji.

– Owszem – zgodziłem się skwapliwie. – Ale wydano „Lustra", więc pomyśleliśmy, że warto coś napisać.

– To doprawdy ciekawe – powiedziała Helena. – Sam fakt, że tyle lat po wielkim Salvadorze Dalim ktoś wciąż uprawia ten kierunek sztuki!

– Rzeczywiście – odrzekłem grzecznie. – Dlatego właśnie chcemy o nim napisać.

Rysownik podskoczył z uciechy.

– Otto Kern nie żyje – podpowiedział usłużnie. Helena zaczerwieniła się.

– Tym bardziej uważam, że pomysł jest dobry.

– A kiedy on... umarł? – spytał nieufnie sekretarz redakcji.

– W 1968 – odpowiedziałem i zrobiło mi się głupio. – Ale to bardzo dobra książka, poza tym wydano ją dawno, no i to nowe...

– O czym traktuje to, hmmm, dzieło? – szef działu zagranicznego był jak zwykle zasadniczy.

– Mm. Mamy mało czasu.

– O tym, że wszystko jest możliwe – rozmarzył się rysownik.

– O miłości – dodał szef działu foto.

– I o śmierci – powiedzieli wspólnie.

– No i co? – zdenerwował się szef działu zagranicznego. – Spytać się nie można?

– Jasne – odrzekł sekretarz redakcji. – Piszemy dla ludzi i doprawdy nie wiem...

– Była jakaś ekranizacja? – zagadnął mnie szef działu sportowego.

– Nie wiem – odrzekłem i znienawidziłem go. – Ale sprawdzę, jeśli koniecznie chcesz to wiedzieć...

– No dobra – westchnął sekretarz. – Niech więc będzie, ale ekranizacje sprawdź koniecznie. Co dalej?

– Wczoraj były mistrzostwa w szybkim czytaniu. Tomek szykuje z tego reportaż.

– Jak to? – ożywił się niebezpiecznie szef działu sportowego.

– No, chodzi o to, nie, że jest jakiś tekst, nie, i trzeba go jak najszybciej przeczytać – wyjaśniłem.

– Ale czy to aby nie moje? Kto wygrał?

– Jakaś studentka politechniki. Jeśli chcesz, Tomek może to puścić u ciebie.

– Ciekawe, czy oni rozumieją to, co czytają – powątpiewała Helena.

– Pamiętają wszystko – odezwał się milczący dotąd zastępca naczelnego.

– Jak pan sądzi? – pytał gorączkowo szef działu sportowego. – Czy to aby nie moje? Nie moje!? Co?

– Może zróbmy głosowanie – powiedział szyderczo szef działu foto.

– Słyszałam, że – to oczywiście Helena – że można tak czytać podręczniki albo, dajmy na to, na przykład materiały prasowe, ale literatury pięknej to nie.

– A co oni tam czytali? – drążył do doskonałości szef działu zagranicznego.

– Gazety.

– Nie! Niemożliwe! Jak to!?

(oklaski i gwizdy, tupanie, gwar)

– To mogę to wziąć czy nie? Mogę? – szef działu sportowego w oczach tracił godność.

– Dość – powiedział złowrogo zastępca naczelnego, ponownie wychylając się z cienia. – Macie znaleźć kogoś sławnego, dwóch, trzech, kto umie tak czytać, i pogadać z nim. Nimi. Co dalej?

– Chcielibyśmy puścić tekst o Keanie. Niedługo przyjeżdża, byłoby jak znalazł.

– O tym agencie?

– Patrzcie! Burza za oknem!

– Będę szczera – oznajmiła szczerze Helena. – Nie wiedziałabym, jak pisać o człowieku, który pracował w służbach specjalnych, a następnie zdradził swoich, zaczął kapować i na tym po prostu zarabiać. To strasznie nieetyczne.

– Trochę posiedział – mruknął grafik.

– Ano posiedział... – dodał szef działu foto.

(chwila zadumy)

– Jego najnowsza książka wyszła w czterech milionach e... egzemplarzy – powiedziałem nieśmiało. A Helena na to: – Przeczytałam ją z prawdziwym niesmakiem.

– Mnie też się nie podobała! – rzekł sekretarz redakcji.

– Mi także – oświadczył szef działu zagranicznego. – Poza tym to w ogóle nie jest literatura. Te wszystkie nieoczekiwane zwroty akcji, mętna i niejasna fabuła...

– Kompletnie nie wiadomo, kto jest zły, a kto dobry...

– I nie ma tak pięknych kobiet!

– A dlaczego pan tak ciągle i ciągle wraca do tego Keana, panie Robercie? – spytał zastępca naczelnego.

– Jego książki – odrzekłem – świetnie się sprzedają, to wszystko.

– W takim razie powinien o tym pisać dział gospodarczy – zauważył (nie bez racji) sekretarz redakcji.

– Ale redaktor Stiller twierdzi, że piszemy dla ludzi – rzekłem cicho, czując się mały. – I... i Roger Gespi mówił o nich całkiem dobrze...

– Różowe przygody także świetnie się sprzedają – powiedział zastępca naczelnego. – A wszak o nich nie piszemy.

– Dzięki nim parę pięknych kobiet nauczyło się czytać...

– Są różne rodzaje prasy, panie Robercie.
Jesteśmy zbyt poważni, by pisać o Różowych
przygodach.
– O wydawnictwie, które to puszcza, był
artykuł, a nawet kilka...
– To co innego.
– To pańska opinia – odrzekłem nieco za
szybko, i wpadłem w panikę. Zastępca naczelnego przyjrzał mi się uważnie.
– Nie będzie tekstu o Keanie, panie Robercie. Co dalej?

Z założonych dwóch stron straciłem połowę, choć mogło być gorzej. Kultura ma słabą
pozycję w gazetach, a nasza nie różni się pod
tym względem od innych. Przegrywamy najczęściej z reklamami, polityką, zagranicą
i sportem, bo gazeta jest dla ludzi, a jak wiadomo obywatele najbardziej interesują się reklamami, polityką, zagranicą i sportem, ponieważ
lubią kupować, konstruktywnie dyskutując, są
ciekawi świata i wygimnastykowani, a zwłaszcza to ostatnie, więc jako lukier na ciastku
wydarzeń nie jesteśmy nikomu potrzebni
i przeważnie lekceważą nas, nasze frapujące
ciekawostki i wielkie, hermetyczne rewelacje,
które zawsze mogą poczekać na swoją kolej.
Wróciłem więc do działu, w duchu błogo-
sławiąc Agnieszkę, bo w końcu to dzięki niej

miałem niepowtarzalną okazję twórczo po-
dyskutować z zastępcą naczelnego, którego
wszyscy wciąż się boją, a także dowiedziałem się tego i owego o świecie oraz zażyłem
gimnastyki przy użyciu Heleny. Często bywa, że podnosząc się z fotela, by rozprosto-
wać kości, nad dwiema dzielącymi nas ściankami napotykam jej wzrok. Helena uśmiecha
się wtedy uroczo, kiwa do mnie głową, więc
oddaję uśmiech i szybko siadam. I znowu zaczynam myśleć, jakby tu przepchać tekst
o Keanie, o co prosił mnie wydawca jego fa-
talnych, a może tylko fatalnie przetłumaczo-
nych książek, niedwuznacznie sugerując, że
w rewanżu zaprosi mnie na kawę do Sherato-
na. W końcu nasza gazeta jest wielka, profesjonalna, ma ogromny zasięg i znana jest
z rzetelności, więc chyba nic dziwnego, że jesteśmy poddawani różnym naciskom i mniej
lub bardziej skwapliwie im ulegamy.

Przeważnie zaczyna się to niewinnie – tra-
fiam na przykład na wielkie targi książki, by
zrobić z nich reportaż. Spotykam mnóstwo
wielkich i małych znajomych, ponieważ sam
pracowałem przez dłuższy czas w wydawnictwie, serdecznie się z nimi witam, rozmawiam, palę, robię kilka przysiadów z autora-
mi, potem znowu palę, rozmawiam, człowiek
z działu foto robi zdjęcia i nagle łapię się na

tym, że stopniowo zaczynam tracić chłód. Przypominam sobie, jak wydawcy bledli ze strachu, gdy przychodził do nich ktoś z maszynopisem nowej książki, więc znowu zaczynam ich lubić. Są spoceni, wystraszeni i łakomi. Mają rozbiegany, chciwy wzrok, kiepskie garnitury i jeszcze gorsze buty. Nic dziwnego, w końcu żyjemy w epoce końca książek, wokół kolorowe, brzeżkiem wyszczerbione szyldy, hostessy z rozmazanym tuszem i cienka kawa, a po tym wszystkim internet, książki są drogie, więc ludzie nie czytają, gazety są tanie, więc czytają, kogo dziś interesuje długi tekst, tort maleje, proszę pana, kurczy się, mój drogi, w cenie są jeszcze dobre rady i śmierć, a i to coraz rzadziej, właściwie przedłużamy agonię, nikt nie chce wydawać debiutów, zresztą przecież nie ma młodych pisarzy, no może i są, ale koszt promocji, proszę pana, reklamy obłędny, prawie nie do przejścia, jeszcze trzy lata temu było znośnie, ale teraz to po prostu tragedia. No i co ja mam napisać? Że te targi i wszyscy ci wydawcy są do dupy?

Tego nawet nie można nazwać korupcją. Agnieszka mawia, że gazeta nie może żyć w próżni, więc o dziewiątej, kiedy wreszcie skończył się zamęt, wymyśliłem artykuł o historii literatury sensacyjnej, ujmujący problem od strony ewolucji głównych bohaterów takich książek, z Keanowskimi w rolach głównych. Uspokoiwszy sumienie i licząc na to, że Stiller przemyci tekst, gdy wyzdrowieje, poszedłem do działu sportowego, by obejrzeć przynajmniej dogrywkę.

O dziesiątej wieczorem redakcja zaczyna z wolna zasypiać. Kolejne osoby mówią cześć albo do widzenia i zmęczonym krokiem, trąc pięściami oczy, oddalają się do domów. Stopniowo cichną wiatraczki komputerów, gasną biurkowe lampki i krańce sali pogrążają się w mroku. Pozostają tylko redaktorzy dyżurni, choć często nie wytrzymują i tuż przed przepisową dwunastą opuszczają swój zielony posterunek.

O dwunastej odkleiłem się od fotela i wstałem, a młody portier krążył po redakcji, wyłączając zapomniane światła. Jak zawsze palił papierosa, chociaż nie wolno.

Za dziesięć pierwsza wszedłem do domu. Sprawdziłem, czy Anna jeszcze żyje, a potem usiadłem w dusznej kuchni, zabębniłem palcami w stół, otworzyłem okno i zajrzałem do zamrażarki. Minutę później zadzwonił telefon. Zdenerwowana Agnieszka powiedziała mi, że portier ma poderżnięte gardło i nie żyje.

Poprosiła mnie, żebym przyjechał. Jako rzetelna, obiektywna dziennikarka nie omieszkała dodać, że jest jeszcze ciepły.

5.

Nie przepadam za charakterem Agnieszki. Ruda jest ambitna i twarda, a poza tym należy do spisku wymierzonego przeciw nadmiarowi słów. Mam ogromny apetyt na jej stanowisko, ale nie zostanie on zaspokojony. Jestem od niej znacznie gorszy, a na redaktora nie nadaję się zupełnie. Kompletnie nie umiem zapanować nawet nad tym, co sam piszę. I myślę. Los sprawił jednak, że to właśnie z nią najbardziej się przyjaźnię i skwapliwie spełniam jej życzenia. Po krótkiej dyskusji, w wyniku której upewniłem się, że nie jest ani pijana, ani naćpana, wyruszyłem przez opustoszałe, mokre ulice do redakcji.

W nocy korytarze budynku gazety spowija mrok. Nieduże, nocne lampy są rozmieszczone rzadko, więc nasz pałac Minosa traci swe jaszczurze kolory i wydaje się szaro-czarny. Przeszedłem cicho przez dolną portiernię, w której ochroniarz jak zwykle spał, i zacząłem wspinać się po schodach, ponieważ windy były już wyłączone. Przez cały czas myślałem wyłącznie o tym, że takie rzeczy się U NAS nie zdarzają, ale senność całkowicie mnie opuściła. Zastałem Agnieszkę na czwartym piętrze, przed głównymi, szklanymi drzwiami. Łaziła niespokojnie w tę i z powrotem.

– Chodź – powiedziała cicho.

– Wezwałaś policję?

– Ee. Naczelnego.

Weszliśmy do środka. Wewnątrz wszystko wyglądało tak, jak zawsze o tej porze. Panował półmrok, w kącie za wysokim, zielonym, recepcyjnym biurkiem cichutko grał mały telewizorek, mrugały w nim jakieś obrazy. Ich migotliwe odbicia padały na ściany, dzięki czemu widać było co nieco i można było spokojnie przejść dalej, w stronę korytarzyka i głównej sali. Podłoga niknęła w czarnym cieniu.

– Uważaj – mruknęła przez zęby Agnieszka. Złapała mnie za rękaw. Odruchowo spojrzałem w dół, a tam było coś, czego jeszcze nigdy nie widziałem na własne oczy i gdyby nie zwróciła mojej uwagi, nie inaczej byłoby tym razem. Na podłodze stała ogromna, smolista kałuża. Nogi się pode mną ugięły, ponieważ tak naprawdę dopiero teraz uwierzyłem, że to jednak nie były wygłupy.

– Wlazłam... nie chciałam go budzić – mówi ruda, a jej głos brzmi głucho i dziwnie.

Portier siedzi w fotelu, górną połową ciała ułożony po swojej stronie biurka tak, że głowa jest częściowo schowana pod rewers wyższej, frontowej części na papiery, i rzeczywiście wygląda tak, jakby spał. Ale z bliska widać, że wzdłuż lewej, wiszącej bezwładnie ręki spływa w dół zastygła w sople, zamarznięta kaskada krwi. Ech, te krzywe podłogi... W tym momencie w korytarzu rozlegają się pospieszne kroki i do recepcji wpada naczelny. Sapiąc, przystaje w drzwiach. Jest niesamowicie podniecony. Patrzy na nas, pochylonych nad biurkiem, i wchodzi szybko do środka.

– Nie ruszajcie... co to? – zatrzymuje się jak wryty, podnosi nogę, ogląda.

– On tu... jest. – Agnieszka prostuje się, jej twarzy prawie nie widać. Wciąga nosem powietrze i pyta go:

– Dzwonić?

– Nie, nie, rozejrzyjmy się – mówi szybko naczelny. – Niech pan włączy światła, panie Robercie. Zresztą... dobra, niech pani dzwoni. – Kiwa na mnie – Chodźmy.

Ruszamy szybko w głąb redakcji, zapalając kolejne lampy. Jarzeniówki pstrykają chaotycznie, robi się jasno, ale uczucie nierealności pozostaje bez zmian. Na podłodze widać, czerwono na zielonym, ślady Agnieszki, naczelny zerka w dół, wyciera do końca buty, trochę o podłogę, trochę o drugą nogawkę, ale chociaż pospiesznie przełyka ślinę, patrzy wkoło z zachwytem. Na czole ma krople po-

tu. Idziemy dalej, jak dwaj agenci śledczy,
rozbieganymi oczami próbujemy uchwycić
jakąkolwiek różnicę, ale wszystko wygląda
zupełnie normalnie – włącznie z tą niesamowitą ciszą, w której słychać tylko skrzypienie
butów i sinusoidalne brzęczenie lodówki
z drugiego końca sali. Wchodzimy po kolei do
wszystkich boksów, oglądamy je dokładnie.
Nic niezwykłego nie widać. Nagle przy wielkiej kserokopiarce naczelny zatrzymuje się,
rozzłoszczony cmoka, sięga za pazuchę i wyciąga malutki, kompaktowy aparat fotogra-
ficzny. Podaje mi go, ja z ociąganiem biorę
i pytająco podnoszę brwi.

– Niech pan zrobi w portierni parę zdjęć.
Tu się naciska... nie, tu...

Waham się przez kilka sekund, ale on po-
nagla mnie niecierpliwym gestem i rusza,
więc też idę. We łbie huczy mi, że co ja, co ja
z filmów i książek tu robię, ale przecież to
w gruncie rzeczy pasuje i nogi jakoś same
mnie niosą. Podnoszę aparat do oczu, taki
sam kupiłem kiedyś pierwszej żonie, fajny,
z głębi redakcji dolatuje bojowy okrzyk naczelnego:

– Pan sprawdzi, czy jest film!

Podnoszę oczy do nieba, nieba nie ma, jest
kratka z bladobłękitnymi, długimi jarzeniów-
kami, ruszam biegiem, bo słyszę stłumione,

zbliżające się wycie policyjnej syreny, zderzam się z Agnieszką wychodzącą zza węgła, odsuwam ją, wpadam do portierni, zastanawiam się przez chwilę, zatrzymuję... w tym momencie robi się jasno, Agnieszka zapaliła światło, patrzę na nią, ona na mnie, tupie:

– Rób! – więc przestaję się wahać i podnoszę aparat do oka. Trup z daleka. Krok do przodu, nie, dwa kroki – trup z bliska. Czerwone jezioro z dopływem spod biurka. Wszystko razem. Jeszcze raz. Jeszcze raz.

– Daj krzesło! – Włażę na krzesło, teraz lepiej. Jeb, słychać z dołu stłumione trzaśnięcie drzwi, zmykamy, Agnieszka kopie krzesło, ja uciekam w głąb redakcji, film do kieszeni, aparat... aparat... na razie na półkę, gotowe. Cyt.

6.

Dobrze. Nie będziemy marnować czasu. Pan przyjechał drugi?

Agnieszka siedzi w kulturze i robi swój wywiad. Z dużym opóźnieniem, tysiąc przeprosin, pan Artysta jest obrażony, dąsa się, kaprysi, ale w końcu zaczyna rozmawiać. Słyszę tylko połowę dialogu, ale nawet, gdyby było inaczej, chyba i tak nie zwracałbym uwagi na to, co jest mówione. Czuję się otępiały. Gliniarze rozleźli się po redakcji, klin-

czując nas w dziale kultury. Najważniejszy
z nich jest zły, bo nie może przesłuchiwać nas
po kolei, a może dlatego, że jest środek nocy
– nie wiadomo. Ma osowiałą twarz i ciężkie
powieki. Wcale nie wygląda na podejrzliwe-
go, co trochę mnie dziwi.

Opowiadam mu wszystko. Zdążyłem
przedtem zamienić dwa słowa z naczelnym
i Agnieszką, więc od razu mówię, że od znalezienia do zawiadomienia minęło... zastanawiam się przez chwilę, minęło mniej więcej
pół godziny. On pomija to milczeniem. Prosi
o wytłumaczenie, jak wygląda układ zmian
portierów, ale ja tego nie wiem – nigdy nie
zwracałem na nich najmniejszej uwagi.
W końcu pyta mnie, kiedy dziennikarze ostatecznie opuszczają redakcję i wtedy mówię,
że chyba jestem ostatnią osobą, która widzia-
ła tego człowieka... żywego. Dziwi mnie albo
raczej zaskakuje ten oczywisty fakt.

– Razem gasiliśmy światła.

– Czy jest pan absolutnie pewien, że nikt
nie został w redakcji?

– Tak – odpowiadam i zaczynam patrzeć
w podłogę.

Teoretycznie ktoś mógł zostać. Wydawało
mi się, że wszędzie normalne światła były już
wyłączone, ale kto to wie? Doskonale pamiętam o osobnych, zamkniętych pokojach na-

czelnego i jego zastępców, waham się przez chwilę, w końcu, zerkając w bok, trochę niepewnie mówię o tym policjantowi. Nie robię na nim żadnego wrażenia, ale jednak pyta:
– Czy portier sprawdza te pokoje?
– Tylko, czy są zamknięte... o ile mi wiadomo.
– Sprawdził?
– N... nie wiem. Oglądałem telewizję.

Policjant patrzy na mnie trochę drwiąco. Jakby chciał zapytać, po co w takim razie tu siedziałem i na co czekałem.

– Nie chciało mi się wracać do domu – mówię na wszelki wypadek i unoszę ręce, poddaję się. Policjant milczy jeszcze przez moment, wreszcie uśmiecha się i komentuje ze sztuczną serdecznością: – A wie pan, pierwszy raz ktoś mi to powiedział. Na razie to wszystko.

Wstaję i pytam, czy można już wszędzie chodzić, on wzrusza ramionami i mówi, że prawie wszędzie, więc odchodzę. Idę w stronę redaktorskich gabinetów, bo naczelny zdążył mi przedtem szepnąć, że tam wszystko jest poprzewracane do góry nogami i że zniknęły komputery. Gdy rozbiegliśmy się po redakcji, a ja robiłem zdjęcia, on sprawdzał resztę zakamarków. Zauważył, że drzwi jego pokoju, że pod klamką widać jasny, odłupany wiór. Rzeczywiście jest, jak mówił – ale jeden z kręcących się tam gliniarzy odpędza mnie. Niech pan idzie gdzieś do siebie czy co. Mam głupawą chęć powiedzieć mu, że dokądś, ale nic nie mówię, w końcu nawet literaci nie widzą tu różnicy, odwracam się i powoli idę, machinalnie wracam do mojego działu. Patrzę na zegarek – zbliża się druga. Agnieszka skończyła rozmawiać, główny gliniarz już poszedł. Siadam obok niej. Patrzymy na siebie nawzajem.

– Ja pierdolę – mówi ona.
– No – mówię ja.

I zaczynamy się cicho śmiać.

7.

Po jakimś czasie przyszedł do nas naczelny. Najwyraźniej nie miał się gdzie podziać – jego nora w dalszym ciągu była terenem macania, oglądania i nie wiadomo czego jeszcze, nie znam się na tym. Agnieszka też zeznała już, co miała zeznać, więc samotny szef usiadł ciężko w fotelu Stillera. Wyglądał inaczej niż zwykle, ale wcale nie sprawiał wrażenia przybitego czy zmęczonego. Zamilkliśmy z czcią, czekając na jakiś sygnał z jego strony. W końcu westchnął, popatrzył na nas uważnie i uśmiechnął się.

– Cóż za cudowna noc, moi drodzy – zawahał się przez chwilę – Kiedy pani zadzwoniła... ale wiecie co, skoro już tu wylądowaliśmy wspólnie, to może przejdziemy na ty. Co? No, to fajnie, czekajcie – wstał – zaraz wrócę.

I poszedł. Agnieszka podniosła brwi, ja wzruszyłem ramionami. W redakcji wciąż panowała cisza, policjanci byli niewidzialni i bezgłośni.

– Nie wiem – powiedziała. – Może od razu to przepiszę? Skoro i tak tu siedzimy?

Naczelny wrócił z butelką jakiejś brandy i z kieliszkami. Usiadł, rozlał, powiedział Andrzej jestem, i znowu zamilkliśmy. Tak to już jakoś jest – facet starszy ode mnie raptem o dziesięć czy jedenaście lat, a nie bardzo wiadomo, o czym by tu se luźno pogadać.

– Słuchaj – rzecze w końcu – mam prośbę. Zastanowiłem się i chciałbym, żebyś napisał o tej akcji krótką notatkę, ale... taką... ze sto dwadzieścia znaków, nie więcej.

– A zdjęcia? – spytałem.

– Nie, nie. Wiesz, ja w pierwszej chwili, tak instynktownie... Ale te komputery...

– Przecież to zwykły włam – mówię i wstaję, żeby przynieść i oddać aparat. – Zasunęli coś jeszcze?

Naczelny nalewa drugi raz.

– Robert, to może nie być zwykły włam. Zniknęły wyłącznie komputery. Zostawili monitory, drukarki, mój sejf jest nietknięty.

– A może – włącza się Agnieszka – a może usłyszeli mnie, jak trzaskam drzwiami na dole i po prostu nie zdążyli?

– A jak by uciekli?

– Jak to jak? Na górę, do drugiej klatki, na dół i już. Jak tu wchodzę, to zawsze walę, kurwa, drzwiami, a tamci nawet nie drgną.

– To na dole było otwarte? – pyta naczelny.

– Panie redaktorze...

– Andrzej.

– Pardon. Przecież to gazeta. Byłam tu w nocy en razy, a chyba ze dwa razy drzwi były zamknięte. Do północy żadnego nawet przy nich nie ma.

Naczelny wzdycha filozoficznie, nalewa trzeci raz. Milczymy. A ja nagle czuję, że zaczyna mi szumieć w uszach. Zaczynają mnie boleć kolana i drętwieją mi dłonie. Biorę głęboki wdech i mówię:

– Słuchajcie, a dlaczego on siedział przodem do drzwi?

Patrzą na mnie, nic nie rozumieją.

– Facet leży na biurku. Przecież nie tak wygląda pobojowisko. Wszystko powinno być rozpierdolone, a jak nie jest, znaczy, że ich wpuścił.

Naczelny myśli chwilę, w końcu mówi:
– Nie. Po co by siadał?
– A według mnie on też był schlany albo spał, albo i jedno, i drugie – mówi Agnieszka, wzruszając ramionami. Bierze butelkę, naczelny przechwytuje ją szarmancko i sprawnie nalewa.
– I co? On też nie zamknął drzwi? – pytam teatralnie.
– A nie zamknął. Po co miałby zamykać? Przecież to portier.
– Dajcie spokój. Są fachowcy, niech myślą. Coś tam w końcu znajdą – powiada Andrzej i znowu sięga po butelkę.
– Akurat – mówię. – Nic nie znajdą, a jak kogoś wsadzą, to się potem okaże, że dowody były lipne.
– To jacyś gnoje spod miasta i tyle – powiada Agnieszka i pociąga spory łyk. – Pewnie masz rację i to byli jego koledzy. Zdrowie!
– Zdrowie!
– A wiecie co? – mówi rozmarzonym głosem naczelny. – Pamiętam, dawno, dawno temu, jak miałem staż jeszcze na Kijowskiej, też zdarzył się taki przypadek, tyle że cieć dostał po łbie, zresztą też w efekcie poszedł do piachu, a wiecie, co wtedy zapierdolili? Nie uwierzycie, ale pięć biurek, dwie czy tam trzy szafy, poza tym włamali się do kasy, ale tam

nic nie było, więc wzięli jeszcze kilka maszyn do pisania. No i udałoby się, ale kiedy wychodzili, tam było takie małe podwóreczko z tyłu, z wjazdem, to akurat jakiś gliniarz urwał się z patrolu i przyjechał do narzeczonej, zdaje się. I kiedy wychodził od niej, po prostu się z nimi zderzył, a oni robili wtedy, biedacy, już ostatni kurs, właśnie z tymi biurkami. Chryste, takiego pecha mieć! Pouciekali, bo nie mieli broni, więc ten gliniarz złapał tylko kierowcę... a może i nie kierowcę, czekajcie, nie pamiętam...

– A ja – Agnieszka jest zarumieniona – a ja kiedyś czytałam, że w „C'est Paris" zdarzyło się podobne włamanie i też zajebali komputery. Żeby zniknęły stare zdjęcia jakiejś dziewczyny, która później zaczęła robić karierę, a te zdjęcia były, rozumiecie, nie tego, więc...

Poziom cieczy opada błyskawicznie. Czuję się, jakbym był na wakacjach – nie czułem czegoś takiego od wielu lat. Patrzę na naczelnego, na moją ulubioną koleżankę i myślę sobie, że nie jest tak, jak mówią. Kręci mi się w głowie, redakcja niepostrzeżenie zamieniła się w zieloną karuzelę, co jest grane, przecież mogę wypić dwa, trzy razy tyle i nic, a tu taki dziwny obrót sprawy. Czyście podurnieli, czy was instynkt zawiódł? Rozglądam się wokoło i nagle widzę policjanta, który nas przesłuchiwał. Policjant zbliża się, zwalnia, kręci z dezaprobatą głową, naczelny, przepraszam, Andrzej wstaje, zaprasza go, żeby usiadł, policjant wzbrania się, w końcu no dobra, ale tylko jednego, ruda śmieje się perliście – Andrzej biegnie ciężkim kłusem, wraca z nową butelką. Zza węgła wychyla się drugi policjant, widzę niewiele, ale jednak widzę, że gliniarz przełyka ślinę, ten pierwszy patrzy, marszczy brwi, w końcu macha ręką, a niech tam, właściwie skończone, rety, Sodoma i Gomora, tam trup z poderżniętym gardłem, chociaż już suwak zapięty, a my tu chlamy – może pan już wezwać drugiego portiera, panie redaktorze naczelny, jak to po co, niech pomoże sprzątać, już prawie czwarta, no to chlup za zdrowie portiera, umarł portier – niech żyje portier!

Przytrzymaliśmy ich prawie do piątej, po czym zabrali wszystkie swoje rzeczy, w tym – przy pomocy specjalnej ekipy – wystygłego wreszcie nieboszczyka. Wśród wielu serdecznych pożegnań zapowiedzieli, że będziemy jeszcze wzywani. I slalomem pojechali.

Po ich wyjściu zrobiło się smutno. Zapasowy portier przyszedł po piętnastu minutach i z poszarzałą twarzą zabrał się do zmywania podłogi.

– Za godzinę przychodzą tu ludzie i co pan chce? Żeby podłogę zababrali? Całą?

Andrzej trochę wytrzeźwiał, my też. Czas cofnął się magicznie i znowu zostaliśmy panią i panami.

– Tak, że proszę o notatkę. Bez sensacu, sucho, krótko. Wyłącznie o śmierci. A, i kiedy ktoś przyjdzie, może pan oczywiście iść do domu, pani też. Zostawię informację dla Marcina.

– Panie redaktorze... – łapię go w pół obrotu.

– Taa?

– Przepraszam, to nie pora, ale chcę o coś spytać.

– No?

– Od paru tygodni próbuję wcisnąć tekst o Keanie. Chciałbym poprosić pana o zgodę.

– To ten od CIA?

– Ten sam.

– On, zdaje się, niedługo przyjeżdża?

– Za cztery dni.

– Oj, to trzeba szybko! Jasne, jasne, niech pan jak najszybciej napisze ten tekst.

– Jest gotowy od tygodnia.

– Świetnie. Zostawię Marcinowi info, żeby jutro puścił.

Lubię, kiedy zza chmur wychyla się słońce.

8.

Siedzę na jednym z sześciu, a w zasadzie blisko dwustu identycznych foteli, na biurku nielegalna popielniczka, i piszę notatkę o śmierci portiera. W nocy z 15 na 16 września w niewyjaśnionych okolicznościach zginął Paweł S., nasz pracownik administracyjny. Śledztwo trwa. Nikt nie zauważy. Agnieszka śpi, zwinięta w kłębek na ułożonych w kącie płaszczach. Moja dwuipółroczna, bezinteresowna kochanka jest wytrzymałą dziewczyną, ale połączenie popijawki i zmęczenia w końcu zwaliło ją z nóg. Pochylam się, kucam, delikatnie odsuwam czerwone włosy, które zasłaniają jej twarz... Za godzinę zadzwonię do Anny i powiem, że wrócę wieczorem, bo jestem potwornie zajęty. Przedłużę sobie trochę te nieoczekiwane wakacje. Połączę przyjemne z pożytecznym. Skoro ruda była w stanie załatwić mi pracę w gazecie, skoro jest ładna i niegłupia, skoro jeszcze się jej nie znudziłem i w sposób godny wiary udaje, że lubi moje kiepskie, niczym nie różniące się od innych teksty – wiele mógłbym wymienić argumentów za, nie znajdując ani jednego przeciw. Poza tym spotykamy się stosunkowo rzadko, góra trzy, cztery razy w tygodniu.

Ma przytulne mieszkanie z utrzymanym w ciepłych brązach wychodkiem i ogromnym oknem, przez które godzinami mogę patrzeć na mrowiące się w dole, anonimowe, oszalałe Miasto. Ja nie mam takiego okna, chociaż bardzo chciałbym je mieć i siedzieć w fotelu, choćby takim samym, jak te w redakcji, palić papierosa i hipnotyzować się neonami, stłumionym warkotem samochodów, jękiem tramwajów i odległymi, prawie nowojorskimi klaksonami. Obok stałby niski stolik, a na nim butelka i kieliszek. Co parę chwil zachodziłoby słońce, a wysoko na niebie miejski zgiełk i ruch miałby wprost fizyczną przeciwwagę w postaci niezmiennych, czy też pozornie niezmiennych, pierzastych chmurek, wiszących tam, gdzie temperatura jest zabójczo ujemna i gdzie panuje absolutna cisza. I gdzie nie ma ani jednej żywej istoty, nie licząc tymczasowych gości, podążających nie wiadomo dokąd wielkimi samolotami, które z mojego okna wyglądają na całkiem małe, zostawiają tylko piękną, tajemniczą smugę, złotą, bo zbliża się noc, a potem wschodzi wieeelki księżyc i kupiłbym sobie teleskop, i gapiłbym się, tracąc poczucie czasu, nie myśląc o pieniądzach, o etatach, o ludziach i o dupach i nigdy w życiu nie przyszłoby mi do głowy, żeby nauczyć się, że ten krater nazywa się tak, a drugi inaczej, więc byłaby to czysta przyjemność. I zapewne z czasem jedno z dwojga: albo rozpłynąłbym się w nicości, zamieniając być może w jedną z konstelacji gwiazd i uzyskując wreszcie nieśmiertelność, o której ludzie marzą od zawsze, albo z niedożywienia stałbym się mumią, z wyschłym, czarnym, matowym okiem, na wieczność wpatrzonym w okular, i dłonią zaciśniętą na kieliszku. Byłoby... błogo...

O siódmej obudziła mnie dziewczyna z recepcji, prosząc o pomoc. Coś tam się stało z telefonem, więc obijając się o sprzęty, poszedłem za nią. Telefon żałośnie mrugał wszystkimi światełkami, popatrzyłem więc na panienkę ze współczuciem. Zapytałem, czy jest sygnał, bo nic lepszego nie przyszło mi do głowy. Odpowiedziała, że tak, więc kurtuazyjnie obejrzałem aparat, stwierdziłem, że nie umiem tego naprawić i zaproponowałem, żeby pogadała z informatykiem, bo to nad podziw mądry człowiek i z pewnością znajdzie jakieś rozwiązanie. Za bombonierkę, pani Elżbieto. Podziękowała, zerkając znacząco na żółtawy ślad pozostawiony na podłodze przez sos z portiera, ale nie miałem najmniejszej ochoty na zaspokajanie jej ciekawości i poszedłem budzić Agnieszkę.

Wyszliśmy z redakcji i świeże powietrze na moment nas ogłuszyło, jak zawsze. Pomarańczowa maszyna do mycia szosy pracowicie wyrzucała na chodnik różne paprochy i jej absurdalny wysiłek rozczulił mnie do tego stopnia, że namówiłem Agnieszkę na spacer. Jej mieszkanie było niedaleko, więc zgodziła się, choć leniwa z niej madame. Po czym zadziwiła mnie powtórnie, między ziewnięciami proponując, byśmy poszli nad rzekę. Więc zeszliśmy na brzeg, potykając się na koślawych schodkach i nagle zdałem sobie sprawę z tego, że jest sobota. Pieprzony Andrzej skołował mnie swoją notatką! Więc nie będzie lawiny samochodów i tupotu tysięcy stóp... i tak jakoś humanistycznie ucieszyłem się i z tej uciechy wziąłem koleżankę za rękę. Popatrzyła na mnie z dobrodusznym zdumieniem.

– Co jest?

Nie odpowiedziałem. Bo i po co? Ja też jestem dobroduszny i czuły. Uwielbiam, gdy ktoś włazi mi w mój metr kwadratowy, maca spoconą łapą i na mnie chucha, co oczywiście nie znaczy, że mam spocone dłonie i cuchnący oddech, chociaż mam, w końcu wszyscy odżywiamy się racjonalnie i palimy papierosy, więc nasze ciała są w stanie rozkładu i to przenosi się głębiej, aż dociera do mózgów, które też zaczynają śmierdzieć, w wyniku czego normalne bodźce przestają być czytelne. Skoro mieszkamy w nowoczesnych, estetycznych, funkcjonalnych mieszkaniach, takich jak moje albo, na przykład, Agnieszki i pracujemy w miejscach przeważnie wyposażonych w takie same sprzęty, jak mogłoby być inaczej? Niedługo IKEA wpadnie na pomysł, żeby umeblować metro, autobusy, a potem parki, i wtedy co? Czas uciekać, czas uciekać.

Stoimy na betonowej, zniszczonej, szarej ostrodze, wcinającej się głęboko w nurt rzeki. Jest chłodno i spokojnie – widzę ostro nawet najdalsze widoki. Budynki po drugiej stronie do pasa mają różne kolory, a wyżej są pomarańczowe i zaczyna zrywać się lekki wietrzyk. Obok nas, bimbając nogą, siedzi jakiś wędkarz, ubrany w szary pikowany waciak. Za plecami czujemy dyskretną obecność mostu, woda z chlupotem obmywa mu łapy.

– Wcześnie państwo wstali – mówi towarzyski wędkarz. Spogląda na nas figlarnie i sadystycznie.

– Niezupełnie – odpowiadam uprzejmie, z dobrze skrywaną nienawiścią. – Zamierzamy się późno położyć.

– Aaa, rozumiem – mówi on. – Po nocce, nie?

– Ano.

Znowu robi się cicho. Agnieszka przysuwa się do mnie, więc truchleję i szepczę do niej: – Co jest? – a ona uśmiecha się miękko i kręci powoli głową. W tym momencie czuję w kieszeni przeklęty dygot, więc puszczam dłoń namiętnej koleżanki i ze zdumieniem patrząc na zegarek, wyciągam telefon. Kto to? Anna?

– Witaj Robert – słyszę. To Karol z oktogonu, czyli Satan.

– Cześć – mówię sztucznie zaspanym głosem.

– Co się dzieje? – po tamtej stronie dwie sekundy ciszy, i: – Mówią w Mieście, że u was rzeźnia.

– ...Jaka rzeźnia?

– Trup. Więc dzwonię.

Czuję coś w rodzaju podziwu. Ale nawet nie zawodowego, tylko raczej takiego, jaki wywołują, na przykład, akrobaci w cyrku.

– Trafiłeś pod niewłaściwy adres, przyjacielu. A skąd się dowiedziałeś?

– Jak to skąd? I nie pierdol mi o adresach. Wiem, że to ty go znalazłeś.

– Mylisz się, kolego. Nie ja.

– To jakim cudem w kwitach na pierwszym miejscu jest twoje nazwisko? I imię?

– Być może – skręcam – to kwestia alfabetu.

– Więc czas powiedzieć be. No?

Zastanawiam się. Czym ryzykuję? Niczym. Nie powiem mu nic, to gotów napisać, że nic mu nie powiedziałem, czyli że gazeta solidarnie trzyma dziób w garści. Powiem coś, to on to i tak puści dopiero w poniedziałek, a poza tym wiem, że jest solidny – ma zwyczaj kryć informatorów. Patrzę na Agnieszkę, która słucha i nic nie rozumie.

– Karol, zadzwoń za pięć minut.

– Dobra.

Ten w waciaku spogląda na mnie chciwie – i zarazem niepewnie. Biorę Agnieszkę za rękę i ciągnę ją na koniec betonowego wybiegu, poza zasięg długich uszu obywatela wędkarza.

– Słuchaj. Zadzwonił do mnie koleś ze szmaty i chce się czegoś dowiedzieć.

– Jak on to tak szybko zrobił? – dziwi się sennie Agnieszka.

– Nie żartuj. Słuchaj, pomyślałem, że skoro Rozner zamyka mordę, powiem mu o sprawie.

– Po co?

– On ma dobre wejścia wszędzie, a ja myślę, że to dziwna rzecz i tyle.

– Robert, to zwykłe włamanie!

– Ale chcę, żebyś mnie kryła.

– A co ty mu o tym powiesz?

– Agnieszka, w tym zasranym grajdole nikt się nie włamuje do redakcji gazet.

– Ukradli komputery.

– I co? Myślisz, że uciekli przed tobą? Zarżnęli faceta, pewnie kumpla, i spierdolili, bo trzasnęłaś drzwiami?

Agnieszka spogląda na miasto, na niebo i wodę, doprawdy szkoda, że nie ma gdzieś ognia. Zaangażowałem się. Chce mi się z samego siebie śmiać, chcę wrzucić Karolowi ten bzdet i zapaść w sen. Nie chcę scysji, nie chcę, żeby mnie zakapowała. Musi, musi usłyszeć, że trąbka gra. Praso wszelkiej maści, do boju! Odkrywajmy, demaskujmy, przeszkadzajmy diabła wartej policji w śledztwie, które zakończy się umorzeniem. Dziennikarze wszelkiej maści, łączcie się... Agnieszka obejmuje mnie i wreszcie mruczy zgoda, powiedz mu, niech ci będzie.

– Nie zdradzisz mnie?

– Zrób to dobrze, a nie będę musiała – i wsuwa mi język do ucha. A ja do drugiego podnoszę telefon, bo Karol już dzwoni.

– I?

– Puścisz to we wtorek. Może być na pierwszej stronie, cha cha, ale we wtorek.

– W porządku.

– I ma mnie nie być widać.

– Czy ja jestem idiotą?

– Ależ skąd. Portier dostał nożem, jeszcze w portierni, i zniknęły tylko komputery z pokojów dowództwa.

– To wiem.

– Dziwne, że po prostu weszli, chyba ich wpuścił. Dostał po gardle, ale siedział za biurkiem, więc pewnie z tyłu, znienacka, no, nie spodziewał się i wszystkie drzwi były pootwierane, żadnego rozpierdolu, żadnego, zresztą nie wiem, ile mieli czasu, ale od razu poszli po komputery, a to u nas daleka droga.

– Wiem, wiem.

– Nawet nie próbowali wziąć sejfu.

– Nudzisz. Nie zrobiłeś przypadkiem jakichś zdjęć?

Oblewa mnie zimny pot. Skąd mu to, kurwa, przyszło do głowy?

– Skąd ci to, kurwa, przyszło do głowy?

– No bo ty taki niegłupi jesteś, a przynajmniej kiedyś byłeś.

– Weź zdjęcia od gliniarzy, robili ich od chuja.

– Spokojnie – szepce Karol. – Ty, powiedz, dlaczego właściwie o tym opowiadasz? Z takim uczuciem?

– Coś tu śmierdzi, Karol. Nikt normalny nie robi takich włamów, no, do gazet. I...

– I?

– I napisałem o tym dwa zdania. Nawet nie shorta. Zresztą, z taką samą argumentacją. I bez kradzieży.

– Naczelny ci kazał?

– Tak. Ale o tym ani słowa, bo zabiję.

Wsadzam telefon do kieszeni i siadamy. Agnieszka patrzy na mnie z przekąsem, ale bez szczególnego wzruszenia. Zaczynam dochodzić do wniosku, że chyba nie wszyscy pracujemy przez całą dobę. I całe szczęście.

W parę minut później mozolnie wdrapaliśmy się na dostojną górę, a miasto pod i nad nami nieśmiało zbierało się do życia. Ludzie leniwie, sennie krążyli po placu Zamkowym, do odrapanej zamkniętej budki z kurczakami podjechało czerwone volvo. Zatrzymaliśmy się na chwilę. Z samochodu wysiadł całkiem zwyczajny facet, podszedł do drzwi i zaczął gmerać kluczem w zamku. Poszliśmy dalej. Gołębie furczały skrzydłami i gubiły pióra, babcia z ziewającą wnuczką w czerwonym sweterku wabiła je okruchami bułki na pierwsze śniadanie. W drodze na Marszałkowską spotkaliśmy ze dwieście osób, z których przynajmniej połowa niezawodnie kupiła już gazety. Ciekawe, ilu z tych ludzi wybrało moją? Pewnie większość, bo to my jesteśmy najlepsi. O wszystkim piszemy prawdę, często więcej niż

prawdę, a najczęściej kilka gumowych, ela-
stycznych prawd do wyboru. Mamy świetne,
chociaż, między nami mówiąc, durnowate
dodatki. I, rzecz jasna, najlepiej rozwiązany
układ typograficzny pierwszej strony, więc
nazwa i logo naszej zawsze są dobrze widoczne. Niby nic, a cieszy. Machinalnie zacząłem liczyć, jaki my właściwie robimy
dzienny obrót, ale wyszły mi takie kwoty, że
dałem spokój. Tfu, dziś sobota, o czym ja
myślę?

– Zastanawiam się – mówi Agnieszka – jaki my robimy dzienny obrót?

Patrzę na nią z osłupieniem.

Dotarliśmy do łóżka o dziewiątej. Kiedy
wyszedłem z łazienki, moja piękna, dzierża-
wiona od losu panna spała kamiennym
snem. Usiadłem na brzegu naszego zdrowe-
go, wypchanego sztuczną morską trawą her-
batnika i zamyśliłem się. Podreptałem smętnie do kuchni, by zajrzeć do lodówki.
Wróciłem do pokoju i stanąłem przy oknie.
Gardło piekło mnie jeszcze przez kilkanaście sekund, ale poczułem się troszkę odprężony. Zacząłem gmerać w szafce, znalazłem
to, czego szukałem, i usłyszałem wściekłe
warczenie telefonu leżącego obok telewizora. Anna...?

– Cześć, tu Karol.

– Czego?

– Rewanżyk. Chyba że nie chcesz?

– No?

– Pół godziny temu dostałem nius, że Lemper nie żyje.

– Ute?

– Nie, ten z Unii. Upierdolili mu łeb dziś w nocy.

– A co ja mam do tego?

– Nic – odpowiada przeciągle Karol. – Dostał nożem po gardle.

Czuję, że mnie zatyka.

– Córka go znalazła. Wiem już na sto procent, że jedyną rzeczą, która zniknęła, jest komputer.

Część druga

TEORIA GIER

1.

Warszawo, moja kochana Warszawo, co się z tobą stało? Dlaczego jesteś taka brzydka? Dlaczego moje ulubione miasto jest brzydkie jak kupa? Jadę do pracy, a obok mnie jakaś starucha mamrocze pod nosem, że kiedyś było inaczej. Moje kiedyś zapewne nieco różni się od jej kiedyś, a inaczej od inaczej, ale idea jest ta sama. Ona przed chwilą wsiadła do autobusu i ja też wsiadłem przed chwilą, tyle że ja byłem lepszy. Dwa zwody i jeden faul, i już siedzę. A ona w tej swojej włochatej czapce z poliestru stoi obok, bo przegrała, chociaż w porównaniu ze mną miała doskonałą pozycję startową, była pierwsza przy drzwiach obok kółka, wypracowała ją sobie foliową torbą, laseczką i intensywnym zapachem formaliny, czy też naftaliny, co za różnica, ja zaś stałem na samym końcu, obok wielkiej vlepki z napisem dziękuję, właściwie nawet musiałem troszkę podbiec, w związku z czym wcale nie było mi łatwo, o nie, przede mną stały dwie osoby, jeszcze bardziej krwiożercze, młodsze i silniejsze, ale lata treningu robią swoje. Podszedłem bokiem, ocierając się o brudną, czerwoną ścianę, na szczęście mam pralkę, szybki ruch biodrem, jak nie przymierzając Elvis, i hyc – już jestem w środku. W środku sajgon, ale chyba się wyrwę, z przodu luźniej, czuję ruch w tamtą stronę, instynkt działa, głowa kręci się jak radar i nieomylnie wskazuje pustkę, do której ciągną wszystkie minusy, więc robię szybki zygzak, nurkuję pod rękami, przeciskam się, od czasu do czasu jak piesek pustynny staję na zadnich łapach i wietrzę nerwowo, wąsiki drżą, morze czerni faluje, otaczają mnie dzikie twarze, fetor chińskiej bawełny, sztucznej skóry i popsutych zębów, pcham się jak rycerz, jakbym miał skrzydła na plecach, koń mi pada, krwi, krwi, jestem już blisko i nagle wyrastają przede mną szerokie plecy i tandetna czapka, z rozpaczą patrzę w niebo, nieba nie ma, jest czarna, dziurawa guma, ale widzę z boku, za kasownikiem pustkę. Gwałtownie kręcę kierownicą. To już nie siedemnasty wiek, lecz ostatnie metry w grand prix monaco, Schumacher dramatycznym manewrem usiłuje zapewnić sobie trzecie z rzędu mistrzostwo świata, proszę państwa, silniki wyją, jedena-

ście, dwanaście, trzynaście tysięcy obrotów...
i nagle, o jezu, Hakkinenowi wysiadają dwa
gary, siatka się rozerwała, kurwa, cola pryska
na wszystkie strony, zalewa kółko, po co jej
tyle coli, co pani, o jezu, widownia szaleje, potop, potop, a ja już zwalniam, przegazówka,
trójka, przegazówka, dwójka, przegazówka,
siedzę. Ona zebrała swoje siatki, odgryzając
się hołocie, i zawisła nade mną. I mamrocze to
swoje najechało się bydła, gnoje, stolicy się
zachciało wsiokom, no i nie mam gdzie siedzieć, chamy jebane, ale co też pani kochana
mówi, odpowiadam w duchu, ja przecież jestem miastowy, mama przyjechała co prawda
z Kowla, ale tata jest stąd, z Gdańskiej, i dziadek też był stąd, a dalej to już nie pamiętam,
chociaż podobno któryś z jego, a więc najprawdopodobniej także moich przodków był
Tatarem z Krymu, tyle, że szanowna pani zapewne o nich nie słyszała, więc skończmy już
wreszcie tę nierówną walkę.

Okno jest zachlapane białawą, kleistą ma-
zią. Niewiele przez nie widać. Koniec września to zły czas, na zewnątrz straszna ulewa
i wicher, niszczący resztki żywych kolorów
miasta, czytaj zielonego. Autobus ciągnie
z mozołem przez tajemniczy las szarobu-
rych, nieokreślonych kształtów, które dopiero z bliska zaczynają wyglądać na coś w ro-

dzaju domów. Ale nie jestem pewien, ponieważ refleksy samochodowych świateł załamują się i rozpraszają w potokach mętnej wody płynących po szybie.

W tej wilgotnej dżungli przeżywa ten, kto uniknie cudzego wzroku. To niepojęte, że blisko setka ludzi stłoczonych na powierzchni niespełna czterdziestu metrów kwadratowych może tak sprytnie się ustawić, że hipotetyczne linie, wyznaczające nasze cele, nie nakładają się na siebie. Czasem ktoś się zagapi, lecz przeważnie trwa to ułamek sekundy i znika wraz z nerwowym, zniecierpliwionym ruchem, maskującym czystą, zdrową i naturalną w takich warunkach, płynącą z głębi lękliwych serc nienawiść.

Oczywiście zdarzają się wyjątki. Na przykład życzliwa babcia, która zaczyna czule rozmawiać do cudzego dziecka. Dziewczynka jest speszona i nie wie, co robić. Staruszka gładzi ją po głowie, pyta a gdzie tatuś, ale o tatusiu słuch zaginął, więc matka zgrzyta zębami i modli się w duchu, żeby ją grom z ziemi jasnego siedem krów i siedem chudych krów nieba trzęsienie zaraza plag egipskich i siedem ją krów chudych, a córeczka zaczyna seplenić, chociaż normalnie nie sepleni, więc nie sepleń córeczko, to jest, chciałam powiedzieć, ona jest bardzo nieśmiała, no, Partycja, tfu, Patrycja uspokój się, mówże wyraźniej, o już wysiadamy, do widzenia. Chociaż do domu jeszcze trzy przystanki i leje deszcz. Albo chłopiec z trądzikiem zakochuje się w pannie jak kwiat, a Kupidyn celuje i nie może wcelować, bo powietrze nad nimi normalnie drży. Biedny bożek ma na nosie specjalny klips, ukradł go jednej z pływaczek synchronicznych, które znowu nie pojechały reprezentować naszej Ojczyzny na Igrzyskach Olimpijskich, więc dziewczynina pewnie się udusi, ale gdyby nie to, niż demograficzny mógłby przerodzić się w zapaść demograficzną i zabrakłoby nowych pasażerów, by wypełnili luki, powstałe w fantazyjnym, olfaktorycznym menu.

Poznałem Annę w autobusie linii 175, pewnej wiosny, w porze, gdy otwarcie okna nie budzi już ludowego sprzeciwu. Stała na kółku, obok kasownika, a w kasowniku tkwił nienaruszony bilet. Miała na sobie szary sweterek za dwie dychy, wytarte czerwone dżinsy i podejrzane adidasy, a w garści trzymała spłowiały plecak. Była niesamowicie piękna, wyglądała jak nordycka bogini, ale nie z opery, tylko prawdziwa – i nie miała wyrazu twarzy. Co prawda przytłaczająca większość obywateli autobusowych sprawia wrażenie katatoników, jednak przeważnie ci, którzy boją się kontroli, wcale nie są osłupiali. Strzelają spojrzeniami, przed każdym przystankiem starają się wyjrzeć na zewnątrz, więc wiercą się i kręcą, wspinają na palce albo kucają, a wszystko tak od niechcenia, mimochodem i są absolutnie pewni, że niczym się od innych nie różnią. Anna zaś stała całkowicie spokojnie i patrzyła w stronę kierowcy, a więc bardziej ku tej ze ścian autobusu, w której wcale a wcale nie ma drzwi. Siedziałem tuż przed nią i kątem oka spoglądałem na doskonałą twarz i bladoniebieskie oczy, gdyby nie ten bilet, byłbym pewien, że przyjechała z daleka, na przykład ze Szwecji, i skręcało mnie z ciekawości – jaka też ona jest. Co się dzieje, kiedy otwiera usta. Czy jest zwyczajna. Czy ma różowy języczek, czy raczej obłożony. I jak tam z ząbkami. Czy te sterczące cycuszki to prawda, czy gorsecik. Czy pępuszek ma raczej wystający, czy może wklęsły. Czy ma piegi na plecach. Czy kiedy wyciąga przed siebie ręce, robią jej się dwa dołeczki za obojczykiem. Wiele jest pytań i wątpliwości. Może mówi basem? Może woli dziewczęta? Albo nawet staruchy? Świat jest zagadką, nie można według fasady z całą pewnością stwierdzić, co ukrywa się w środku.

Słonko ogrzewało moje prawe ucho. Ten zabawny kawałek mięsa jest niezwykle ukrwiony, więc przeważnie działa jak chłogdnica. Ale gdy siedzisz w słońcu, a powietrze faluje, następuje nieuchronna zmiana i z fizyczną bezwzględnością chłodnica staje się nagrzewnicą, czerwienieje, pulsuje i sprawia, że zaczynają człowiekowi przychodzić do głowy pomysły. Może by tak podejść? Albo delikatnie się potknąć i zawadzić? Och, przepraszam najmocniej! Dokąd to w taki piękny poranek? Taka samotna? A... tu, na włoskach, niteczka jakaś? Może zdejmę?

I pewnie nic by z tego nie wyszło, gdyby nie przypadek. Przy skrzyżowaniu Nowego Światu i Foksal do autobusu wsiedli Karol i Piotr. Ruszyli w moją stronę, a kiedy mijali nieznajomą piękność, Karol powiedział bileciki do kontroli i wtedy ona płynnym ruchem skasowała bilet i on to zauważył nie wiadomo jakim cudem, zatrzymał się i rozłożył ręce, mówiąc Anna?

– O Jezu.

Potem zostałem przedstawiony, wycieczka na piwo, odprowadziłem do domu, to zawsze jest skuteczne, okazało się, że nie tylko jest ładna, ale nawet bardzo, i nie tylko Anna, ale nawet niegłupia i dziś, choć nasz związek już okrzepł i nie gwałcą go nagłe ataki namiętności w windzie, w parku miejskim, czy wreszcie na dywanie pod dywanem w dywanie po zabawie u Joanny, mogę chyba powiedzieć, że miałem prawdziwe szczęście, tamtego dnia wsiadając do autobusu linii 175.

Teraz także siedzę w autobusie, może nawet tym samym i choć wszyscy jesteśmy trochę podminowani, bo szybkimi krokami zbliża się zima, jestem pewien, że Ona wybaczy mi odzież, ubłoconą w wyścigu sprzed pięciu minut, za jakiś czas podejdzie do mnie i powie chłodno, cicho i uprzejmie, żebym zdjął ubranie, bo chce je uprać.

Spojrzy na mnie tymi bladoniebieskimi, strasznymi oczami tak jak dziś rano, gdy poszła włożyć do pralki moje poprzednie spodnie.

2.

Wchodzę do redakcji, siejąc wokół kropelkami deszczu. Od śmierci Pawła S. minęły przeszło dwa tygodnie i właściwie nikt już o niej nie pamięta. Początkowo część osób próbowała się dopytywać, pewne emocje wywoływał także rozległy, żółtawy odcisk naszego pracownika administracyjnego, ale w codziennym chaosie sprawa szybko znikła. Nawet w poniedziałek po zabójstwie niewiele się o tym mówiło, jakiś tam popołudniowy, zdobyty czy stracony medal okazał się ważniejszy. Przypadek Lempera też z nim przegrał.

We wtorek kupiłem nierzetelną szmatę Karola, bo chciałem zobaczyć, jak i co. Ze zdziwieniem stwierdziłem, że nie odważył się zestawić obu morderstw – wylądowały na drugiej stronie, w dwóch osobnych, suchych shortach, umieszczonych jeden nad drugim. Po południu, głęboko urażony, zadzwoniłem do satana. Karol troszkę kręcił, ale w końcu powiedział mi, że identyczność zdarzeń może być pozorna, bo Lemperowi ukradziono co prawda komputer, ale mieszkanie było ogólnie splądrowane, a informator twierdził, że wszystko wskazuje na zwykły napad rabunkowy. Do momentu, w którym rozmawialiśmy, nie udało się ustalić, co zginęło, bo gość od dłuższego czasu żył samotnie. Interesujące było tak naprawdę tylko to, że sprawcy także zostali do mieszkania wpuszczeni. Ale przecież wiedziałem, że od kiedy notowania byłego gwiazdora politycznego spadły, zaczął uprawiać interesy, a w interesach – przeciwnie niż w polityce – ceniona jest uczciwość, o której denat zapomniał na śmierć dużo, dużo wcześniej. Zresztą, do samego końca mieszkał na Wiejskiej, tuż obok sejmu.

Nieco później spotkała mnie ciekawa przygoda. Motz na polecenie naczelnego puścił sporny artykuł o Keanie, więc przez kilka dni spierdalałem przed groźnym zzzastępcą, chowając się po kątach. Liczyłem na to, że zapomni, bo w końcu stale coś się dzieje na świecie. Kean przyjechał i pojechał, a ja nie paliłem, nie chodziłem do bufetu, lałem do foliowej torby i zamieniłem się miejscami z Agnieszką, bo jej stanowisko jest za rogiem i nie widać go z korytarza. Udawało mi się aż do minionego poniedziałku, kiedy biegnąc po ewakuacyjnych schodach, jak zwykle szczęśliwy i beztroski, absolutnie nieoczekiwanie na niego wpadłem.

Powiedziałem uniżenie dzień dobry i mknąłem dalej, lecz on rzekł:

– Chwileczkę.

Zatrzymałem się jak uczeń, który wybił szybę.

– Proszę mi łaskawie powiedzieć, jak pan to zrobił?

Miałem pół sekundy. Nie wie? Wie? Niemożliwe, żeby nie wiedział.

– Panie redaktorze, poprosiłem Roznera.

– Wbrew mojej opinii.

– Wbrew pańskiej opinii. To błaha sprawa.

– Istotnie. To błaha sprawa.

– Nie chciałem, żeby u nas tego nie było.

Patrzył na mnie jak bazyliszek. Ciekawe, jak się zachowywał, kiedy miał władzę absolutną. Muszę przy okazji zapytać Stillera. A może Roznera?

– Sprawił mi pan ogromną przyjemność.

Co takiego?

– Dziwi się pan?

– ...?

– To bardzo proste. Lubię konsekwencję. Nawet jeżeli się nie do końca zgadzam.

Miałem frywolną ochotę spytać, czy uruchomienie produkcji abażurów ze skóry także uważa za przypadek godnej lubienia konsekwencji, ale oczywiście tego nie zrobiłem. Zresztą tak naprawdę kłamię – wcale nie przyszło mi to wtedy do głowy, jedyne, o czym myślałem, to zwiewać, więc czym prędzej zwiałem. Biegnąc po schodach histerycznie chichotałem, bo mały ze mnie człowiek i tchórzliwy, i chociaż rzadko z gazety wyrzucają, to jednak strzeżonego pan Bóg strzeże. Licho mnie podkusiło,

ale od dziś będę sprytniejszy.

Zbliżając się do mojego boksu, ściągam niebieską, przeciwdeszczową kurtkę i zaczynam wyglądać jak zawsze. W dziale kultury jeszcze pustka, ekrany komputerów są zakurzone i martwe. Zza gipsowej ścianki słyszę rozmowę chórzystów z działu sportowego – szef, mój ulubiony bohater dnia powszedniego, ruga któregoś ze swoich roboli za jakąś pomyłkę. Widzę wracającego z planowania Stillera, więc kiwam ręką, równocześnie pokazując na migi, żeby był cicho. Kłótnie u czwororękich wynikają z panicznego strachu przed naczelnym, który wprost uwielbia sport, a w głowie ma istną encyklopedię. Chłopcy są więc przerażeni, bo każda nieścisłość natychmiast zostaje wyłapana i bezwzględnie napiętnowana. Poza tym osoba naczelnego w zasadzie nie jest w gazecie widoczna, równie dobrze mogłoby go nie być. O co tym razem poszło? O jakieś imię.

– Jak mogłeś.

– Ale szefie, skąd miałem wiedzieć...

– Taki z ciebie dziennikarz sportowy?

– To sprawa onomastyczna, nie sportowa.

Ooo no no, patrzymy na siebie ze Stillerem, onomastyczna!

– Ona ma na imię jak facet, więc się zagapiłem.

– Ale przecież każdy idiota wie, że Astrud to żeńskie imię. Każdy!

– Moim zdaniem damskie imię to Astrid. Astrud jest męskie.

– Damskie!

– Dlaczego damskie, skoro wygląda na męskie?

– Wcale nie wygląda na męskie. Od razu widać, że damskie!

– Moim zdaniem nie widać.

– To kobieta!

– Szefie, ale ona wcale nie wygląda na kobietę. Te bary, wąskie biodra... I włosy na piersi...

– Jakie włosy? Czyś ty oszalał?

– Słowo honoru! Widziałem w serwisie duże zdjęcie. Miała na piersi niebieski ślad po goleniu!

– Widziałeś w serwisie jej pierś?

– No... tak tylko powiedziałem. To był dekolt.

– Co?

– ...?

– Czy ty przypadkiem ze mnie nie kpisz?

– Myślałem, że to pan, szefie, kpi.

– Nie, synu. Ja cię opierdalam.

– Więc dekolt rozpościera się pomiędzy szyją, i... i... no i cycami, szefie.

– Poważnie?

– Poważnie.

– Myślałem, że dekolt to dziura w swetrze. Ta, w którą wkłada się głowę.

– Hmm. Rzeczywiście. To chyba też się tak nazywa.

– Może inaczej się pisze? Na przykład przez „d"?

– Nie wiem, szefie. Ale to wysoce prawdopodobne.

– Nieważne. Ostatni raz biorę twój błąd na siebie. Ostatni!

– Dziękuję, szefie. To się nie powtórzy.

– I nie wstydź się! Pytaj!

W naszej gazecie wszyscy są rzetelnie poważni i obiektywnie odęci, jedyne enklawy poczucia humoru to właśnie dział sportowy i, po trosze, dział foto. Poza tym przetrwały w nich rachityczne szczątki solidarności międzyludzkiej. Oni nigdy nie kłócą się zajadle, na śmierć i życie. Tak jak reszta, a w tym ja, Agnieszka i nasz wódz, Stiller.

Jacek wrócił do pracy wczoraj, ale nie zdołałem się z nim spotkać. Co zresztą wcale nie oznacza, że chciałem. Po prostu przez cały dzień ganiałem po mieście, przełamując całkowicie zrozumiałe chamstwo i absolutnie niezrozumiały opór pewnego wielkiego producenta filmowego, zaambarasowanego montowaniem kolejnego arcydzieła. Kursowałem pomiędzy ołpen spejsami dystrybutora i producenta, starając się uzyskać w miarę znośne zdjęcia. Do artykułu promującego ten film. A jegoż śliczne panienki uparcie wciskały mi kiepskie.

Stiller włącza swój komputer, ja włączam mój. Za chwilę, jak zawsze około południa, zjawią się pozostali i na dwie godziny zapadnie kurtyna, bo dział kultury będzie przygotowywał kaszę na jutro. Na początku będziemy spokojni. Będziemy pisać niespiesznie, a nawet wyjdziemy na chwilę, żeby zapalić. Im jednak bliżej będzie godziny dziewiętnastej, o której pierwsze jutrzejsze wydanie musi opuścić redakcję i drogą elektroniczną podążyć do drukarni, ulokowanej na jakimś zadupiu, żeby było taniej, im bardziej wisieć nad nami będzie dziewiętnasta, czyli dedlajn, nie dobranocka, tym gwałtowniej zapierdalać będą nasze paluszki i perlisty pot zmoczy nasze czółka, a potem zaroi się w redakcji, redaktorzy będą nam zmieniać teksty, krzyczeć kurwa, co to za tytuł i o czym to jest, a przecież to tylko kultura, nikt tego nie czyta, Boże, jakie ja mam szczęście, że nie pracuję na przykład w krajowym, zagranicznym albo w miejskim, wyobraźcie sobie tylko, co tam się dzieje.

– Co to było z tym portierem? – pyta niedbale Stiller.

3.

– Był chyba sprawcą, nie ofiarą – odpowiadam zaskoczony.

– Agnieszka mówiła, że tej samej nocy był drugi, podobny trup – powiada on, patrząc w ekran.

– Naprawdę? – pytam i przełykam ślinę.

– Tak. Lemper.

– Aaa, rzeczywiście – stukam w klawisze trochę wolniej. – Ale tam było, zdaje się, troszkę inaczej... Tylko nóż, obaj oberwali nożem...

– Wywołałeś zdjęcia?

To nieoczekiwane pytanie wali we mnie jak grom z jasnego nieba. To suka! Jebana! Swoją drogą, zdjęcia... Na śmierć zapomniałem, ale żeby tak klaskać dziobem! No, to tylko baba może, zaczynam dochodzić do siebie. Powoli. Tak naprawdę ważne jest tylko to, żeby nie wiedział o konszachtach z Karolem, reszta – pryszcz.

– Nie, jeszcze nie. Szczerze mówiąc, zapomniałem.

– Agnieszka mówiła mi, że oceniłeś sprawę jako co najmniej podejrzaną – mówi Jacek.

– Och, tylko w pierwszej chwili. Wiesz, noc, byłem trochę pijany, to chyba dość niezwykła sytuacja.

Jacek przerywa pisanie, odwraca się w moją stronę. Przez dłuższą chwilę milczy. Jest skrytym człowiekiem, trudno ocenić nawet jego humor, nie mówiąc już o intencjach. Czego on może ode mnie chcieć?

– Pamiętam... film o tych fotografach, co to rąbali zdjęcia, a dopiero potem wzywali pogotowie i ogromnie mi to zaimponowało – Stiller odwraca się, kładzie dłonie na klawiaturze, cofa je, znowu kręci fotelem w moją stronę. – Nie zrozum mnie źle. Nie jestem jebnięty. Mam tylko parę lat więcej niż ty i... w takiej sytuacji należy spróbować.

– Ale naczelny zablokował pisanie. Zdjęcia też.

– Z jaką argumentacją?

– Agnieszka ci nie mówiła?

– Nie.

– Kradzież komputerów to podejrzana sprawa. I – rozkładam ręce – i to wszystko.

Stiller milczy. Mam czas, żeby się uspokoić. No i co? Nawet gdyby mu powiedziała o wymiankach z Karolem, to przecież jeszcze nie koniec świata. Nawet nie były, jakby się dobrze zastanowić, nieetyczne. Działanie w dobrej wierze, tralala, żadnego bezpośredniego profitu. Niby panuje u nas ostry reżim, ale sytuacja naprawdę była nietypowa.

– Dziwne. On pierwszy... poczuł smrodek? Nie ty?

– Oczywiście – odpowiadam gładko. – W końcu to jego obrobili, ale myślę, że to pospolity układ z dość trywialnym finałem. A zdjęć nie wywołałem, bo nawet nie mam gdzie. I nie umiem. Nie zaniosę ich przecież do Kodaka.

Stiller patrzy mi w oczy, w końcu uśmiecha się, najpierw półgębkiem, wreszcie szeroko, radośnie i kręci głową.

– No. Do Kodaka nie.

Milczymy, ale nie piszemy.

– A ty? Co byś zrobił na moim miejscu?

Jacek zastanawia się przez chwilę. Znowu obraca fotel w stronę swojego komputera, opiera łokcie na biurku, zaczyna drapać się po nosie. – Nie wiem, ale latami możesz czekać na coś takiego, a tu jak na talerzu. Tak absurdalnie blisko. Na pewno wywołałbym zdjęcia i potem godzinami na nie patrzył. A samą informację... wpieprzyłbym wszystkie zasadne podejrzenia i – macha ręką – bezzasadne zresztą też, i opierdoliłbym to gdzieś. Oczywiście, gdyby na zdjęciach nic się nie znalazło.

– A gdyby się znalazło? – pytam, choć znowu zaczynają mnie swędzieć kolana. Stiller rzuca miękko, od niechcenia: – A coś się znalazło?

– Nie sądzę.

– Wiesz, co? Wywołaj zdjęcia. Jak wywołasz, wpadnij do mnie. Dobra?

No i weszła Agnieszka, a tuż za nią jeszcze ktoś i nasza bezproduktywna, nieważna rozmowa została zakończona.

Tego samego deszczowego dnia otrzymałem zaproszenie na konferencję prasową związaną z rozpoczęciem produkcji nowego filmu. Ucieszyłem się, bo bardzo lubię konferencje prasowe. Po krótkim, krwawym boju obroniłem moje pozycje, albowiem jakkolwiek to mnie zapraszano, inni także mieli ochotę nażreć się za darmo i wyszedłem z Agnieszką na papierosa, ścigany powłóczystym spojrzeniem Heleny z miejskiego. Co ona takiego we mnie widzi?

– Droga Agnieszko, dlaczego opowiedziałaś Jackowi o zdjęciach? Przecież to miała być tajemnica, tak czy nie?

Agnieszka powoli zaciągnęła się i spojrzała na mnie z ukosa, rozkosznie zadzierając kształtny nosek.

– Mój mały, czy ty przypadkiem nie zagalopowałeś się troszkę?

– Nie. Pokojowo pytam.

– Ha, pokojowo? Odpowiem ci w uznaniu na dwa sposoby, zgoda?

– Zgoda.

– Fajnie! Więc, odpowiedź pierwsza: znam się ze Stillerem dużo dłużej niż z tobą i choć mogłoby wyglądać, że to nie jest bliska znajomość, to jednak taka właśnie jest. Tą okrężną drogą pragnę zauważyć, że chuj ci do tego, o czym z nim rozmawiam. A po drugie, demonizujesz naszego trupa drugiej kategorii, bo chcesz pożyczyć od niego nieco splendoru, co mnie śmieszy, i to właśnie próbowałam przekazać Jackowi. Jako półprofesjonalną lekką anegdotkę.

– Czy to znaczy, że wie o Karolu?

Agnieszka nie odpowiedziała od razu. A ja wściekałem się tym bardziej, im bardziej żałowałem, że w ogóle zacząłem z nią o tym rozmawiać. Żałowałem zaś ogromnie.

– Najbardziej go rozśmieszyło – ciągnęła po pauzie ruda – jak zzieleniałeś wtedy i powiedziałeś ale dlaczego on siedział przodem do drzwi, ho ho, mój... Sherlocku...

– Czyli że Stiller wie o Karolu?

– Oczywiście. To była druga rzecz, która go naprawdę setnie ubawiła.

– Kiedy mnie wypierdolicie?

Agnieszka nagle spoważniała. Jakoś inaczej na mnie spojrzała i zmarszczyła brwi.

– Robert, o co ci właściwie chodzi?

Obejrzałem tymczasem wszystkie ściany naszej palarni, kratkowaty, udawany sufit i skupiłem się na przypodłogowej listwie. Li-

stwa w równej frazie odstawała, i przyciąga-
na niewidzialną siłą zbliżała się do ściany, odstawała i zbliżała się, i tak sobie odstawała –
i zbliżała się, a w głowie mi łomotało.

– W porządku. Żartowałam. Nic mu nie
powiedziałam. O co ci chodzi?

– Nie wiem. Sam już nie wiem. O etykę.
Nie chcę, żebyście myśleli, że gram tu... i tam.

– A, czyli – etyka polega na tym, żebyśmy
myśleli, że zawsze jesteś w porządku?

– A nie jestem?

– Ciekawe pytanie. Jak na trzy lata pierdo-
lenia się ze mną po godzinach.

– Dwa z kawałkiem. I to zupełnie co innego.

– Z pewnego punktu widzenia tak, ale
z zasady to zupełnie to samo.

– Agnieszka, nie chcę sofistycznych rozmów. Jestem trochę zmęczony. I trochę się boję.

– Czego?

– Kompromitacji.

– No nie. Ty się teraz ośmieszasz. Ubrda-
łeś sobie jakiś spisek i to o rozmiarach obej-
mujących, zdaje się, poza naczelnym także
mnie, a dwa, że – wybacz – pierdolisz o rze-
czach, których nie ma.

– Ja się tylko boję, że mnie wypierdolicie
z roboty.

– Nie dałeś powodu, przynajmniej z mojego punktu widzenia. Spróbuj, z łaski swojej,

pamiętać, że jesteś tylko szeregowym robolem i nikt nie zwraca na ciebie najmniejszej uwagi. To trup był gwiazdorem, nie ty, i raczej nie będziesz. Ale wiesz co? Coś ci sprzedam, bo zesrany jeszcze bardziej mi się podobasz, zresztą chyba nie tylko mi. Ale nie za darmo.

– Nie rozumiem.

– Jeżeli przestaniesz się wydurniać i zaprosisz mnie na konferencyjkę, usłyszysz coś, co bardzo ci się spodoba.

– I tak możesz tam iść.

– Czy ja się nieprecyzyjnie wyrażam? Chcę, żebyś zaprosił mnie na swój imienny bankiecik. Mam przeliterować?

– W porządku. Wezmę cię na mój imienny bankiecik.

– Fajnie! No to słuchaj – Agnieszka teatralnie rozejrzała się, zgasiła papierosa, wytrzeszczyła oczy, chociaż niepotrzebnie, ma bowiem bardzo wyłupiaste, i wyszeptała, owiewając mnie kłębami wonnego dymu:

– Po wiosennych zakupach nasza spółka ma w szmacie twego koleżki pięćdziesiąt jeden procent udziałów.

I odwróciła się na pięcie, i frrr – odleciała.

4.

Gdy kilku wielkich ludzi skrzykuje się, że chodźcież kupą, zrobimy Nowy, Świetny Film, to najpierw puszcza się przecieki do prasy, czyli do nas. Przeciek jest apetyczny i niewiele kosztuje. My, wytrawne, stare wygi, unosimy nosy do góry, strzyżemy uszami i podejmujemy trop, i skwapliwie piszemy, niezmiennie opierając się na pewnych źródłach, co zresztą nie jest szczególnie trudne, bo wbrew pozorom tych, które przeciekają porządnie, bije raptem kilka. Po bliższym zaś zerknięciu, źródła te zwyczajnie, jak wszędzie, zlewają się w jedną, niezbyt dużą rzeczkę, szerokości – powiedzmy – Missisipi w okolicy Puław. Może troszkę poniżej. Sporadycznie zdarza się jednak, że do tej krystalicznej, czystej, wartko płynącej wody wpada jeszcze kilka strumyków, a wtedy rośnie ona do rozmiarów potężnej, romantycznej i dostojnej Amazonki z okolic ujścia, i mamy do czynienia z wartą kilka milionów dolców superprodukcją.

Do owej pamiętnej jesieni przypadł mi w udziale zaszczyt dwukrotnego towarzyszenia wielkim dziełom – towarzyszenia całą gębą, od tego, co w życiu codziennym zwane jest grą wstępną, poprzez coitus i ejakulację, które mogłem przedstawić jedynie jako mgliste i poetyckie, pozbawione dosadnych szczegółów wizje, przez fazę prenatalną, z jej nieodłącznymi nudnościami i pokracznymi zmianami kształtów, aż do, przeważnie ciężkiego i bolesnego, choć nieodmiennie kończącego się spoconym uśmiechem porodu. Oblepionego tkanką, pomarszczonego noworodka odbierał zaś Juliusz Soławski, czyli mój koleżka z działu kultury, a poza tym znany i szanowany recenzent, i od Juliusza skrzeczący płód otrzymywał metryczkę z wpisanymi rozmiarami, wagą oraz oceną przydatności do spożycia w skali jeden do sześciu, a ja myłem ręce.

Im superprodukcja bywała droższa, tym wyższa okazywała się jej jakość, co jest uzasadnione dwojako – po pierwsze rzeczy drogie są dobre, bardzo dobre, a często nawet znakomite, a po drugie, jak wspomniałem, zdaje się, wcześniej, nasza gazeta jest rzetelna i obiektywna.

Dziennikarz, zarabiający na życie pisaniem o dziełach sztuki, bywa często porównywany z jemiołą, która oplata solidne, zdrowe i rozłożyste drzewo morderczymi uściskami, prowadząc nieuchronnie do jego uschnięcia i śmierci.

To nieprawda.

W istocie nasze elitarne społeczności – wielka, swarliwa rodzina dziennikarzy oraz mała i zamknięta familia twórców cudownych, pięknych, a zwłaszcza mądrych dzieł sztuki – powinny być kojarzone z parą bliźniaczych, tańczących węży. My potrafimy hipnotyzować ludzi na co dzień, artyści zaś od święta. My działamy wprost – oni używają tajemniczych, metaforycznych zdań i obrazów. My jesteśmy na ranki, a oni na wieczorki. My bawimy, pouczając, oni uczą, bawiąc. My wreszcie patrzymy na świat analitycznie, a oni są mistrzami syntezy, więc dopiero wspólnie uzyskujemy prawdziwy, że tak się wyrażę, totalny wykop.

Oczywiście bardzo żałowałem, że nie ja recenzuję arcydzieła. Ale cóż – jabłuszko jest tak smaczne, że jakoś trzeba się nim podzielić z serdecznymi przyjaciółmi, choćby na pozór brzmiało to bezsensownie. Poza tym odpowiedzialna, obiektywna gazeta nie może przecież dopuścić, by zżyty z twórcami dziennikarz pisał później o ich produkcie, bo a nuż nie byłby tak chłodny, jak każą zasady dobrego rzemiosła?

Żartuję.

Jestem po prostu nikim. Nie mam nazwiska. Trzeba mieć nazwisko. Bez nazwiska nie można być recenzentem, podobnie jak nie można być prezesem, reżyserem czy pisarzem. Pojawia się tu uzasadniona wątpliwość natury logicznej – jak wobec tego zaczynali ci, którzy obecnie mają nazwisko? Mogę na to odrzec to samo, co kiedyś powiedziałem pedałowi Śreniawie: nie wiem i nie chcę wiedzieć.

Nie lubię logiki.

Nie lubię siadać w miejscach, w których się siada. Nie lubię przesiadywać w miejscach, w których się przesiaduje. Bardzo nie lubię dosiadać się do tych, do których należy się dosiadać, i siedząc rozmawiać z tymi, z którymi należy rozmawiać siedząc.

W ogóle nie lubię siedzieć, wolę stać, a najbardziej lubię chodzić. Siedzenie i chodzenie wykluczają się wzajemnie, więc chyba nic dziwnego, że nie lubię siedzieć.

Od czasu do czasu lubię się położyć i dzięki tej słabostce znalazłem dobrą, anonimową pracę, która całkowicie mi wystarcza, chociaż nie zarabiam tyle, na ile zasługuję, bo nasza gazeta nie lubi bez sensu wydawać pieniędzy.

A lata lecą.

Może ktoś miłosiernie poderżnie mi gardło, zanim stracę zęby?

Może ktoś zauważy moje świetne, niczym nie różniące się od innych artykuły i zabierze mnie do pałacu? Albo lepiej do telewizji? Przecież mógłbym być naprawdę znakomitym rzecznikiem prasowym...

Zgubiłem wątek. Aha – pisanie o powstającym arcydziele, pisanie o kręceniu wielkiego filmu jest więc jakby stworzone dla człowieka, który nade wszystko lubi chodzić, wiercić się i przemieszczać. Nie od dziś bowiem twórcy arcydzieł wiedzą, że naprawdę dobry film musi być kręcony w wielu różnych, niejednokrotnie bardzo od siebie odległych miejscach, ja zaś, obiektywny i wielki, oraz reszta gorszych ode mnie kolegów jak cygański, kolorowy tabor podążamy w ślad za artystami, podglądając ich i podpytując bez skrupułów. Bo gazeta jest, jak kiedyś powiedział pierwszy naczelny, a później powtórzył nie raz i nie dwa Stiller, gazeta jest dla ludzi, a oni przecież bardzo chcą wiedzieć, kto będzie niedźwiedziem Baloo, kto Don Kichotem – i kto wreszcie Józefem K.

Pierwszym informacjom o tym, że Łukasz Lesman będzie kręcił „Proces" Kafki, zwyczajnie nie daliśmy wiary. Źródłem była, co prawda, pewna osoba z Arnage, ale ponieważ w odróżnieniu od wcześniejszych praktyk nie była w stanie podać nam ani bliższych, ani jakichkolwiek szczegółów, puściliśmy to bokiem. Później trochę było szkoda, bo po miesiącu sprawa zaczęła się klarować, ale wtedy nie byliśmy już pierwsi, lecz tylko jedni z wielu. Drobiazg, stało się.

Wielki Producent powiedział pod koniec lutego, że ma już dość nudnego finansowania filmów o małej tematyce i chce koniecznie przeznaczyć kasę na coś dużego. Oglądałem akurat wiadomości, z wrażenia głośno czknąłem i zrzuciłem kubek, więc dobrze to pamiętam. Ogłosił to, brzydal i zdrajca, w ICP, zatem od razu było wiadomo, że drugi strumyk popłynie właśnie stamtąd. Agnieszka, która gdzieś za rożkiem jak raz opiłowywała któryś z moich, a może i nie moich tekstów, obróciła się na fotelu, gdy kubek uderzył o zieloną podłogę i popatrzyła z wyrzutem. Ma bardzo wrażliwe uszy, ta moja opiekunka i magdalenka, ta moja luksusowa babeczka. Gdy robi komuś tekst w ogniu przed godziną zamknięcia, przeważnie wkłada słuchawki, bo inaczej nie może się skoncentrować. Ale wtedy był wieczór i siedzieliśmy sami, więc nie była zabezpieczona jak należy.

– Słuchaj, słuchaj tylko! – powiedziałem – Lesman będzie robił „Proces" Kafki.

– No i co z tego? – odrzekła zgryźliwie Agnieszka.

– Hm – odwróciłem się do telewizora. –
Właściwie masz rację.

Usłyszałem turkot kółek fotela. Podjechała
do mnie jak Amisz, który zapomniał o łyżce.
Z namaszczeniem wysłuchaliśmy dobrotliwe-
go, niedogolonego Producenta, policzyliśmy
błyśnięcia szkieł jego sławnych (Gucci) oku-
larów i wreszcie zachwyciliśmy się subtelnym
chamstwem, z jakim odpowiadał na pytania
wijącej się wdzięcznie prezenterki.

– Niesamowite – powiedziała Agnieszka.

– Oni chyba ochujeli. Kto na to pójdzie?

– Nikt – odrzekłem z zadumą. – Nie chcą
nadmiaru widzów. Chcą dostać Oscara.

– Aaa... Policzyłam błędy, które zrobiła ta
cipa. Wiesz, ile ich było?

– Która cipa? Jakie błędy?

– Ta, która z nim rozmawiała. Wiesz, ile...
ich zrobiła?

– Nie.

– Osiem. Dwie minuty i pięć pytań!

– Oj, odwal się od niej. Sama chciałabyś
tam siedzieć, i tyle.

– W życiu! Tu mi dobrze. A nawet bardzo
dobrze.

– Ale kiedy już pójdziesz do telewizji, za-
bierzesz mnie ze sobą, co?

– Zabiorę. Spokojna głowa.

Następnego dnia poszedłem na spóźnione przeszpiegi do Arnage, ale okazało się, że sprawa jest jeszcze bardzo płynna i nic poza krótką wzmianką nie dało się z niej uszyć. Przestałem więc o tym temacie myśleć. Aż do owego deszczowego jesiennego czwartku, kiedy to poranek w pracy zaczął się od uroczej rozmowy sportowców, o jedenastej dwadzieścia pięć Stiller sprawnie doprowadził mnie do stanu przedzawałowego, o czternastej dostałem na biurko zaproszenie na konferencję prasową, a za piętnaście szósta Agnieszka subtelnie i z uczuciem wytłumaczyła mi, że przecież nic takiego się nie stało.

5.

Stoję w niewysokim, szarym, pozbawionym okien pokoju. Patrzę do góry, rozglądam się wokół – kwadratowy sufit i kąty giną w mroku. Powietrze jest stęchłe i nie mogę zlokalizować żadnego źródła światła. Mam niejasne wrażenie, że poza mną jest tu jeszcze ktoś, ale wszelkie próby znalezienia tego kogoś kończą się niepowodzeniem. Być może dlatego, że mam tylko jedną parę oczu, więc naraz mogę widzieć tylko czterdzieści procent horyzontu zasnutego burzowymi, niskimi chmurami. Ciężko mi i niewyraźnie. Podchodzę do jednej ze ścian, opieram się o nią plecami. Ściana jest lekko chropowata, w pełnym świetle byłaby najprawdopodobniej biała, choć widać na niej ciemne pionowe smugi. Po przygnieceniu tego drugiego jestem dużo spokojniejszy, więc zaczynam staranniej przyglądać się dziwnemu miejscu, w które licho mnie przyniosło. Spostrzegam ze zdumieniem, że strop nie jest wcale kanciasty, lecz łukowy i pokój zaczyna przypominać gotycką, zamkową komnatę. Wysoko w cieniu wisi nawet pretensjonalna pajęczyna i ten wyświechtany, zużyty motyw wprawia mnie w trochę lepszy humor – nie jestem już śmiertelnie przerażony, lecz tylko przerażony zwyczajnie, jak w autobusie. Opuszczam oczy i widzę na przeciwległej ścianie powolutku zapalający się i miękko gasnący, leciutko zamglony neon. To jedna, tandetnie i fantazyjnie zawinięta, bladozielona litera – duże „d". Znowu wpadam w panikę, choć to dziwna, bardzo spokojna panika, i zastanawiam się, co by to też mogło znaczyć. Lecz oto czuję palce zaciskające się na moim ramieniu i słyszę kobiecy głos, ale nie mogę zrozumieć, co ona mówi, nawet nie wiem, czy mówi do mnie i czy ta szczupła dłoń należy do niej, ale zakładam, że tak, to założe-

nie płynie z rozpaczliwej chęci zapewnienia
sobie elementarnego poczucia bezpieczeń-
stwa, a właściwie choćby jego iluzji, przecież
o nic więcej w tej scenografii nie mogę prosić

i otwieram oczy. Widzę Annę na zielonym tle
i słyszę słowa Robert Robert obudź się,
– Obudź się. Już dziesiąta.

Podnoszę się na łokciu, mrużę oczy, choć
za oknem szaro, opadam z powrotem na plecy i tępy pożar w mojej głowie powoli gaśnie.
Z wolna przyzwyczajam się do tych snów,
choć jeszcze rok temu bywało, że budziłem
się w środku nocy, oczywiście nie zlany potem, skądże, zawsze absolutnie spokojny,
chociaż później przez jakąś godzinkę musiałem sobie poleżeć i nie pomagały na to nawet
dobre proszki.

Anna wstała przed chwilą. Stoi nade mną,
sprawdzając, czy na pewno obudziłem się do
końca. Czeka, aż spojrzę na nią w pełni przytomnie, a ja świetnie się bawię, wiedząc, na
co czeka, i rozważam nawet opcję zatytuło-
waną „powolne zamknięcie oczu", bo z pewnością złapałaby się na to i znowu zaczęła
mnie budzić, co przeszkodziłoby jej choć trochę w planie na wczesny, wspólny poranek,
w godnym pióra Alexandra Pearce'a czołga-
niu się, sennym pełznięciu przez łąki Nor-

mandii, dżungle Wietnamu i góry Afganistanu do kuchni, gdzie czeka dobry, niepolski ekspres do kawy, dzięki któremu kółka zębate w jej głowie zazębią się wreszcie, a cała maszyna zawarczy i ruszy.

Mieszkamy od dwóch lat w nowoczesnym lokalu, lokalu w kolorach pastelowych. To znaczy, zapewne takie było założenie projektanta elewacji budynku, a my, zgodnie z modą, ponieśliśmy entuzjastycznie jego pomysł dalej, do wnętrza niezwykłego dzieła sztuki, jakim jest ów obiekt architektoniczny. Z pomocą tej niewinnej gierki próbowaliśmy zapewne zmniejszyć szok, który wywołują nowe budynki mieszkalne, stawiane coraz częściej w mieście – bo obcując odpowiednio długo z awangardą, zaczynasz inaczej ją postrzegać i zdarza się nawet, że przeradza się ona w pewien atut, którego nie odważę się jednak, na razie, nazwać profetycznie pięknem. Kiedy jednak po paru miesiącach kolorki zszarzały, wnętrze naszego nowoczesnego mieszkania utraciło erotyczny kontakt z zewnętrzem, więc można rzec, że jeszcze raz ponieśliśmy porażkę. Wszystko dlatego, że było mnie stać tylko na to paskudztwo, a nie na porządne, ładne mieszkanie, na przykład przy placu Inwalidów albo na Gdańskiej...

Oczywiście nie powinniście mi wierzyć, bo zawsze kłamię. Tak naprawdę jestem szczęśliwy, bo mamy trzy wielkie pokoje, z których największy połączony jest płynnie z kuchnią, osobną łazienkę z drugim kiblem i bidetem, oraz znakomite, plastikowe, szczelne okna. Olbrzymi salon jest błękitny, sypialnia zielona, a pokój córeczki różowy, jak jej buzia. Kuchnia, ulokowana w obszernej wnęce, jest niesamowicie nowoczesna i przypomina wnętrze kabiny rakiety kosmicznej, chociaż nigdy nie widziałem na własne oczy takiej kabiny. Ale tak ją sobie wyobrażam. No i najważniejsze jest to, że nie ja zapłaciłem za cały ten luksus, lecz Anna, która ma bardzo dobrą prasę, przepraszam, pracę – jest zastępczynią redaktora naczelnego miejskiego miesięcznika dla młodzieży i młodzieżowych starców, który niesie wszystkie barwy tęczy, świetnie się sprzedaje i, jak mawia serdecznie jego Pani, jest adresowany prawie wyłącznie do mądrych ludzi.

Co racja, to racja.

Gdyby było inaczej, pewnie poszedłbym pracować u niej, ale ten miesięcznik (w odróżnieniu od mojej gazety) to naprawdę niezłe ścierwo, ponieważ wcale nie opisuje świata takim, jakim on obiektywnie jest. Z godną lepszej sprawy konsekwencją stwarza nowy, ładniejszy.

Oczywiście nie powinniście mi wierzyć, bo zawsze kłamię. Miałem kiedyś mieszkanie, uzbrojone w okna, których równie dobrze mogłoby nie być, mieszkanie na Gdańskiej, które sprzedałem, żeby na spółkę z Anną kupić nowe, w kolorach pastelowych – błękitnym, zielonym i różowym, a dlaczego się na to zdecydowaliśmy i trwamy dalej w błędzie – nie wiem.

Najciekawsze są poranki, jak dzisiejszy, gdy na zewnątrz zimno i wilgoć. Moje nowoczesne, plastikowe okna są szczelne co najmniej tak, jak pisali w reklamach, i to one zapewne sprawiają, że śni mi się to, co zawsze mi się śni. Myślałem nawet, czyby nie zamienić ich na jakieś inne, na przykład na stare, odrapane i drewniane okna z Gdańskiej, ale gdy poszedłem tam na spacerek, okazało się, że wszystkie te piękne okna zniknęły, rozpłynęły się w czasie i fachowo zastąpiono je dokładnie takimi samymi, jakie mam w nowym mieszkaniu.

Leżę w łóżku, dokładnie takim samym, jakie ma Agnieszka i jakie najprawdopodobniej stoi również w mieszkaniu ślicznej Heleny z działu miejskiego, dobrym, solidnym, wolnym od skrzypienia, uniwersalnym łóżku, i słucham cichego syczenia ekspresu do kawy, bo Anna już do niego dopełzła. Czas

wstawać, bo nie zdążę na konferencję prasową – jest wtorek, trzeci października i ding
dong, zaczyna się druga runda.

Wychodzę z sypialni i widzę Annę, która
stoi przy oknie, oparta o parapet. Ma koszulę nocną z muchomorem. Staję jak wryty
i przypominam sobie wiosenny dzień,
w którym zobaczyłem ją po raz pierwszy, na
kółku w autobusie. Wtedy co prawda widziałem ją z drugiej strony, ale ona nie patrzyła na
mnie, a ja, dokładnie tak jak teraz, nie miałem zielonego pojęcia, o czym myśli i czy
myśli o czymkolwiek. Siadam w fotelu, zakładam nogę na nogę i czekam. Z różowego
pokoiku dobiegają zastanawiające odgłosy,
świadczące o tym, że córeczka wstała, co
mnie nie dziwi – tao nie pozwala się dziwić.
Równocześnie jednak tao mówi, że świat należy widzieć ostro, a jak tu bez zdumienia zobaczyć coś naprawdę wyraźnie? Patrzę na
Annę i, jak zawsze posłuszny, próbuję się
zdziwić, próbuję z całych sił, ale nijak mi nie
wychodzi...

– Wiesz – mówi ona, nie odwracając się. –
To mieszkanie jest dziwne.
– Doprawdy?
– Nie. Ale nie mogę tu normalnie spać.
– ?...

– Od kiedy tu mieszkamy, wszystko się nam udaje. To bardzo podejrzane.

– A co – pytam – co w tym podejrzanego? Po prostu jesteśmy świetni, i tyle.

– Nie wiem. Na Gdańskiej było zupełnie inaczej.

– Wypiłaś już kawę?

– Tak.

– Wypij drugą.

– ...

– Ja nie narzekam – mówię miękko. – Dobrze mi się tu mieszka.

– A mi źle.

Anna odwraca się i rusza w stronę łazienki. Zatrzymuje się, odwraca i mówi do mnie:

– Zawieziesz dziecko?

– Masz samochód między innymi po to, żebyś ty ją odwoziła – odpowiadam.

– Wczoraj strasznie ryczała. Nie chciała założyć rajstop.

– I?

– Stwierdziła, że usiądzie na ulicy z kartką na szyi, z napisem: proszę założyć mi rajstopki.

– Cóż z tego? – pytam retorycznie.

– Ubierz ją i weź samochód.

– Jak ją odbierzesz?

– Ty ją odbierzesz.

– Nie ma mowy. Jestem dziś zajęty.

– A mógłbyś raz nie być... zajęty?

– Idę na konferencję. Później będę to gówno obrabiał, być może przez całą noc, bo to poważna sprawa. I?

– Dobrze, już dobrze. Przepraszam, sama ją odwiozę.

– Ty też ciągle jesteś zajęta. Jesteśmy zajęci w przeciwfazie, więc nie widzisz poziomu mojego zajęcia.

– Czego?!

– Zajęcia. Zajętości.

– A, rozumiem...

– Widzisz, jak się rozumiemy!

– ...Uprać ci coś?

– Mózg, słonko.

Poszła, kręcąc głową. Rozszumiały się krany i wszystko popłynęło. I skąd ta teatralna łza w moim oku, i zgryźliwy uśmiech na ustach, i dziwna nostalgia, i skrzywienie ust...

Aha: za niespełna cztery miesiące skończę trzydzieści trzy lata.

Potem Anna wyszła z łazienki, bez rogatego i spiczastego hełmu na głowie, lecz owinięta ręcznikiem, a ja wszedłem, żeby się ogolić i przygotować do wyjścia, tak z łazienki, jak i z mieszkania. Ponieważ nieszczęścia chodzą parami, moja maszynka do golenia, a ściślej jej ostry nożyk okazał się tępy, jak statystyczny obywatel. Ostatnio golenia odbywały się u Agnieszki, więc cóż, ach cóż...

Zdjąłem z półeczki blaszaną, błękitną jak niebo puszkę, którą kiedyś kupiła Anna, i zacząłem w niej grzebać, by znaleźć nowy nóż. A kiedy go znalazłem, wśród odłożonych, w większości nikomu niepotrzebnych, wydobytych z brudnych kieszeni drobiazgów, obok pudełka proszku E zobaczyłem niewinną, czarną rolkę z filmem do aparatu, z przylepionym papierkiem, na którym było napisane:

Kodak.

6.

Wioząc w kieszeni małą Ananke, która jak psotny krasnoludek wskoczyła tam z powrotem, by nieuchronnie narozrabiać, jechałem autobusem linii 116 do Łazienek, w których miał odbyć się pierwszy jubel promujący „Proces" Lesmana.

Jechałem na akcję, przygotowany według najlepszych, patriotycznych i warszawskich wzorów – z pustym brzuchem. Nad Polskę wpływał rozległy, poszarpany wyż, lecz łamiąc zasady gry, ustalone we wczorajszej prognozie pogody, nie dotarł jeszcze do miasta. Deszcz jednak przestał padać.

Zastanawiałem się leniwie, jak by to było, gdybyśmy tytuły gazetowych artykułów umieszczali nie nad, lecz pod tekstami. Oczywiście sceptyk powie, że to tylko kwestia konwencji i przyzwyczajenia, ale na taki argument mam krótką odpowiedź – konwencją w pewnym sensie jest także różnica pomiędzy prologiem i epilogiem. Pomińmy więc kwestię umów i wyobraźmy sobie, tak dla zabawy, że nagle następuje rewolucja i od dziś wszystkie tytuły lądują pod spodem. Czytelnik gazety z pewnością zaczynałby młockę i tak od nich, ale chciałbym na razie pominąć także czytelnika – Stiller, druhu, wybacz – i skupić się na nas, hodowcach ziarna. Bo widzicie, jest tak, że zły dziennikarz, fleja i beztalencie, przystępując do pisania artykułu, zaczyna od zbierania informacji i układania ich w zwarty, skomponowany tekst, a dopiero potem wymyśla tytuł. No i automatycznie uzyskuje patologiczny rezultat, ponieważ jego głowa pracuje podświadomie nad pointą, której właściwe miejsce jest na końcu. Natomiast dobry dziennikarz, taki jak na przykład ja, od wymyślenia tytułu zaczyna i potem jest już łatwo dopasować fakty, dane, wydarzenia a nawet daty tak, żeby wszystko grało. Co nie oznacza bynajmniej, że mnie i moim kolegom jest z tym dobrze. Nie chodzi o to, żeby było łatwo – lecz o to, że prawdziwa elita dziennikarstwa zawsze chciała i zawsze będzie chciała mieć wpływ na rzeczywisty bieg wydarzeń, a jakoś tak to jest, że człowiek, a przynajmniej przeciętny człowiek lepiej pamięta zakończenia (nawet złe) niż początki. Zatem po co się męczyć i stwarzać sztuczną, schizofreniczną sytuację – czyż nie prościej byłoby od razu pozwolić i mnie, i moim nieporównanie gorszym kolegom pisać świadome, gotowe pointy, które sumowałyby wcześniejsze tropy i wnikały głęboko do mózgów obywateli?

Możecie spytać – a co z ciekawością? Co z dręczącym naczelnych problemem chwytliwości? Czy obywatel czytelnik przeczytałby wszystko, czy nie? Odpowiedź jest prosta. Byłby chory, gdyby nie przeczytał. On m u s i nas czytać.

Jest jeszcze jeden, wcale niebłahy argument – spisek okrutnych redaktorów, w którym uczestniczą Agnieszka i Stiller. Procedura redakcji tekstu, obowiązująca w codziennej gazecie, jest obciążona szczególnym, płynącym z nieumiejętności szyb-

kiego czytania, zasadniczym defektem. Otóż
w przeważającej większości przypadków to,
co my pracowicie wymyślamy, mając w gło-
wach pełne, zwarte struktury, wyposażone
w teatralny początek, treściwy środek i fine-
zyjny koniec, wpada w ręce ludzi, którzy się
spieszą, i bardzo często bywa, że nie przeczy-
tawszy do końca tego, co pieczołowicie, po-
wodowani obiektywizmem, chęcią naprawy
świata i chciwością, napisaliśmy, a przynajmniej ja, że ci bogowie naszych zdań zupełnie
niechcący psują efekt, ponieważ redagują li-
nearnie, zdanie po zdaniu, nie widząc całości
przedstawienia. A przecież wierzę głęboko, że
nie mają wcale niszczycielskiej intencji, ba, to
nawet nie jest kwestia wiary, ja to po prostu
wiem, ponieważ nieraz czytałem teksty Stillera i Agnieszki, czytałem je bardzo uważnie, nie
tak jak oni moje, i od strony stopnia obróbki, że
się tak wyrażę, prawdziwego biegu rzeczy niczym się od moich nie różniły. Gdyby zaś tytuły przenieść na koniec, wtedy nie zawieszaliby
się na nich przedwcześnie i o ileż rzadziej
miałbym gwałtowne skoki ciśnienia...

Kodak.

Pomacałem się po kieszeni. Był tam, za-
pomniany i nikomu niepotrzebny film, mój

mały katalog. Gdzie by tu kurwa zrobić odbitki? Zanieść do labu? Nie musiałbym płacić...
Może nie zwrócą uwagi? Ale nie, stop, skoro
mam postąpić zgodnie z sugestią Stillera,
a może i pobawić się wraz z nim, odbitki powinny być duże, a takie na pewno zauważą,
może i zrobią parę dla siebie, do celów reklamowych na przykład. Hm. Gdybym był Ma-
ksem Białystokiem, z pewnością któraś ze
staruszek załatwiłaby to w mig. Ale jeszcze
nie jestem.

Umówiłem się z Agnieszką na Rozdrożu.
Miała tam sterczeć o wpół do dwunastej
i wsiąść. Było pięć po czasie, więc wes-
tchnąwszy z dezaprobatą wysiadłem, żeby na
nią zaczekać.

Wieczna kałuża była na swoim miejscu.
Zauważyłem trzy zmiany, które zaszły od
wczoraj – dwa pety i ulotkę agencji towarzyskiej Milva. Przypomniało mi się, że dawno,
dawno temu, w czasie studiów cieciowałem
na pewnej wystawie i w przeddzień uroczy-
stego otwarcia jeden z Artystów przez trzy
godziny układał ze śmieci swoje Dzieło. Cofał się i podchodził, poprawiał i znowu cofał,
składał syf do syfu, przekrzywiał głowę, badał proporcje i znowu podchodził, aż wreszcie zatarł dłonie, powiedział gotowe i poszedł
do domu. Następnego dnia rano sprzątaczka

zamiatała teren ekspozycji, i – nie, nie zamio-
tła jego płodu, jak można by mniemać, lecz
rozejrzawszy się czujnie wokoło, domiotła
swoją górkę odpadków do Dzieła, ewaluując
i zarazem multiplikując jego drapieżną obecność. Więc robiliśmy zakłady, czy On, gdy
wróci, zauważy tę zmianę, ale do dziś nie
wiem, czy zauważył, ponieważ przyszedł,
spojrzał i wyszedł. Chociaż z drugiej strony
jakiś inny zorientował się, że jeden z namalo-
wanych przezeń Obrazów zawieszono do
góry nogami i później w telewizji na pierwszym planie wystąpił Minister na ambonie,
a na drugim mój serdeczny przyjaciel na dra-
binie.
    Ja się chyba nie nadaję do działu kultury.

    Zauważyłem Agnieszkę, gdy wyłoniła się
zza kwiaciarni. Miała na sobie srebrne
wdzianko na specjalne okazje, czerwone
spodnie i parasol w dłoni – słowem wyglądała jak Królowa Śniegu, lodowata i płomienna.
Szkoda, że nie było jeszcze właściwego tła,
ale byłem spokojny. Czas płynie tak szybko,
że nawet się nie obejrzę, a dekoracje ulegną
zmianie.
    Ilekroć spotykam się z nią na ulicy drżę, że
ktoś, komu nie można ufać, zobaczy nasze
powitanie. I doniesie. A saper przecież myli

się tylko raz. No, może dwa razy... Więc, kiedy ruda do mnie podchodzi, staję sztywno, odchylając się nieco do tyłu, przybieram silnie nasycony konwencją wyraz twarzy, mój ulubiony, defensywny wyraz twarzy, taki na poły błazeński, a na poły uniżony, i najdalej, jak tylko mogę, wyciągam przed siebie rękę licząc, że ona nie będzie mnie pod Rotundą na Nowym Świecie obok Bramy żesz kurwa mać całowała, i to nie oficjalnie, a w sposób absolutnie jednoznaczny, dla każdego Śreniawy czytelny i zawsze, ale to zawsze Agnieszka z wdziękiem omija tę słabowitą zastawę i strzelając na boki oczami, do czego ma wrodzoną predyspozycję, całuje mnie tak czule, jak tylko potrafi. A w tej materii potrafi dużo. Cóż, powiadam w duchu, to element układu, robienie kariery od wieków łączy się z ryzykiem, ryzykują kaskaderzy i politycy, dlaczego dla mnie los miałby uczynić wyjątek – i trzęsę się z przerażenia, umieram ze strachu, i stojąc w tragicznej kałuży sików, oddaję ten długi jak wieczność, powitalny pocałunek, a ona szczebioce radośnie no cześć kochany,

– Przepraszam cię najmocniej, ale zasiedziałam się na kawce z koleżanką.

I wskakujemy do autobusu jadącego na południowy wschód.

Przy drugim wejściu do ekskluzywnego, parkowego rożka, wciśniętego w kąt obok Belwederu, stoi grupka ludzi ubranych w czarne, urzędnicze garnitury o starym kroju. Widzę ich w odwróconej, lejkowatej perspektywie osuwającej się gwałtownie ulicy. Nogi niosą nas same, chociaż Agnieszka założyła czerwone, trudne technicznie pantofle, a ja jestem gruby i mam niepohamowaną skłonność do zadyszki z przodu oraz mały (zielony) plecak z tyłu. Zerkam na zegarek, ale wszystko jest w porządku, zdążymy. Obok nas przewalają się z szumem dziesiątki bliźniaczych, brudnych samochodów w trudnych do zidentyfikowania kolorach. Raz na chwilę pod włos wspinają się autobusy, których wytężony, żałosny ryk doprowadza mnie do ekstazy, oleiste zaś kłęby śmierdzącego dymu, kończące tę pasję, wytrącają z równowagi moją koleżankę. Na szczęście pogoda dogania powoli swój medialny, drżący algorytm i gwałtowny, północno-zachodni wiatr zaczyna rozganiać chmury. W przerwach przebija ostre, prawie zimowe słońce, którego blask, rozmnożony w tysiącach rozpylonych, wirujących kropelek zmusza do zmrużenia oczu, chociaż w efekcie i tak wszystko znika.

Stajemy przed ciężką, otwartą bramą. Mężczyźni w czerni tworzą drugi plan za piękną, wysoką, subtelną dziewczyną, która uśmiecha się na nasze powitanie i prosi, czy mógłby zobaczyć nasze zaproszenia dziękuję, a w jej oczach przez ułamek sekundy odbijają się płynące po niebie chmury i mały kawałek błękitu.

Za bramą w prawo/prosto ucieka wąska droga, ginąca w żółciach i czerwieniach. Parkuje w niej długi rząd czarnych limuzyn, którymi przyjechali ważniejsi goście i gospodarze konferencji. Kolejny posępny urzędnik, podnoszący właśnie do ucha krótkofalówkę, kieruje nas uprzejmie w tajemnicze lewo, gdzie dostrzegamy wijącą się pod górę, kamienistą ścieżkę. Trawersujemy zbocze zalesionej skarpy, pięćdziesiąt metrów, osiemdziesiąt, aż docieramy do wyłożonego szarymi płytami, poziomego zakrętu, gdzie widzę nieduży stolik stojący pod czarnym parasolem. Siedzą przy nim dwie panny, zastanawiająco podobne do tej pierwszej, a przed nimi leży powitalna sterta materiałów prasowych. Agnieszka podchodzi i z eleganckim, pełnym wyższości, chamskim uśmiechem odpowiada niewyraźnie dzień dobry, a dziewczyny, okutane w kurtki, spod których wystają elementy wzruszających wizji ideału ubioru hostessy, niezgrabnie i trochę za późno wstają, to znaczy jedna, i zawisają uprzejmie nad swym stolikiem. Agnieszka zaczyna grzebać w kilku wachlarzach papierów, mrucząc no co tu macie, ogląda się na mnie z jadowitym uśmiechem, mówi fajne, bierze i ruszamy dalej.

Przechodzimy przez starą, krzywą furtkę i wspinamy się po stromych schodkach, kończąc wężową trasę. Jesteśmy na rozległej, parkowej łączce, w głębi widać ogromny, płaski, czarny ni to namiot, ni baldachim, pod nim z prawej strony niedużą estradkę z mikrofonami, z lewej zaś czteroosobową orkiestrę, grającą jakiś zgwałcony i oskubany kawałek typu smutnego. Pomiędzy sceną i muzykami ustawiono mniej więcej dwieście krzeseł. To właśnie nasz cel.

Podział kompetencji jest taki, że Agnieszka od razu wpada w wir wydarzeń, staje na paluszkach i macha rączką, cześć Kasiu, o Boże, no i co tam słychać u ciebie, a ja, stenotypista, idę zająć miejsca.

Spotykam kilku znajomych, a wśród nich, jakby na zamówienie, brodatego fotografa Tomka, mojego kolegę ze szkoły, więc zamieniam z nim parę słów, krzyżujemy numery telefonów i ostatecznie siadam w drugim rzędzie, blokując dwa składane krzesełka. Wyciągam z plecaka firmowy dyktafon, który posłuży mi do nagrania wszystkiego jak leci, i notatnik, w którym zapiszę skrzętnie rzeczy najważniejsze. Według zgłoszonego i zaaprobowanego planu dziś przygotujemy z Agnieszką tylko krótką informację, a dopiero jutro zasadniczy, duży materiał, zawierający rozmowy z twórcami. Cieszy mnie ów układ, bo dzięki niemu aż dwa z bezliku dni, pozostałych nam do śmierci, upłyną na wirowaniu w obszarze tych samych nazwisk i fabuł, więc lepiej poczujemy smak cennego czasu – co wbrew pozorom jest dużo lepsze niż wielogodzinne jeżdżenie windą.

Prostuję plecy i rozglądam się wokoło. Widownia jest w zasadzie pełna. Od wielu lat produkcje Arnage i jej charyzmatycznego prezesa budzą ogromną ciekawość, gdyż większość z nich kończy się sukcesem zarówno komercyjnym, jak i artystycznym, i w efekcie są później szeroko komentowane oraz otrzymują wiele prestiżowych nagród.

Obok sceny pojawia się znana, niekwestionowana piękność z telewizji publicznej. Została wydzierżawiona, by po raz dwa tysiące sześćset pięćdziesiąty siódmy doznać spełnienia w roli konferansjera, a najpewniej, zgodnie z przyjętymi zwyczajami, także rzecznika prasowego. Ostatnimi spiesznymi ruchami poprawia włosy i, zaciskając usta, machinalnie wyrównuje ich kategoryczny rysunek. W dłoni trzyma podłużny mikrofon, z którym jest jej bardzo, bardzo do twarzy.

Patrzy w stronę Producenta, uśmiecha się czarująco i pytająco zarazem. On daje jej niewidzialny znak, więc dziewczyna podnosi mikrofon, szczerzy zęby, a ma ich dużo więcej niż zwykły człowiek z Miasta, i zaczyna mówić.

Nic nie słyszymy. Dziewczyna gniewnie marszczy brwi, nie lubi wychodzić na amatorkę, co chyba jest zrozumiałe. Zerka ponad nami znacząco i puka dłonią w sitko. Po kilku długich jak wieczność sekundach zaczyna rozumieć mowę gestów, którą technik sugeruje jej rozwiązanie, z marsem na czole ogląda przyrząd, który trzyma w dłoni, a wszystko to wygląda jak rzeźba Rodina w ujęciu Kozyry. W końcu słyszymy pstryk od lewego paluszka i Piękna podnosi mikrofon powtórnie.

Zaczyna mówić dzień dobry, ale zagłusza ją donośny jęk. Wszystkim stają w oczach łzy, jak w czasie strojenia instrumentów przed podniosłą, wzruszającą premierą w filharmonii. Bestia technik jest jednak dużo szybszy niż ona i zgniata ogłuszający gwizd w mgnieniu oka.

Dziewczyna przysuwa mikrofon do ust i powiada:

– Dzień dobry państwu,

7.

Witam na konferencji prasowej, zorganizowanej w związku z rozpoczęciem procesu produkcji filmu... „Proces"!

Ot, taki żarcik. Tu i ówdzie rozlegają się anemiczne oklaski. Wojownicza, drapieżna prasa wcale nie jest skora do apriorycznego akceptowania rzeczywistości, obojętne, czy są to mięsiste wydarzenia, wpływające na bieg historii powszechnej, czy też pierwotne kiełki późniejszego, że się tak wyrażę, zębatego dzieła sztuki. A i my, rzetelni i obiektywni, pragniemy zaczekać z entuzjazmem do premiery prasowej albo nawet trochę dłużej.

– Może zacznę – ciągnie dalej rusałka – od tego, że się państwu, cha cha, przedstawię. Mam na imię Patrycja i podczas dzisiejszej uroczystości będę grała rolę rzecznika prasowego. No i później też. Na wstępie nadmienię, że w presbuku jest włożona moja wizytówka, żeby państwo gdzieś jej nie posiali, no i w każdym momencie, o każdej porze dnia i nocy możecie do mnie zadzwonić, a ja lepiej lub gorzej odpowiem na każde, ale to każde państwa pytanie i na każdą wątpliwość, a teraz może zaczęłabym od przedstawienia osób, dzięki którym spotkaliśmy się tu w dniu dzisiejszym, który tak nam sprzyja i jak państwo widzicie, nawet pogoda się poprawiła i wyjrzało słońce. Wielu, wielu ludzi pracowało nad tym, żebyśmy dzisiej mogli się tu spotkać, aby ten wyjątkowy, wielki projekt mógł dojść do skutku i zostać zrealizowany, czyli przenieść się w świat realny. Zaczęłabym może od zaproszenia tu do nas na podwyższenie pana producenta. Proszę państwa, oto prezes firmy... Arnage!

Mój dostojny imiennik występuje z grupki oficjalnych postaci, stłoczonych malowniczo na prawej flance Patki, z pewnym trudem (dubeltowa nadwaga) wskakuje na scenę, kłania się nam nieco żywiej klaszczącym i siada.

– W następnej kolejności pozwolę sobie zaprosić tu do nas dyrektora naszej ukochanej ICP, którego uporowi i determinacji chyba w głównej mierze zawdzięczamy fakt, że się tu wszyscy dziś spotkaliśmy. Drodzy państwo, pan dyrektor telewizji ICP!

Imiennik mojego syna z dawno zapomnianego, zakończonego bijatyką małżeństwa wchodzi dziarsko na podwyższenie i mości się na krześle.

– Następnie z ogromną, niekłamaną przyjemnością zapraszam pana – dziewczyna zerka do kartki – Pana cha cha Geislera, reprezentującego tutaj firmę Climax, która nie po raz pierwszy i z pewnością nie ostatni zdecydowała się wziąść udział w sponsorowaniu kolejnej gigantycznej produkcji artystycznej, jaką jest produkcja naszego filmu. Panie prezesie, proszę!

Prezes, zarumieniony i trochę speszony, dołącza do pozostałych. Ma jak dotąd najlepszy ze wszystkich garnitur i najdroższy zegarek.

– A teraz, żeby może państwa nie zanudzić na śmierć i nie przeciągać, poprosiłabym może pozostałych panów że tak powiem hurtem, bo państwo z pewnością i tak wszystkich na-

szych znakomitych gospodarzy znacie, i potem przy pytaniach może pozostali z panów
tak na wszelki wypadek będą się sami przed-
stawiali. Dobrze? No, a teraz cóż, może prze-
czytałabym na początek wstęp do presbuku,
który państwo pewno wszyscy otrzymali,
a potem oddam głos panu prezesowi... potem
pan Prezes powie do państwa kilka słów i pozostali panowie też. A więc...

Tu wyłączam, oczywiście, dyktafon i w tej
samej chwili mózg. Jednak panna raptownie
unosi głowę, strzyże wdzięcznie oczami ku
podwyższonym, jest bliska palnięcia się
w czoło, ale w ostatniej chwili rezygnuje i powiada:

– Ajajaj, jakaż ja jestem głupia, jeszcze teraz powinnam państwu przedstawić – lecz
dowództwo nie wytrzymuje tego nerwowo
i zdecydowanie, choć bez mikrofonu mówi
do niej presbuk, co nie jest słyszalne w dalszych rzędach, ale jednak czytelne, a ona nie
peszy się wcale, lecz śmieje z wdziękiem cha
cha i, jakby nigdy nic, pochyla znowu czoło
nad kredową kartką. Podnosi oczy i powiada:
– Uwaga!

„Ktoś musiał zrobić doniesienie na Józefa K.,
bo mimo że nic złego nie popełnił, został pew-
nego ranka po prostu aresztowany". Chyba

nie ma na świecie człowieka, który po usłysze-
niu tych słów nie wiedziałby od razu, z jakiej
pochodzą one książki. *Kiedy Franz Kafka pisał swój nieśmiertelny „Proces", wydany po
raz pierwszy w roku 1925, miał świadomość,
że tworzy coś niezwykłego. Jak pięknie ujął to
w „Dziennikach": „pisanie jest najpłodniej-
szą dążnością mojej istoty, wszystko skoncen-
trowało swój napór w tym kierunku, zostawia-
jąc odłogiem wszelkie zdolności zwrócone ku
rozkoszom (...) jedzenia, picia, filozoficznych
rozważań (...)". Nic więc dziwnego, że po-
wstało dzieło wielkie i głębokie, do dziś fascy-
nujące, nieprzeniknione i aktualne. Wielki
praski pisarz „przeklęty" nie mógł oczywiście przewidzieć, że jego talent zaowocuje
w przyszłości powstaniem wielu innych dzieł,
wśród których można wymienić choćby naj-
sławniejszą, powstałą w roku 1963, kontro-
wersyjną ekranizację z metaforycznym wybu-
chem nuklearnym na końcu i niezapomnianą
kreacją Anthony'ego Perkinsa. Ale wpływ
mrocznej wizji świata, przedstawionej w arcydziele Kafki jest znacznie głębszy, niżby się
mogło wydawać. Pisarz ten stworzył pewien
kanon estetyczny, którego oddziaływanie,
choć nie do końca uświadomione, było i jest
znacznie silniejsze niż nagiej myśli filozoficz-
nej, stanowiącej osnowę jego dzieła.*

Szukając tekstu, z którego można by wyjść do wymyślenia i nakręcenia czegoś naprawdę dużego, uniwersalnego i ambitnego, moja uwaga padła najpierw na ,,Braci Karamazow" Fiodora Dostojewskiego. Jednakże objętość tej książki, złożoność przedstawionej w niej historii, stosunkowo duża ilość głównych bohaterów i, przede wszystkim, niejednoznaczny koniec, z którego nie wynika wcale, kto zabił – wszystkie te rzeczy spowodowały, że szukałem dalej. Aż wreszcie, pewnej nocy miałem olśnienie, w wyniku którego przeczytałem ponownie ,,Proces". Tym razem przeczytałem to jednym tchem, a czytając, przyszła mi do głowy myśl, że jest to naprawdę dobra, a nawet znakomita baza do metaforycznego przedstawienia ślepego zaułka, w którym nasz świat znalazł się u schyłku pierwszego tysiąclecia naszej ery, a w zasadzie na początku drugiego.

Następnie rozpocząłem pracę nad scenariuszem, który w produkcji filmu ma przecież kluczowe znaczenie. Z pomocą Rogera Gespiego, któremu w tym miejscu pragnę złożyć najserdeczniejsze podziękowania – bez twych cennych uwag nie byłoby z tego nic, Roger – po trzech tygodniach wytężonej pracy i wypiciu tysiąca litrów kawy praca była ukończona. Potem było już łatwiej. Od pewnego czasu mam znakomity kontakt z firmą Arnage. To

jej refleks sprawił, że dwa lata temu zadebiu-
towałem offową, gorzko-słodką komedią,
którą wszyscy z pewnością doskonale pamię-
tają, a to z racji wielu nagród, i ona także,
a zwłaszcza prezes, któremu w tym miejscu
serdecznie dziękuję, zdecydowała się na
podejście do tematu, organizację wszystkie-
go co niezbędne i sfinansowanie mojego am-
bitnego projektu.

Tak więc pozostając z nadzieją, że uczest-
niczymy wszyscy w inicjacji procesu powsta-
wania filmu, który będzie miał do powiedze-
nia coś ważnego w niebanalny, atrakcyjny
dla każdego widza sposób, moja ręka kreśli te
słowa w nocy z 1 na 2 czerwca 2000 roku,
równo dwanaście miesięcy po tym, jak wymy-
śliłem ten film.

Z poważaniem
Łukasz Lesman

– I oto, proszę państwa, zapraszam tu do
nas pana Łukasza – znowu wątłe oklaski. –
Młodego, lecz świetnego i bardzo przystoj-
nego reżysera, Łukasz, podejdź proszę, i powiedz, czy pomiędzy dniem, w którym napi-
sałeś te słowa, w których zredagowaniu
troszkę ci przecież, cha cha pomogłam, a dzisiejszym uroczystym dniem nastąpiły jakieś
zmiany? Czy mógłbyś dodać jeszcze coś?

Łukasz, z twarzą wyposażoną w tajemniczy, mądry uśmiech, przechodzi długim krokiem pomiędzy nami, dziennikarzami, a sceną wydarzeń i, obejmując na powitanie kibić naszego Joela Greya, drugą ręką przejmuje mikrofon. Przez moment łączy ich przewód, ale dość szybko sprawa się wyjaśnia i zapada cisza, przerywana jedynie szumem drzew i zduszonymi kaszlnięciami starszego recenzenta, pisującego dla jednej z poślednich, nieobiektywnych gazet. Reżyser stoi, czochrając raz jedną, a raz drugą dłonią swe wzburzone loki, stoi i stoi, aż w końcu bierze głęboki wdech i mówi:

– No cóż, droga Patrycjo... Proszę państwa, nie wiem, co mógłbym jeszcze powiedzieć. Na pewno jestem wzruszony, bo w moim życiu to bardzo szczególny moment. I, i... może pozdrowię mamę, cześć mamo, bo mama na pewno... mnie zobaczy... dzisiej wieczorem. Nie myślałem, że ten dzień nadejdzie, a w każdym bądź razie, że nadejdzie tak szybko. Właściwie to od zawsze chciałem wziąść się za Kafkę, no i bardzo się cieszę, że już drugi film w mojej karierze może być oparty o to arcydzieło literatury. Tak, że naprawdę jestem bardzo wzruszony i nie wiem, naprawdę nie wiem... chyba jedyne, co przychodzi mi w tej chwili do głowy, to żeby może powiedział coś Producent, bo to właśnie dzięki niemu... to wszystko... Panie prezesie, dziękuję bardzo... i proszę!

Prezes przejmuje mikrofon, patrząc na młodzieńca z pobłażaniem, i bez zastanowienia mówi:

– Proszę państwa, będę, jak zwykle, zwięzły. Pan Lesman, choć ma dopiero trzydzieści lat, jest cenionym w branży fachowcem. Arnage i ja osobiście mamy obyczaj, że nie jest dla nas istotne, jak kto ubiera się, zachowuje czy wysławia. Bezsprzecznie najważniejszy jest pomysł, oczywiście dobry pomysł i fachowość, dlatego właśnie zdecydowaliśmy się w z i ą ć ten temat, chociaż nie bez znaczenia pozostaje fakt, że mieliśmy od dłuższego czasu ochotę na wyprodukowanie filmu, którego nie byłoby wstyd wysłać na którykolwiek z ambitniejszych festiwali. Po dłuższych negocjacjach, w których znalazłem wsparcie ze strony Dyrektora ICP TV, udało nam się zapewnić wsparcie finansowe ze strony kilku innych instytucji i ruszamy do dzieła. To na razie chyba wystarczy. Patrycjo, proszę! Przejąć pałeczkę!

Patrycja bierze mikrofon i, śmiejąc się ciut za głośno, mówi, że w takim razie może teraz powie coś pan dyrektor, ale ten, kokieteryjnie skrzywiony, zawzięcie broni się

przed przyjęciem okrutnego, elektroniczne-
go cacka. Wreszcie bierze i:

– Proszę państwa, moja rola w całej tej
sprawie jest niewielka. Pan prezes ma instynkt, który go nigdy nie zawiódł i to wszystko. Znamy się od wielu lat, służbowo i prywat-
nie, wyprodukowaliśmy wspólnie niezliczoną
liczbę filmów.

Ktoś z nas, z tyłu, mówi w tej chwili dziewięć, więc dyrektor: – No właśnie, państwo,
jak widzę, jesteście przygotowani, ja jako były dziennikarz jak zwykle nie –

(śmiejemy się porozumiewawczo, chwy-
ciliśmy dowcip),

– Więc, ponieważ ja również mam swoje
zwyczaje, pozwolę sobie oddać mikrofon panu Geislerowi, a sam zaczekam na państwa
bezwzględne, okrutne pytania.

Brwi prezesa firmy Climax szaleją, prezes
otwiera szeroko oczy, wyrwany z letargu nie-
spodziewaną szarżą z lewego (naszego prawego) skrzydła, mówi rozpaczliwie i bezgłośnie: ja?!

– Jezu, eee, więc... Ja może najpierw
w kwestii formalnej, nie jestem prezesem,
lecz e... czif in czardżem – zezuje ku Patce,
ale jego twarz błyskawicznie wraca do poke-
rowej normy – ale poza tym mogę e... mogę
powiedzieć, że moja firma nie ma może zbyt

dużego doświadczenia w e... uprawianiu
sztuki, ale e... jakiś czas temu zauważyliśmy,
że e... coś tu naprawdę aż się prosi no na światło dzienne, tego, drży i się wyrywa. Jest nam
zatem bardzo e... przyjemnie, że możemy
wziąć udział w e... procesie produkcji i promocji e... tego wybitnego filmu, jakim e...
jest, e... oczywiście będzie „Proces". Moja
firma odbiera jako e... zaszczyt, że może pomóc w promowaniu na arenie, gdyż e... uzyskaliśmy ze strony wielu osób zapewnienie,
że e... powstanie film e... odpukać, odpukać...
w niemalowane drewno, naprawdę, nie zawaham się użyć tego słowa e... no, wielki. Nasz
kraj przepłynął już przez tą całą recesję i chyba po tej całej zawierusze, jakkolwiek jeszcze
jakieś tam ślady, no, są jej widoczne, wyma-
ga, jak sądzimy, powrotu do starych, zapo-
mnianych, nie sprawdzonych dotąd e... technik promocji i reklamy, nową modą wedle
starych wzorców kształtowaną, więc z prawdziwą dumą podjęliśmy wyzwanie, zresztą
e... jak państwo zapewne wiedzą, nie po raz
pierwszy, a mogę obiecać, że o ile e... film
ten, jak zresztą na marginesie mniemam, od-
niesie sukces komercyjny e... przynajmniej
na naszym, no przecież najważniejszym rynku, to i nie ostatni. Bo jakiś czas temu e... zauważyliśmy, że wzięcie udziału w procesie

produkcji e... a zwłaszcza promocji jakby powoduje, co jest bardzo dziwne, ale okazało
się jednak e... niezbitym, policzalnym faktem, że w morzu innych firm stajemy się, no,
bardziej widoczni, co e... powoduje wzrost
naszej marki, khy, khy, khryyy! pardon, rzecz
jasna, e... świadomości jej wśród późniejszych widzów, przychodzących na taki film
do e... kina, czy oglądających ten film w telewizji albo i na kasecie, ale także wśród ich
znajomych i bliskich, a nawet dalekich krewnych, a są oni przecież naszymi e... potencjal-
nymi klientami, a często już są nawet naszymi klientami, więc chociaż niby na tych
drugich to już nam e... nie zależy tak bardzo,
to znaczy się nie, zależy nam na nich, oczywiście, ale oni już się o nas skądś dowiedzieli,
no więc również bardzo chcemy pozyskać
nowych, aby nasza e... nieprawdaż, firma ro-
sła w siłę, jej wiarygodność, bo przecież jest
państwu wiadomym, że niewidzialna ręka
rynku polega zwłaszcza, żeby jak najwięcej
ludzi e... dowiedziało się o danej firmie, bo to
pozwala dużo, dużo swobodniej kształtować
ceny naszych e... produktów, co uzyskuje
bezpośrednie przełożenie na e... rentowność,
no i stąd właśnie nasz wyjątkowo spektaku-
larny udział w tym znakomitym przedsię-
wzięciu. Dziękuję ba...

Koniec podziękowania niknie, zrozpaczony prezes drżącymi dłońmi usiłuje wcisnąć mikrofon siedzącym wokół znajomym, a także bliskim i dalekim krewnym, ale wszyscy odsuwają się, nieszczerze śmieją, unoszą do góry odwrócone dłonie i przyciskają je do piersi. Co gorsza, Patrycja zagadała się z kolegą i przez kilka sekund nie zauważa cierpienia dyrektora. Z nieoczekiwaną pomocą rusza reżyser, który w międzyczasie zdołał ochłonąć. Podchodzi do podium, wychyla się tak daleko jak tylko może i wyciąga rękę. W tym samym momencie Izolda Gapa doskakuje i w rezultacie przez chwilę szarpią się ze sobą, aż, co mimo groteskowej dysproporcji wzrostu było do przewidzenia, Niemota Tristan wygrywa. Robiąc energiczny, trochę przeciągnięty półobrót, staje do nas frontem i podnosi do ust narzędzie kaźni.

Wszyscy aktorzy zastygają. Lesman zastanawia się przez chwilę, machinalnie gładząc skundloną potylicę. Wygląda w efekcie jak pękaty dzban, chociaż nie wiadomo jeszcze, co ma w środku. Z przodu ma krawat, krawat.

– W dobie obecnej, proszę państwa, mamy do czynienia z różnymi absurdami, a jednym z największych jest to, że bez odpowiedniej liczby pieniążków nie ma mowy o zrobieniu czegoś naprawdę wartościowego. Ale nie chcę tu państwa zanudzać tymi nieszczęsnymi rachunkami, więc może będzie to trywialne, co powiem, ale kino, a zwłaszcza wielkie kino jest najważniejszą ze sztuk, i, jak to pięknie powiedział jeden z moich przedmówców, to właśnie dzięki... niemu można najłatwiej zostać zauważonym, bo nie ma innego medium, przy pomocy którego można tak łatwo i przystępnie powiedzieć coś ważnego w łatwy i całkowicie zrozumiały sposób. Bo film, proszę państwa, to naprawdę uniwersalny środek przekazywania różnych treści, a najlepszym przykładem może tu być, na przykład, zawrotna kariera, jaką zrobiły filmy reklamowe, które są zresztą, nawiasem mówiąc, znakomitą, no po prostu znakomitą szkołą przede wszystkim warsztatu, i dlatego nie ma się czym przejmować, jak to co poniektórzy z was robią. Wystarczy wziąść pierwszego z brzegu, na przykład, o, przykładowo Felini, który zrobił przecież kilka reklamówek, albo z bliższych no, Ridleja Skota, a jego w ogóle cała estetyka wzięła się właśnie stąd. Ale za wszystkim musi stać solidny fundament, mówię oczywiście zarówno o kwestii finansowej, ale też bazy, no, idei, która musi być najpierw wymyślona, i to nie może być niechlujne, tandetne, więc praca nad scenariuszem nie tylko odbywa się w domu, przed pierszym klapsem, ale właściwie się nigdy nie kończy, nawet w czasie zdjęć wprowadza się wiele korekt, zmian, często nawet korzystamy z sugestii aktorów, no bo oni mają przecież tą swoją wrażliwość i ten swój, często bardzo osobisty stosunek do postaci, a nikt proszę państwa, nie ma monopolu na władzę, pardon, wiedzę, nikt nie jest omnibusem, więc jest to praca oczywiście przede wszystkim operatora, przepraszam, reżysera oczywiście, ale także operatora, no i jego asystentów, bo we współczesnej kinematografii kręci się z wielu kamer, my w Europie oczywiście z tego nie korzystamy, u nas jest pewna, inna specyfika i raczej opieramy się na montażu, co ma niby swoje wady, ale ma też zalety, bo przecież można w ten sposób uzyskać zupełnie inny rodzaj dynamiki, dzięki której niby można coś stracić, ale i sporo można zyskać. Na przykład pewną inność, pewną... osobność, zarówno oczywiście w kwestii formy, ale przecież pod tą formą, pod tą czysto zewnętrzną fasadą niesione są różne, często nawet bardzo wieloznaczna treść jest

przez tą formę określana, eksponowana i nie
jest prawdą, że tak jak rozumieli to już staro-
żytni, że określonej treści jest raz na zawsze
przypisany jakiś czysto zewnętrzny styl,
czysto zewnętrzna forma, czysto zewnętrzny uniform. Jeden. Chodzi raczej o to, żeby
elastycznie dopasować metodę, czyli scenariusz, przekazania tych treści do tych środ-
ków, które mamy do dyspozycji, a jednak
w naszym kinie stosunkowo rzadko zdarza
się, że ta elastyczność jest całkiem no... cał-
kowita, aby móc zupełnie swobodnie robić
to, na co tylko mamy ochotę, naszą wizję,
naszą ideję realizować tak, jakeśmy sobie to
wykombinowali, pisząc i w ogóle nocami
wymyślając to wszystko, czy często nawet
konkretne ujęcie. Więc niby jest, ale to nie
jest proste, to nie jest łatwy chleb, jak można by pomyśleć, kiedy się widzi dwugodzin-
ny, czy też nawet dłuższy efekt końcowy na
ekranie, to jest ciągła walka z nie tylko z jakimiś tam harmonogramami, ale także
z własną słabością, zniechęceniem, bo naprawdę często my, artyści, stajemy przed
ścianą, no i przeważnie, ja to powtarzam do
znudzenia, i nawet jest mi już trochę wstyd,
że tak ciągle to powtarzam, ale muszę, za tymi problemami, tą często frustracją stoją
głównie pieniążki oczywiście, a tu, w tym

wypadku, dzięki pozytywnemu zaangażo-
waniu i ciężkiej, ciężkiej pracy wielu ludzi,
a zwłaszcza pana prezesa, mam niezbitą
nadzieję, że udało nam się przygotować do
realizacji naprawdę dobrze. No i... i... i to by
chyba było tyle na początek...

Panna przejmuje mikrofon, tym razem nie
klaszczemy, autoprezentacja reżysera była,
przyznać trzeba, trochę nużąca, ale teraz zaczyna się, starannie zaplanowana, główna
część konferencji. Byliśmy na takich imprezach tak wiele razy, że dziewczyna nie musi
nawet otwierać ust, sama jej mina mówi, że za
chwilę zostaną przedstawieni odtwórcy
głównych ról.

– I oto, proszę państwa, wielkimi krokami
zbliża się chyba najważniejsza część naszej
skromnej uroczystości, podniecenie rośnie...
– Dziewczyna kokieteryjnie spogląda w stronę prezesów, potrząsa włosami. – Nadchodzi
ten najważniejszy moment, na który chyba
wszyscy czekamy z niecierrrpliwością, oto,
oto, już są! Proszę państwa, oto odtwórcy
głównych ról!

Od kilku sekund fotoreporterzy, siedzący
w pierwszym rzędzie krzeseł, wiercą się i spi-
nają. Zauważam wśród nich naszego, gazeto-
wego, jak zwykle zajął miejsce w środku, sta-

ry, szczwany lis, dzięki temu będzie miał najlepsze, niczym nie różniące się od tysięcy innych zdjęcia, a co więcej, będzie mu łatwo uzyskać zamówioną, doskonale symetryczną kompozycję każdego kadru, ponieważ w prasie codziennej, a zwłaszcza u nas, wyważonych i rzetelnych, nie ma miejsca na jakieś tam zasrane złote podziały czy subiektywne wizje piękna. No i przestaję cokolwiek widzieć, ale to nic nie szkodzi, bo i tak wszystko już wiem z pressbooka, w którym podana została nie tylko wizytówka, którą, korzystając z chwilowego zamieszania, znajduję w trawie u moich stóp, podnoszę dyskretnie i chowam do plecaka. Fotoreporterzy przepychają się, tłoczą, słychać kilka zduszonych kurew i jedno wysilone, krótkie pierdnięcie, aparaty strzelają gęsto, i myślę sobie leniwie, że ta robota jest chyba jedyną, która swymi standardami dogoniła już tamto piekło, choć może chłopcy nie zarabiają tak, jak na to zasługują. Ale cała reszta jest już w porządku.

Posągowa Pat stoi z boku, uśmiechając się pobłażliwie, ale sympatycznie. W końcu spogląda w stronę kwatery generalskiej i unosi mikrofon, a także kształtną, apetyczną i pełną uzasadnionej dumy bródkę. Mówi fotografom, że już teraz przerwiemy, powolutku zaczniemy kończyć, później będą mieli panowie jeszcze osobną sesję, będzie jeszcze dużo czasu, więc naprawdę nie warto

i ma absolutną rację. Co to za zdjęcie, na którym Józef uśmiecha się od ucha do ucha, a za tło służą mu brzuchy czif in czardżów? A może się mylę? Może mi odpierdoliło? Może to właśnie jest to?

Fotoreporterzy dają się powoli zapędzić na krzesła, nasz wrócił już wcześniej, żeby ktoś go nie podsiadł – oczywiście, nie któryś z kolegów, tylko ktoś obcy, na przykład jakiś spóźniony dziennikarz z zapadłej dziury w rodzaju Poznania, Szczecina czy Wrocławia, któremu jak zwykle nawaliło połączenie. Tak czy tak, zaczynam widzieć wschodzące gwiazdy.

– Więc, skoro już się wszystkie tajemnice ujawniły, to może ja poproszę naszego Józefa K., czyli pana Krzysztofa Minca o to, żeby może przed pytaniami zechciał powiedzieć do państwa kilka słów, bo może no co ja mówię bo na pewno państwo jeszcze go nie znacie, no Krzysiek, do rrroboty!

Minc powoli wstaje, dosięga go jeszcze kilka późnych fleszy, ale mimo młodego wieku chłopak jest już profesjonalistą i wcale,

ale to wcale się nie denerwuje. Spokojnie rozplątuje rząd supłów, które zrobiły się na kablu od mikrofonu, gdy Isadora kręciła ku niemu piruety. To dobrze wróży, nie speszy go kamera.

– Dzień dobry państwu. Nie chciałbym brnąć w jakieś banały czy komunały, więc powiem krótko, że jestem bardzo szczęśliwy, że to właśnie mnie twórcy filmu powierzyli tę rolę. Nie wiem, ilu było ogólnie kandydatów, ale chyba dosyć dużo. Co? Mam powiedzieć? Dobra, no więc wygrałem z czterdziestoma czterema innymi kandydatami. I... no i cóż, nie wiem... Tak? Dobra, nazywam się Krzysztof Minc, mam dwadzieścia jeden lat i uczę się w Warszawskiej Szkole Teatralnej, dostałem się za pierwszym razem, nie mam jeszcze narzeczonej, nie mam jeszcze samochodu, chociaż załatwiam sobie właśnie kredyt, aha, no i przyznam się od razu, bo państwo z pewnością mnie o to spytacie: dobra, nie przeczytałem jeszcze „Procesu”. Przeczytałem scenariusz, bardzo dokładnie, nawet trzy, czy tam cztery razy, bo ulegał różnym zmianom, ale samej książki nie, bo, no wiecie państwo, jako młody chłopak wolałem grać w piłkę i jeździć na rowerze, czy tam na desce, niż czytać jakieś lektury szkolne, co chyba zresztą jest normalne w tym wieku, ale obiecuję, że przeczytam, słowo honoru, nawet już zacząłem parę tygodni temu, ale to dosyć długa książka i raczej dosyć gęsta, no a poza tym w końcu chodzę jeszcze do szkoły i miałem niedawno sesję poprawkową, więc byłem dosyć zajęty, więc na trochę przerwałem, ale dziś zacznę znowu i teraz pójdzie to już na pewno dużo sprawniej. Nie mam jeszcze w pełni skrystalizowanego pomysłu na tę postać, bo, jak powiedziałem przed chwilą, byłem ostatnio troszkę zajęty, ale bardzo szybko nadrobię zaległości, no a poza tym wierzę w doświadczenie Łukasza, który, o ile się zdążyłem zorientować, jest raczej typem reżysera, który nie zostawia aktora samemu sobie. Ma bardzo skrystalizowany pomysł na większość scen, o których zdążyliśmy do tej pory porozmawiać, chociaż nie było tych rozmów, niestety, zbyt wiele, bo chyba raptem... trzy, tak, Łukasz? Cztery, no właśnie, cztery, ale to się przecież w trakcie kręcenia zdjęć zmieni, będziemy mieli sporo czasu na to, żeby porozmawiać i dopracować to, co jakoś tam kluje mi się w głowie. I może to już wystarczy, bo nie chcę państwa tutaj nudzić.

Klaszczemy, żeby dodać otuchy pięknemu Józefowi, bo po pierwsze umie do czterech zliczyć, o co dziś coraz trudniej, a po

drugie sprawił, że pod czarnym namiotem zapanowała cieplejsza atmosfera. Może zresztą
to efekt cieplarniany? Nieważne. Patka spo-
ziera na podwyższenie, prezes wzrusza ramionami, więc dziewczyna odwraca się
z uśmiechem, po raz czterdzieści sześć tysięcy siedemset siedemdziesiąty siódmy w życiu podnosząc do ust mikrofon.

   – Więc, proszę państwa, skoro nam się już
większość tajemnic i niespodzianek wyjaśniła, to może teraz przejdziemy do pytań. Może
będziecie państwo podnosili ręce, a ja tylko
poproszę o przedstawienie się... osoby i będę
wskazywała, kto ma teraz kolej na odpowiedź, przepraszam, pytanie. Dobra? No,
więc poproszę o podniesienie rąk tych,
którzy mają jakieś, jakiekolwiek, obojętne
jakie pytanie.

   Po raz trzeci zapada grobowa cisza. Wszyscy opuszczamy głowy, jak w kościele.
Gdzieś, wysoko nad nami krąży stado wron,
kraczących smutno na to wszystko, na konferencję, jej uczestników i na całe przeklęte
Miasto, dla którego nie można wymyślić żadnej, ani śmiesznej, ani smutnej, ani nawet
szyderczej, drugiej nazwy. Spoglądam spode
łba na scenę – o dziwo tamci także nie są rozbawieni. Przecież jest to, do diabła, jakaś me-

tafora, te wrony, ci Artyści i Belweder za pło-
tem, niemożliwe, żeby prezes nie zdawał sobie sprawy z tego, co robi, a właściwie wypra-
wia, inicjując i firmując tę wstrząsającą
błazenadę. Prezes patrzy w bok, a potem pochyla się do ucha Dyrektora i coś mu szepce,
a tamten kiwa głową frasobliwie.

Nagle za moimi plecami wyczuwam po-
ruszenie. Kątem oka widzę kaszlącego, starszego recenzenta z nieważnej gazety, który
powoli podnosi rękę, równocześnie kończąc
jakieś niesłyszalne zdanie, skierowane do
siedzącego obok kolegi. Patrycja, jedyna
spośród tych artystów osoba, która wygląda
na szczerze rozradowaną, cieszy się jak
dziecko, mówi emfatycznie no proszę, znalazł się jeden odważny,

– Proszę się przedstawić!
– Hm. Chmielarczyk.
– No i proszę o pytanie!
– Nie wiem, czy dobrze zrozumiałem, wypowiedź pana hm, reżysera, więc na wszelki
wypadek chciałbym spytać, czy ten film jest
bardzo długi?

Łukasz, wyraźnie zaskoczony tak osobli-
wym pytaniem, po kilku sekundach namysłu
odpowiada:

– No nie, nie jest, to będzie taki... normalny film. Mniej więcej dwie godziny będzie trwał.

– To dobrze – powiada, siadając, Chmielarczyk. – Już myślałem, że znowu będę musiał zabrać ze sobą wałówkę.

8.

Innych pytań nie było.

Jeżeli ktoś pomyślał, że cisza w kluczowym punkcie konferencji prasowej oznacza, że dziennikarze są leniwi lub nieprofesjonalni, jest w błędzie.

Każdy z nas wie doskonale, że wykładanie wszystkich atutów na stół w tak wczesnej fazie gry jest niebezpieczne. Każdy: tak kolesie ze szmat, jak i ci troszkę poważniejsi, chociaż pracujący w nieobiektywnych gazetach, no i przede wszystkim my, wielcy, absolutnie każdy z nas ma przygotowane swoje pytania, bardzo intymne, interesujące i analityczne, i każdy boi się, że nieuczciwy kolega po piórze któreś z tych znakomitych pytań ukradnie, bez skrupułów użyje go, a raczej odpowiedzi na nie we własnym, świetnym artykule. Wolimy więc poczekać na tę mniej

publiczną, kuluarową część imprezy, by
w spokoju i komforcie, gdzieś na boczku wy-
maglować nasze ofiary. Pat usiłowała, co
prawda, prośbą i groźbą zafundować sobie jeszcze parę chwil blasku, ale w końcu nawet
do niej dotarło, że nic z tego nie będzie. Za-
prosiła wszystkich na „skromny poczęstu-
nek", przygotowany pod drugim, ustawio-
nym od strony orkiestry namiotem. Wszyscy
zaczęli wstawać, zbierać swoje dyktafony,
wrzody, ruptury i aparaty fotograficzne, tele-
wizja zaś zdejmowała kamery ze statywów
i przenosiła je na ramiona. Zacząłem rozglądać się w poszukiwaniu Agnieszki, która,
najwyraźniej wierząc mi bezgranicznie,
w ogóle z zajętego krzesełka nie skorzystała.

Dwa zdania o zwyczajach – przyjęło się,
że my, piszący i fotografujący, z niejasnego
powodu wyniośle traktujemy jełopów z telewizji, więc jak wielokrotnie sklonowany Pe-
ter O'Toole, z pogardą y dumą pozwalamy im
robić te ich durne wywiady na początku stre-
fy bufetowej, sami zaś, niejako w zamian,
człapiemy przekąsić nasze małe co nieco

dostojnie

i niespiesznie.

Bo musi być jakaś sprawiedliwość.

Docieram do bufetu w trzeciej grupce, spóźnionej o piętnaście sekund, a tam główny peleton rzucił się już na szaniec, i nie było już czasu na nic, nawet na to, by pomyśleć, co się stało; nawet na to, by się przerazić. Orkan ludzki, straszniejszy i bardziej wściekły od burzy, zwalił się na żarcie, i nie tak wicher łamie, niszczy i pustoszy młody bór, nie tak wilki wżerają się w stado oślepłych owiec, jak tratowali się wzajem, rżnąc kęsy, dziennikarze.

A było o co walczyć: na długich stołach, w nieregularny prostokąt ustawionych, mieniło się prześlicznie szkło, a w nim soki pomarańczowe, grejpfrutowe i jabłkowe, na półmiskach zaś, rżniętych we wzory kwietne i zwierzęce, wedle mody, przez nową modę na starych wzorcach kształtowanej, leżały mięsa rozmaite, gotowane, duszone i wędzone, a nawet ryby, mianowicie łososie i węgorze, krojone na małe, oskórowane kawałki, i był też kiepski przegrzany halibut, obok natomiast stały sosjerki z przynajmniej dziesięcioma rodzajami znakomitych sosów i myli się, kto sądzi, że na tym koniec, albowiem poza trywialnym i wspomnienia niegodnym wyborem pieczyw, markowych ciast i ciasteczek, w zacisznym kątku stał srebrny grill, a nad paleniskiem skwierczały apetycznie szaszłyki dwojga imion, czyli z wieprzowiny, ku pośledniejszym gustom podawanej oraz dla tych, co znają prawdziwą rozkosz, choć ostatnio wiążącą się z ryzykiem zachorowania na chorobę Jacoba, z polędwicy wołowej. I były także większe kawały mięsa, dla wątrobiarzy centymetrowe plastry boczku, wreszcie trywialne kiełbaski i, w roli głównej, wbity na rożen, o dziwo całkiem martwy prosiaczek. Parę metrów dalej, w odosobnieniu stał wiejski wóz, a na nim leżały beczułki z winem i to nie podłym, lecz naprawdę bardzo dobrym i nie było najmniejszego ryzyka, że którejkolwiek z tych atrakcji dla kogokolwiek zabraknie, bo, wedle mojej rzetelnej i obiektywnej oceny, przywieziono tego wszystkiego przynajmniej ze dwie tony.

A jednak wzdłuż stołów zapanował chaos. Dziennikarze tłoczyli się, przydeptywali sobie buty i im bardziej przełykali ślinę, tym gwałtowniej pracowali łokciami, tracili poczucie humoru i dystans do siebie, przepychali się, nie zwracając uwagi na to, czy doraźny przeciwnik ma cipkę czy też chuja i mogę powiedzieć jedno – nie było tam żadnej świętości.

Wygrywał silniejszy.

Zobaczyłem kobietę z poczytnego tygodnika, którą redaktor naczelny jednego z większych czasopism ilustrowanych pociągnął za ramię, i chlusnął ze szklanki sok, i zmoczył jej garsonkę. I widziałem młodego gościa z udawanie lewicowej gazety, który chciał nadziać na widelec łososia, ale trafił w rączkę panienki z prawicowego tygodnika mającego kłopoty z wypełnieniem własnej definicji. Popatrzyłem niżej, w gąszcz kiepskich butów, niedoprasowanych spodni i tanich spódnic,

i nagle ujrzałem czyjąś dłoń, chowającą do kieszeni jakieś zawiniątko. Przyjrzałem się uważniej – a to był ten kaszlący, stary krytyk, który tak pięknie zakończył konferencję. Zacząłem więc patrzeć na innych i zobaczyłem, że mnóstwo osób, nawet tych lepiej ubranych, obutych w nowe buty i pływających w tej Apokalipsie, jak rybki w wodzie, pcha do kieszeni owinięte w serwetki, zgniecione ciasta, wędzone mięso, cukierki i... pieczywo, tak, wyobraźcie sobie, także małe, kształtne, świeże bułeczki. A wtedy coś ścisnęło mnie za gardło, w oczach stanęły mi łzy, i tkwiłem tak, a w brzuchu mi burczało

i nie mogłem, nie mogłem się doczekać na moją kolej.

Z humanistycznego osłupienia wyrwała mnie Agnieszka, która, antycypując bieg wydarzeń, pokonała przełęcz jako jedna z pierwszych. Wyrwała się ze zbitej ciżby, niosąc dwa talerze, i podeszła do mnie. Powiedziała uff,

– Ale się pchają!

– Ano. Dzięki. Kurwa, co to?

– Kurwa, nie wiem. Ale dobre!

Miała naderwany mankiet, do łokcia ubabrany rękaw i radość na twarzy. Nic dziwnego – co prawda wśród licznego plemienia dziennikarzy stanowimy prawdziwą elitę, ale na takie uczty rzadko możemy sobie pozwolić.

Stajemy trochę z boku i żremy.

– Ty – mówi niewyraźnie Agnieszka – ale to będzie masakra!

– No. Ciekawe, ile dubli można by zrobić za to wszystko.

– E, nie pierdol! To nie kwestia dubli. To kwestia pomysłu. I detali.

– A wrażliwość? Wyobraźnia? Koherentność?

– Teeż, ale przede wszystkim liczą się detale. Raz z bliska, raz z daleka, jakaś sprzączka albo naprawdę zniszczona dłoń, a oni pewnie po staremu, panorama, kurwa, bo musi być ą ę epicko, i tak dalej. No i ci nieszczęśni aktorzy, a baj de łej, nie wiem, czy słyszałeś, że wyszło, że ten kasting to była lipa?

– Nie.

– No widzisz. A ja już wszystko wiem. Zwołali tych gnojków, a potem zaczęła się nawalanka, rozgonili towarzystwo i wzięli Minca. Bo wysoki, przystojny i świeży.

– Hm.

– Sraj na to. Za parę lat będzie fajnie, zobaczysz.

– Tak myślisz?

– Jasne.

– Przecież ci tutaj mają dzieci.

– I co z tego? Nikt, kurwa, nie jest nieśmiertelny. Tak czy tak wymrą, spokojna głowa.

– Czemu ty tak klniesz, moja droga?

– A czego to warte?

– Ja mam wrażenie, że to wszystko idzie w stronę kina indyjskiego.

– No, z jedną różnicą. Tam ludzie szczerze lubią te gówna.

Odstawiamy wylizane talerze na specjalny stolik i idę po winko. Agnieszka bierze kieliszek i rozgląda się wokół, rozpoczyna wypatrywanie ofiar.

– Ty, powiedzieli coś ciekawego?

– Nie słyszałaś?

– Przeglądałam presbuk.

– Byli nieco e... enigmatyczni. Coś się z tego wydłubie, ale niewiele.

– Którego bierzemy najpierw?

– Ja bym wziął Lesmana, żeby najgorsze było z głowy. Potem chyba adwokata, Leni, no i tego Minca. I chciałbym pogadać z operatorem, żeby chociaż jeden powiedział coś własnymi słowami.

– Jak się dzielimy?

– Mogę zrobić Łukaszka i Leni, ale chcę operatora.

– OK.

Podchodzę do stojącego nieopodal, ulokowanego w słonecznym miejscu krzesełka, na którym siedzi rozwalony Łukasz. Noga na nogę, a jakże, ciemne okulary, kolana wyżej uszu i cygaro w dłoni – po prostu prawdziwy reżyser. Kończy rozmowę z jakąś uśmiechniętą, niziutką, długowłosą idiotką, która mówi co chwila aha i ma na sobie czerwoną, skórzaną kurtkę. Zerkają na mnie nieufnie, więc troszkę się cofam. Lesman jest już luźniejszy, być może za sprawą paru łyków wina, więc nie powinno być tak źle. Żegnają się, trwa to dość długo, on jeszcze raz przywołuje ją i wyciąga z kieszeni wizytówkę, więc czuję pewien podziw dla dziewczyny, w końcu nie jest łatwo wyrwać osobiste namiary takiego kabotyna. Głąba. I palanta.

— Dzień dobry, Robert Neuman, gazeta. Czy mógłbym...

— Tak, tak, naturalnie.

— Zacznę może od tego, że pogratuluję panu... no, takiego wielkiego wyróżnienia, jakie pan w końcu zdobył, i uzyskał zaufanie u tak wielu wielkich osób i możliwość nakręcenia tego filmu. To po prostu fantastyczne, że jednak mimo tak młodego wieku można się tak szybko przebić, no, coś, że tak powiem zrobić, a nawet coś dużego, a właściwie wielkiego, tak szybko po pańskim udanym, znakomitym i świeżym offie, i to, wie pan, imponujące, że tak wielki projekt, i tak, choć to może zabrzmi naiwnie czy śmiesznie, bo w końcu jestem od pana starszy tylko o dwa, a właściwie trzy lata, więc tak młody wiek, tak młody wiek...

— ...?

— No, więc może sprecyzuję: niekiedy zdarza się, że bardzo długo wybieramy sobie powołanie, a w pana przypadku to jakoś to chyba tak szczęśliwie samo wyszło, nie?

— No, kurna, niezupełnie. Oczywiście skończyłem, zresztą celująco, szkołę filmową, chociaż oczywiście poszłem na nią dużo,

dużo wcześniej, i to był absolutnie świadomy, przemyślany wybór, nie mający zupełnie nic wspólnego z powołaniem w sensie, że, hm, że takim, jak na przykład w sprawach, związanych ze sprawami wyznaniowymi, raczej to się zaczęło dużo, dużo wcześniej, bo już w szkole średniej mój pan od literatury zorganizował kółko teatralne, to była bardzo ciekawa, taka radosna szkoła, ten facet był w zasadzie dość młody, naprawdę mu się chciało, więc tak on, jak i ja, i jeszcze paru kolegów, no i koleżanek, wszyscy poświęciliśmy się temu bez reszty, każda lekcja przeradzała się w próbę, no i to właśnie wtedy zauważyłem, że dużo, dużo bardziej bawi mnie reżyserka niż samo granie. No i tak to się zaczęło. A później to też miałem szczęście, bo w filmówce trafiłem na... na... na świetnych wykładowców, zwłaszcza profesor od historii sztuki był świetny, naprawdę, no i tam właśnie jakby uzyskałem wiedzę, no, o sztuce, jakiś tam pogląd estetyczny na świat, a przede wszystkim oczywiście na sztukę. No.

– Aha... Ale to jest przecież bardzo duża odpowiedzialność, taki duży film, odpowiedzialność wobec ludzi, którzy panu zaufali, przecież to w zasadzie jest, nie zawaham się użyć tu tego wyświechtanego słowa, superprodukcja, zdecydowanie tak, superprodukcja...

– ...?

– No, więc czy nie uważa pan, że odpowiedzialność, że ten ciężar odpowiedzialności
może pana, że tak powiem, przygnieść?

– Nieee, wie pan, ja od małego jestem
mocno obciążony. Przecież w końcu od, zaraz, zaraz, od... no, od chyba pięciu lat profesjonalnie siedzę na fotelu reżysera, no i to
w pewnym momencie przestało się liczyć,
bo mogę tu panu powiedzieć, że praca w fa-
bule to małe nic w porównaniu z reklamą,
tam to dopiero jest odpowiedzialność, chociaż oczywiście daje to jakieś tam pieniążki,
ustawić się można, nie powiem, kupiłem so-

bie domek pod miastem i samochód, a właściwie nawet dwa, tak, że... nie, nie, w końcowym efekcie nie czuję jakiejś szczególnej różnicy.

– Aha... Ale to swoją drogą ciekawe, że tak wielu znanych reżyserów zaczyna karierę od właśnie pracy w reklamie, te doświadczenia, warsztatowe, no rzemieślnicze przede wszystkim, ale też praca z aktorem, no bo i tu, i tam chodzi w końcu o to samo, o ten ściśle określony, końcowy efekt e... finalny, nieprawdaż...?

– ...?

– No, chodzi mi o to, czy praca przy filmach, związanych z reklamą, może się, pana zdaniem, przydać przy czymś takim, jak, dla przykładu, „Proces"?

– Oczywiście. Nie ma co do tego dwóch zdań.

– A w jaki sposób?

– No, wie pan, zamierzamy to zrobić w bardzo nowoczesny sposób, przede wszystkim film musi być gwałtowny, szybki, ostry, absolutnie nie będzie monotonny, to będzie raczej seria scenek, takich dość szybko zmontowanych, bo współczesny widz raczej nie lubi, nie wytrzymuje no... wolnego tempa, więc będzie sporo kręcenia z ruchu, tu nawet trochę się pokłóciliśmy z Arturem, no,

z panem Finkelem, bo on, jakkolwiek bądź
jest znakomitym, właściwie cudownym operatorem, to jednak jakoś nie chciał tego przy-
jąć, uznać za swoje i twierdził, że w przypadku tego akurat dzieła, znaczy się książki to
kompletnie nie ma sensu, ale ja jednak uważam, że język kina diametralnie, a właściwie
nawet zupełnie różni się od książkowego, no
chyba wszyscy się z tym zgodzimy, nie? no,
i w końcu jakoś mu wytłumaczyłem, że skoro chodzi nam, czyli nie tylko mi, ale i jemu
przede wszystkim o to, żeby młody widz,
a o niego zwłaszcza nam chodzi, poszedł na
ten film, to trzeba tu pójść na pewne ustęp-
stwa w tym stosunku z oryginałem. I w końcu przyznał mi rację, i poszedł.

– Aha... A, swoją drogą, to bardzo ciekawy
pomysł, taka jednak, przyzna pan, dość ryzykowna teza, że współczesny młody widz może coś tu znaleźć dla siebie, coś, co tego widza przyciągnie do kina i spowoduje, że on
tak silnie nasyconą konwencją, w końcu
mroczną konwencją historię przyjmie jako
coś osobistego...

– ...?

– No, chodzi mi o to, czy... Albo nie, raczej
jak zamierza pan zmienić tę historię, żeby
widz poszedł do kina? A zwłaszcza ten młody widz?

– No, przede wszystkim bardzo odmłodziliśmy bohatera. Tutaj naprawdę bardzo,
bardzo się cieszę, że błyskawicznie dogadali-
śmy się z Krzyśkiem i zaczęliśmy nadawać na
jednej fali. To fantastyczny chłopak, ma po
prostu fantastyczną twarz, kamera ją kocha,
ja to, wie pan, kiedyś, jeszcze w szkole usłyszałem, jak to jeden z najlepszych operato-
rów na świecie tak powiedział, no i sobie to
bardzo dokładnie zapamiętałem, i przy każdej rozmowie z wami, dziennikarzami, to powtarzam, bo to fantastyczna, bardzo zwięzła,
lapidarna metafora tego, o co mi chodzi, a poza tym, także cała w ogóle wyjściowa sytuacja została zmieniona, on, znaczy się, ten
chłopak, przyjeżdża do stolicy z daleka,
z prowincji, z jakiejś zafajdanej dziury, gdzie
wie pan dwa sklepy na krzyż i bar z piwem, no
i zaczyna pracować w agencji reklamowej,
a mieszka oczywiście w wynajętym za ciężkie pieniądze mieszkaniu, tak jak bardzo wielu młodych ludzi, zresztą, wie pan, jak pracowałem nad scenariuszem, to normalnie przez
cały czas przelatywały mi przed oczami obrazy z mojej młodości, oczywiście z Łodzi, nie
ze stolicy, i tylko trzeba to było połapać, jakoś, jakoś, wie pan, wziąść posegregować, no
i ponieważ to było w gruncie rzeczy tak niedawno, że ja to jeszcze doskonale pamiętam,

więc nie miałem szczególnych kłopotów z wyłapaniem tych scen... I wiem, że bardzo wielu ludzi ma też takie przeżycia, no i stąd ten pomysł.

Łukasz sięga po kieliszek, pociąga spory łyk. Jestem mile zaskoczony, gość jest całkiem fajny, no i przede wszystkim okazał się rozmowny.

– Aha... A proszę mi powiedzieć, skąd pan pochodzi?

– Z Suczek.

– Aha... A... a gdzie to jest?

– Na Mazurach.

– O, no proszę, a ja tak bardzo lubię pływać łódką! Kiedyś, kiedy byłem młodszy i nie tak zajęty jak teraz, przez kilka lat całe wakacje spędzałem na jeziorach.

– W Suczkach nie ma jeziora.

– Tak? A ja myślałem, że tam wszędzie są jeziora.

– Nie wszędzie.

– Aha... A... proszę mi powiedzieć, no, uchylić rąbka tajemnicy, bo skoro mówi pan o Warszawie i o Łodzi, ale przecież w presbuku jest napisane, że film będzie kręcony także w Pradze i w Wiedniu, to właściwie jak będzie?

– Jak to jak?

– No, chodzi mi o ogólny czas, przewidziany na zdjęcia. Jakie będą proporcje, znaczy, ile dni będą zdjęcia kręcone w tamtych miastach, a ile u nas?

— Będziemy, to znaczy mamy taki plan, żeby być, na ile to możliwe, jak największą wierność w stosunku z oryginałem, więc jednak głównie w Pradze, ja w tej chwili nie pamiętam dokładnie, ale zdaje się dni zdjęciowych jest przewidziane w planie dziewięćdziesiąt sześć, no i z tego około sześćdziesiąt będzie się odbywało we Wiedniu, tam zrobimy większość szerokich planów, tego klimatu, charakterystycznego, bo to przecież decyduje o, no, o jakiejś tam wiarygodności przedstawianych wydarzeń, o którą nam tu wszystkim chodzi, nie? No, a natomiast wnętrza to już głównie, chociaż nie tylko, Praga, byłem tam cztery, nie, pięć razy na dokumentacji, no i znaleźliśmy, wie pan, to po prostu zachwycające, no kompletnie zachowane, unikalne kamieniczki, i nawet udało nam się znaleźć zwłaszcza jedną, przy takiej fajnej uliczce, która tu po prostu świetnie pasuje, ja się zresztą tam troszkę posprzeczałem z operatorem, z panem Finkelem, bo on uważał, że ta kamieniczka jest troszkę za jasna, no za jasna jako tło całej tej historyjki, ale jednak w końcu przyznał mi rację, bo w końcu jednak to się musi dać oglądać, a chyba o to właśnie wszystkim nam chodzi. Prawda?

– Aha... No tak, no tak... No dobrze, a co jeszcze mógłby mi pan powiedzieć? Ciekawego?

– Nie wiem. To pan jest dziennikarzem, nie ja.

– Aha... No, to co pan może powiedzieć o pozostałych osobach z obsady?

– No cóż, Olgierd, czyli adwokat, jest to postać bez dwóch zdań wybitna, mnóstwo świetnych ról, klasa, świetnie jeździ konno i prowadzi, fechtuje, olbrzymie doświadczenie... No nie wiem, co tu jeszcze można by dodać i po co. Chciałem wziąć kogoś, kto stanowi porządną przeciwwagę dla Krzyśka, ja jeszcze nie pracowałem z Olgierdem, ale słyszałem, że właściwie niepotrzebne są mu jakiekolwiek uwagi, bo jakoś tak instynktownie wyczuwa rolę. No a z kolei Majka, chociaż jest jeszcze młodsza od Krzyśka, ma za sobą już dwa duże filmy, więc pomyślałem, że to będzie całkiem ciekawa, świeża sytuacja, bo o te trzy postacie, znaczy o Józefa, Leni i adwokata i ich wzajemne relacje oparłem scenariusz, czyli jest stary, uniwersalny schemat: stary, doświadczony, zgorzkniały mężczyzna, młody chłopak, i pomiędzy nimi oscyluje bardzo atrakcyjna, młoda dziewczyna, taką sytuację, chociaż niby jest ona na pozór dość kameralna, to jednak było już bardzo wiele filmów, które o ten uniwersalny schemat były oparte, o, choćby „Niemoralna propozycja", prawda?

– Aha... No, były też filmy jeszcze bardziej kameralne, na przykład „John i Mary", gdzie jest tylko dwoje bohaterów.

– Pan ze mnie żartuje?

– Nie, nie, skądże, ja tylko...

– Wie pan co? Właściwie znudziła mi się ta rozmowa. Chciałbym ją już przerwać. Inni czekają.

– Aha. Czy mógłbym pana prosić o numer faksu do autoryzacji?

– Proszę mnie szukać przez biuro producenta. Dziękuję bardzo.

Pozostałe rozmowy wyglądały podobnie, byłem jednak bardziej ostrożny i udało mi się reszty artystów nie urazić. Co prawda, nie dopadłem operatora, bo prawie od razu zniknął. Być może jest z niego wrażliwy człowiek. Po skończeniu ostatniego wywiadu poszłem, przepraszam, poszedłem wziąść się napić, gdyż potwornie trzęsły mi się ręce i byłem spocony, i jak Sobczak zaczynałem czuć własny smród. Usiadłem w jakimś kącie i powolutku wszystko wracało do normy.

Dawno, dawno temu pewien przyjaciel powiedział mi, że nie umie uderzyć człowie-

ka w twarz. Zapytałem go, dlaczego. Odpowiedział: – Dlatego, że kiedy miałem piętnaście lat, matka kazała mi przeczytać „Proces"
Kafki.

Okazało się, że żadna z osób, biorących
udział w filmie, jeszcze tej książki nie przeczytała.

Rzeczywisty problem tkwił jednak zupełnie gdzie indziej. W ferworze stu przygoto-
wań zapomnieli o przygotowaniu kibli.

9.

Agnieszka skończyła robotę kilkanaście
minut po mnie i mogliśmy wreszcie
opuścić ten las. W międzyczasie rozpogo-
dziło się zupełnie i na luzie, już spokojnie
podreptaliśmy do autobusu. Gdy stanęliśmy na przystanku, w torebce mej pancer-
nej, sytej szefowej odezwał się telefon.
Przez chwilę rozmawiała, ale nie chciało mi
się podsłuchiwać. Wolałem patrzeć na
główną bramę Łazienek i marzyć o tym, że
wczoraj wybuchła trzecia wojna światowa,
więc siedzę nad wodą, a w parku poza mną
nie ma nikogo, i zostały jeszcze mniej wię-

cej dwadzieścia cztery godziny, nim radio-
aktywny obłok znad Pomorza dotrze tutaj,
by definitywnie rozwiązać mój wydumany
problem.

– Wiesz co? – powiedziała ruda, skoń-
czywszy rozmowę. – Mam propozycję. Notkę zrobię sama, a ty idź dokądś i się prze-
wietrz.
– Dlaczego?
– Bo jakoś tak nieciekawie wyglądasz.
Chciałabym, żebyś wieczorkiem do mnie
wpadł.
– I będę musiał sam całe to łajno redagować?
– Co to znaczy? – Agnieszka poczuła się
urażona. – Ja do ciebie po ludzku, chuju, a ty
tak?
– Dobrze, przepraszam. Przepraszam.
Dziękuję. Dziękuję i przepraszam. Rzeczywiście. Bardzo mi miło, że to zaproponowa-
łaś, i oczywiście skorzystam.
– Fajnie! – cieszy się Agnieszka, i w tym
momencie podjeżdża autobus.
A ja po paru sekundach przypominam sobie Tomka fotografa i krótką rozmowę, którą
odbyliśmy na początku konferencji, więc
błyskawicznie wyciągam telefon i do niego
dzwonię. Już pojechał, ale w dalszym ciągu

jest w Warszawie. Pardon, w mieście. Mówi,
że może dzisiaj zrobić te odbitki, ale mam
szybko wywołać film,

co też niezwłocznie czynię

i o czwartej Tomek zabiera mnie spod Re-
laksu do swej podwarszawskiej pracowni.

Tym sposobem najważniejszy na dziś, rzeczywisty, choć przecież jedynie rozrywkowy
kłopot, zostaje szczęśliwie rozwiązany.

Wracam podmiejską kolejką WKD, jest
mniej więcej dwudziesta druga, jestem nielicho schlany, a całe moje ubranie pachnie
owocowym tytoniem, którego przynajmniej
pięć paczuszek poszło w drzazgi, gdy Tomek robił, a potem suszył te odbitki i oglądam dzieło jego rąk – oraz, pośrednio, wynik zawodowych, niespełnionych marzeń
Stillera.

W wagonie jest zimno, głośno i nieprzy-
tulnie, ale prawie zupełnie pusto. Wybieram
miejsca na końcu, bo są tam dwie kanapy
z plastiku, ustawione przodami do siebie,
mogę więc swobodnie położyć wszystkie
zdjęcia na tej drugiej i, jak kazał szef perfek-
cjonista, wpatrywać się w to paskudztwo.

Zdjęć jest siedem. Oczywiście, obejrzeliśmy je już z Tomkiem, ale było to raczej coś w rodzaju odbioru technicznego, czyli o zobacz, tutaj cień od palca, cha cha, a to chyba jakieś chemiczne przebarwienie, tak, tak, ten film nie był świeży.

Nie wiem. To nie był mój aparat.

(Ale film długo leżał w niebieskiej puszce, w parnej i wilgotnej łazience.)

Szkoda, że mnie tam nie było, miałbyś nieporównanie, nieporównanie lepsze zdjęcia.

Cha cha.

Zdjęcie prawdziwego trupa wygląda zupełnie inaczej, niż te, które widuje się na filmach. Tamte trupy są efektowne, misternie upozowane i, przeważnie, w jakiś sposób estetyczne. Bardzo kolorowe. Ładnie ubrane albo ładnie rozebrane. Ich okaleczenia są widowiskowe, zajmują dużą powierzchnię, no a przede wszystkim sam układ jest znakomicie wyważony, cała kompozycja gra, jakby była żywa, i nic dziwnego – przecież w końcu, u licha, chyba jest żywa.

Ten trup wygląda inaczej. Może to wina aparatu albo kiepskiej, niewprawnej ręki, która go trzymała – nie wiem. Nasza recepcja zresztą też nie jest szczególnie fotogeniczna, a z niej głównie składają się te zdjęcia. Nawet mój, spowodowany jakimś napadem instynktu, wprost epokowy pomysł, by tamtej nocy wleźć na krzesło, i trzasnąć jedno zdjęcie z góry, nawet to nie wypaliło.

Facet wygląda, jakby się urżnął. Jak jakiś biedny, wzruszający, skończony metyl. Którym zapewne, prędzej czy później, i tak by został. Wszystko jest szare, z lekkim przesunięciem w stronę brudnej zieleni. Soczysta kaskada krwi zamieniła się w matową, rozmazaną plamę, i to nie jest kwestia ziarna, choć oczywiście takie fotki musiały smutno skończyć. Przed czym zresztą Tomek nie omieszkał mnie przestrzec.

Wpatruję się w przygnębiające zdjęcia przez trzydzieści trzy minuty, gapię się jak sroka w gnat, a raczej, jak kazał Stiller i poza tym, że w pewnym momencie robi mi się niedobrze, absolutnie nic z tego nie wynika.

A rzygać zachciewa mi się wtedy, gdy wskutek tego wlepiania oczu przypominam sobie nagle, z dobrą ostrością, jak to wyglądało n a p r a w d ę.

I jak przeraźliwa panowała tam cisza.

Kiedy wreszcie kolejka buja mną dwukrotnie, raz w lewo, raz w prawo, a tuktanie kół po raz ostatni zaczyna zwalniać, z pewną ulgą zwijam naprawdę ostatni ze śladów, które Paweł S. pozostawił na tym świecie. Ogłuszony warczeniem zepsutej sprężarki i zahipnotyzowany półgodzinną, bezproduktywną obserwacją wysiadam na Dworcu Centralnym i ruszam w stronę łóżka. Mam niedaleko – tylko dwa przystanki.

Zbiegam po schodkach do zagraconego zamkniętymi sklepami, knajpami i perfumeriami niskiego holu. Wypuszczam z płuc powietrze i mówię w duchu: to nic, jak świat długi i szeroki dworcowe korytarze są brudne i śmierdzą szczyną, więc nie ma się czym przejmować. Ale oddycham z ulgą i nagle przychodzi mi do głowy, że być może mam ostatnią na dłuższy czas okazję, by bez kurczenia się z zimna i chowania pod kapturem pospacerować po mieście, więc rezygnuję z jazdy tramwajem, skręcam i ruszam w długi korytarz, który wyprowadzi mnie głęboko w Aleje. W mój paraprywatny, zaśmiecony deptak, gdzie o tej porze mało już bydła. Wieczór był taki piękny, że Agnieszko, moje złoto...

Ach, kurwa, zapomniałem zadzwonić do Anny. Wyskakuję na ziemię pod Marksem, i wyciągam telefon. Dzwonię, ale po drugiej stronie odzywa się automatyczna sekretarka, która moim głosem, pieściwie i chamowato mówi, że nie ma mnie w domu. Hm. To niby wiem, ale gdzie Anna? Dzwonię na komórkę, i po chwili słyszę głos mojej blondwłosej, długoletniej narzeczonej.

– Cześć. Słuchaj, tak jak było mówione, nie wrócę na noc.

– Ja też – odpowiada zmęczonym głosem Anna. –Spieprzyli mi długi tekst i muszę coś sama napisać.

– Co z dzieckiem?

– Zawiozłam do matki.

– Dobra. No to cześć.

– Cześć. Do jutra.

– Do jutra.

I z głowy. Oddycham głęboko, chowam telefon do plecaka, plecak siup i w drogę. Podnoszę do góry ręce, przeciągam się, ziewam, patrzę do góry – szkoda, że w centrum nie ma jeszcze prawdziwych drapaczy chmur. Takich, co zbiegałyby się hen nad głową, inżynieryjnie i inspirująco. Może gdyby były, fajniejsze pomysły miałby człowiek, takie bardziej światowe, lepiej by się łgało i w ogóle...

Zatrzymuję się jak wryty. Zdaję sobie sprawę, że mam niepowtarzalną okazję, by zarobić parę punktów u Stillera, może nawet trochę mu zaimponować, a równocześnie,

przewrotnie i tak ot! niechcący udowodnić,
że nie miał racji, no i troszkę go w rewanżu za
te dwa lata podmęczyć – więc wyciągam telefon powtórnie i do niego dzwonię.

Bo, choć pracuję pod nim od dwóch lat,
nie mam pojęcia, gdzie mieszka...

Stiller odbiera i posępnie mówi halo, a ja
entuzjastycznie, triumfalnie i konspiracyjnie
informuję go, tak, tak, nie mówię, lecz
i n f o r m u j ę, że mam już zdjęcia i że bardzo,
no po prostu ogromnie chciałbym przyjechać
i te złowrogie zdjęcia z nim poogłądać. Ze
złośliwą satysfakcją czekam na to, aż szef
działu kultury odpowie no coś ty, o tej porze,
pojebało CIĘ?!

a on powoli, ale bardzo uprzejmie mówi,
że oczywiście, żebym jak najprędzej przyjeż-
dżał, i że z prawdziwą przyjemnością obejrzy
je, że ogromnie chce je obejrzeć, a mieszka
dosłownie o dwa kroki stąd – wejście w pod-
wórzu, Bracka 5.

Gdzieś, osiemset metrów ciemnnych stąd
czeka brązowy pokoik, w środku zdrowe
łóżeczko, a w łóżeczku zepsuta do szpiku kości królewna żabka, a ja, tajny agent, sapiąc,
zatrzymuję się pod drzwiami Stillera. Wy-
równuję oddech i pukam. Jacek otwiera

i mówi cześć wchodź, a dusza wyje mi z roz-
paczy.

Mieszkanie jest stare, ale w przeciwień-
stwie do klatki schodowej rodem z murzyno-
wa wygląda sympatycznie i całkiem przytul-
nie. Łapię się na tym, że podświadomie
szukam kogoś w rodzaju kobiety, ale już na
pierwszy rzut oka nie widać tu ani śladu po
szczupłych dłoniach. Przechodzę obok małego pokoju, obwieszonego sięgającymi od
podłogi do sufitu, sprzedawanymi na sztuki,
sosnowymi półeczkami. Stoją na nich setki,
a może nawet tysiące książek. Zadziwia mnie
ten widok, tak egzotyczny w mieszkaniach
współczesnej inteligencji, więc w trochę lepszym nastroju zmieszanym z odrobiną wstydu idę dalej. Jacek wpuszcza mnie do swego
salonu, nie, salonu sypialni, gdzie siadam
z ulgą w starym, zniszczonym fotelu.

– Kawy? – pyta Stiller.

– Jasne – odpowiadam, a on, powłócząc
nogami, idzie do kuchni.

Jest jakiś nieswój. Nie widzę w nim ani
cienia tego, co zazwyczaj szczelnie oplata tę
zagadkową postać – skrzywionej, udawanej,
pyszałkowatości, takiej dziwnej, ułomnej
pewności siebie. W pracy, gdzie wszystkie
zasady gry są jasne i teren dobrze obwącha-
ny, wiem, jak mam się zachowywać – tutaj

nie. Bo Osowiały Stiller jest dużo gorszy od Stillera Zmarszczonego. Nieczęsto zdarza się, żebym czuł wewnętrzny przymus nawołujący do spróbowania właściwego mi talentu terapeuty, ale tym razem jest jeszcze mniej ciekawie. Może to kwestia pociesznej, wzruszającej scenografii, a może prosty efekt uczynionego przed chwilą odkrycia, że mój twardy i bezwzględny szef żyje zupełnie sam. Jak palec. Nie wiem. Egoizm jednak mnie nie opuszcza, bo niby chciałbym go zapytać, co się stało, ale... boję się, a właściwie – nie, raczej chcę, żeby jeszcze przez parę chwil pozostała w powietrzu, ulotna jak tytoniowy dym, iluzja anormalnego, zapomnianego czasu, w którym wierzyłem w przyjaźń bez redagowania słów.

Z kuchni dobiegają ściszone szelesty, brząkania i syczenie gazu, a ja wyciągam z plecaka merytoryczny powód wizyty. Układam zdjęcia na stoliku, ale wszystkie nijak nie chcą się zmieścić, więc bez konsultacji zdejmuję mój przenośny, siedmioaktowy teatrzyk na podłogę. Tasuję i rozdaję.

Stiller wchodzi do pokoju – i zatrzymuje się w progu. Widzi mnie, klęczącego, i zdjęcia, stamtąd zapewne niezbyt czytelne w słabym świetle staromodnej, ponadgryzanej przez mole lampki z abażurem. Podnoszę głowę i przez chwilę patrzymy na siebie, przy czym on widzi mnie chyba jako tako, ja zaś jedynie groteskowy, koślawy zarys, ozdobiony dwoma małymi, czerwonymi światełkami zamiast oczu

i niezwykłe uczucie, które błysnęło we mnie przed chwilą, ożywa jeszcze silniej

a wtedy on sięga prawą ręką, nie odwracając głowy, i włącza górną lampę.

Podchodzi do mnie, kuca i bierze zdjęcie. Ogląda w milczeniu, uważnie, ja zaś obserwuję go, jakbym był oficerem śledczym, bo czekam na pierwsze wrażenia. Wstrzymuję oddech. No i co, baronie, z tym twoim Watergate? Gdzie ono? Gdzie twój wymarzony, wielki, niekulturalny temat?

Czar jednak jakoś nie chce prysnąć. Mimo, że Stiller sapie, kręci głową i bierze następne zdjęcie: jedno z tych, które trzasnąłem z krzesła. Nawet to, że zaczyna niewyraźnie mruczeć pod nosem no rzeczywiście, niewiele tu... widać, straszne ziarno,

— Aleś zrobił zdjęcia!

— To nie moja wina. Takie wyszły.

— Wyszły, wyszły... Nie można było zadzwonić po zawodowca? Mało to u nas fotografów?

– Jacek. Przecież tu nie ma nic.

Stiller odkleja się od zdjęć i wyraźnie rozbawiony patrzy na mnie przez dłuższą chwilę. Ze zdumieniem spostrzegam, że chyba trochę mnie polubił. To znaczy, mam jakąś konkretniejszą podstawę, żeby tak pomyśleć. Bo naprawdę patrzy na mnie ciepło, a nawet zaryzykuję niebezpieczne i podejrzane, bezbronne słowo: czule.

– Mały, podejdź no do okna.

– Po co?

– Podejdź, proszę. Zrób mi tę uprzejmość.

– Ale po co?

– Bo siwy Stiller prosi.

Pękam i podchodzę do okna.

– Odsuń firankę. I popatrz uważnie. Czekaj, zgaszę światło.

Zaczynam czuć się nieswojo. Jacek wyłącza lampę, potem drugą i zapada ciemność. Na zewnątrz kanciasty kołowrót ścian, tylko o ton jaśniejszych niż nic, a w górze kwadrat nocnego nieba. Jakaś gwiazda, druga, stopniowo widzę coraz więcej.

– Widzę coraz więcej. Czy o to ci chodzi?

– Nie, mój drogi. To zbyt trywialne... Chciałem cię po prostu zapytać, czy widzisz tu jakąś, no, jakąś wiedźmę na miotle? Latającą?

– Pan, szefie, ochujał?

– Pytam poważnie. Czy widzisz tu jakąś, obojętne, ładną, brzydką, jakąkolwiek czarownicę? Wysil się trochę.

– Nie widzę.

– Na pewno?

– Prawie na pewno. Czekaj, coś... nie, jednak nie.

– Jesteś absolutnie pewien?

– Stiller, o co ci chodzi?

– Przecież to stolica. Duży, gęsto zabudowany obszar. Są tu wszystkie rodzaje władzy. I mnóstwo ludzi. Co to oznacza?

– Że nie ma wśród nich ani jednej wiedźmy. To akurat wiem na pewno. Zwłaszcza po dzisiejszej konferencji.

– Tak, Agnieszka mówiła mi, że byłeś bardzo wstrząśnięty. Niesłusznie. Są tu wiedźmy. Tak mówi Chaos.

– Nie ma. Nawet brzydkich.

– Są.

– ...

– Są.

Stiller włącza lampy. Znowu siada nad zdjęciami, bierze jedno, podnosi głowę i mówi: – A ty byś chciał po dwudziestu sekundach jakąś zobaczyć. Poza tym, nie ma pełni.

– A ty mówiłeś o czarownicach czy o wilkołakach?

– Chodź tu. Popatrzmy sobie.

Popatrzyliśmy sobie. Przez jakąś godzinę.
Aż w końcu i on, choć humor wyraźnie mu się
poprawił, stracił do tej zabawy animusz i znowu oklapł. Ja dużo wcześniej, więc z pewną
ulgą mruknąłem, że chyba już będę szedł.
Stiller zapytał, czy mógłbym mu te nieszczę-
sne zdjęcia zostawić, a ja odpowiedziałem, że
oczywiście. Że to prezent, bo nigdy więcej na
to paskudztwo nie chcę patrzeć. Proszę, są
twoje. A on wtedy ucieszył się, powiedział
dziękuję, zwinął je w rulon i położył demon-
stracyjnie obok łóżka. Po czym odprowadził
mnie do drzwi.

Teraz uwaga – w całej tej opowieści tylko
raz pojawia się do cna obsmyczony motyw
intuicji. Moim zdaniem zazwyczaj naduży-
wa się go, ale cóż – bywa, że wyobraźnia nieco ponosi i trzeba się wyplątywać nieuczci-
wymi sposobami. Ja natomiast, jak to już
kilkakrotnie powtarzałem, przeważnie nie
kłamię, więc lubię ten moment. Tym bardziej,
że rzadko miewam ataki intuicji – i równocześnie, że akurat ten w końcowym efekcie
finalnym kompletnie nic mi nie dał.

Otóż schodzę po schodach kamienicy, na
której drugim piętrze pozostał ze swymi cza-
rownicami świeżo zdekonspirowany roman-
tyk Stiller, drzwi za moimi plecami walą z ło-
motem i wszystko wskazuje na to, że

powinienem wreszcie zdryfować w moje ba-
gno. Tymczasem wcale tak nie robię, lecz,
popatrując w górę, włażę głębiej w podwórko i zaszywam się w cieniu. Dlaczego? Bo
coś było w rozkładzie tej wizyty nie tak. Jacu-
nio miał zbyt zły humor, nim zobaczył zdjęcia, i za dobry, kiedy je już obejrzał. Gdzieś
tam, oczywiście, patrzę na siebie szyderczo,
ale jednak stoję w ukryciu – pająk Robo się
czai – i czekam. Czekam pięć minut, dziesięć, czekam i czekam, i strasznie chce mi się
lać. Drepcę, przeklinam to, że nie wyszczałem się u Stillera, no ale się nie wyszczałem,
i to szczanie wypełnia mi całkowicie mózg,
jestem już bliski odlania się na ścianę pod
uchylonym oknem, które wisi nade mną,
wszak skoro pracuję w kulturze, to niezawodnie uda mi się zrobić to po cichu, elegancko,
dyskretnie, kurwa, kurwa mać, drżącymi
dłońmi rozpoczynam operację – i w tym momencie w klatce schodowej podejrzanego za-
pala się światło. Momentalnie zamarzam
i zamieniam się w oko. Widzę Stillera, który
pociągając nosem wychodzi na zewnątrz, na
chwilę się zatrzymuje, po czym rusza w...
moją stronę. W głąb podwórza! Ja pierdolę,
zaraz mnie zobaczy! Ajajaj, co za wstyd!
A on podchodzi do wielkiego pojemnika na
śmieci,

no i nie warto dalej się skradać – oczywiście, wrzuca do niego duży przedmiot, który nie robi bum,

po czym wraca, ja zaś, na wszelki wypadek szybko, nim wejdzie do swego mieszkania, podbiegam do pomarańczowego, a teraz szarego ASMA, wsadzam łapę, wyciągam zwinięte w rulon zdjęcia

i w końcu wracam w cień, żeby się wysikać.

Wychodzę z mistycznego podwórka, oglądam na wszelki wypadek nogawki i buty, i ruszam żwawo w stronę Kruczej.

W głowie mam kompletny mętlik. Wszystko zdarzyło się tak szybko i niespodziewanie, że w ogóle nie zacząłem jeszcze jakiejkolwiek obróbki danych. Na razie trwam w osłupieniu, przed oczami mając wyłącznie kolejne sceny najświeższych wydarzeń. Matka kiedyś mówiła mi, że mam niezłe zadatki na paranoika, ale przecież cała ta sytuacja wydarzyła się naprawdę! Przecież jeszcze nie dostałem pierdolca, jak mi to wróżył Karol! Kiedy się szczypię, reakcja jest taka, jakiej oczekują nieliczni, porządni lekarze: mówię au. Zasuwam więc po chodniku, umykam jak spłoszony lisek, nie schowawszy nawet obwoźnej wystawy, która po raz kolejny do mnie wróciła, jakby uwiązana na gumce. Albo jak bumerang stryja z Australii. Co się dzieje?

Docieram do przejścia dla pieszych w miejscu, gdzie Krucza powłóczyście przeistacza się w Bracką. Chociaż sygnalizatory są już wyłączone, muszę stanąć, gdyż prawem losu Alejami gna akurat spore, rozciągnięte stadko samochodów. Oczekując na wolną drogę, w dalszym ciągu otępiały rozglądam się pasywnie po okolicy.

Pod London Steak House zaparkował wyjątkowo czysty, błyszczący i ładny samochód. Przyglądam mu się przez chwilę, po czym odwracam wzrok. Ciekawe, co to za marka? Mmm. Wszystkie teraz wyglądają podobnie, pewno za sprawą identycznych założeń, zapisanych w liczących je programach. Nawet te najlepsze. Jednak jakieś ślady szkolnej pasji wciąż we mnie tkwią i każą mi jeszcze raz na ten zagadkowy samochód spojrzeć. Odwracam głowę i widzę parę ludzi, którzy chyba wyszli właśnie z knajpy. Facet jest wysoki i szczupły, ma elegancki garnitur, typowe wdzianko buraczka z pieniędzy czy chamusia z telewizji, lecz dziewczyna wydaje mi się znajoma. Oglądam ich pozornie z bliska, ale jest noc, a poza tym między nas wpada właśnie autobus. Na szczęście koleś ma centralny zamek i nie otwiera jej drzwi. Więc ona trochę spóźnia się w wyścigu o to, kto pierwszy usadzi dupę na skórzanym siedzeniu.

I kiedy autobus odsłania ją, jeszcze przez krótką chwilę stoi, odwrócona do mnie czarnym profilem.

To Anna.

Część trzecia

ZAJĘCIA PRAKTYCZNO-
-TECHNICZNE

1.

Casus zdrady znacznie częściej notowany jest w behawiorze miejskim niż w wiejskim. Wpływa na to wiele czynników. Zamiast wstępu, trochę historii – wśród immanentnych atutów miasta zwyczajowo wymieniało się, co następuje:

1. Gęstą zabudowę,
2. Duże zaludnienie (na kilometr kwadratowy),
3. Stosunkowo wysoki stosunek czasu pracy do czasu poza pracą,
4. Przewidywalny obszar występowania osoby, której absolutnie należy unikać,
5. Stosunkową łatwość znalezienia dyskretnego lokum,
6. Stosunkowo wysoki odsetek osób ze słabym wzrokiem,

i wreszcie, od pewnego czasu:

7. Smog.

Jednak od początku wskazywano na istotne mankamenty tego zestawienia. Już Zeak C. P. Kereem zauważył, że przywołana powyżej kodyfikacja nie obejmuje szeregu istotnych czynników. Uczony ten wytrwale, nie szczędząc czasu i nie licząc się z ryzykiem, przez wiele lat prowadził swe badania. Trzeba tu z szacunkiem dodać, że poniósł wysoką cenę: został poddany środowiskowemu ostracyzmowi, musiał opuścić ukochany uniwersytet, aż wreszcie, choć dopiero po czterdziestce rozwiódł się z żoną, nb. wyjątkowo wredną, i ostatecznie skończył na dworcu. Wniósł jednak do naszej parzącej dziedziny wiele nowego i na zawsze pozostanie zapisany jako jeden z najwybitniejszych specjalistów. Zauważył m.in., że poza wyżej wymienionymi czynnikami biernymi, tereny zurbanizowane są w odróżnieniu od niezurbanizowanych par excellence wyposażone w określone instytucje aktywne. Kereem wyróżnił pięć podstawowych typów tych instytucji, a to:

1. Salony masażu,
2. Salony, które udają salony masażu,

3. Agencje towarzyskie,
4. Agencje towarzyskie, które udają agencje towarzyskie,
5. Burdele.

Powyżej przywołana lista została w późniejszych latach skrócona do trzech pozycji. Postęp ten zawdzięczamy magistrantowi Kereema, Renzorjanowi. Śniady uczony ten, z pochodzenia Ormianin, w ślad za swym profesorem kontynuował dalej badania. Choć zmarł przedwcześnie na rzadko notowany podtyp kiły, zdążył przedtem postawić śmiałą i sensacyjną tezę. Założył otóż, że wszystkie salony masażu udają salony masażu, i dalej: że wszystkie agencje towarzyskie udają agencje towarzyskie, po czym przebadał wnikliwie blisko sześć i pół tysiąca obiektów tego typu, pozostawiając po sobie obfitą dokumentację ze zdyszanymi, pospiesznymi, kreślonymi na marginesach uwagami. Trudnymi do rozszyfrowania zapiskami zajął się z kolei magistrant Renzorjana, którego nazwisko rozpłynęło się niestety w mrokach historii. W odróżnieniu od swych mentorów nie badał w terenie, bo był brzydki i garbaty, zawdzięczamy mu jednak opracowanie obszernego materiału, zebranego przez poprzednika. Wynikiem stał się następujący aneks do kodyfikacji „Czarnego":

1. Burdele, które udają salony masażu,
2. Burdele, które udają agencje towarzyskie,
3. Burdele.

Niektórzy syntetycy usiłowali dowieść, że wobec identyczności funkcji także status powinien być zawężony do jednej pozycji, ale lista obroniła się, gdyż, jakkolwiek analitycznie rzecz ujmując, to rzeczywiście to samo, to jednak nie tylko to się liczy. Bo jak odróżniamy kiełbasę w sklepie? Od innej kiełbasy? Po etykiecie, rzecz prosta. Oczywiście ślepiec nie da sobie z tym rady, ale dajmy spokój ślepcowi. Ktoś mu przecież pomoże.

Następca „Anonimowego Garbusa", Estończyk Trebu Hespi, był zimny. Być może za bardzo, i nie wiadomo zbyt wiele o jego życiorysie. Wpisał się jednak do, za przeproszeniem, annałów jako ten, który zauważył nagle, że w zasadzie obie listy, zarówno ta, którą powołaliśmy na początku, jak i trójpozycyjna kodyfikacja aktywna, nazywana „kodyfikacją Garbusa", tak naprawdę są właściwe, że te listy od biedy można skleić. Trebu był bardzo małomówny, więc nie zdążył wyjaśnić, co dokładnie miał na myśli.

I tak docieramy do postaci, która przeprowadziła w istocie przewrót kartezjański tej dziedziny, to znaczy, w tej dziedzinie nauki, pchnęła ją na nowe tory i nadała sens wszystkim wysiłkom wszystkich poprzedników i pociągnęła cały ten kram jednym skokiem o całe lata, a może i tysiąclecia, mimo że nie dostała Nagrody Nobla i pewnie nigdy nie dostanie, chociaż kto wie. Mowa oczywiście o niezapomnianym, finezyjnym Rogerze Gespim, prawdziwie renesansowym naukowcu, myślicielu i artyście, który zauważył nagle, idąc w ślad za Hespim, za specyficznym odorem Hespiego, który zauważył w pewne letnie, ciepłe popołudnie, około szesnastej, no może troszkę później, powiedzmy pięć po szesnastej, że cźniać tamtą listę, i tę drugą też, bo obie one są in toto do dupy, i dokładnie tak samo nie tłumaczą kompletnie nic, bo obie są absolutnie idiotycznym pomysłem, skoro jeżeli ktoś ma ochotę sobie popierdolić na boku, to choćby nie było w pobliżu ani jednego, jakkolwiek zwanego burdelu, to i tak sobie popierdoli, obojętne gdzie i obojętne z kim, nie zwracając uwagi na okoliczności zewnętrzne, obiektywne okoliczności zewnętrzne (czyli środowiskowe), ponieważ ani gęstość zabudowy, ani zaludnienie, ani smog, ani nawet burdele nie mają tu absolutnie nic do rzeczy.

Albowiem ludzie robią, co chcą.

A teraz czas na intermisję. Drogi słucha-
czu, mój Ty jedyny, wiem, że Ty też jesteś taki.
Zawsze robisz tylko to, na co masz ochotę,
i wiem także, że do tej pory nie było Ci lekko.
Z pewnością wielokrotnie przerywałeś słu-
chanie niniejszej opowieści, morzony snem,
albo i rozgniewany jej witrażową, plamiastą
konstrukcją, ale pocieszę Cię – tak właśnie
miało być. Skoro jednak dotarłeś aż dotąd,
mam ogromną prośbę: choćbyś musiał wstać
jutro o szarym świcie, choćby powieki ciąży-
ły Ci jak kalafiory, choćby Twoja żona albo
któraś z licznych, młodziutkich kochanek
zmuszała Cię do zaparkowania między swoimi kosmicznymi udami – od teraz zmień technikę. Posłuchaj głupiego, naiwnego Neumana, strzel sobie dwie albo trzy kawy, zamień
się w ruinę, w nikotynową galaretę i wysłu-
chaj do końca, nie robiąc już ani jednej przerwy. Nie staraj się rozumieć, lecz czuć.

Obiecuję, że nie pożałujesz.

2.

Zrobiłem krok do przodu. Chciałem do-
kładniej przyjrzeć się odjeżdżającemu
samochodowi, a ściślej jego pasażerce, więc

postawiłem lewą stopę na asfalcie i w tej samej chwili usłyszałem klakson i kwiknięcie opon.

Nie byłem zazdrosny. Jak mógłbym być? Chyba dla każdego jest już oczywiste, że wyniosły i dumny ze mnie człowiek, i o byle co się nie obrażam. Jestem zajęty sprawami nieporównanie większej wagi, niż jakieś tam zdrady i dawanie dupy nadzianemu gnojowi z telewizji. Przecież za parę dni będę robił duży, kulturalny tekst o festiwalu filmów reklamowych, przepraszam, spotów, więc głupiutki flirt Anny nie ma prawa mnie ruszyć. Wytrącić z właściwego mi stanu absolutnej równowagi. Chce dziewczyna, proszę bardzo! Szast, prast i znudzi jej się. Umyje zęby i wróci do domu. Mnie tam oczywiście nie będzie, bo festiwal artystycznych spotów nie może pozostać nieobsłużony, podobnie jak Agnieszka żabka. Więc o co chodzi? Ano, o nic. Po prostu byłem ciekaw, czy to naprawdę ona.

Na szczęście samochód jakimś cudem mnie ominął. Postałem przez parę chwil, pomedytowałem, rozejrzałem się trochę po ulicy, a trochę po świecie i poszedłem. Poszłem.

Mieszkanie Agnieszki jest na dziewiątym piętrze. Jeżeli myślisz, że to coś znaczy, jesteś

w błędzie. Tak mi się tylko powiedziało, bo to
w końcu prosta historia, pozbawiona jakichkolwiek podtekstów. Pretensjonalna, mydla-
na historia o kilku błahych deficytach, miłości i pracy, a przy okazji o tym, że właściwie
wszystko się może zdarzyć. No i zdarzyło się,
że Agnieszka ma mieszkanie na dziewiątym.
Że do otwarcia jej drzwi trzeba użyć trzech
różnych kluczy, które zawsze mi się plączą.
Zwłaszcza wtedy, kiedy z jakiegoś powodu
widzę jakby przez mgłę, jak teraz, bo jestem
bardzo zmęczony. Jestem niesamowicie
zmęczony i bolą mnie oczy.

Ciekawy dzień zasługuje na równie barw-
ne zakończenie, więc pokręciwszy się nieco
po mieszkaniu, podchodzę do łóżka. Zgodnie
z przyjętymi od początku zasadami Agnieszka śpi, zatem (z pewną ulgą) siadam w brązowym fotelu, który oddalił się od okna i stoi
pod ścianą. Przez chwilę gapię się pasywnie
w zakurzony ekran telewizora, po czym odwracam wzrok i widzę, że na brązowym prze-
ścieradle leży książka. Wstrzymuję oddech
i ostrożnie, delikatnie, dwoma palcami biorę
ją i zaczynam oglądać. Ma kolorową okładkę,
jest niezbyt długa i nie ma obwoluty. Źle wygląda, ale nie dlatego, że jest tania. Po prostu
źle wygląda. Przeglądam niespiesznie, patrzę na ostatnią stronę, trochę do środka i na

początek. Zaczyna się złowrogo, ostrzegawczo: „Na chrzcie dali mi Łukasz". Więc tak –
facet najpierw się urodził, oczywiście w małym miasteczku na prowincji, potem dość
długo nic się nie działo, a nie, przepraszam,
podglądał starszą siostrę kolegi, „jak się ką-
pała", potem pierwsze prochy, młodzieńczy
i niewinny seks z kurami, gitara, koledzy i te
drugie prochy, ostrzejsze. Książka jest za-
gnieciona na piątej stronie, myślę więc
z podziwem o Agnieszce. Nie po raz pierwszy otrzymuję dowód, że twarda z niej sztuka.

Postanawiam włączyć telewizor. To taka
popklisza, przydatna, kiedy nie chce się spać.
Po trzech minutach miętoszonych poszukiwań
wyciągam spod Agnieszki pilota i staję blisko,
żeby jak najszybciej przyciszyć. Akcja udaje
się i efekt jest znakomity – widzę niemy, wielki, spocony ryj gościa, który ma trochę lep-
szych doradców. Ze wstydu błyskawicznie
przełączam program i widzę bladą, lisią mordę
faceta, który ma nieco gorszych, więc w pani-
ce pstrykam jeszcze raz, a tam żesz kurwa ban-
da mutantów otacza innego, połowa ma na
twarzach genetyczne zmiany, wynikłe z kilku-
dziesięciu lat wsobnego krzyżowania w pegee-
rze, ten główny bredzi coś od rzeczy, słowa nie
można zrozumieć... a oni to w telewizji pokazują! Przecież jakieś dziecko może zobaczyć

jego oko za uchem i już na zawsze zapamiętać! Jak można, jak można pokazywać w telewizji takie rzeczy! Chociaż nie – właściwie pora jest dobra, na zegarze prawie pierwsza, więc w porządku, wszystko jest tak, jak trzeba, to godzina... no nie, duchów nie, ale na pewno dobra na film, a, właśnie, może na jakimś innym kanale coś ciekawego się trafi. Przełączam cak cak, aż niespodziewanie docieram do CNN. Co tam w wielkim świecie? Wojna jakaś? Katastrofa lotnicza? No nie, okazuje się, że akurat reklamy... Mam ochotę pierdolnąć pilotem w kaloryfer, ale to nie mój kaloryfer. I nie mój pilot, więc wyłączam ścierwo i idę do kuchni, a goni mnie trzask iskier.

Anna i Stiller stali się w mojej otępiałej głowie czymś w rodzaju pokracznego awersu karty do gry. Raz jedno jest łbem do góry, raz drugie. Powoli wirują i osoba na górze ma obojętny, uprzejmy wyraz twarzy. Ale im bardziej się przechyla, tym bardziej twarz staje się złośliwa, aż do upiornego uśmiechu... włącznie. Żeby jakoś strzepnąć z tablicy tę dziwną istotę siadam, zapalam papierosa i w myślach rzucam monetę. Wypadnie orzeł – myślimy o Stillerze, wypadnie reszka... też myślimy o Stillerze, bo to jednak dużo ciekawsze.

Dlaczego wyrzucił zdjęcia, które tak bardzo chciał zobaczyć? Właściwie oglądać, długo i dokładnie. Całymi godzinami, o ile dobrze pamiętam. Nawet przez kilka dni. Mój siwiejący szef. Długoletni pracownik gazety. Bezwzględny redaktor, samotnik i marzyciel. Łapię się na tym, że przestaję myśleć o nim całymi zdaniami, a zaczynam jakimiś skróconymi ogryzkami zdań, przypominającymi raczej propagandowe slogany albo tytuły. Pretensjonalne, obiektywne tytuły. I nagle cała sytuacja zaczyna wydawać mi się śmieszna – siedzę u kochanki, której najprawdopodobniej nie kocham, i paranoicznie zastanawiam się nad problemem zdjęć, na których nie ma nic ciekawego. Wyrzuconych przez człowieka, który jest już stary i wypalony, więc zapewne pozbył się ich, żeby nie męczyły go swą kompletną bezsensownością. Uśmiecham się zgryźliwie, słyszę cmoktanie bosych stóp i widzę rozczochraną, spoconą Agnieszkę.

– Czemu tu tkwisz? – pyta, osłaniając twarz dłonią.

– Nie chce mi się spać. Chyba... muszę zrobić coś konkretnego.

– Konkretnego? Czyś ty już do reszty zgłupiał?

– Może. Idź sobie.

– No nie. Co to ma znaczyć!?

– Dokładnie to, co znaczy. Chcę tu posiedzieć.

– Co się stało?

– Nic.

– Nic?

– Nic.

– Niesamowite – stwierdza Agnieszka, patrząc teatralnie w sufit. – Co się z wami stało?

– Jak to?

– Właściwie tylko dwóch was mam. Przesadziłam trochę ze wszystkimi.

– O co ci chodzi?

– O to, że powinieneś być twardy, a jesteś babą.

– To kim ty jesteś?

– Ja? – Agnieszka unosi brwi. – Jestem damą.

– Rzeczywiście. No tak. Zapomniałem.

– Jezu, to samo powiedział mi wczoraj Stiller! Zaczynam powtarzać rozmowy, które już raz się odbyły!

– A o czym rozmawialiście?

– O tym samym. Że zbabiał.

– Ciekawe. Nie zauważyłem, żeby coś się z nim stało.

– A ja owszem. Kiedy mu opowiedziałam, jak cię nosiło na konferencji, zamienił się w pień. Musiałam go siłą odspawać od krzesła.

– A co go tak ruszyło?

– Powiedział – ruda uśmiecha się z przekąsem – że spierdolili już wszystko, co lubi. I że zabrali się teraz za to, co ceni.

– O, to mniej więcej myśli tak jak ja.

– Ale on jest dużo starszy niż ty. Ty od biedy masz prawo być dziecinny, on nie.

– Dlaczego? Przecież to nie jest kwestia wieku. Tylko jakiejś elementarnej wrażliwości. I wstydu.

– Chłopie, co ty pierdolisz? Jakiego wstydu?

– Agnieszka, a ty naprawdę tak... beznamiętnie na to patrzysz? Siedzisz przed telewizorem, wpieprzasz frytki i się cieszysz?

– A co mam robić? – odrzekła. – Płakać? Przyzwyczaj się wreszcie. Wszystko to chuja warte, a ty masz głowę po to, żebyś sobie wyobrażał, co ci się podoba. A jeśli wszystko ci się nie podoba, to się wyprowadź na wieś i kup gospodarstwo. Agroturystyczne! Telewizory wstaw tylko do pokojów dla gości i się ciesz, bo za moment albo zacznę się z ciebie śmiać, albo płakać, co jest dużo bardziej prawdopodobne.

– Agnieszka, powiedz, ale tak szczerze: kiedy patrzysz na te mordy w telewizorze, wstydzisz się?

– Co?!

– No... no, zwyczajnie. Tak, że musisz spuścić głowę albo zmienić program... albo wyjść z pokoju?

– Jeżeli coś czuję, to raczej złość. Ale bardzo krótko. I idę spać.

– Naprawdę?

– Robert, odwal się ode mnie. Idę spać. Chcesz, przyjdź. Tylko proszę, nie pieprz głupot.

Donośnie zatrąbiła, podniosła kotwicę i odpłynęła, znikając w półcieniu sypialni. Westchnąłem, wstawiłem kawę i zacząłem spędzać czas pożytecznie. Postanowiłem, że ogłuszę się do końca, redagując rzymskie mowy artystów.

3.

Istnieje kilka sposobów pracy nad wypowiedziami. Pospolity, początkujący głuptas wkłada na uszy słuchawki i mozolnie, zdanie po zdaniu spisuje całość, by następnie podążyć ciernistą ścieżką eliminacji – jak Michał Anioł usuwa marmurowe nadmiary, aż zostaje coś w rodzaju osnowy, na której mówca zbudował to, co zbudował. Jest to bardzo czasochłonna, a zatem niewdzięczna metoda. Dziennikarz o nieco większym rozumku także wkłada słuchawki, ale nie spisuje wszystkiego, jak małpa. Ostrożnie sunie w trop za bełkotem rozmówcy, od razu eliminując trzy czwarte. Musi rzecz jasna słuchać aktywnie, ale zostaje to wynagrodzone podczas dalszej redakcji. Przeszedłem oba powyższe etapy, w końcu jednak zmądrza-

łem i dziś mogę powiedzieć z dumą, że dołą-
czyłem do ścisłej czołówki dziennikarskiej
świata. Jak? Tak samo, jak wszyscy. Dostawa-
łem parchów na dźwięk własnego, nagranego
na dyktafon głosu.

Chociaż, jak wspominałem, zdaje się, na
początku, moim najlepszym sposobem na
stres jest właśnie pierdolenie.

Zatem – ścisła czołówka dziennikarska po-
stępuje tak: bierzemy dyktafon i, skrzętnie
omijając własne pytania, słuchamy, co wielki
człowiek z siebie wyksztusił. Jeżeli o dziwo
zdarzy się coś nieszablonowego, notujemy to,
jednak przez cały czas staramy się nie tracić
z oczu środka pogmatwanego, bagnistego
szlaku, którym podąża ofiara. Kiedy surowiec
jest już przesłuchany (raz – nie więcej!), szybko piszemy cały wywiad, po czym dla świętego spokoju, rzetelnie i obiektywnie puszczamy taśmę jeszcze raz.

Żeby sprawdzić, czy czegoś skandalicznie nie popieprzyliśmy. Własnych pytań nie wolno słuchać, bo to po pierwsze osłabia, a po drugie dużo fajniej wymyśla się je na końcu. I jeszcze istotne zastrzeżenie na deser, ważne dla higieny pracy: jakkolwiek najtęższego mędrca pytać należy na początku, to redagować zdecydowanie na końcu.

Jesteś młody, ale różnisz się od większości swoich rówieśników. Masz już na koncie znaczący film. Co powiesz o miejscu kina w twoim życiu?

– Wybrałem drogę dawno temu. Nie sądzę, że można tu mówić o powołaniu – zdecydowanie wolę słowo „wybór". Od początku interesowała mnie praca z obrazami. Tak to nazywam: reżyserowanie ruchomych obrazów. A miejsce kina w moim życiu? Cóż, prawdziwy artysta może stworzyć dzieło sztuki ze wszystkiego. Nawet wtedy, gdy robi telewizyjną reklamę. Poza tym jest jeszcze proza życia – od kilku lat mój byt jest uzależniony od tej pracy. Jestem więc zawodowcem i uważam, że tylko takie podejście ma sens.

Dzisiejszy świat staje się coraz bardziej skomercjalizowany. Czasem jednak kierunek się odwraca: kilku sławnych reżyserów zaczynało od reklamy. Na przykład Ridley

Scott, reżyser „Obcego, ósmego pasażera Nostromo". A Federico Fellini, twórca m.in. „Osiem i pół", także zrobił kilka reklam. Co sądzisz o relacji między reklamą i kinem?

– Reklama to świetny poligon doświadczalny. Angażowane są w nią ogromne pieniądze. Trzeba pracować szybko i starannie. Co więcej, praca jest podporządkowana określonemu efektowi. Reklama musi sprawić, że produkt zostanie zauważony. Czyli teza musi zostać podana w łatwy i zrozumiały sposób. Nie inaczej jest w kinie, a zwłaszcza w kinie wielkim, które ma coś do przekazania. Tylko takie kino mnie interesuje.

Wielcy twórcy stosują zróżnicowane style przekazu. Czy „stosują" jest dobrym słowem? No nic, nieważne... Chociaż popatrz, wystarczy porównać filmy Bergmana, Greenawaya, Kolskiego... Fabuła bardzo często bywa mylona z treścią... Uważasz, że kino koniecznie musi coś przekazywać? Czy raczej przekazywać par excellence?

– Oczywiście. To uniwersalne medium o ogromnym zasięgu i sile, które powinno być wykorzystywane rozsądnie. Jednak przede wszystkim ma przekazywać różne treści. Obojętne, czy opowiadana jest anegdota – czy dany twórca chce odsłonić zakamarki własnej duszy. Choćby nawet bardzo intymne. Żeby zrobić to czytelnie, łatwo i wyraziście, niezbędny jest warsztat i tak kółko się zamyka.

Ostatnio zapanowała na świecie moda na ekranizacje wielkiej literatury. Można przywołać mnóstwo obrazów, z wielu półek. Choćby ostatnio Julie Taymor z jej rewelacyjnym, odkrywczym „Tytusem Andronikusem" (a popatrz, Szekspir twierdził, że to chała!), czy też nasze, niemniej znakomite produkcje. Wytłumacz, proszę, dlaczego twoją uwagę przykuł akurat „Proces"?

– Po prostu szukałem historii, która poruszyłaby młodych widzów. Obudziłaby ich serca... Uważam, że wszyscy za bardzo koncentrujemy się na pieniądzach – a zwłaszcza młodzi, wchodzący dopiero w życie. Zaczynają pracować i nagle następuje katastrofa. Sfera duchowa przestaje się liczyć. Myślę, że „Proces" jest właśnie zapisem takiej przemiany, a w zasadzie opisem próby odwrócenia tego, czego odwrócić już nie można. Bo w pewnym momencie człowiek traci dystans do samego siebie. Nie wie już, jak bardzo jest uwikłany i uzależniony.

Pomówmy zatem o formie. Wspomniałeś o młodych ludziach. Rozumiem, że do nich przede wszystkim adresujesz swój

film. To nawet zrozumiałe, w końcu tylko oni, i to sporadycznie, odwiedzają kina. Jednak horyzont oczekiwań dzisiejszych widzów jest, jak się wydaje, nieco inny. Czy tak ściśle określony adresat dzieła w jakiś sposób wpłynie na jego formę?

– Oczywiście. Współcześni, młodzi widzowie są przyzwyczajeni do filmów akcji. Mój film w pewien sposób zaczerpnie swą poetykę właśnie stamtąd. Nowoczesność będzie przede wszystkim polegała na wizualnym przyspieszeniu jazdy. Będziemy starali się sprawić, żeby bohaterowie byli dla dzisiejszego widza trójwymiarowi. Żeby żyli we współczesnym tempie.

Arcydzieło Kafki ma klimat raczej kameralny. Twój projekt niejako z góry okrzyknięty został superprodukcją. Rozumiem, że należyty rozmach dadzą mu wielcy aktorzy. Z oczywistych względów najbardziej interesuje mnie bohater tytułowy – bo jeżeli twoja ekranizacja będzie wierna, ani na chwilę nie opuści ekranu. Co możesz powiedzieć o Krzysztofie Mincu, odtwórcy głównej roli?

– Dziś młodzi ludzie gwałtownie wchodzą w dorosłość – uznałem, iż wątpliwości także powinny zjawić się wcześniej. Odmłodziliśmy więc bohatera. Jestem pewien, że Krzysztof znakomicie wywiąże się z tego zadania. Ma w sobie to „coś". Ma pewien magnetyzm, który jest tu nieodzowny. Tym bardziej, że osią akcji mojego filmu będą wydarzenia w domu adwokata. To tam panuje największe napięcie. Tam ważą się losy głównego bohatera i tam wreszcie występuje gwałtowny konflikt pokoleń. Myślę, że walka pomiędzy adwokatem i Józefem nie została przez dotychczasowe ekranizacje należycie wyeksponowana. A przecież rywalizacja o względy młodej dziewczyny to w zasadzie figura uniwersalna. Zwłaszcza dla młodych widzów.

Gazeta niejednokrotnie zauważała, że proza Kafki jest jakby wzięta z księżyca. Że wydarzenia, opisywane przez wielkiego praskiego pisarza „przeklętego", dzieją się w dziwnym świecie: wszędzie i nigdzie. Myślę, że się z tym zgodzisz?

Oczywiście.

No właśnie. Postanowiłeś jednak, że zachowasz wyjątkowy puryzm scenograficzny. Powiedz, gdzie film będzie kręcony?

– Uzyskaliśmy unikatową możność zrealizowania filmu w zabytkowych wnętrzach, będziemy kręcić w Pradze i w Wiedniu. Wspólnie z operatorem przeszukaliśmy dokładnie oba miasta. Była to fascynująca wyprawa, która pozwoliła nam jeszcze głębiej wejść w klimat opowieści. Znaleźliśmy wspaniałą kamieniczkę, która zagra w naszym filmie. Uważam, że trzeba działać zgodnie z literą książki, inaczej ta znakomita, uniwersalna historia mogłaby stracić sens.

Jaki jest budżet twego ambitnego przedsięwzięcia?

– 10 milionów dolarów, ale otrzymałem pewne pole manewru. To ważne, gdyż dużo lepiej się pracuje bez przysłowiowego miecza wiszącego nad głową. Podana kwota nie obejmuje budżetu akcji promocyjnej – a powiem, że film będzie promowany w bardzo ciekawy sposób. Szczegółów na razie nie zdradzę...

Kiedy pierwszy klaps?

– 9 października.

Dziękuję i życzę powodzenia.

O czwartej skończyłem redagowanie ostatniego wywiadu.

Położyłem bibułę na klawiaturze, przeciągnąłem się, aż jęknęło, odrzuciłem precz wątpliwości i z dumą spojrzałem na moje dzieło. Przeczytałem lewym okiem, potem prawym, wreszcie obojgiem oczu naraz i doszłem do wniosku, że jest świetnie. Szturchnąłem tu i ówdzie, ale to już były tylko brakujące ogonki. Ani Agnieszka, ani Stiller nie powinni mieć żadnych uwag. Oczywiście, zostawiłem im parę mend, żeby nie poczuli się zbędni – ale zasadniczy fundament był solidny. Pozytywny. Obiektywny. Chyba rzetelny. Wyłączyłem komputer. I poszłem spać.

Obudziłem się około dziesiątej. Z radością stwierdziłem, że w dalszym ciągu jest ładna pogoda, i z równie wielką, że Agnieszka jest już w łazience. Przez dłuższą chwilę leniwie medytowałem nad wydarzeniami, które wypełniły minioną dobę. Pogmerałem i znalazłem w nosie kilka fascynujących, nowatorskich debiutów, przylepiłem je do ramy łóżka (od spodu) i nabrałem dystansu do siebie. Uznałem, że noszę w sobie pewną inność, a może nawet osobność i mroczne wydarzenia z poprzedniego dnia stały się nierealne jak sen.

Przyjechaliśmy do redakcji trochę wcześniej niż zwykle, okazało się bowiem, że kochana Agnieszka nie zredagowała swojej połowy i musiała to zrobić teraz. Miała nadzwyczaj zły humor i nie chciała ze mną rozmawiać, więc wesoły jak szczygieł usiadłem w dziale zagranicznym, włączyłem telewizor i zacząłem oglądać Eurosport. Po paru minutach stwierdziłem, że nie widzę tego, co widzę. Myślałem bowiem o Annie, a ściślej nabrałem niesamowitej ochoty, by zadzwonić i troszkę ją pomęczyć. Tylko troszeczkę, zupełnie niezobowiązująco i właściwie dobrodusznie. Zacząłem układać w głowie linię ataku, bo lubię być dobrze przygotowany. Na każdy możliwy scenariusz. W końcu od małego najbardziej obawiam się śmieszności, tkwiącej jak cierń w każdym niedopracowaniu strategii, a poza tym jeden mały błąd w rachunkach może doprowadzić do tragicznej w skutkach katastrofy. Bujałem fotelem z pokrętłami, odbijając się nogą od zielonego biurka i właśnie zaczynałem widzieć pierwszy, maleńki listek wieczornej tragifarsy, gdy usłyszałem znajomy głos – Stiller wrócił z planowania i rozmawiał z Agnieszką. Postanowiłem humanitarnie, że skontruję jego poranny słowotok moim i dam rudej możliwość spokojnego nadrobienia zaległości. Wstałem więc, wyszedłem na umowny korytarz

i miarowym krokiem podążyłem na szafot.

Wejście do zagranicznych jest mniej więcej pięć metrów od kochanej, poczciwej kultury. Pięć metrów to bardzo niewiele – raptem tyle, ile mierzy wszerz wiejska uliczka. Patrzysz w lewo, patrzysz w prawo... i przechodzisz. Ile to trwa? Parę sekund, nie więcej. Głupie kilka

sekund i jesteś bezpieczny. Wchodzisz do domu, rozpakowujesz zakupy, a potem otwierasz
okna, żeby wpuścić trochę powietrza i kilka
much. Na trawie leżą tysiące liści, więc leniwie myślisz, że trzeba by je wreszcie spalić,
a swoją drogą zdumiewające, że nie wymyślo-
no jeszcze techniki wiernego zapisywania tego, co najpiękniejsze, wiernego zapisywania
kiczu. Kicz prawie zawsze jest statyczny, więc
powinien być na to jakiś sposób, sposób dla
każdego dostępny, tani i łatwy. Doskonały.
W połowie drugiego metra usłyszałem, że
Agnieszka mówi co? po następnych osiem-
dziesięciu centymetrach powiedziała drugi
raz co?! kiedy przekroczyłem półmetek
krzyknęła kurwa i pół metra dalej mać, więc
zwolniłem, bo stało się jasne, że jest niedobrze, ale o co chodzi, byłem już obok wejścia,
spojrzałem nad ścianką i zobaczyłem, że na
Stillera padają promienie słońca, ukośne promienie słońca, w których ospale wirują dro-
binki kurzu, że Stiller siedzi pod oknem vis -
à vis wejścia do mojego/naszego/waszego
szaleństwa, a Agnieszka z prawej strony, skrę-
cona jak alegoria gniewu i zdumienia (ręce
wysoko, dłonie rozcapierzone), a Jacek śmieje się, odchylając do tyłu głowę, i mówi słowo
honoru i nigdy mi nie uwierzycie, ale kiedy
spojrzała na mnie, odwracając się w zwolnio-

nym tempie, oczy miała szeroko otwarte,
a w nich gniew i popłoch, nie uwierzycie mi,
ale wiedziałem, że stało się coś dużo poważ-
niejszego niż zwykle, więc stanąłem i wciągnąłem powietrze i nie wypuszczałem, a ona
wtedy powiedziała jeszcze raz kurwa, a potem
Robert, siadaj, musimy wszystko zmienić

bo ten skurwysyn Minc nie żyje.

4.

Stiller wesoło kiwnął głową i z uśmiechem
powiedział naprawdę, a drżąca, mglista,
paranoiczna maszyna, zatrzymana na moment przed dwiema godzinami znowu ruszyła i wiedziałem, że teraz już z nią tak łatwo nie
wygram. Powoli wszedłem do zielonego boksu – trwało to chyba pół godziny – i usiadłem
w fotelu, który struchlał po lewej.

– Jak to?

– Zwyczajnie – powiedział niefrasobliwie
Jacek i wzruszył ramionami. – Ktoś go zabił.

– Gdzie?

– W mieszkaniu. Tylko tyle na razie wiadomo.

– Kurwa – wrzasnęła Agnieszka. – Od niego zaczęłam! Pół godziny się z nim pierdolę!

– Dobrze już, dobrze, przecież nic się nie
stało – rzekł terapeutycznie Stiller. – Zaraz
poproszę Arnage o jakieś oświadczenie, za-
pchamy dziurkę po Józefie K. Na razie za-
cznijcie jeszcze raz, ale bez pośpiechu.

Zostaliśmy z Agnieszką sami, skołowani
i całkowicie osłabieni, ale jak się zapewne
domyślacie, z diametralnie różnych powodów. Ona była zła... no, że tak powiem, cha-
rakterologicznie-zawodowo, a ja ogłupiały –
gdyż najzupełniej niespodziewanie spotkało
mnie coś, o czym marzy każdy prawdziwy
dziennikarz. Moja idiotyczna praca nagle
uzyskała wymiary egipskiej piramidy.
Wiem, że to śmieszne, zresztą chyba żaden ze
mnie dziennikarz, ale poczułem się tak, jakbym był co najmniej czarodziejem. Spróbuj-
cie wyobrazić sobie tę sytuację – niewinne,
chłodne przedpołudnie, po ulicach jeżdżą samochody, dzieci piszą klasówki, ekspedient-
ki w mięsnych podnoszą topory, dziesiątki
tysięcy polityków właśnie się budzą, by znowu wykombinować coś pożytecznego, a tutaj, w ślepym zakątku naszego małego zielonego labiryntu wszystkie zegary stoją. Nad
głową słychać stłumiony szum wentylatorów,
temperatura jest tropikalna i jak zwykle panuje potworny zaduch, a ja mam wrażenie, że
jeszcze bardziej zmalałem, że ubranie jest na

mnie za duże, po plecach chodzą mi ciarki
i wszystko mnie swędzi. Tego uczucia nie da
się opisać. Kilka razy w życiu miałem wrażenie, że czas stanął, ale to były jakieś zewnętrzne wydarzenia, w których nie brałem
udziału. Wielkie, telewizyjne wydarzenia.
Katastrofa Challengera. Śmierć Zappy. A tu
na białą ścianę wjeżdża z boku olbrzymi
slajd, na którym Stiller stoi w drzwiach pokoju, a oczy ma jak wcielony szatan, i drugi
obraz, ciemne podwórze, smarknięcie, po-
marańczowy kontener na śmieci...

Nie, wcale nie było tak, jak myślicie. Jeszcze nie przyszło mi wtedy do głowy, że to
on zabił. Myślałem tylko o spisku, bo przecież mam ściśle określone geny z zakodowa-
ną niewiarą w siłę jednostki i z drugiej strony
niezbitą, betonową pewność, że za wszystkimi trzęsieniami ziemi i powodziami coś stoi.
Albo raczej ktoś, jakiś tajemniczy, nieu-
chwytny sprawca. Nie miałem żadnego pomysłu na to, jak mogą łączyć się tak odległe
sprawy, ale byłem absolutnie pewien, że
śmierć portiera, kradzież komputerów i dzi-
siejsza rewelacja to tak naprawdę jedna, duża
rzecz – i że jestem jedyną spoza spisku osobą
na świecie, która to wie.

Zawis przerwała jak zwykle niezawodna
Agnieszka. Wstała, kopnęła mój (dlaczego

mój?) plecak, powiedziała że pierdoli to i za-
czeka, aż zobaczy czarno na białym. Po czym
poszła, wyciągając z kieszeni papierosy.
Uznałem, że skoro ona może, to mogę i ja,
więc podniosłem z podłogi skopany plecak
i zacząłem niemrawo przemyśliwać, gdzie by
się spokojnie zaszyć i odrobinę pomyśleć.
Redakcja gazety to miejsce, w którym wyjątkowo trudno o głębszą refleksję, ale na szczęście są jeszcze rzeczy stałe. Niezmienne. Poszedłem do kibla.

Starannie zamknąłem drzwi, a potem dwa
razy sprawdziłem, czy są starannie zamknięte. Odkręciłem zimną wodę i umyłem twarz,
a potem wsadziłem głowę do umywalki.
Przez chwilę patrzyłem na widoczną w lu-
strze parę obłąkanych, makabrycznie prze-
krwionych oczu, po czym wytarłem kałużę
u moich stóp. Wszedłem dalej, zamknąłem
drugie drzwi, otworzyłem je i szybciutko
wróciłem, żeby otworzyć te pierwsze. Bo
przecież ktoś mógłby zacząć się zastanawiać,
dlaczego są zamknięte. Poruszałem się jak
szpieg z krainy deszczowców, cichym, długim i posuwistym krokiem. Najprawdopodobniej miałem też szpiegowski wyraz twarzy. Zamknąłem drzwi przedziału z sedesem,
podniosłem dla niepoznaki deskę i usiadłem.
Otarłem pot, który w ciągu paru sekund zno-

wu efektownie wystąpił z brzegów i wyciągnąłem zdjęcia.

Mimo ziarna i tragicznej jakości wszystko tam było. Wielki recepcyjny blat z telefonami. Półeczki na papiery, zresztą prawie puste, ale jedynemu widocznemu awersowi koperty poświęciłem przynajmniej pięć minut, nim ostatecznie stwierdziłem, że nie ma cienia szansy na odczytanie nazwiska adresata. Obejrzałem z bliska i z daleka całą sfotografowaną podłogę, drugą część blatu i dolne półki szafki, na której stał telewizor. Na deser zostawiłem sobie portiera. Milimetr po milimetrze przejrzałem jego granatowy mundur. Zauważyłem, że z kieszeni wypadł mu pęk kluczy, bo jeden z nich wystawał spod kurtki i z podniecenia włosy stanęły mi na głowie. Ani u Tomka, ani w kolejce, ani u Stillera nie zwróciłem na to uwagi. Klnąc pod nosem dalej przeglądałem, czesałem i tropiłem, aż nagle wyprostowałem się i frasobliwie zmarszczyłem brwi. Zaraz. Przecież skoro A to B, a B to C, to jak w mordę dał A to C. Skoro Stiller jest w spisku, a stwierdziliśmy z niezbitą pewnością, że jest, i był bardzo nie w sosie, gdy zaczynał oglądać, a całkowicie spokojny i rozbawiony po paru minutach, po obejrzeniu, to co to oznacza? Ano, obawiał się, że coś zobaczy, ale nic nie zobaczył. Stwierdziłem, że koniecznie muszę ograniczyć palenie, po czym spakowałem zdjęcia i poszedłem na papierosa.

Byłem przekonany, że Agnieszka już zakończyła strajk i wróciła do pracy, ale pomyliłem się. Stała przy uchylonym oknie i gapiła się bezmyślnie, oparta o parapet. W połowie schodów pomyślałem, że nie jest aż tak podobna do żaby, jak mi się przez te dwa i pół roku wydawało. Przypominała raczej raptora – smukłego, silnego i okrutnego. Przez chwilę zawirowała mi w głowie myśl, żeby teraz, właśnie tu i teraz opowiedzieć jej o wszystkim, ale zgasła szybciej, niż się pojawiła. Bo i co miałbym powiedzieć? W jej sceptycznym świecie ta niedokończona bajka nie miałaby najmniejszych szans. Zostałbym wyśmiany, a Stiller z całą pewnością powiadomiony i to po minucie.

– I co? Wiadomo coś?

Popatrzyła na mnie krzywo. I jakoś tak tępo.

– Tak. Już... Już właściwie wszystko.

– To co robimy?

– No... – otrząsnęła się, spojrzała absolutnie przytomnie. – Znaleźli dublera i ruszają dokładnie tak, jak planowali.

– Kto to taki?

– Nie wiem. Jakiś inny gówniarz, z Krakowa. Nie masz gumy do żucia?

– Nie. Ty, ale to całkiem nieźle!

– Co masz na myśli? – spytała ze zdziwieniem.

– To, że z Krakowa.

– Co to za różnica?

– Tamci są o niebo lepsi.

– Co oznacza w tym przypadku niebo?

Popatrzyłem na nią nieufnie.

– Co się stało? Stiller cię ugryzł?

– ...

– Chodź. Zróbmy, wrócimy i pogadamy.

– Właśnie! – niebezpiecznie się ożywiła. – Przejrzałam twój wywiad z Lesmanem. Odpierdoliło ci?

No, wróciła do normy.

– Jak to?

– Przecież ty z niego zrobiłeś idiotę!

– Och, szanowna pani, nie musiałem wcale. On...

– I z siebie też. Poza tym...

– ... jest idiotą.

– ... to jest złośliwe! – krzyknęła. – Głupawo złośliwe!

– Właśnie, że nie.

– Właśnie, że tak! I nudne. Nie ma tam nic ciekawego.

– Jak to? Nie zaciekawi ludzi, że debil wyda w sześć miesięcy dziesięć milionów dolarów?

– A skąd żeś wytrzasnął to, że może i więcej? Skąd?

– Podsłuchałem. Ten głąb z Climaksu powiedział to facetowi z radia.

– No to nie tobie! A w papierach nie ma o tym ani słowa!

– Co to za różnica?

– Mam tego dość. Zapierdalaj z powrotem i pisz jeszcze raz.

– Ale...

– Idź, mówię.

Zacisnąłem pięści i ruszyłem w stronę drzwi. Czekaj ty, pomyślałem. Jeszcze zobaczysz, żmijo. Byłem w połowie schodów, gdy krzyknęła: – Robert!

Powoli odwróciłem się. Stała wyprostowana i patrzyła na mnie tak, jak nigdy dotąd. Była szaroniebieska, a przez głowę przemknęły mi wszystkie najświeższe wiadomości, odpryski powstającej konstrukcji i pozbawiona trzeciego wymiaru, krwawa kałuża. Czułem, że za chwilę usłyszę to Stiller, albo coś takiego. Wiem, kto. To zrobił. A ona rozłożyła ręce, zamachała nimi i wyszeptała: – Przepraszam.

W oczach miała łzy. Kiwnąłem głową, obróciłem się i nacisnąłem klamkę. Stalowa zapadka szczęknęła i metr dalej byłem pewien, że tylko mi się zdawało.

5.

Tego dnia nie zdarzyło się już nic, o czym warto byłoby wspomnieć. Chociaż nie – reszta tej chaotycznej, bardzo długiej doby powinna zostać zaliczona do okresu, o którym chcę mówić teraz. Właściwie będę mówił o niczym, więc chyba to bez różnicy, jeden dzień w tę czy w tamtą... Chciałbym jakoś podnieść rangę tego kameralnego popołudnia, które jednym, nieprzemyślanym słowem mogłem odesłać w niebyt.

Zatem, wraz ze zgaszeniem tamtego papierosa rozpoczął się najwspanialszy okres w mojej dziennikarskiej karierze. Wypadłem z ciemnego, ponurego tunelu w świat nieskończonych możliwości i kwadrofonicznych dźwięków. Czułem się tak, jakbym zdał w maju ostatni egzamin i miał przed sobą pięć miesięcy wakacji. Słowo honoru. Oczywiście ten rodzaj euforii ma w sobie coś histerycznego, ale wystarczy popatrzeć na sportowca, który zdobył złoty medal na mistrzostwach świata albo chociaż szkoły – czyż nie wygląda na szaleńca? A ja w ciągu paru minut stałem się sportowcem, który uzyskał szczyt formy na ten jeden, najważniejszy dzień w sezonie. Bardzo długo i ciężko trenowałem, aż w końcu wyskoczyłem

z bloków i pędziłem, wyprzedzając sztyw-
niejących konkurentów. Już w połowie dystansu wiedziałem, że bieg jest mój. Że wygrałem. Dokładnie tak. Wszystko nagle
uzyskało sens. Chyba zrozumiecie, o co chodzi, gdy powiem, że nawet maszyny do
czyszczenia ulic zaczęły wydawać mi się nie
tylko ładne, ale także pożyteczne.

Zamieniłem się w ukrytą kamerę do fil-
mowania Stillera. Nauczyłem się rozpozna-
wać go po dźwięku kroków. Policzyłem, ile
pali papierosów. Zanotowałem, ile razy
dziennie chodzi do kibla: średnio cztery.
Równolegle, poza działaniami z romansów
awanturniczych przeczytałem wszystko, co
podejrzany dotąd napisał. Lektura tych artykułów była zresztą ostatnim działaniem scep-
tyka. Najpierw trochę się zdziwiłem, bo nie
zawsze pisał o bzdetach. Był czas, kiedy zaj-
mowały go także sprawy polityczne. Ale to
było pozytywne zdziwienie, bo i tak wszystko pasowało. Gdy jednak dotarłem do pra-
dawnego tekstu, w którym Jacek, jak na gazetę, całkiem wojowniczo wywodził, że
warszawscy aktorzy są kiepscy z powodów
z a s a d n i c z y c h, zadrżałem z uciechy i dostałem ataku jadowitego śmiechu. Śmiałem
się, jak Dexter, oczywiście w myślach, bo jeszcze ktoś by usłyszał. Radość ogarnęła mnie

z dwóch powodów – po pierwsze całkowicie się z nim zgadzałem, a po drugie... powolutku zaczynałem go podziwiać. Ależ on to sobie wykombinował! Po prostu rewelacyjnie! No cóż, ociosywałem mowy naszych artystów raptem od dwóch lat, a widzieliście przecież, co się ze mną stało. Skoro po pięciu czy sześciu konferencjach prasowych zacząłem mieć stany podzawałowe, to co dopiero Stiller, z jego szesnastoma latami orki na rozkładzie.

Monotonne bzyczenie drukarki wprawiło mnie w zadumę. Pomyślałem, że powinniśmy mieć prawo do wcześniejszej emerytury, jak nie przymierzając górnicy albo piloci odrzutowych myśliwców. Muszę też ze wstydem przyznać, że właśnie wtedy przypomniało mi się, jak wiele lat temu podwoziłem dokądś jakiegoś żołdaka. Był środek nocy, wracałem z Poznania i jechałem Alejami. Na skrzyżowaniu obok Dworca zajechał nam drogę ostro jadący samochód, a ściślej – gdybym gwałtownie nie zahamował, niniejsza opowiastka nie została by opowiedziana, bo już wtedy byłbym martwy. Kolesie z tamtego samochodu pomachali przez otwarte okna butelkami z piwem, a mój pasażer powiedział, że każdy oficer powinien mieć prawo raz w roku jednego takiego odstrzelić. Uznałem, że to pewna przesada i do dziś tak myślę, bo nie lubię żołdaków. Ale dziennikarze to zupełnie co innego...

Miałem zamiar nagłośnić sprawę dopiero wtedy, gdy będę dokładnie wiedział, co to za sprawa. A chyba dla każdego jest jasne, że dziennikarze nikogo nie zabijają. Jesteśmy na to zbyt tchórzliwi. Nawet marniejsi z nas, pracujący w brukowcach czy kolorowych magazynach (tabloidach) dla przygłupów, są wszak zdolni wyłącznie do kopania po kostkach, i to tylko od tyłu. Dysponujemy jednak czymś o wprost nieocenionej wartości. Muszę znowu posłużyć się obrazowym porównaniem – otóż w pewnym sensie trzymamy rękę w nocniku lub, jeśli kto woli, na pulsie. Bo wyobraźmy sobie, że jakiś polityk chodzi regularnie do psychoanalityka, i że ten lekarz (czy też oszust – co za różnica) nagrywa każdą sesję. Wartość takich nagrań byłaby dla ewentualnego wroga wielkiej osobistości wprost nieoceniona, bez względu na to, czy delikwent kłamał, czy też nie. My zaś, a ściślej nasze dyktafony, to właśnie coś takiego, jakby zgromadzić w jednym miejscu tysiąc szpitalnych basenów albo spędzić do kupy tysiąc nieludzko pamiętliwych psychoanalityków naraz. I także nie ma znaczenia, czy nasze ofiary kłamią, czy mówią prawdę.

Prawda przecież nie istnieje ot tak sobie, lecz zawsze ukrywa się pomiędzy wierszami, a czyja ona jest – to już zależy tylko od tego, czy wersy są oryginalne, czy... zredagowane. Wśród nas są różni ludzie, pracusie i leniuchy, uporządkowani i bałaganiarze, ale przecież mamy nasze żelazowe, nędzne kasety z tysiącami godzin bełkotu, zawierające z pewnością niejedną rewelację. Już, już kończę – byłem po prostu pewien, że właśnie gdzieś tu tkwi sedno barwnej zagadki, na której trop wpadłem, a raczej o którą walnąłem twarzą, i że muszę tylko znaleźć część wspólną dla rozrzuconych zbiorów, o które tak mistycznie się otarłem.

Ale nijak nie mogłem jej znaleźć.

Zresztą, nie po raz pierwszy okazało się, że od pewnego momentu trudno pozbyć się nabytych odruchów.

Przez dwa pierwsze dni ini... iwi... inwi... gilowałem Stillera i dłubałem w jego tekstach, aż w czwartek po południu postanowiłem zrobić krótką przerwę i nadać moim działaniom pozory uporządkowania. Szybko uporałem się z telefonem do pewnego literata i krytyka w jednej osobie, od którego musiałem wyłuskać opinię na temat innego literata i krytyka w drugiej, nie mniej pokracznej osobie. Ten pierwszy zresztą kiedyś był mo-

im kolegą, ale od kiedy został znanym pisarzem, przestał o tym pamiętać, więc miałem
drobne kłopoty z uzyskaniem zastrzeżonego
numeru jego telefonu. Wysłuchałem mądro-
ści, których na szczęście nie miał pod ręką
zbyt wiele, zredagowałem je naprędce, ode-
słałem mu, żeby przeczytał,

　miał kilka uwag,

　uwzględniłem je, uroniłem łzę nad pie-
niędzmi, które kiedyś mu pożyczyłem,

　i których mi nie oddał, o czym również zapomniał

　i zaszyłem się przy komputerze, w którym
zarchiwizowane były wszystkie zdjęcia zrobione dotąd przez fotoreporterów gazety.
Klucz był prosty. Postanowiłem, że zacznę od
skompletowania materiałów o zabitym w noc
portiera polityku-kanciarzu. Wstukałem hasło „Lemper" i maszyna wypluła... sześć
zdjęć. Zadumałem się nad marnością czło-
wieczego losu – parę lat temu facet wydawał
mi się kimś, a teraz pozostało po nim kilka
kiepskich zdjęć, na których zresztą wyglądał
zza pleców jakichś innych polityków z bożej
łaski. Tylko na jednym był w głównej roli, ale

było to zdjęcie z sądu, a on nie był sędzią, adwokatem ani nawet prokuratorem, lecz oskarżonym. Tak czy tak wydrukowałem zdjęcie, właściwie nie wiedząc zbyt dobrze, po co. Chyba robiłem dokumentację. Potem przeniosłem się do pierwszego z brzegu, wolnego komputera, wszedłem w archiwum tekstów i powtórzyłem hasło. Rezultat był podobny – nazwisko gościa pojawiło się czterdzieści siedem razy, ale w zaledwie piętnastu większych i czterech małych artykułach. Wydrukowałem, wróciłem do działu i zadzwoniłem do Karola. Umówiłem się z nim na następny dzień, a zaśpiew był banalnie prosty: Minc. Potrzebowałem szczegółów o śmierci aktorzyny, które jakoś nie chciały pojawić się w mediach. Biedny malec nie zdążył zrobić olśniewającej, światowej kariery, więc w zasadzie nie było w tym nic dziwnego. Ale byłem tak podniecony, że widziałem upiory wszędzie – nawet w bufecie wydawało mi się, że przez kłęby dymu życzliwi koledzy patrzą na mnie groźnie i znacząco.

O drugiej wszedłem ponownie do działu kultury i zastałem szybki faks od ww. krytyka, który już po autoryzacji przeczytał swą wypowiedź jeszcze raz i doszedł do wniosku, że jednak coś koniecznie chce zmienić. Przekląłem go brzydkim słowem, zadzwoniłem i niezwykle uprzejmie zapytałem, czego sobie życzy. Powiedział, że chciałby dodać uprzednio wykreślony fragment, w którym twierdził, że najlepszą prozę pisze się po czterdziestce. Bo to niby znaczyło, że omawiany pisarz jeszcze nie napisał swego największego dzieła. W jednej chwili złość mi przeszła. Pisarz bowiem zaczął karierę dość efektownie, ale potem, z książki na książkę rytm jego narracji coraz bardziej przypominał dukanie dziecka, które nie umie czytać i cierpi na chroniczną czkawkę, więc wyczułem w prośbie uprzejmego krytyka to, co lubię najbardziej w świecie: jad. Z satysfakcją wprowadziłem zmiany, po czym podszedł Stiller i zajrzał mi przez ramię. Roześmiał się krótko i dostał ataku kaszlu. Poklepał mnie przyjaźnie, wycharczał uczysz się i zniknął. Znowu pogrążyłem się w myślach. Zastanawiałem się, jak by tu wydobyć od kadrowych zwolnienie lekarskie, które kryło nieobecność Stillera w dniu, gdy zabity został portier. Doszedłem też do wniosku, że muszę trochę połazić za podejrzanym. Zobaczyć, co on właściwie robi poza pracą, gdzie się pałęta i kogo odwiedza. Wszystko to było oczywiście romantyczną improwizacją, ale skoro marzyłem o solowej karierze, nie mogło być inaczej. I wtedy – a była mniej więcej piętnasta – zadzwonił telefon. Odebrała Agnieszka, rzekła jest proszę i przewracając oczami, podała mi słuchawkę. Okazało się, że to Anna.

W śledczym szale zapomniałem o rewelacyjnym spotkaniu pod London Steak House, a szczerze mówiąc, w ogóle o wszystkim. Nawet o męczeniu. Wysłałem jej dwa... nie, przepraszam, chyba trzy sms-y, a każdy brzmiał mniej więcej tak: wybacz stop nie wrócę na noc stop zatrzymały mnie sprawy wagi stop R. Nocowałem u Agnieszki i do reszty opuścił mnie instynkt ojcowski. No i dziwna sprawa, ale biorąc słuchawkę, trochę niewyraźnie się poczułem. Tak długa, niezapowiedziana absencja była w naszym świetnym związku czymś nowym i dostrzegłem nagle niebezpieczną asymetrię – choć lewe skrzydło było w natarciu, prawe mogło znaleźć się w pozycji zagrożonej. Przełknąłem ślinę i odważnie przyłożyłem słuchawkę do ucha.

– Słucham?

Po drugiej stronie panowała przez chwilę cisza. Zamierzałem powtórzyć, gdy usłyszałem niesłyszalny szmer i Anna powiedziała:

– ...Cześć.

– Witaj – odrzekłem. – Co takiego? Się stało?

– Nic. Chciałam tylko sprawdzić, czy żyjesz.

– No, to już wiesz. Przepraszam, ale mam straszny młyn.

Cisza. Zaczynałem mieć wrażenie, że siedzę na palniku elektrycznej kuchenki.

– Hej, Robert?

– Mm?

– Która tam u ciebie godzina?

– Co?!

– Nic, nic. Żartowałam. Wpadniesz na noc?

– Noo, nie wiem. Chyba... chyba nie wiem.

– Wpadnij. Zapraszam cię na kolację.

– A co będzie?

– Co chcesz. Co chcesz?

– Za...piekankę. Ale nie czekaj, bo naprawdę nie wiem, czy będę.

– Wolałabym, żebyś był – powiedziała po chwili wahania.

– Coś się stało? – pytam.

– Nie, nie, nic szczególnego.

– Ależ powiedz, proszę. Czuję, że coś się stało.

– Nic ciekawego. Właściwie zupełnie nic.

– No dobrze. Spróbuję połączyć się z tobą telepatycznie.

– Lepiej nie! – odrzekła ze śmiechem.

– Dlaczego? Jestem świetnym telepatą.

– Kiedy, widzisz, nie ma tu czego szukać. Cha cha zupełnie.

– Czekaj. Czuję... czuję, że zaszła Wielka
Zmiana.

– Ooo.

– Bardzo, bardzo Wielka Zmiana... Wiem!

– No? Jaka?

– Znalazłaś lepszą robotę!

– ...A skąd ci to przyszło do głowy?

Haaa! Ha!

– Mówiłem, że umiem czytać w myślach.

– Nie umiesz.

– Naprawdę?

– Robert – westchnęła. – Przyjdziesz czy
nie?

– Naprawdę nie wiem. Mam straszny
młyn.

– Będę czekała, ale nie w nieskończoność.

– No cóż. To oczywiste.

– Tak. To oczywiste. Cześć. Do zobaczenia... wieczorem.

– Spróbuję. Cześć.

Uff.

Powoli, z niepojętą ulgą zamknąłem oczy.
Długo to nie trwało – kiedy je otworzyłem,
zobaczyłem przed sobą rozwścieczoną twarz
Agnieszki. Szanowna pani redaktor przeczy-

tała pochwalony przez Stillera tekścik o pisarzu i bardzo jej się nie spodobał. Powiedziała, że mam go natychmiast poprawić, oczyścić i wywrócić na lewą stronę. Ruszyła do swego fotela, a kiedy uniosłem dłonie i zgarbiłem się nad klawiaturą, gwałtownie zawróciła i znowu podeszła,

złapała mnie obiema rękami za włosy i ustawiła frontem do siebie,

a potem pochyliła się do mojego ucha i wysyczała przez zęby: – A żeby ci się lepiej poprawiało: dziś są jej urodziny, skurwysynu.

Uj, trzydzieste.

6.

Następnego dnia wstałem wcześniej niż zwykle i wybrałem się pod dom Stillera. Pragnę zauważyć, że było już bardzo zimno i zmarzłem. Właśnie tego dnia poczułem mój ulubiony zapach, martwy zapach zbliżającej się zimy. Studzienne podwórko na Brackiej 5 jest nieregularne i zagracone, więc bez większego problemu znalazłem dyskretne miejsce, a poza tym na wszelki wypadek inaczej się ubrałem i założyłem dziadowską, pomarańczową czapkę z pomponem. Warowałem tam przez trzy godziny, przytupując i siąkając, ale Stiller wyszedł punktualnie o dziesiątej i od razu pojechał do redakcji. Chciało mi się płakać. Śledziłem go drugim autobusem i pocieszałem się tym, że praca detektywów, pokazywana na filmach to bzdura, nie mająca nic wspólnego z jej rzeczywistą monotonią.

Po południu spotkałem się z Karolem. O dziwo uwierzył w bujdę o Mincu, który rzekomo zrobił na mnie tak ogromne wrażenie, że chciałem napisać o nim osobny, większy tekst. Oczywiście satan wiedział już wszystko. Aktor czy też raczej – świeć Panie nad jego duszą – niedoszły aktor mieszkał na Mokotowie, a ściślej na Chocimskiej, w obszernym lokalu po babci. Dostał w łeb brązowym popiersiem marszałka Piłsudskiego, mieszkanie było obrobione, ale i w tym wypadku informator Karola nie był w stanie powiedzieć, co zginęło. A ja nie chciałem pytać, bo przecież bystry koleżka w ułamku sekundy połapałby się, że coś tu nie gra. Jednak byłem niespotykanie cierpliwy i w końcu opłaciło się. Powiedział, że ach, no i ciekawostka: drzwi mieszkania były nienaruszone. A nawet niedomknięte, i właśnie dlatego tak szybko sąsiedzi postanowili, że z Mincem, hulaką i rozpustnikiem, trzeba wreszcie pogadać. Spróbowali, i nie udało się.

Ich szczęście.

A może jego.

Zdławiłem wzruszenie, wywołane informacją o drzwiach, i spokojnie piłem kolejne piwa. Karol również, więc w rezultacie już o dwudziestej drugiej żwawo potoczyłem się przez miasto. Byłem w doskonałym humorze. Poprzedni wieczór profilaktycznie spędziłem z Anną, więc miałem całkowitą swobodę i mogłem robić, co tylko chciałem. Żeglowałem pod wiatr Marszałkowską, zewsząd wabiły mnie fałszywe, rozmazane latarnie i liczne rumuńskie syreny. Czułem się trochę tak, jakbym miał głowę opakowaną w półprzezroczystą watę, zmiękczającą dźwięki i obrazy. Na placu Konstytucji stanąłem na moment w dryfie, bo ogarnęła mnie dziwna słabość. Pochyliłem się i oparłem dłonie na kolanach. Plecak spadł i zawisł na nadgarstku, więc długo i uważnie popatrzyłem mu w twarz. Trochę się przestraszył, lecz nie wrócił na swoje miejsce. Pogroziłem mu lewą ręką i zgubiłem okulary. Wyprostowałem się. No, teraz było dużo ciekawiej. Odchrząknąłem i powiedziałem do siebie: cześć, Robert. Nie, źle. Jeszcze raz, grubiej: cześć, Robert. Gratuluję! Jesteś... jesteś zna-

komity. Zostałeś naszym korespondentem
w Helsinkach. Albo nie – w Kopenhadze.
I nie naszym, coś ty. Telewizyjnym! Od jutra
zaczyna się panowanie Tuborgów, spożycie
wzrośnie do plus nieskończoności i będzie
dalej rosło. Rozglądałem się dookoła, jak we
śnie. Czyli jednak, panie Robercie, uda ci się.
Wyprodukujesz w życiu trzysta ton śmieci,
a nie tylko głupie, statystyczne pięćdziesiąt.
Będziesz gościł w mieszkaniach ukochanych
obywateli wieczorem, gdy reklamy są naj-
droższe. Będzie cię otaczał wysoki mur z Per-
silu, Tampaksu i Pampersu, a za nim będzie
rósł las Calgon. I będzie szumiał, i słodko ko-
łysał cię do snu...

Poszedłem za wysoką latarnię, wyrzyga-
łem się, a potem wróciłem, żeby znaleźć okulary i plecak. Zebrałem dodatki i wyruszyłem
do domu, bezbłędnie dotarłem na miejsce,
przekonałem tarzających się ze śmiechu
ochroniarzy, że jednak tu mieszkam i na
górze otrzymałem info, że w sobotę idziemy
na przyjęcie. A w którą sobotę, księżno? Jutro, książę. O dwudziestej. Śpij już... jest bardzo późno.

Idź spać, Robert.

Krótkowzroczna Joanna w pewnym sensie miała rację, wieki temu ostrzegając mnie przed zaborczością gazety. Chociaż z drugiej strony myślę, że chyba każda współczesna praca zajmuje ludzi tak bardzo, że nawet najlepsi przyjaciele z czasem muszą z nią przegrać. Na rzecz tych nowych. W końcu nie tylko głowa ma ograniczoną pojemność, serce również. Jednak dotychczas odpalałem kolejne grona znajomych stosunkowo bezboleśnie. Gdy trafiałem na takiego przeterminowanego koleżkę w tramwaju, już po paru chwilach miałem chęć na skok w biegu – tak śmieszne słyszałem kawały i ciekawe rzeczy. Przygoda z gazetą miała znacznie głębsze reperkusje. Już od dłuższego czasu, słuchając s i e b i e, miałem wrażenie, że zatrzymałem się w rozwoju, albo nawet gorzej. Że się cofam. Powoli zrezygnowałem ze spotkań przy placu Narutowicza, następnie przestałem odwiedzać resztę dawnych przyjaciół i w efekcie pozostał mi tylko Karol, ale to uczucie nie było do końca czyste. Obudziłem się więc w sobotę i od razu błysnęło mi, że trzeba jak najszybciej wybadać, co to za przyjęcie.

Wyszedłem z sypialni. Szwabska pralka szumiała w łazience. Podszedłem do okna i uchyliłem je nieznacznie, a potem przylepiłem nos do trójkątnej szpary. Chłodne powietrze otrzeźwiło mnie do końca i wtedy z łazienki wyszła Anna. Była ubrana w niebieski szlafrok, świetnie pasujący do jej oczu, a na głowie miała estetyczny turban z ręcznika. Popatrzyliśmy na siebie z sympatią. Szkoda, że ludzie porozumiewają się, mówiąc, bo oboje mieliśmy ogromną ochotę zaśpiewać. Anna podbiegła tanecznym kroczkiem do ekspresu i włączyła go, a ja w rytm wyciągnąłem paczkę papierosów.

– Duszę się – powiedziała z wdziękiem moja narzeczona. – Czy mógłbyś przestać?

– Mógłbym – odrzekłem, wertując w myślach listę dialogową na rano. – Ale nie chcę.

– Drogi Robercie, przecież jesteś wielkim człowiekiem. Dlaczego masz tak słaby charakter?

– Mam silny charakter – odpowiedziałem zgodnie z prawdą. – I mnóstwo do zrobienia.

– Taak – Anna kiwnęła powoli głową. – I bardzo dużo czasu.

– Ocean czasu.

– Tacy jak ty żyją wiecznie.

– Tacy jak ty również.

– No cóż – uśmiechnęła się, usiadła i podrapała pod pachą. – Pasujemy więc do siebie znakomicie. Jak...

– Jak wierzch z podszewką.

– Oj – skrzywiła się. – To już było.

– Wszystko było, kochana. Już od dłuższego czasu zajmujemy się wyłącznie przekładaniem klocków.

Anna wstała, uzbroiła kubek i ponownie usiadła.

– Chodzi tylko o to, żeby klocki pasowały do sytuacji i do siebie nawzajem.

– Wielki z ciebie człowiek, Robercie. Jesteś mądry, przystojny i masz kupę wdzięku. Sądzę, że powinnam się wyprowadzić.

– Hę?!

– Masz problemy ze słuchem?

– A dokąd?

– Nie wiem. Może... może na Czukotkę. Albo nie. Do Australii.

– Dobra myśl. Mam tam krewnego, będziesz się mogła u niego zatrzymać. Na trochę.

– Więc jednak – uśmiechnęła się – na Czukotkę.

– A mogłabyś mi wytłumaczyć, co takiego się stało?

Zastanawiała się przez chwilę, mieszając kawę. Połowa kawy, połowa mleka, trzy łyżeczki cukru.

– Nic...

– Czyżbyś poznała jakiegoś gwiazdora filmowego?

– Nie.

– To może jakiegoś innego gwiazdora?

– ...

– Interesującą dziewczynę?

– ...

– Listonosza-satyryka?

– ...

– Pięknego instalatora?

No i wtedy Anna wstała, nawet niezbyt gwałtownie, a potem wzięła kubek i cisnęła nim w okno za siedem baniek. Po czym usiadła i nad podziw spokojnie rzekła: – Nie. Pięknego instalatora też nie.

I po paru sekundach dodała z upiornym uśmiechem:

– Poznałam ciebie.

A ja, po przodkach oszczędny, pełen dystansu i taktowny, na wszelki wypadek nie ciągnąłem dalej tej rozmowy.

Poszedłem na spacer.

Wieczorem zaś zawarliśmy kruchy rozejm i wyruszyliśmy taryfą na przyjęcie.

Były to, jak się okazało, urodziny jednej z moich antycznych koleżanek. Nie miałem szczególnych powodów do radości, bo owa panna znała dosłownie tysiące ludzi. Wśród

jej gości mogli znaleźć się tak moi dawni znajomi, jak też nowi, z gazety. Mógł tam być
każdy. Z kanału edukacyjnego Discovery
wyniosłem wiedzę, że kiedy spotykają się
dwa cyklony, mogą wejść w związek i stworzyć trzeci, niezwykle silny, o skutkach „nie-
ob-li-czal-nych", więc na wszelki wypadek
starannie się ogoliłem, umyłem, pięknie
ubrałem i łyknąłem dwie szybkie setki.

Po drodze zawadziliśmy o jeden z tych fascynujących, wielkich sklepów, w których nowy rok szkolny zaczyna się w czerwcu, a gwia-
zdka w połowie września. Kupiłem winko,
Anna jakiś prezent. Nie pamiętam, co to było.
Pamiętam natomiast, że tylko kilkanaście razy
zderzyłem się z koszykami na kółkach, a ba-
chory jazgotały dużo ciszej niż zwykle. Wszystko to widzę mgliście, bo mimo chwilowego
luzu przez cały czas zastanawiałem się nad
Stillerem, nożami i przyszłością.

Przestałem myśleć dopiero na miejscu.
W olbrzymim, wielopokojowym mieszkaniu, przy akompaniamencie osobliwego ha-
łasu drgało przynajmniej sto osób. Już płacąc
taksiarzowi, słyszeliśmy przede wszystkim
tę zabawę, choć dzieliło nas od niej sześć pię-
ter, a w wysokim bloku kilka okien dudniło
podobnie. Wnętrze mieszkania nie zaskoczy-
ło mnie – obowiązywały w nim dokładnie ta-

kie same radosne i żywe kolory jak w moim
własnym. Przywitaliśmy się z gospodarzami,
Martą i... nie pamiętam, jak miał na imię jej
mąż, czy też przyjaciel. Robił bardzo dobre
wrażenie, ponieważ w ogóle się nie odzywał.
Miał ciepły wyraz twarzy i przez cały czas
patrzył czule na swą żywiołową partnerkę,
a poza tym był bardzo wysoki, przystojny
i sympatyczny. Panny oddaliły się dokądś,
więc opowiedziałem mu na dobry wieczór
dowcip o baronie, który polował, a on grzecznie się roześmiał. Pochwaliłem jego mieszkanie, więc uprzejmie podziękował. Przypomniałem sobie, że pracuje podobno
w telewizji. Zapytałem, czy zna Łukasza
Lesmana, a on powiedział, że tylko z widzenia. I że to przyjemny, utalentowany gość.
Powiedziałem aha, po czym osłabłem na
chwilę i zacząłem rozglądać się wokoło. Wyglądało na to, że chyba trafiłem na prawdziwie elitarną zabawę, w samo oko. Nie było
tu nawet śladu cudaków w rodzaju Fert-
nera czy Śreniawy. Co prawda szybko spostrzegłem niezawodną, wszechobecną Joannę, ale i ona wyglądała zupełnie inaczej niż
zazwyczaj... a raczej niż kiedyś. Otaczały
mnie niezrozumiałe, kolorowe ubrania,
dziwne buty i pewne siebie twarze. Słyszałem pocięte frazy dialogów, krótkie ryfy o ni-

czym i sztuczne śmiechy. Zauważyłem też kilka postaci ubranych w dresy, a mniej więcej połowa gości żuła gumę. Byłem tak usztywniony, że nie mogłem złapać w tym wszystkim żadnego rytmu, ani miłego, ani niemiłego. Widziałem tylko monumentalny, chaotyczny fresk.

Szukając punktu zaczepienia, wyruszyłem w stronę, z której nie dobiegała muzyka. Do kuchni. Przepchałem się jakoś i podszedłem do Joanny, wklinowanej w kąt przy sałatkach.

– Cześć – rzekłem.

– Och, witaj – odrzekła. – Miło cię spotkać... drogi krecie.

– Chyba kretynie?

– Skąd taki brak dystansu?

– To tylko obiektywny fakt.

– Och, zapomniałam.

– O czym zapomniałaś, Joanno?

– Żeś obiektywny.

Z towarzyskiej plazmy wyłania się nieznajomy, olśniewający, na oko czterdziestoletni młodzieniec.

– Czee, Dżoana. No, jak tam?

Joanna jest rozpromieniona.

– Witaj, Lobo.

Ściskają się kordialnie, raz, drugi, i całują w policzki, aż pryska na boki.

– Przedstawiam ci mojego przyjaciela. To jeden z najmilszych ludzi, jakich znam, Robert Neuman.

Lobo wyciąga do mnie bladą, wiotką, długą dłoń, na palcu ma pierścień. Uśmiecha się szeroko i stwierdzam, że przypomina Davida Bowie.

– Czee, jestem Kuba. Dla kolegów Lobo.

– Lobo jest reżyserem teatralnym – wtrąca Joanna. – A Robert dziennikarzem.

– Jaki tam ze mnie reżyser!

– Jaki tam ze mnie dziennikarz!

– A co ty porabiasz, Joanna? – pyta Lobo.

– Chwilowo nic, adoruję was. Co ostatnio zrobiłeś, Lobo?

– Kupiłem sandały, superoskie, ale nie mogłem ich dziś włożyć, bo zimno.

– Ach, przecież Robert nic nie wie. Lobo nie pracuje w Polsce, tylko w Danii.

– To w Danii jest teraz ciepło?

– Nie, ale mieszkam nad teatrem. Złapałem ostatnio grzybka... Jak się mówi: grzybka, czy grzybek?

– Lobo, jakiś ty bezpośredni!

– Przepraszam – wtrącam się. – A co to za teatr?

– Taki mały... E, Robert, a właściwie o czym wy tu piszecie?

– Wiesz, Lobo, tak naprawdę to nie wiem. Tak jakoś samo mi się pisze.

– Robert żartuje. Jest krytykiem filmowym.

– O rany! Co skrytykowałeś ostatnio?

– Nigdy niczego nie krytykuję, Lobo. Porządny krytyk powinien wyłącznie chwalić.

– Ty, Dżoana, fajny ten Robert! – Lobo odwraca się i sięga po butelkę. – No? Co dalej?

Po paru minutach kuchenny zakątek nieznacznie się przechylił, a ja poczułem się odprężony. Joanna usiadła na blacie pod oknem, Lobo zaś przywarł do jej kolan i zaczęli rozmawiać o jakichś... przedstawieniach czy czymś takim.

– Lobo? A wiesz, że jesteś podobny do Davida Bowie?

– Wiem. Ciągle mi to mówią.

– Lobo?

– Co takiego?

– Droga u was wódka?

– W Danii? – David patrzy na mnie błędnym wzrokiem.

– No. Droga?

– Droga, Robert. I bardzo niesmaczna. Bez zapachu.

– Szkoda.

– Co? Chcesz przyjechać?

– Nie. Ale nigdy nie wiadomo.

– Piwo też jest drogie. Dużo droższe – Lobo nagle ożywia się.– Niż w Niemczech. Soki też.

– A samochody?

– Nie wiem. Ale są bardzo drogie. Bardzo!

– Czy to znaczy, że Dania to drogi kraj?

– Bardzo drogi. Lepiej pojedź do Niemiec. Tam jest dużo taniej.

– Dzięki, Lobo.

– Nie ma za co. Tak się mówi?

Bardzo zasmuciły mnie te informacje. Postanowiłem, że znajdę Annę i opowiem jej o Danii. Zostawiłem więc Dżoannę, która z upływem minut coraz bardziej odpływała do tyłu i zacząłem przeciskać się obok kuchennego stołu. Myślałem nad tym, jak dziwną przeszedłem metamorfozę – jeszcze parę lat temu za taką zabawę oddałbym... no, coś bardzo ulubionego, chociaż w tej chwili nic takiego nie przychodzi mi do głowy. A teraz męczył mnie hałas i cieszyłem się, że jestem pijany, pijaństwo stało się ochronnym kokonem, choć kiedyś przeważnie bywało pożądanym, fantazyjnym suplementem. Co chwila machinalnie podnosiłem palec, chcąc nim trafić do nosa i musiałem włożyć sporo wysiłku w opanowywanie tego niekulturalnego odruchu.

Miałem ich i siebie samego coraz bardziej dosyć.

Wydostałem się z kuchni, odetchnąłem i zacząłem taksować tęczową galaretę, trzęsącą się przed moimi oczami. Na pierwszym planie widziałem plecy jakiejś wysokiej dziewczyny, która stała samotnie i patrzyła w prawo. Starałem się wyłuskać z tłumu Annę, ale coś ostrzegawczo zabrzęczało w mojej głowie. Ostrożnie wychyliłem się, próbując uzyskać jakieś dane o rysach twarzy nieznajomej, a wtedy ona odwróciła się nagle, prawdopodobnie wyczuwając mój wzrok, uśmiechnęła się szeroko i w ułamku sekundy rozpoznałem ją, a nade mną otworzyło się niebo i wszyscy aniołowie wrzasnęli z przerażenia. Była to piękna Patrycja, rzeczniczka prasowa „Procesu".

W takich chwilach człowiek uzyskuje stuprocentową pewność, że Darwin nie miał racji.

Wyglądała jeszcze lepiej niż zwykle. Czasami zdarza się, że osoba z telewizji na żywo okazuje się niepodobna do swego szklanego pierwowzoru. Na przykład ma nad podziw krótkie nogi. Albo bardzo długi i spiczasty nos. Już na konferencji spostrzegłem jednak, że w tej pannie coś jest, a teraz tamto wrażenie potwierdziło się ze zdwojoną siłą. Miała na sobie długi fioletowy kożuch 4342 pln, Caterina; satynową bluzkę 850 pln, Hexeline; złoty pasek z metalu 1080 pln, Escada; zamszowe spodnie 1260 pln, Caterina; fioletowe kozaki ze stretchu z mikrofibrą 1550 pln,

Nando Muzzi; bransoletkę 650 pln, Valentino; jednym słowem była olśniewająca. Fascynująca.

– Dobry wieczór, panie Romanie! – powiedziała. Jej nos nad nosy zdobiły ciemne okulary 880 pln, Valentino.

– Dobry wieczór – odrzekłem, trochę jakby zbity z pantałyku. – Czy pani mnie zna?

– Ależ oczywiście. Z przyjemnością czytuję pańskie felietony. Ma pan znakomite, no po prostu znakomite pióro.

(Nigdy w życiu nie napisałem żadnego felietonu)

– Bardzo pani dziękuję. Muszę stwierdzić, że pani kreacje są dużo ciekawsze niż moje felietony.

– Kreacje? Co pan ma na myśli?

– No, na przykład Izolda, albo z ostatnich ta... no... nie pamiętam.

Patrycja zamrugała oczami, oblizała usta. Widać było, że gwałtownie myśli. Czułem się gibki i zwiewny.

– Wydaje mi się, panie Romanie, że... zaszło nieporozumienie. Ja chyba nigdy nie byłam aktorką.

– To wielka szkoda, pani Anastazjo. Czy jest szansa, że zostanie nią pani? Kiedyś?

Patrzyła na mnie z doskonałym osłupieniem. Splotła ramiona na swej szczupłej, tuberkulinowej piersi i dziecinnym gestem uniosła palec do ust.

– Raczej... nie, chociaż... Przepraszam, ale ja chyba pomyliłam pana z kimś innym. Kim pan jest?

Zrobiło mi się trochę głupio. Ta rozmowa nie była wdzięczna ani dowcipna. Poza tym prowadziła donikąd, a od jakiegoś czasu przestałem cenić takie rozmowy.

– Przepraszam panią bardzo. Straszny ze mnie cham. Jestem Nikodem Neuman.

– O Jezu! Przepraszam pana najmocniej, panie Nikodemie. A... ale pracuje pan w gazecie, prawda?

– Tak, pani Patrycjo. Czy pani mi wybaczy?

– Przecież to ja pana nie poznałam!

– Nic nie szkodzi, to najzupełniej normalne. Widzieliśmy się jak dotąd tylko raz.

– No właśnie! A... a gdzie?

– Na konferencji. Była pani wspaniała. Nigdy tego nie zapomnę.

– Co ja tam... co to była za konferencja?

– „Proces”.

– O Jezu! Rzeczywiście! Panie Nikodemie, jeszcze raz strasznie pana przepraszam! Naprawdę! Oczywiście, że to pan!

– Jasne. To ja. Niech się pani nie przejmuje. Lepiej niech pani powie, co słychać... u Łukasza.

– Ależ ja się bardzo przejmuję! Znowu wszystko pochrzaniłam!

I tak to ciekło, jak krew z nosa. Jednak po dalszych paru minutach zacząłem pojmować, że za tymi absurdalnymi i nieskończonymi przeprosinami coś się skrywa. Przecież byliśmy oboje w wieku, który takie bzdury załatwia krótko. Czemu ona tak się wiła? Nagle dotarło do mnie, że piękna Patrycja najzwyczajniej w świecie sprawia wrażenie wystraszonej. Przyjrzałem się jej uważnie. Była skończoną idiotką. Była czytelna jak książka z Różowej Serii. Tak. Bała się.

W czasie mojej olśniewającej kariery dwukrotnie spotkałem się z objawami strachu, gdy ludzie dowiadywali się, że pracuję w gazecie. Za pierwszym razem przestraszył się chłopczyk, który grał (całkiem nieźle) tygryska w teatrzyku na festynie charytatywnym, a ja próbowałem z nim porozmawiać, bo byłem jeszcze ambitny. Najprawdopodobniej chodziło zresztą o mój wygląd. Drugi przypadek miał zbliżoną rangę – do jakiejś dziewczyny jadącej nocnym autobusem przyssał się podchlany kanar, więc wydarłem się na niego i o dziwo zwiał. Wielcy ludzie, jak na przykład rzecznicy prasowi, nigdy się mnie nie bali. Na pierwszy, drugi i trzeci rzut oka mieli i mnie, i moją obiektywną, drążącą gazetę głęboko w dupie. Nie dziwcie się więc, że byłem nielicho zdumiony zachowaniem Patrycji... choć w końcu wyszło na to, że również zainspirowany: właśnie wtedy zakiełkował mi w głowie szatański pomysł, który nieco później tak widowiskowo spróbowałem zrealizować. Nie, pomyłka – pamiętam już dokładnie – nie zakiełkował, lecz od razu był gotowy, konkretny i totalny. W rezultacie nie mogę powiedzieć o rozmowie z Patrycją nic więcej, bo zatopiłem się w projektach i marzeniach, na chybił trafił odpowiadając „tak" lub „oczywiście" na jej liczne pytania.

Chociaż przypominam sobie, że chyba pod koniec wspomniała o zbliżającym się wyjeździe do Pragi, na plan powstającego filmu. Wcześniej wychyliliśmy parę lufek, uspokoiła się i wreszcie zaczęła mnie olewać... A przynajmniej tak mi się wydawało.

Po godzinie, a może dwóch minutach rozstałem się z nową muzą i popłynąłem przez towarzyskie odmęty, by sfinalizować wcześniejszy zamiar. Czyli znaleźć Annę. Po drodze zawadziłem o kibel, a także o kilka nieznajomych osób i wystający róg ściany.

Ominąłem pokój z tańcami i zajrzałem odważnie do następnego, malutkiego.

Zobaczyłem malowniczą grupę ludzi, siedzących na ustawionych w kółko fotelach, krzesłach i niedużej kanapie, wtulonej w kąt po lewej stronie. Kiedy byłem na studiach, moi ówcześni znajomi siadali tak na peryferiach zabaw i dyskutowali o wzniosłości, dobru, kryteriach piękna i pieniądzach. Przeważnie wstydziłem się dołączyć do nich, bo po pierwsze nie miałem nic ciekawego do powiedzenia, a po drugie wolałem tańczyć do upadłego. Ale kiedy już upadałem, to obok nich, żeby chociaż posłuchać. Mówili niespiesznie, każde słowo miało swe ciężkie miejsce i umiejscowiony ciężar. Wymieniali pisarzy i książki, a ja starałem się wszystkie hasła i odzewy zapamiętać. Czasem dyskretnie wychodziłem, znajdowałem jakąś kartkę i notowałem, zapisywałem zawzięcie personalia cytowanych, a potem gubiłem notatki. Chyba nie dziwota, że gdy zobaczyłem remake tamtych widoków, z Anną w przeciwległym kącie i przygaszoną lampką naftową na małej szafce, poczułem prawdziwe wzruszenie.

Jedyna różnica polegała na tym, że wtedy siedziało się na podłodze. Teraz było to niebezpieczne, bo dywany dawno wyszły z mody.

Cichutko wszedłem do środka i podążyłem wzdłuż ściany. Natknąłem się na półecz-
kę wiszącą na wysokości głowy. Cześć, powiedziała półeczka. Niepotrzebnie tu
wszedłeś. Zgodziłem się i popatrzyłem na ludzi, siedzących w pokoiku.

Poza Anną były tam cztery osoby. Znałem
je, chociaż jedynie z widzenia. Z lewej strony,
na krześle siedział rudy dziennikarz z konku-
rencyjnej gazety, poważny dziennikarz, nie
taki, jak ja, lecz jeden z tych, którzy komen-
tują rzeczywistość własnymi słowami. Ten
nieszczęsny dziennik istniał na rynku wyłącznie dzięki nam, choć nie różnił się pod
tym względem od wszystkich innych. Cały
sens jego bytu polegał na bezustannym odno-
szeniu się do tego, co pisaliśmy my. Chciałem
kiedyś zaproponować zwierzchnikom, byśmy na dwa miesiące przestali wydawać naszą gazetę. Firma jest bogata i stać ją na taką
ekstrawagancję, a rezultat byłby znakomity –
reszta dzienników by padła, a rynek znowu
stałby się czysty i dziewiczy. Nie odważyłem
się jednak wystąpić z tym pomysłem, bo nawet moim zdaniem był zbyt nowatorski.

Obok Anny na kanapie siedział szczupły,
wysoki gość, i tu nie trzeba było długo się zastanawiać. Znały go nawet dzieci. Gość prowadził modny teleturniej, jeden z tych, do

których trzeba zadzwonić pod zero siedemset, a jeśli odpowiesz na proste pytania, które
zada ci słuchawka, nie masz najmniejszych
szans na to, że weźmiesz w nim udział. Może
zresztą przesadzam. Człowiek wyglądał dokładnie tak samo, jak w telewizorze – był doskonale ubrany (w jasny garnitur) i elegano-
ki. Zachowywał się jednak troszkę inaczej.
Tam był spięty i przeważnie bredził od rzeczy. Tutaj milczał, a jego postać emanowała
niedbałym spokojem. Niezobowiązująco
przewędrował po mnie oczami i znowu skupił
się na perorującym okularniku, siedzącym
z prawej.

Mówca zaś był w pewnym sensie moim
kolegą. Podobnie jak ja pracował w gazecie,
ale zajmował się polityką, za którą wprost
przepadam – więc w zasadzie go nie znałem.
Mogę o nim powiedzieć tylko tyle, że podobno w czasach pierwszego, zezowatego naczelnego miewał osobliwe fuchy. Kiedy szef
chciał puścić jakiś ostrzejszy, kapkę nie-
obiektywny artykuł, ów człowiek brał ciężar
odpowiedzialności na siebie – i podpisywał
się pod tekstem. Oczywiście, w gazecie obo-
wiązują inne kryteria ostrości niż w rzeczy-
wistym świecie, ale sama figura była, przy-
znacie, dosyć zabawna. Właśnie dlatego, że
i tak w efekcie nic nie mogło się zdarzyć.

W końcu ludzie kupują naszą gazetę wyłącznie dlatego, że jest w niej dużo reklam i ogłoszeń oraz program telewizyjny. Cała reszta od razu ląduje w koszu.

Gdy doszedłem do siebie po spotkaniu z półeczką, zacząłem słuchać uważniej. Kolega okularnik trzymał przed sobą rozcapierzoną dłoń, wyliczał i odkładał palce, a lewe kolano podskakiwało mu jak oszalałe:

– ... co nie, najpierw byłem w Rumunii, dwa razy. Potem kilka razy w Bułgarii, nie pamiętam dokładnie. A ściślej w Kamczii, świetne miejsce. Aha, jeszcze wcześniej w Czechosłowacji, jako maluch. Dwa razy w Anglii, a przy okazji w Niemczech, na robotach, w Holandii, Belgii i Francji. Później była chyba przerwa. Potem Włochy i później jeszcze parę razy... osiem, jak nie więcej. Potem Cypr, Jugosławia, Grecja, aż w końcu Hiszpania, dwa, nie, trzy razy. Potem przez jakiś czas Tunezja. Parę lat pod rząd. W międzyczasie Australia, a także Japonia. Naturalnie Czechy i Słowacja, później znowu Rumunia, bo byłem ciekaw. Co się tam zmieniło, nie. Potem Irlandia, z jej nieodłącznym piwem, które bardzo lubię, Kilkenny, Wyspy Owcze, gdzie nie ma tłoku, jeszcze raz Grecja. Następnie znowu Francja. Potem Austria, Szwajcaria i Alpy włoskie. Stany, całe dwa tygodnie, super. I Kanada, też dwa. A w tym roku Chorwacja, bo już nie lubię tak dużo jeździć samochodem. I Stefanek też nie, prawda, myszko?

Siedząca bardziej z prawej, starzejąca się dziewczyna z wielkim kokiem przytaknęła skwapliwie. Miała rozległe usta w kształcie zdeptanego serca. Podniosła kieliszek. – Zapomniałeś żuczku o Kaukazie. To było dawno temu, ale niezapomniana, niezapomniana przygoda. No i Sycylia!

– Wspominałem o Włoszech, nieprawda? Miałem na myśli także Sycylię.

– Naprawdę? To nie był dobry wyjazd. Strasznie gorąco.

– Ale gorzej było na Santorynie!

Rudy dziennikarz z hm, konkurencji drgnął i pospiesznie otworzył usta. – Ja też byłem. Gorąc, jak w piecu. Coś niesamowitego!

Żona mojego koleżki spojrzała na niego pogardliwie i ciągnęła dalej: – Nasz Stefanek nie wytrzymuje ani długich podróży, ani wysokich temperatur. Strasznie się męczy.

– Kto to taki? Piesek? – zapytał szołmen z teleturnieju, rozkładając ręce na oparciu kanapy. Prawa ręka wylądowała za polędwiczkami Anny.

– Nasz syn – powiedziała z dumą myszka.

– Ma sześć lat.

– Piękne imię! – zauważyła Anna. – Ostatnio rzadko się je spotyka.

– Prawda? – szczęśliwa matka pokraśniała z zadowolenia. – Długo wybieraliśmy. No, ale przeszło, minęło. Teraz mamy poważniejszy problem. Musimy znaleźć odpowiednią szkołę, bo to niesamowicie inteligentny chłopiec. Zna już wszystkie cyferki. Umie sam zadzwonić do taty!

– To może – ożywił się szołmen – zadzwoni do nas?

Od razu go polubiłem.

– Och, to wcale niewykluczone! – myszka spoważniała i zerknęła niespokojnie na męża, który akurat uzupełniał płyny. – Nie sądzisz, Edziu?

– A synek umie czytać? – wtrącił rudy dziennikarz.

– Oczywiście! – odrzekli chórem myszka i żuczek.

– To zróbcie kartkę z numerami, pod które nie wolno mu dzwonić.

Tymczasem błyszczący chłopak z teleturnieju od dłuższej chwili przyglądał mi się spod półprzymkniętych powiek. Nic dziwnego – stałem dokładnie na wprost. Podniósł kielszek, ostentacyjnie pijąc do mnie, i powiedział: – A nasz nowy gość? Gdzie dotąd jeździłeś?

Kiwnąłem mu w odpowiedzi szklanką, uśmiechnąłem się przyjaźnie i odrzekłem: – Do Pułtuska, ale ostatnio usłyszałem o niezwykle interesującej miejscowości i chcę się wybrać, jak puszczą lody.

– Co to za miejscowość? – spytał.

– Suczki. Fajosko i mnóstwo świetnych ludzi.

– Nie słyszałem. Gdzie to?

– Na Mazurach.

– Fantastycznie! – wyglądało na to, że się szczerze ucieszył. – Jak miałem więcej czasu, całe wakacje spędzałem na Mazurach. Bardzo lubię pływać łódką!

– Tam nie można pływać łódką.

– Dlaczego?

– Nie ma wody.

– No proszę. Myślałem, że tam wszędzie jest woda.

– Nie wszędzie. Ale to bardzo ładne miasteczko. Dużo ładniejsze niż Pułtusk.

Facet delikatnie bawił się włosami Anny. Od początku zastanawiałem się, czy to on nie otworzył drzwi Annie w noc ASMY/Stillera, czy nie on. Rozmowa i świat toczyły się wartko.

– Byłem kilka razy w Pułtusku – szołmen nawinął kosmyk włosów na palec. – W zamku. Całkiem miłe miejsce. Mają naprawdę porządną, dobrą knajpę. A za granicą? Byłeś gdzieś, kolego?

– Mam kablówkę, nie muszę się z domu ruszać.

Żuczek i rudy dziennikarz popatrzyli na mnie z ciekawością. Myszka też.

– Jakie masz kanały? – zapytała.

– Mogę wymienić, jeśli chcesz.

– Jasne! Jasne!

Zrobiłem krok do przodu i ukłoniłem się.

– Jedynkę, dwójkę, polsat, wot, polonię, tvn, icp, kanał plus, rtl siedem, diskawery, eurosport, ale kino, tmt, dsf, vox, mtv, cnn, euronius, dalej nie pamiętam. Oglądam tylko te.

– Nie masz planete? – zapytał żuczek.

– Chyba nie – odrzekłem. – Co to takiego?

– Diskawery, ale francuskie.

– Nie lubię planete – wtrącił się rudy. – Nudzi mnie.

– Dlaczego? – oburzył się mój kolega z pracy. – Przecież to świetna stacja.

Szołmen przechylił się do ucha Anny i zaczął coś szeptać. Uśmiechnęła się i przeciągle popatrzyła mi w oczy.

– Na początku – to myszka – na początku, kiedy mi zainstalowali, oglądałam właściwie wszystko. Ale później jakoś mi się znudziło i teraz w zasadzie nie oglądam telewizora.

– Ja też – zgodził się jej przystojny mąż i spojrzał na mnie. – Chociaż mamy dużo więcej programów niż ty.

– Ja mam chyba ze sto, a może i więcej – odezwał się rudy i sięgnął po szklankę. – Mam też wizje. Dawali, to wziąłem, ale teraz żałuję.

– Czemu? – zapytał żuczek z niepokojem.

– Ja też to zamówiłem.

– Tam nie ma nic ciekawego – wyjaśnił rudy. – No, trochę więcej sportu.

– Ja oglądam cnn – odezwał się konferansjer, zmieniając układ nóg. Teraz prawa wylądowała na lewej, żeby można było bliżej przysunąć się do Anny. – Rzadko tvn, znaczy się fakty, no i sport. A wizja rzeczywiście jest do niczego. Jednak – to znowu do mnie – jednak ty, przyjacielu, oglądasz chyba wszystko. Wytłumacz mi, proszę, jak to możliwe? Uczysz się języków?

– Tak – odrzekłem z zadumą. – Uczę się. Ale słabo mi idzie. Najlepiej wchodzi mi duński, ale nie mam ani jednego duńskiego programu.

– A ja – ucieszyła się myszka, i nawet klasnęła w dłonie – zaczęłam ostatnio rozumieć, co mówią Włosi. Znalazłam taki włoski program, oglądałam przez kilka dni i nagle zaczęłam rozumieć.

– Wszystko? – zapytał od niechcenia szołmen.

– Nie nie – roześmiała się myszka i ściągnęła usta, arystokratycznie zasłoniła je dłonią. – Jasne, że nie! Ale mam tam taki program, właściwie teleturniej, czy tok szoł, tak, właśnie chyba to jest... to jest tok szoł, chociaż z elementami turnieju, przypomina trochę... no, był kiedyś taki program, nawet chyba jeszcze jest, jak żesz on się nazywał... nie pamiętasz?

– Ale... jaki program, kochanie? – zamyślony, blady żuczek kręcił płynem w kieliszku, płyn go słuchał.

– Może bezludna wyspa? – podrzucił uprzejmie facet Anny.

– Tak! Ale to był fajowy program... Nie wie pan, czy... zaraz, pan chyba tam wystąpił, nie?

– Jest. Nie. Nie wystąpiłem – odrzekł szołmen godnie, a zarazem wyczerpująco.

– To może go pan prowadził? Ja chyba pana już gdzieś widziałam?

– Czy chodzi o teleturniej? – zapytał jadowicie miłośnik porządnych, dobrych knajp i porządnej, dobrej dupy. – Prowadzę go prawie codziennie.

– Ależ skąd! Chodzi mi o tamten program... albo jakiś inny, to chyba jasne.

– Wiecie co? – włączył się rudy. – A... powiedzcie, dokąd chcielibyście pojechać?

Błyskawicznie podniosłem ręce.

– Ja już mówiłem. Do Suczek.

– Na urlop? Nie wierzę – rzekł rudy.

– Urlopy spędzam przed telewizorem. Chcę tam pojechać na zawsze.

– Żartujesz!

– Nie. Mówię absolutnie poważnie. To bardzo inspirujące miejsce.

– Dobra – rudy machnął ręką – Widzę, że się nie dogadamy. A wy?

Zzieleniały żuczek wstał i wypadł z pokoju. W opustoszałym kącie zobaczyłem tę samą dziewczynę, która na konferencji prasowej podlizywała się Lesmanowi, wciąż głupawo powtarzając hm, ale w efekcie wyłowiła jego cenną wizytówkę. Teraz siedziała na podłodze, a poznałem ją, bo znowu miała na sobie czerwoną kurtkę. Tymczasem myszka zachichotała, osłoniwszy ustka serwetą.

– Ma ostatnio problem z żołądkiem... Zaraz wróci. O czym to rozmawialiśmy?

– O planach urlopowych – rzekł człowiek, dzięki któremu miałem ostatnio problem z oknem.

Ale tak naprawdę byłem zadowolony. Przecież to dzięki niemu od dobrych trzech godzin cieszyłem się na powrót do domu. Wiedziałem, że mieszkanie będzie wreszcie porządnie wywietrzone, a w chłodnym łóżku przyśni mi się piękny sen... o lataniu...

I nigdy już, kochani, nie dowiedziałem się, czym był i o czym traktował włoski program, który zrozumiała myszka.

Postanowiłem, że to moja ostatnia zabawa w życiu.

7.

W poniedziałek, 9 października dostałem zaproszenie na wyjazd do Pragi. Było imienne, przyszło pocztą kurierską i na pierwszej stronie zawierało dopisek: „Jeszcze raz gorąco przepraszam – Patrycja". Gdy przyszedłem do pracy, leżało już w zielonym koszyczku, a dopisek zrobiono grubym, czerwonym flamastrem. Miałem w nim na imię Robert. Tak oto, według drobiazgów nabrałem pewności, że pomysł, objawiony w dziurze w chmurach podczas rozmowy z Izoldą, jest rzeczywiście epokowy. W rezultacie na moment zapomniałem o Stillerze, mojej przepustce do prawdziwej kariery, i zacząłem obmyślać różne warianty diabelskich pytań, które zamierzałem zadać na planie „Procesu". Poza tym odczuwałem szczerą radość, gdyż odwiedziny u Artystów są marzeniem każdego dziennikarza. To przecież tak, jakbyście po dwakroć przenikali tajemnicę albo zaglądali do tygla alchemika, a jeśli pracuje się w tak porządnej firmie jak moja, w kieszeni siedzą na dokładkę drobne na przyjemności i prezenty.

Oczywiście, warto mieć pod ręką kogoś, komu można przywieźć prezent.

Termin wyprawy ustalono na połowę listopada. Miałem więc przeszło miesiąc na osaczanie Stillera. W głębi ducha marzyłem, żeby przygwoździć go jeszcze przed wyjazdem. Transowy nastrój mnie nie opuszczał, sekundniki kręciły się wartko do tyłu i wszystkie codzienne błahostki z każdym dniem stawały się coraz bardziej przezroczyste, aż w końcu znikły do reszty.

Jednym z takich zgrzytów drugiej czy trzeciej jasności okazał się list, który pewnego dnia wyciągnąłem ze skrzynki. Wypada stwierdzić, że o ile list miał fart – następnego dnia definitywnie wyprowadziłem się z domu – to ja nie, gdyż napisał go mój dziewięcioletni syn ze wspomnianego kiedyś, niezupełnie udanego małżeństwa. Nie widziałem tego chłopca już od ośmiu miesięcy. Pozwolę

sobie zacytować treść listu, byście mogli po-
czuć to, co być może poczułem ja.

*Dużo szczęścia, zdrowia, pomyślności,
pieniędzy, prezętów i dobrego syna*
Zbyszka

Pod spodem narysowany był przepiękny,
czerwony samochód, jadący po zielonej łące,
a na sąsiedniej stronie ascetyczny bukiet róż,
z dopiskiem:

Tobie wręczam dziś te róże...

Cóż, pewnych rzeczy nie da się naprawić.
Moja brawurowo odstrzelona i zapomniana
żona była właśnie czymś takim – nieodga-
dnionym, zapiaszczonym mechanizmem,
służącym do permanentnego wytrącania
z równowagi. Zawsze marzyła wyłącznie
o tym, żeby na świecie nie było kurzu i żeby
z nieba padały żaby. Nawet po rozstaniu nie
mogliśmy się dogadać. Pewnie dlatego, że nie
odpowiadała na pytania, a ja bardzo lubiłem
je zadawać. I przynajmniej od czasu do czasu
otrzymywać odpowiedzi.

Mniej więcej tydzień po zabawie u Marty
wyprowadziłem się do Piotra, na plac Narutowicza. Przedtem wnikliwie rozważyłem

wszystkie inne, jak to mówią, alternatywy, ale po pierwsze była tylko jedna, a po drugie na wyprowadzkę do rudej nie miałem najmniejszej ochoty. Zresztą o niczym Agnieszce nie powiedziałem. Może chciałem te cholerne wskazówki jeszcze trochę popchnąć – wierzyłem głęboko, że formalny (wybacz, Piotr!) powrót w przeszłość pociągnie za sobą całą resztę. Że znikną zmarszczki i brzuch.

Ostatnie dni ze świętą Anną upłynęły stosunkowo bezboleśnie. Poza wymianą zdawkowych monosylab właściwie nie rozmawialiśmy. Na przekór wszystkiemu spędziłem ten czas w domu, powodowany zapewne złośliwością, a może i odrobiną ciekawości. W dalszym ciągu nie byłem pewien, czy jestem rzucany, czy rzucam, lecz nie chciało mi się pytać. Leżałem przed telewizorem, rzetelnie oglądałem wszyściutkie teleturnieje i czekałem, aż sama pęknie i coś powie, ale nic nie powiedziała. Kilka razy przyłapałem ją na ukradkowym gapieniu się na mnie, lecz natychmiast odwracała wzrok. Gdyby ktoś nas wtedy sfilmował, wyszedłby z tego niezły balet. Z mnóstwem subtelnych minięć i piruetów.

Tymczasem Piotr nie zmienił się zanadto. Jak dawniej był małomówny i niezawodny.

Gdy tuż po ósmej wdrapałem się na czwarte piętro i zadzwoniłem do drzwi, otworzył mi z kamienną twarzą i powiedział wejdź. W przedpokoju ściągnąłem plecak, odstawiłem go pod ścianę i poszedłem za gospodarzem w głąb mieszkania. Zaproponował mi herbatę (zieloną), a potem przez kilka minut siedzieliśmy w milczeniu. Kilka lat wstecz przez dłuższy czas u niego mieszkałem, zresztą okoliczności były podobne, więc chyba od razu się zorientował.

Dopiero po dłuższej chwili podrapał się w niedogoloną szczękę i rzekł grobowym głosem:

– Repatriacja?

Oddał mi mały pokój. Byłem wzruszony. Na zakurzonej półce znalazłem papierowe zwierzę, które wyciąłem podczas poprzedniego pobytu. Chyba dzięki temu słoniowi (słoniu?) zadomowiłem się bez najmniejszych problemów.

Wieczorem metodycznie urżnęliśmy się do nieprzytomności. W połowie drogi Piotr poinformował mnie, że w międzyczasie przełożył klemy i zrezygnował z uwodzenia kobiet, zaczął natomiast pozwalać dziewczynom, by uwodziły jego. W oszczędnych, spokojnych słowach chwalił ten system jako stosunkowo bezbolesny i gwarantujący pacjentowi zachowanie tężyzny oraz zdrowia psychicznego. Mówiąc to, przyglądał mi się uważnie, albowiem od lat sądził, że zanadto przejmuję się takimi sprawami. Nie miałem zamiaru wyprowadzać go z błędu.

Możliwe nawet, że trochę rozpaczałem. Wydaje mi się, że atmosfera tej długiej, kameralnej pijatyki była raczej łzawa.

Następne dni płynęły, jak w bajce. Zrezygnowałem ze śledzenia Stillera, bo to nie miało najmniejszego sensu, i szybko się przeziębiłem. Całkowicie wystarczały mi obserwacje w pracy. Wpadłem mianowicie na tak oczywisty pomysł, że aż trochę osłabłem. Bo późno – ale lepiej późno niż wcale. Była to zresztą kwestia logiki, wystarczyło trochę pomyśleć... albo dosyć, już nie będę łgał. W końcu opowiadam o poważnych sprawach, tak czy nie? Moje odkrycie nie miało nic wspólnego z myśleniem, lecz było czystym przypadkiem iluminacji.

Któregoś popołudnia wygospodarowałem wolną chwilę, odgryzłem pępowinę komputera i wyskoczyłem na fajkę. Zapomniałem o schyleniu się przy wejściu do działu miejskiego, więc Helena namierzyła mnie, w ułamku sekundy wystartowała i przechwyciła. Helena? To ta nieludzko piękna i zarazem niebiańsko głupia dziewczyna, która na planowaniu nie wiedziała, że Otto Kern nie żyje. I kim był. Wyrzuciłem rozpaczliwie kilka gorących, magnezjowych flar, ale ani one, ani liczne uniki nic nie dały i podążyliśmy wspólnie do palarni. Stanęliśmy przy oknie i zaczęliśmy rozmawiać. Może przesadzam, raczej ona mówiła, ja zająłem się żenującym unikaniem jej wzroku. Na marginesie – nie było to szczególnie trudne, gdyż miała dryg do wyszukiwania zwyczajnych, na oko niesamowicie drogich butów, więc zawsze można było popatrzeć w dół i jakoś parę minut wytrzymać. Jednak tym razem już po kilku machach zapomniałem o obuwiu, motylach, nosach etc. (bożym świecie) i zacząłem uważnie słuchać. Helena z emfazą opowiadała o jakimś artykule, którego autor popieprzył nazwiska indagowanych osób i przypisał wypowiedzi na krzyż. W efekcie prawicowiec kazał o ciężkiej doli robotnika i chłopa, a lewicowiec teatralnie rozpaczał nad fatalną kondycją prywatnych przedsiębiorców.

Zauważyłem zgryźliwie, że wobec tego wszystko się chyba zgadzało, ale jakaś zastawka w mózgu drgnęła i zaczęła ćmić. Helena patrzyła na mnie łakomie i raz po raz oblizywała wargi.

– Chwilkę – powiedziałem. – Przepraszam, ale zamyśliłem się. To u nas poszło?

– Nie, skądże! – odrzekła Helena. – Panie Robercie, dlaczego pan nigdy mnie nie słucha?

W myślach podniosłem oczy do nieba...

ale nieba nie było, był betonowy sufit...

i odrzekłem śmiało:
– Słucham pani zawsze i zawsze słuchałem i zawsze będę pani słuchał, Heleno.
– Pan kłamie. Myśli pan, że jestem tak głupia, że tego nie widzę?
Najwyraźniej zabierała się do zrobienia mi sceny. Uznałem, że z obojga przyczyn trochę na to za wcześnie, więc skoncentrowałem się, popatrzyłem jej prosto w oczy i powiedziałem, że ubabrała pani sobie zęby szminką. Wyrzuciła papierosa i pobiegła na górę.
Ja zaś zostałem. Przez chwilę tkwiłem zupełnie nieruchomo, a potem otworzyłem okno. Na zewnątrz tańczyło słońce, chociaż drzewa były już zupełnie nagie, a na ziemi, psich gówienkach i chodnikach leżał puchaty dywan. Ogłuszający, toksyczny nadmiar świeżego powietrza sprawił, że oparłem się ciężko o parapet, popatrzyłem na moje objedzone za młodu paznokcie, wsadziłem kciuk do ust i pojąłem wszystko. Wszystko było banalnie, wstrząsająco proste. Cała historia od

początku kręciła się wokół człowieka, nie zaś miejsca – to raz. Ukradziono komputery – to dwa. Zginęły osoby, które w żaden sposób nie mogły mieć ze sobą nic wspólnego – to trzy. Strawiłem monstrualną kupę czasu na szukaniu politechniki w miejscu, w którym ani przez moment jej nie było. W jednej chwili dotarło do mnie, że zawiła i atrakcyjna idea spisku to kompletna fikcja.

Wybaczcie, że nie celebruję należycie tej sceny, ale to naprawdę nie ma sensu. Przecież właściwie od początku było jasne, że gra ma związek z operowaniem rzeczywistością, a moja nagła iluminacja to tylko groteskowe świadectwo, że istotnie pół drogi mam za sobą. Taka drobniutka zmiana – w sensie gramatycznym wystarczyło usunąć jedno głupie „ą" – a potrzebowałem na to aż dwóch tygodni. Katastrofa.

Swoją drogą ciekawe, że tak trudno przychodzi do głowy szaleństwo. Być może dlatego, że wszyscy pieszczą w sobie mordercze myśli, więc nikt normalny nie wierzy w możliwość uruchomienia morderczych działań...

Od sekundy, w której dowiedziałem się, że zginął Minc i wskutek cudownego, supersonicznego przepięcia pojąłem, że Stiller w jakiś sposób maczał w tym łapy, przez cały czas myślałem, że sprawa polega na brutalnych próbach zamaskowania jakiegoś wydarzenia, które miało miejsce w przeszłości. Albo raczej dłuższego ciągu wydarzeń, w dodatku zapisanego w którymś z ukradzionych komputerów. Właśnie przez tę cholerną kradzież poszedłem w ślepą uliczkę. Ciągle kotłowało mi się w głowie, że naczelni mają w swych maszynach dużo więcej syfu, niż ostatecznie ląduje w gazecie. Na przykład maile. Grzebałem w archiwum, by znaleźć odprysk czegoś takiego, jakiś ślad śladu, albo chociaż bladego, fosforyzującego ducha złowrogiego zapłotu. Próbowałem łączyć światy, które nie miały ze sobą nic wspólnego. Tymczasem teraz w jednej chwili zrozumiałem, że nie chodziło wcale o zoperowanie przeszłości, lecz o szaloną, kompletnie szaloną próbę gwałtu na wydarzeniach, które dopiero m i a ł y nastąpić. Takie działanie nie mogło być pracą zespołową, wariaci nie są do tego zdolni. Wyglądało więc na to, że Stiller nie jest niczyją wtyczką ani pionkiem, lecz pomysłodawcą, organizatorem i sprawcą w jednej, solidnie pojebanej osobie.

Stałem przy oknie, gapiłem się na przejeżdżające samochody i w myślach trzaskałem przeglądarką do slajdów z ostatnich miesięcy. Próbowałem znaleźć jakąś lukę w nowej wersji intrygi, lecz każde podejście kończyło się chaosem. A nie wierzyłem, by tym razem chaos mógł mieć jakiekolwiek zastosowanie. Zastanawiające, że nagle całkowicie się uspokoiłem i przestało mi się dokądkolwiek spieszyć. Na zimno porównywałem obie hipotezy. Pierwsza, spiskowa, była atrakcyjna, nawet bardziej, gdy wziąć pod uwagę mój osobisty cel, czyli marzenie o zrobieniu kariery. Ale schwytanie obłąkanego indywidualisty, rozwalającego polityków, artystów i – ogólnie – wszelką swołocz dla estetycznego i konceptualnego ocenzurowania świata też nie było najgorsze. Zresztą, co ja mówię, poprawienia! Poza tym wyjściowa teoria w ogóle nie trzymała się kupy, do drugiej zaś nie pasowało tylko samo włamanie do gabinetów naczelnych, bo Stiller świetnie ich znał i nie musiał wcale tego robić. Ale chyba lepiej, gdy nie gra jeden element niż kiedy wszystkie rozlatują się jak stado jaskółek.

Albo wielki, sztuczny ogień.

I wtedy zbladłem, bo nagle zaświatało mi w głowie straszne, makabryczne podejrzenie. Przez chwilę marzenia o sławie zadrżały i niebezpiecznie odpłynęły. Pomyślcie tylko – a co by było, gdyby okazało się, że Stiller utłukł wyłącznie Minca? Że morderstwo w redakcji i przypadek Lempera nałożyły się w czasie i sprowokowały, a właściwie zapłodniły go do krótkiej, jednorazowej wizyty po ciemnej stronie mocy? Śmierć aktorzyny, jeszcze nawet nie debiutanta, nijak nie mogła się równać z widowiskową kupą trupów! Na kupie fajnie się siedzi, ale kiedy siądziesz na Mincu, wyglądasz po prostu zaściankowo. W takiej sytuacji musiałbym chyba zrobić z siebie osobę, której złożona, niejasna rozpacz popchnęła starego przyjaciela do tak dramatycznego, gwałtownego czynu. A status muzy zawsze jest kontrowersyjny.

Pewnie wyrzuciliby mnie z pracy.

Lata lecą – czy znalazłbym drugą, równie dobrą?

W rozterce podążyłem z powrotem do działu kultury, ale z każdym krokiem powoli się uspokajałem. Nie mogło być tak źle, bo za dużo było tu zbiegów okoliczności. A ponieważ trójkami przychodzą dobre pomysły, to gdy zobaczyłem kruczowłosą Helenę, która w międzyczasie odsapnęła, zjadła batonik, przestała być obrażona i znowu patrzyła na mnie czule, wymyśliłem sobie atrakcyjną grę o cechach zabawy, i to nie pozbawioną głębszych pożytków.

Postanowiłem, że spróbuję stworzyć model rozumowania Stillera, używając w tym celu pospolitej prowokacji.

Od tego dnia aż do wielkiego wyjazdu na plan z radosną premedytacją pisałem teksty wyłącznie z myślą o podejrzanym. Wybierałem odpowiednie tematy i popełniałem rzemieślnicze błędy, a potem porównywałem stany wejściowe z wyjściowymi. Czyli przed redakcją i po niej.

Zasady rządzące obiektywnym przekazem informacji są nieliczne i dosyć proste. Po pierwsze, należy pisać tak, żeby osoba piszącego była w tekście niewidoczna. W największym uproszczeniu znaczy to, że piszesz „mówi się", a nie „słyszałem, że mówiono". To, co mówili, jest na drugim planie. Może nawet na trzecim. Następnie – nie wolno wyrażać sądów ani nawet zakamuflowanych opinii. Podaję przykład: jeżeli jesteś dziennikarzem i opisujesz... opisujesz, dajmy na to, powstawanie filmu, to choćbyś od pierwszej chwili wiedział (czy wiedziała), że będzie zeń jeszcze jeden żałosny knot, nie możesz tego wyrazić nie tylko wprost, ale nawet zasugerować. Kwestia etyki. Wolno ci napisać, jak wysoki jest koszt przedsięwzięcia, gdzie będzie albo i już jest robione, kto uwarzył scenariusz i kto wreszcie zagra, ale nic więcej. Jak widzicie, to odpowiedzialna praca, bo przecież syberyjskie połacie białych kartek nie mogą pozostać puste. Czytelnik wpadłby w depresję. Znani recenzenci, jak na przykład mój kolega z gazety, mają dużo łatwiej, ale ja nie jestem recenzentem. Znanym.

I dobrze.

Po trzecie wreszcie, pisać trzeba obrazowo. Czytelnik gazety musi wyjrzeć zza węgła i zobaczyć, że z dobrych trzydziestu metrów wysoki szwenkier celuje kamerą w jego stronę, jak tłumek statystów odrywa się od pobliskich ścian i z profesjonalnie zróżnicowanymi wyrazami twarzy rusza w lewo, w stronę grupki filmowców, a wszystko dzieje się w wąskiej, barokowej uliczce, a wraz i w rytm turla się powolutku czarno-złota, wypożyczona z muzeum bryczka z fioletowymi siedzeniami, w głębi widać resztę statystów, za ich plecami zaś wysokiego reżysera z czarnymi, wielkimi słuchawkami na uszach, ubranego w obszerną, białą kurtkę i szary kaszkiet, na wątłym nadgarstku błyska złoty, płaski zegarek, a cienie kamieniczek kończą się nierówną linią w połowie kremowych ścian po drugiej stronie, lecz jest to niwelowane przez potężne, sodowe reflektory, oczywiście nie wszędzie, ale dokładnie tam, gdzie trzeba, czyli mniej więcej dwadzieścia metrów od czytelnika i dziesięć od szwenkra, i warto także zauważyć, że ponad kadrem, z górnych okien wyglądają gapie, i jeden z nich ma na głowie czapeczkę z McDonalda (taki daszek), a wszystko trzeba w zasadzie wymyślić, bo przecież stoi się tak naprawdę za plecami reżysera, tuż obok zamilkłego na chwilę kierownika planu, czyli bardzo daleko – po drugiej stronie kamery niż czytelnik gazety. Dodatkowo przydałoby się jeszcze trochę dźwięków – turkot kół po bruku, gruchanie gołębi, stukanie obcasów z daleka i skrzypienie prawdziwych, skórzanych butów z bliska, no i można dodać, że przed tą sceną barczysty, jasnowłosy kierownik planu zachrypniętym, ale bardzo donośnym głosem poinformował wszystkich, że idzie deszcz, więc lepiej skoncentrować się teraz, niż powtarzać wszystko jutro – a potem zaserwować na deser jeszcze jeden obraz: sympatyczne spojrzenie, którym zmierzył natrętnych i wścibskich dziennikarzy ów nieco kapryśny i wyniosły, lecz inteligentny pan, dla odmiany występujący w kurtce czerwonej, puchowej i w pomarańczowych adidasach.

Nie jest to jednak łatwe, gdy masz do dyspozycji osiem słów na zdanie, a czerpać możesz ze słownika, zawierającego w przybliżeniu tysiąc leksemów. Czyli raptem cztery razy tyle, ile opanował mieszkający w Stanach tresowany szympans Kanzi.

Albowiem po czwarte, nie wolno, pod żadnym pozorem nie wolno używać trudnych wyrazów. Trudny wyraz mógłby speszyć albo co gorsza obrazić statystycznego czytelnika gazety, bo nigdy nie wiadomo, czy na przykład „koherentny" nie znaczy w istocie „kurewski", a „Borgesowski" – „pierdol się, w kurwę jebany czytelniku".

Zatarłem dłonie, ominąłem dział miejski oraz Helenkę i poszedłem do pracy.

Gdy Agnieszka wciągnęła mnie do gazety, początkowo starannie pilnowała, by Stiller nie dostawał do obróbki moich tekstów. Bardzo ją za to ceniłem. Później jednak zorientowałem się, że nie miałem do czynienia ze szlachetnymi działaniami opiekuńczymi, lecz z najzwyklejszą w świecie, standardową procedurą. Po paru miesiącach kwarantanna skończyła się i w jednej chwili wszystko zaczęło być kwestią losu. Na kogo wypadło, na tego bęc. Ponieważ mój sposób pisania nie doznał najmniejszego uszczerbku w czasie dyktatu redaktorskiego Agnieszki, wkrótce miała już dość i najprawdopodobniej umówiła się z Stillerem, że odtąd on będzie skrobał moje apetyczne marchewki – pewnie jakoś mu się rewanżowała, ale to słaba hipoteza. Faktem jest, że przez pierwsze sześć miesięcy tylko ona obrzucała mnie chujami, a przez drugie prawie wyłącznie Stiller. No i dostałem wtedy szkołę, którą będę pamiętał przez całą wieczność.

Stiller był nieprawdopodobnie skrupulatny. Fakt, że redagował zgodnie z zasadami ogólnymi przedstawionymi przed chwilą, to detal. Dużo gorsza była paranoiczna niechęć, jaką darzył wszelkie przypadki inwersji. Precz z Marquezem! Tekst musiał być ustawiony idealnie wzdłuż linii tłumaczenia oczywistego przez oczywiste albo wedle następstwa wydarzeń. Nawet jeżeli opisywałem jakiś absurdalny, charytatywny festyn, to i tak jedynym miejscem, w którym mogłem wyprzedzić bieg wydarzeń, był tak zwany lead, czyli oderżnięty kawał słoniny, umieszczony między tytułem i tekstem.

Tylko tam pisałem, że festyn się o d b y ł, chociaż dopiero później i trochę niżej odbywał się naprawdę.

Ponieważ zaś festynowe atrakcje zawsze wyglądały smętnie, rozpaczliwie próbowałem klecić teksty ze starannie wybranych impresji – wyławiałem z oślizłej magmy urocze ornamenty, wzruszające szczególiki i moim zdaniem śmieszne, czyli w istocie smutne incydenty. Chciałem, żeby całe przedsięwzięcie wyglądało na sympatyczny, troszkę surrealistyczny spektakl, a nie na ponurą groteskę z hipokrytami w rolach głównych, którą najczęściej bywało w istocie.

Nie mogłem przecież napisać, że festyn został zorganizowany przez biznesmena, który w ten sposób uniknął zapłacenia taksy dochodowej i jeszcze raz skutecznie nagłośnił swoją osobę, a w roli gościa i pomysłodawcy wystąpił polityk, który w rzeczywistości był skurwysynem, złodziejem i łapownikiem. I ponurym chamem. Byłoby to niekulturalne. Skoro nie mogłem, to chciałem przynajmniej przerobić wszystko na bajkę o wysokim, że tak powiem, stopniu umowności.

Nawet nie na antybajkę.

W rezultacie nie pasowali mi do tekstu ni blady polityk, ani wiecznie opalony, białozęby finansista i niechcący o nich zapominałem.

Może nie do końca niechcący...

Może nienawidziłem tych ludzi, bo zdawałem sobie sprawę, że zorganizowali festyn wyłącznie po to, by gnoje tacy jak ja o nim napisali...

Potem zaś moje mylące się dzieci i śliczne dziewczyny w czarczafach, siedzące na latających dywanach, a nawet czerwona trawa i rajskie ptaki trafiały pod palce Stillera i zaczynała się masakra.

Jednak w ostatnim czasie, w czasie tej opowieści tu i ówdzie pojawiły się niewielkie zmiany. Nim wpadłem na to, że Stiller oszalał i został Zakapturzonym Korektorem, w natłoku codziennych wydarzeń nie zwracałem na nie uwagi. Pierwszym sygnałem była przygoda z literatem, który pisał coraz krótszymi, skandowanymi zdaniami. A ściślej, z niegazetowym krytykiem, który odważył się lyterata bohatersko skrytykować. Jak zapewne pamiętacie, Stillerowi tekst się spodobał, Agnieszce zaś nie. Byłem wtedy kompletnie ogłupiały, więc nie zwróciłem na ten incydent uwagi. A to przecież bardzo ważna sprawa, bo magia gazety polega między innymi na tym, że wszyscy jej pracownicy są tacy sami. Mają identyczny, uzyskany przez lata treningu system uklepywania tekstów. Niemożliwe, by para rzeźników z tego samego działu miała tak różne zdanie na temat jednego artykułu. Po drugie zaś ów artykuł był ewidentnie złośliwy, a to doskonale mi pasowało do najnowszej teorii.

Zatem właśnie tak postanowiłem rozpocząć grę o poszlaki. Od złośliwości.

Okazja była wyśmienita, gdyż Agnieszka rozchorowała się i podstawowy problem miałem z głowy. Wszystko, co pisałem, musiało przejść przez ręce Stillera.

Gdy wróciłem do kultury, było już dosyć późno. O ile pamiętam, zastałem tam tylko Jacka i siedzącego w kącie, jak zwykle cichego kolegę Soławskiego, rączego recenzenta arcydzieł. Przemaszerowałem na wylot i zatrzymałem się obok regału, na którym stały książki czekające na swoje sześć zdań. Zacząłem w nich grzebać, długo i niemrawo. W końcu Stiller nie wytrzymał, spojrzał na mnie raz i drugi, przestał pisać i rzekł: – Co jest? Kupa?

– No – odpowiedziałem. – Nie, chcę coś wziąć do domu.

– Po co?

– A tak... Poczytać... Zrecenzować... Rok się kończy.

Stiller wstał, przeciągnął się i podszedł. Sięgnął, przesunął i wyciągnął jakąś w kolorowej okładce. – Smakołyk! – rzekł i cmoknął.

Zacząłem od obejrzenia. Frapujące – gość, który ją napisał, był doprawdy bezwstydny. Podał na okładkę swoje zdjęcie, co prawda czarno-białe, ale ogromne i wypełniające niemalże cały format.

– Świat się kończy – powiedział Stiller, patrząc na mnie w trudny do określenia sposób.

– Co? – zapytałem. – Aż tak zła?

– Nie, nie, skądże. Wręcz przeciwnie...
znakomita. Bardzo poruszająca. Moją wrażliwość.

– Użył młota?

– O tak, tak! Młota.

– To co? Mam o tym pisać, czy nie?

– Coś ty – obruszył się. – Dostał trzy nagrody. Pisz! Ale daj potem przeczytać, dobra?

Spojrzałem na niego cierpko. Znalazłem wolne miejsce i zacząłem czytać.

Była to trzecia książka w dorobku autora. Wiedziałem o tym z musu, ale do tej pory udawało mi się go omijać. Mówiono, że jest uczciwy, bo gdy się czyta jego książki, od razu widać, że stoi za nimi wyłącznie literatura – więc instynkt samozachowawczy podpowiadał mi, że lepiej tego nie tykać. Oczywiście wiedziałem, o czym ten człowiek opowiada – musiałem to wiedzieć. Bardzo dbałem, by wszyscy myśleli, że ze mnie niezły erudyta. Jak nikt opanowałem trudną sztukę rozmawiania o nieczytanych książkach, a nawet odwoływania się do nich, jednak bezpośrednie starcie to coś zupełnie innego. Była to więc kolejna epokowa książka, która niczym nie różniła się od poprzednich dokonań owego literata. Gość opowiadał w niej dzieje swego burzliwego życia. Niestety, mnóstwo przeżył. Ciekawych wydarzeń. Nie było tam żadnej zbędnej struktury ani naiwnego, niemodnego psychologizowania. Ot, po prostu zapis sekwencji wydarzeń, a właściwie faktów i obiektów z życiorysu, o które autor się potknął, posegregowanych według dwóch kryteriów – na zmianę wyliczał te, które mu się podobały, i te, które były brzydkie. Jego nieoznaczonym zdaniem. Książka kipiała od miłości do świata i czuło się, że twórca jest niebywale wrażliwy pod spodem, chociaż na wierzchu twardy jak stal. Rzeczywiście, dostał za nią trzy nagrody. Miałem kłopoty z koncentracją, gdy czytałem. Bo ten też pisał krótkimi zdaniami. Miałem wrażenie, że czytam gazetę. A chyba już wiecie, że nie lubię gazet. Żeby jeszcze jakaś fabuła. Nagłe zwroty akcji. Nieludzko piękne kobiety...

Gdybym miał napisać zwyczajny, standardowy tekst, sprawa byłaby dziecinnie prosta – poszedłbym do archiwum, wyciągnął wszystko, co wypieszczono o poprzednich książkach pisarza, zmiksował najsmakowitsze fragmenty, osolił nieznaczną zmianą szyku zdań i popieprzył wartościowymi nagrodami. Spróbował, podpisał – fajrant. Ale miałem przecież Cel. Było absolutnie jasne, że Stiller gardzi tą książką z całego serca, ale w gazecie nie ma miejsca na pogardę – ja przecież postępowałem dokładnie tak samo jak on, tak samo martwiłem się, że z literaturą jest coraz gorzej, a właściwie tragicznie, że umiera fantazja i ginie warsztat, a płody literatów coraz bardziej przypominają walone sztancą, plastikowe ramki do obrazków z ciotkami i wujem Stachem, i chuchałem na każdy przejaw robienia czegokolwiek. Święcie wierzyłem, że pewnego dnia któryś z tych cymbałów przeżyje iluminację i napisze coś dobrego, o ile wcześniej nie rozstrzela go krytyka, czyli Juliusz lub ja, albo wariat, czyli Stiller. Zatem prowokacja polegająca na brutalnym skrytykowaniu nie wchodziła w rachubę, trzeba było wymyślić coś sprytniejszego.

Było jasne, że autor tej książki nie napisał jej całkowicie poważnie. Czuło się w niej dętą i nieszczerą autoironię, choć pompatyczna dekoracja z trzech nagród psuła zabawę – jeżeli pisarzowi chodziło o wykpienie siebie samego, wbrew intencjom udało mu się to nadzwyczaj dobrze. Właściwie, co tam... Mogę się przyznać: przeczytałem jego wcześniejsze książki – ta naprawdę była taka sama. I o tym samym.

Co gorsza, skurwysyn miał coś w rodzaju talentu.

Kiwałem się na krześle i myślałem. Gdybym miał poczucie humoru albo smykałkę do szyderstwa, mógłbym walnąć coś niesamowicie, diabelsko przewrotnego, coś, do czego Stiller nie mógłby się przyczepić ani od strony formalnej, ani treściowej. Ale cóż – jestem tylko prostacko brutalny, a to w obiektywnej gazecie odpadało.

Niespodziewanie nad kubkiem z herbatą błysnął mi szkic fajnego pomysłu. Oblizałem usta, jak Helena. Przecież nic prostszego niż napisać recenzję tej książki językiem autora. Przez parę chwil oceniałem wszystkie za i przeciw. Facet osiągnął szczególny zenit. A w zasadzie drugie, lustrzane, równie tragiczne apogeum, do którego i ja zmierzam dróżką krętą, niespiesznie – pisał jeszcze krótszymi zdaniami niż gazetowe – gdybym popracował obcążkami, zapewne udałoby się wtłoczyć ułamki starych recenzji w nowe, ciasne gatki i zmontować wszystko tak sprytnie, żeby przez cały czas oscylować na granicy przegięcia pały. Czyli tak: w gazecie jest osiem słów na zdanie, to ja zrobię... powiedzmy, sześć. Albo nie. Pięć. Cztery to chyba przesada. A może trzy?

Piętnaście minut później miałem już solidny materiał do obróbki. Nawet sporo tego było, nieporównanie więcej niż o Lemperze,

292   *Robert Neuman*

chociaż szkodliwość obu klientów wydawała mi się zbliżona. Po następnych trzydziestu tekst był gotowy. Tempo, w jakim go zgenerowałem, było wspaniałe i zarazem szokujące. Albo było tak, jak twierdził Stiller, czyli uczyłem się, albo coś niedobrego zaczynało się ze mną dziać – nie miałem najmniejszych problemów z uzyskaniem perfekcyjnego potoku króciutkich, whaczonych w siebie, rozkosznych zdanek. O niczym. Lepiej wyszło niż oryginał. Zastanawiałem się przez chwilę, czy skoczyć do Jacka od razu, w końcu od naszej rozmowy nad knotem minęły dopiero trzy godziny, ale nigdy nie byłem cierpliwy i nie mogłem się powstrzymać, a poza tym Stiller miał już czas i właśnie wracał z palarni. Więc popatrzyłem na niego z uśmiechem (chyba wyglądałem normalnie) i powiedziałem: – Przeczytasz?

Zatrzymał się i spytał ze zdziwieniem: – Co?

– Moją recenzję – odrzekłem.

– Czyś ty oszalał?

– Przeczytaj. Jest niezła. Przerzucę ci – powiedziałem, patrząc mu w oczy.

– Nie wygłupiaj się!

Podszedł do mnie, oparł się o blat i zaczął czytać. W połowie sięgnął do myszki i dodał ogonek do ę. W trzech czwartych obrócił głowę i przez dłuższą chwilę na mnie patrzył. Wytrzymałem jego wzrok. Chyba chciał coś powiedzieć, ale zrezygnował, poprawił okulary i czytał dalej. Zauważyłem, że pod pachą ma dziurę w swetrze, dziurę na szwie. Wreszcie skończył, na moment opuścił głowę i jakoś dziwnie się wygiął, a potem stanął prosto. Tak prosto, jak tylko mógł, czyli i tak krzywo. Popatrzył w górę, gdzie jedna z jarzeniówek nawaliła i co kilka sekund strzelała, próbując odpalić, a potem polazł do swego stanowiska, usiadł i zaczął trzeć nos. Przy każdym ruchu okulary o centymetr podjeżdżały do nieba, a potem opadały – tak jak mówili o Borgo, tej przełęczy. Ale to tylko kwestia słów, prawda?

– No i co? – zapytałem. – Dobra?

Nie odpowiadał. Siedział i metodycznie pocierał nos, aż w końcu zdjął okulary i dla odmiany zajął się oczami. Trwało to i trwało, a ja nie mogłem się doczekać. W pewnej chwili wymamrotał coś niewyraźnie i pokręcił głową. Wreszcie dał spokój twarzy i spojrzał na mnie, ale obojętnie, dalej nic nie mogłem wyczuć. Zerknął w górę, trzasnął palcami i rzekł: – Myślę, że... popełniasz podobny błąd...

– ...?

– Przeceniasz gazetę. Jako medium sprawcze.

– Stiller, to dobry tekst czy zły?

– Dobry, dobry. Co prawda zerżnąłeś go. Ale można to wybaczyć.

Wyglądał i zachowywał się mniej więcej tak, jak na początku wizyty ze zdjęciami. Czyli zupełnie inaczej niż zwykle. Gniotłem dalej.

– Mam coś zmienić?

– Nie. To twój najlepszy tekst.

– Mówisz poważnie?

– Walcz, mały. Walcz. Może ktoś ci zaproponuje... jakąś fuchę...

– Co masz na myśli?

– Nie wiem... może rzecznika prasowego, albo coś w tym rodzaju... błazna...

– Hej, to poważny tekst. I dobrze pasuje.

A wtedy Stiller niespodziewanie zgarbił się jeszcze bardziej, popatrzył na mnie tak okrutnie i jadowicie jak nigdy dotąd, machnął ręką w bok i wycedził przez zęby:

– Chcesz poprawiać świat, wolna droga. Tutaj – ni chuja!

– Ale...

– Popraw to. Większość zdań pociąłeś sztucznie. Masz pięć minut.

Gwałtownie wstał i powiedział a ja idę zapalić, po czym wyszedł. Ja zostałem, mniej nawet zdenerwowany niż zdumiony, bo spodziewałem się raczej deficytu danych niż tak kłopotliwego nadmiaru.

Jacek wrócił z palarni albo i nie z palarni po godzinie, zielony na twarzy, i od razu zaczął bredzić o kompresji, presji i opresji. Wyglądało na to, że jest mu głupio. Nawet mnie przepraszał, kilka kilka razy, na siłę bla uzasadniał – że nie wypada, że poziom bla bla, ale ani razu nie powiedział nic, z czym mógłbym się bezkrytycznie zgodzić. Jednak ani wtedy, ani nigdy już nie wspomniał ani słowem o przedmiocie sporu, czyli nieszczęsnej książczynie. Wyszedłem z pierwszego starcia bez konkretnych łupów.

Choć z głębokim przeświadczeniem.

*

Niepostrzeżenie zaczął się listopad. Kiedy kolejna kartka sfrunęła z kalendarza, a moja uczciwie wypracowana pensja z brzękiem wpadła na konto, zrobiłem sobie mały prezent. Wybrałem się mianowicie do Zalewskiego i kupiłem zegarek. Fanatyczny ekspedient nieźle mnie wymęczył, ale nie żałowałem – po przekopaniu kilku katalogów znalazłem nieprodukowany od dawna egzemplarz, ze srebrnymi wstawkami zamiast złotych. W przeszłości kilkakrotnie odwiedzałem sklep na Anielewicza, więc sprzedawca, niski brunet z wąsikami, obiecał, że ściągnie to cacko w tydzień. Wcale nie wyglądał na człowieka, który jest ochoczy z powodów handlowych. Zdało mi się, że po prostu lubi to, co robi. Byłem trochę zawstydzony, bo czułem się jak kapryśny gwiazdor i dokładałem wszelkich starań, by zachowywać się absolutnie uprzejmie. Jednak nasza rozmowa, prowadzona w sieci aluminiowych, przeszklonych regałów, uświadomiła mi, że gdy człowiek wkracza na ścieżkę idei, zaczyna miewać problemy z koncentracją. Choćby ścieżka była zupełnie prosta.

Przepraszam, że wspominam o takiej marności, ale od lat śniłem o tym zegarku.

Rado.

Okrągły, nie prostokątny! Straszny!

Równy tysiąc dolców...

Kompletnie nie słyszałem tego, co ekspedient do mnie mówił. Starałem się z całych sił, ale rozumiałem wyłącznie słowa – całych zdań nie.

Ósmego listopada, we środę zadzwoniła do mnie piękna Patrycja. Na chwilę udało mi się skupić i dzięki temu zrozumiałem, że mam przybyć na lotnisko pojutrze, o szóstej rano. Pamiętam też, że wróciła do formy i znowu była niezwykle uprzejma. Już w pierwszym zdaniu zauważyła wdzięcznie, że dzwoni tylko na wszelki wypadek, bo z pewnością doskonale pamiętam o wielkiej wyprawie.

Jednak myliła się głęboko, bo Neuman kompletnie zapomniał. Rozchlapywał kropelki rtęci i taplał się w migotliwym szumie, wywoływanym przez porządkujący się, malutki świat Neumana. Zmarszczony, skupiony i zły popychał klocki, żeby szybciej wskakiwały na swoje miejsca, a one, jak stadko słodkich szesnastek, stawiały mu podniecający opór. Zapomniałem nawet poinformować Stillera, że od piątku przez cztery dni mnie nie będzie. Na dwadzieścia minut przed telefonem kończyłem makiaweliczny (choć dyskretnie) tekst o ostatniej z zaległych książek, nie ruszywszy ani o milimetr do przodu w kwestiach zasadniczych.

W piątek wieczorem znowu usiedliśmy z Piotrem w jego rozległej, niedzisiejszej bawialni. Powiedziałem o wyjeździe do Pragi. Ha, właściwie odlocie. Na wszelki wypadek pożegnałem się, potem kilkakrotnie zajrzeliśmy do butelki. Szklany blat, który wytrzymał tysiące zabaw, miał tego wieczoru pecha – odstawiłem butelkę nazbyt emfatycznie i pękł na pół. Przeprosiłem i powiedziałem, że odkupię, lecz Piotr, rozbawiony prawdziwą bonżurką, którą tego dnia otrzymał od dowcipnych kolegów, machnął tylko ręką.

Była błyszcząca i wiśniowa. Bonżurka, nie ręka. Dostał też jedwabny, srebrno-złoty fular i był we wspaniałym nastroju.

Tuż przed północą powiedziałem dobranoc, nastawiłem dwa budziki i poszedłem spać.

Pomimo śledczych niepowodzeń czułem, że już niedługo ujrzę metę.

Miałem rację.

8.

K iedy byłem mały, uwielbiałem długie podróże, a zdarzały się tylko dwa razy w roku. Mój ojciec woził rodzinę na wakacje, stosując ekscentryczną metodę – wysikani i zaspani wskakiwaliśmy do samochodu, by wysiąść dopiero na miejscu. Obojętne, czy droga liczyła sto, czy sześćset kilometrów. Tata nie lubił zwiedzania interesujących miejsc i wcale mu się nie dziwię. Mieliśmy wtedy mały czerwony samochód, a rodzice dużo palili, więc atmosfera tych fantastycznych jazd wydaje mi się miękka, jak film Loseya. Jak puchowa kołdra, widziana przez pończochę. Za oknem sennie przemykały łąki, pola i lasy, czasem trafiała się góra z malowniczymi ruinami zamku na szczycie,

a niekiedy nawet samolot. Bardzo cieszyłem
się z tego, że tak jedziemy i jedziemy. Po paru godzinach zapadałem w letarg, którego nie
mąciły kłopoty z pęcherzem ani dziecięcy
głód. Mama nosiła duże okulary w opalizują-
cej oprawce. Odwracała się i z terapeutycz-
nym uśmiechem podawała nam jajka na twar-
do oraz sól, zawiniętą w rożki z papieru.
Samochodzik nie był zbyt szczelny, więc błę-
kitne kłęby dymu ruszały się jak żywe istoty.
Płynęły i zmieniały kształty, ale nigdy nie
znikały, stale zasilane nowymi zastrzykami
z przednich siedzeń. Nawet teraz czuję
dreszcz wzruszenia, gdy to wspominam...
I myślę, że podróż musi być długa, bo można
wtedy zatonąć w marzeniach.

Nie przepadałem tylko za ostatnimi kilo-
metrami. Chociaż właśnie u kresu drogi od-
grywała się wielka, pasjonująca mantra –
wygrywał ten, kto pierwszy zobaczył morze.
A jeśli była zima i jechaliśmy w góry, to nikt
nie wygrywał, bo nigdy nie udało się nam dojechać na miejsce przed zmierzchem.

Chyba wolałem zimę. Zimą podróż trwała
dłużej, kończyła się bowiem dopiero następnego ranka, wraz z pierwszym zerknięciem
przez okno. Jeżeli zaś miałem szczęście i była akurat brzydka pogoda, to wyobrażałem
sobie, że tak naprawdę jazda trwa dalej.

Trwała aż do chwili, gdy zza chmur wyglądało słońce, a wraz z nim wielka, postrzępiona góra o twarzy człowieka, a za nią inne, niższe. W żaden sposób nie mogłem zrozumieć, że scjentystycznie rzecz biorąc, są dużo, dużo wyższe. Do dziś mam wątpliwości.

W tej materii.

Od dawna nie jeżdżę samochodem w dalekie trasy. Zastąpiłem go rozsądniejszymi, ekonomicznymi środkami lokomocji, jak na przykład autobus, pociąg czy samolot. Już Wielki Edmund Pietkiewicz zauważył bystrze, że mieści się w nich dużo więcej ludzi niż w samochodzie. Ale zawsze wyglądam przez okno dokładnie tak samo jak kiedyś i chociaż bardzo brakuje mi pośrednictwa ulotnego szamana, bo prawie wszędzie nie wolno już palić, to wciąż szukam małego czerwonego samochodu, ciągnącego za sobą niebieski warkocz.

Oto dlaczego jak ostatni cham pognałem do odprawy celnej, gdy Patrycja wręczyła mi voucher i bilet, choć zdołałem przedtem obiektywnie dostrzec, że niezbyt dokładnie umyła kąciki oczu. A drążąc rzetelniej, prawego oka.

Chciałem mieć miejsce dla palących i przy oknie.

Czekając na zwrot paszportu, rozglądałem się po lotniskowej hali. Dziwnych się tu widuje ludzi – i nie mniej dziwne słyszy się rozmowy. Twarze są pełne zagadkowej pychy, a rozmowy dotyczą najczęściej problemu zbyt ciasnych butów, które, kochanie, kupiłem/am przedwczoraj i chyba oddam. Są takie same, jak dyskusje znarkotyzowanych gliniarzy, stosowanych do rozpędzania demonstracji. Jednak już od dawna wiem, że symbolem statusu nie jest wcale ubiór czy zawartość głowy, lecz srogie i złe spojrzenie. To w zasadzie jedyna różnica między bliźnimi latającymi i tymi, którzy tłoczą się w miejskich autobusach – i całe szczęście, bo dzięki temu człowiek przebiegły może głęboko spenetrować wyższe sfery, choćby nawet nie dysponował niczym poza ogromną na to ochotą. Tuż za mną ustawili się typowi przedstawiciele tej kasty, dwaj faceci w lodenowych płaszczach i szytych garniturach. Nie byli uczestnikami praskiej orgii, lecz najwyraźniej ludźmi interesu, przez zbieg okoliczności mającymi rezerwację na ten sam lot. Jeden miał czarną bródkę, drugi zaś kucyk, co trochę ratowało sytuację. Dyskutowali przy użyciu hermetycznych sformułowań, w rodzaju skonta czy brejk iwent, o ile dobrze pamiętam. Znudzony starym szybowcem, dyn-

dającym pod stropem, zacząłem ich podsłuchiwać. Zimna dama w mundurze siedząca
za wiśniowym blatem z jakiegoś (zdjęcie
sprzed sześciu lat?) powodu przedłużała
oględziny moich kwitów, więc miałem trochę czasu. Zdołałem zrozumieć, że faceci
przygotowywali w Pradze większy przewał,
pardon, znaczy interes, polegający najprawdopodobniej na przechwycie jakiejś firmy.
Zastanawiali się nad sprawą w sposób czysto
techniczny, ale miałem nieodparte wrażenie,
że są tak rozbawieni, jakby szli do kina. Byli
w magiczny sposób podobni do sprzedawcy
zegarków, który parę dni wcześniej znalazł
mi wymarzone cacko. Wrzuciłem plecak do
niebieskiego kosza stojącego na samobież-
nej gumie, wziąłem paszport i poszedłem
w cholerę.

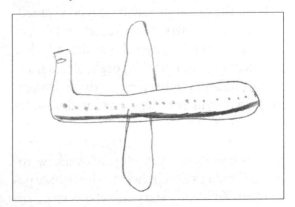

Lot był taki jak w książeczkach o przygodach Barbie, które Roger Gespi zwykł pisywać w wolnych chwilach. Czyli miły. Okazało się, że los przydzielił mi za towarzysza jednego z biznesmenów. Ucięliśmy sobie pojedynek na liczbę wypalonych papierosów, który ku mojemu zdumieniu przegrałem. Oraz niezobowiązującą pogawędkę, wywołaną w pewnym sensie przez stewardesę – nie umiała odpowiedzieć na pytanie, które jej zadał, zapewne z lekko flirciarskim podtekstem. Powiedziałem mu więc, na jakiej wysokości lecimy, a on naturalnie zapytał, czy jestem pilotem. Naturalnie że nie, odrzekłem. A potem, kładąc sobie od czasu do czasu dłonie na nadgarstkach (on zaczął), z przerwami paplaliśmy o różnych głupstewkach aż do lądowania, które też było takie jak w książeczkach o Barbie, które pisuje Roger Gespi.

Czyli miłe.

Podobnie jak autokar, którym nasza trzydziestoosobowa grupa prasowych wampirów wyruszyła wprost do hotelu.

Zaczęło się kapitalnie, ponieważ ulokowano nas na Małej Stranie. Lubię Pragę, ale nie przepadam za czeskimi hotelami – ten, zdaniem Patrycji miał być zupełnie inny niż

znane mi z przeszłości. Autokar zatrzymał się
u wlotu uciekającej do góry, wąziutkiej uliczki i dokładnie w tej samej chwili starsza, siedząca za mną koleżanka z ilustrowanego miesięcznika boleśnie jęknęła. Jej kompletnie
pijany, ubrany w czarną kurtkę towarzysz zapytał, co znaczy to o Boże, a ona odrzekła
omdlewającym głosem, że chyba wie, gdzie
będziemy spać. Zaczęła mówić o jakiejś zapleśniałej, wilgotnej norze, ale szybko wysiadłem i wyciągnąłem z bagażnika plecak.

Nie znałem większości osób, z którymi
przyszło mi jechać. To znaczy, znałem je z widzenia, ale w przeszłości starałem się trzymać
dystans i w efekcie uważano mnie za wyniosłego, zgryźliwego człowieka, z którym nie
można się zaprzyjaźnić. Co zresztą wcale nie
było prawdą. Dziennikarze powoli wyłazili
z autokaru, więc na wszelki wypadek zszedłem na bok i rozejrzałem się po okolicy.

Lesman opowiadał o jasnych kamieniczkach, o których troszkę dyskutował z operatorem. Zastanawiałem się wtedy, czy pojechali w barok, czy w coś innego. Z konferencyjnego pressbooka nic nie wynikało, ale
w materiałach o wyprawie napisali wyraźnie, że będziemy mieszkać w hotelu odległym o trzysta metrów od planu. A skoro tak,
to jednak barok, czyli jeszcze raz dbałość

o zachowanie przyzwoitego uniformu przeważyła szalę.

Muszę jednak przyznać, że byłem mile zaskoczony. Obawiałem się, że skończymy w Intercontinentalu, a nieszczęsny film w którejś z empirowych czynszówek – na przykład tych, które męczył Hausknecht. Zatem i my, i film na wejściu mieliśmy fart.

Ruszyliśmy pod górę. Siąpił niewielki deszcz, dzięki czemu krótkie, terkoczące echo naszych kroków było przyjemnie stłumione. Cholernie ładna była ta uliczka! Miała nawet swój smrodek, może niekoniecznie praski, ale bardzo atmosferyczny. Patrycja, ubrana w sportowe ciuszki, popędziła do przodu, dzięki czemu jej słodki szczebiot nie zatruwał powietrza. Chyba wpadła w oko gościowi z radia, bo przywarł do niej jeszcze na lotnisku. Teraz zaś zagadali się do tego stopnia, że nawet nie zauważyli dramatu, który malowniczo kiełkował na tyłach.

Mmm.

Była to właściwie uwertura.

Muszę tu uczynić krótką dygresję, ale to już ostatni raz. Słowa honoru nie dam, więc szybko: kilkakrotnie sygnalizowałem w przeszłości, że dziennikarze są wyjątkowymi optymistami. Nie tylko ścisła, obiektywna elita, czyli ja, ale w zasadzie wszyscy.

Oczywiście ktoś mógłby powiedzieć, że nie mamy szczególnych powodów, że zarobki wyjazdy diety etc., ale tak to już jakoś jest – i basta. Najprostszym sposobem na dobry humor jest zaś lufa, a jeszcze lepszym dwie. Nie mówiąc o trzech, czterech czy pięciu, a kiedy już wlejesz w siebie pół litra fundowanej gorzały, to choćbyś był przedtem Bóg wie jak zadowolony, dostajesz orlich skrzydeł. Krótko mówiąc, w zasadzie wszyscy byliśmy w tamtej chwili kompletnie schlani. No i zdarzyło się mniej więcej to, co kiedyś przeżyłem na pogrzebie mojego dziadka. Zapakowano go mianowicie na elektryczny samochodzik, a strasznie wtedy lało, ksiądz i grabarze mieli już dość, więc coraz bardziej przyspieszali... i przyspieszali, aż ostatecznie dziadek wylądował w dołku, gdy zamyślona babcia, krewni i znajomi byli w połowie drogi do kwatery. Niby można to potraktować jako swoistą metaforę. Tak samo zdarzyło się i tu, w złotej Pradze – Patrycja i anonimowy amant zniknęli w sinej dali, a my rozciągnęliśmy się w długi, radosny i rozbrykany sznur.

Nie czuliśmy się zagubieni. Bo Praga to gościnne miasto, wyposażone w mnóstwo zacisznych knajpek, uśmiechających się zewsząd promiennie. Nic więc dziwnego, że kiedy czoło pochodu nagle stanęło, nijak nie mogąc wybrać żadnej spośród dwóch rozstajnych uliczek, po krótkiej naradzie zadecydowaliśmy o postoju.

A była tam na rogu, taka malutka. I samotna. W sam raz dla dwudziestu dziewięciu osób, w sam raz. Pusta, póki nie weszliśmy. Chyba zresztą w Czechach piątek też jest w piątek, więc mieliśmy wyłączność, ale trzeba się było spieszyć. Bo Patka mogła zaraz wrócić... Więc najpierw było za Józefa i kelnerzy się uśmiechnęli, potem za Łukaszka,

za Rohmera,

i za Sauteta,

potem za włoskich neorealistów i toast swojski, rozbudowany – za kobiety Kieślowskiego, osuwające się sześć razy na film plecami po ścianie pomalowanej emulsyjną farbą, wreszcie ogólnie za europejską kinematografię, i poleciały w powietrze Kasie, Januszki i Elki, a chlali wszyscy bez wyjątku, młodzi i starzy, szybko zmieniliśmy piwo na Becherovkę, a co, chociaż przedtem okazało się, że po czesku dwa piwa to dwie piwa, co było bardzo interesujące z każdej możliwej strony, i kiedy wreszcie zarumieniona z gniewu i jeszcze przez to śliczniejsza Patrycja pojawiła się w drzwiach, właściwie nikt się nie przejął, specjalistka od zapleśniałych nor wykrzyknęła chodź, chodź, Patka, a jej kolega zerwał się na równe nogi, rozłożył ręce i powiedział towarzysze, pani idzie... padnij! I musiała, chcąc nie chcąc, wypić z nim, bo wszyscy zaczęli wrzeszczeć entuzjastycznie do dna! Do dna, i jak Boga kocham była to naprawdę epicka scena z mnóstwem fascynujących detali, jak chciała Agnieszka, wcale nie gorsza od kameralnych baraszków z Stillerem, a potem i ja ruszyłem w stronę Patrycji z pucharem w ręce, wcale nie po to, żeby ją dobić, lecz z miłości, tak, z miłości, bo kochałem w tej godzinie wszystkich, nawet tę durną, durną sukę, ale Patrycja wyciągnęła z kieszeni telefon komórkowy i gwałtownie wyszła na zewnątrz, roztrzęsioną dłonią wystukując numer.

Ale to był dopiero początek...

Oczywiście nikt się nie przestraszył, w końcu prasa to potęga, a poza tym gościom wolno wszystko. Radośnie tankowaliśmy dalej, aż któryś ze starszych, doświadczonych kolegów powiedział, że skoro i tak wiadomo, że film będzie zły, to może zostaniemy tu do wieczora. Wniosek został powitany rykiem zachwytu, lecz natychmiast posypały się dalsze. Skrajny, zgłoszony przez jakiegoś lewicowca, zawierał propozycję, byśmy wszyscy, jak tu siedzimy, zmienili metodę pracy i odtąd w ogóle przestali rozmawiać z Artystami. Żebyśmy wszystko zmyślali, bo po pierwsze nikt nie zwróci na to najmniejszej uwagi, a po drugie najfajniejsza jest improwizacja, romantyczna improwizacja, do której nie trzeba wcale precyzyjnych danych, a jedynie odrobiny talentu. Tu powtórnie podążyłem za stadem, gwałtownie popierając przedmówcę, i wtedy zauważyłem tę małą. Zdziwiłem się trochę, że też tu jest – ale szybko zaakceptowałem jej obecność, widocznie redakcja wyznaczyła ją do obsługi tego akurat arcydzieła i szlus. Pewnie przyszła na lotnisko później niż ja... Tymczasem inny kolega, prawicowiec, wstał, i chwiejnie udając trzeźwego, bardzo poważnie zgłosił inter...pelację, żeby uczynić jeszcze inaczej. Żeby przestać pisać! W ogóle! Gdy to wyryczał, gwałtownie wymachując żylastymi rękami, na chwilę zapadła cisza, ale ktoś powiedział nagle niskim głosem nie! Dlaczego? Sala spolaryzowała się jak amerykański elektorat, ktoś rzucił w mówcę kulką z serwetki, zewsząd posypały się okrzyki, że byłoby smutno, tak NIE PISAĆ, też coś, a inni znowuż popierali, nawet zaproponowano, żeby zostawiać puste miejsca, albo nie, nie, pisać tylko tytuły, a pod spodem zostawiać NICOŚĆ, i znowu zapanował rozgardiasz, a cześcy kelnerzy patrzyli na to wszystko z sympatią, bo przecież doskonale rozumieli, o czym jest mowa.

Anarchistyczną fiestę zakłócił reżyser we własnej osobie. Przyszedł po nas, nieszczęsny. Zamilkliśmy zdumieni, boć przecie było to niepodobne do tego buca. Ani do żadnego innego z jego szczepu. Jednak wszystkie kroczki były już przećwiczone, więc spróbowaliśmy powtórzyć numer z gwałtem ankoholowym. Nic z tego nie wyszło. Facet nie miał za grosz poczucia humoru. Co gorsza, ani się nie napił, ani nie uciekł. Krążył tylko żałośnie od stolika do stolika, powtarzając proszę pana! Proszę panią! Jak pani nie wstyd, a poza tym naruszacie państwo harmonogram... trzeba na plan... na plan trzeba! Iść! Ale już! Przechyliłem się do gościa w czarnej kurtce i zaproponowałem, byśmy złapali gnojka i napoili siłą. Chwilkę przyswajał, wreszcie oko mu błysnęło i drapieżnie popatrzył na bezradnego Lesmana. Ten akurat pochylał się rozpaczliwie nad jakimś stolikiem, przy którym nikt go nie słuchał. Spojrzeliśmy po sobie jeszcze raz i jak dwa tygrysy zaczęliśmy się skradać w stronę Artysty... Sala przycichła, poza Lesmanem wszyscy nas widzieli... i byliśmy od niego dosłownie o krok,

gdy dzwonek w drzwiach znowu brzęknął, i pojawił się Prezes.

Prezes znany był z dobrego kontaktu z mediami, znakomitego apetytu i mocnej głowy. Miał też prawdziwie europejski refleks. Od razu spacyfikował Łukaszka i przysiadł się do pierwszego stolika. To znaczy do tego, przy którym siedzieliśmy z babką od pleśni i facetem w czerni. Przywitał go aplauz i zewsząd sypnęły się powitania. Szybko powtórzyliśmy toasty, a potem instynktownie, a może po prostu odpowiednio uwarunkowani, ruszyliśmy do roboty. Kolega tygrys zapytał, jak leci, a Prezes odpowiedział, że kapitalnie. Ale zły film robicie, ciągnął ni to twierdząco, ni pytająco mój chwilowy sojusznik, Czarna Kurtka. Prezes zamarł na chwilę, po czym gładko przełknął, uśmiechnął się radośnie i potakująco kiwnął głową. A dużo też na nim zarobicie, kumie? Prezes znowu przytaknął, wziął następnego słonego paluszka i powiedział: – Nie, panie Wiesławie. Ale to nic nie szkodzi.

– Ile? – męczył tygrys.

– Niewiele. Bardzo niewiele. Właściwie, to nic.

– To co? Wyjdziecie na zero?

– Ależ skąd! – odrzekł uprzejmie Prezes. – Zakończymy głębokimi stratami.

– Jak głębokimi? – spytała ta mała od sąsiedniego stolika.

– Odczep się od Prezesa! – fuknąłem na nią. I dodałem obiektywnie: – Prezes się posila!

– Ależ nic nie szkodzi! – położył mi uspokajająco dłoń na ramieniu. – Przecież i tak wciąż o tym rozmawiam, więc co tam: stracimy wszystko.

– To straszne! – powiedziała wstrząśnięta kobieta, która nie lubiła pleśni. – Taka wielka kupa forsy!

– Cóż! – odparł Prezes. – Nie tylko pieniądze się liczą.

– Co na to udziałowcy? – zapytał facet w czarnej kurtce.

– Na początku miało być inaczej – rzekł nasz dostojny gość. – Ale negocjancje trwały i trwały... W końcu jednak doszliśmy do porozumienia i jest, jak jest.

W międzyczasie reżyser uporał się z nachalami, którzy chcieli mieć go przy swoim stoliku, i z krzesłem w dłoni podszedł do nas.

– Mogę? – spytał cicho, patrząc na Prezesa.

– Bezsprzecznie – odparł zapytany, ocierając usta serwetką. – Ale my tu rozmawiamy o poważnych sprawach. Będzie się pan nudził.

– Mądry człowiek nigdy się nie nudzi! – rzekł sentencjonalnie Lesman i usiadł.

Facet w czarnej kurtce spojrzał na niego z zachwytem.

– Jaka świeża maksyma! – powiedział. – Skąd pan ją wytrzasnął?

Reżyser zmrużył rozkosznie oczęta i pokraśniał z dumy.

– Prawda? – odrzekł. – Ale nie pamiętam, kto to pierszy powiedział.

– Wie pan co? – Prezes przestał chrupać i spojrzał na niego kwaśno. – Proszę wracać na plan!

Twarz Artysty powoli zmieniła wyraz. Przedefilowały po niej wszystkie kolory tęczy. Zatrzepotał nerwowo powiekami i popatrzył na Prezesa jak kopnięty spaniel. Był zaskoczony, choć sam z pewnością nazwałby to inaczej.

– Ale... co ja takiego powiedziałem, panie Prezesie? Czy zrobiłem coś nie tak jak trzeba?

– Skądże! – odrzekł z uśmiechem tamten. Ułożył serwetkę na kolanach, bo właśnie zbliżył się kelner z zamówionym wcześniej daniem. – No! Panie Łukaszu! Do roboty! Do rrroboty!

Potem zaś rrrozmawialiśmy długo. Dowiedzieliśmy się, że Prezes nie miał wyboru. Udało mu się, wzorem większości europejskich, poważnych kolegów, załatwić niczyje pieniądze i musiał je wykorzystać w tym roku. Inaczej by przepadły. Stał więc w pewnym sensie pod ścianą. Wolał, co jest przecież całkowicie zrozumiałe, sfinansować film artystyczny, a nie kryminał z nieoczekiwanymi zwrotami akcji, tłumem wydumanych postaci, zawikłaną fabułą i cycatymi babkami. Tu troszkę się rozkleił i wytłumaczył, że ma okropną awersję do kina akcji, bo zaczynał interesy od wypożyczalni kaset wideo. To było dawno, dawno temu – prawił – na małej szafeczce, w kątku stał telewizorek i bez przerwy leciały w nim knoty z Hongkongu i ze Stanów, bez dźwięku. No i w pewnym momencie dosłownie nabawił się alergii na skaczące motocykle, facetów spadających z mostów i nic im, i tak dalej, włącznie z tymi wstrętnymi dziewuchami. Ale przecież od wyprodukowania takiego właśnie obrazu był pan łaskaw zacząć karierę producenta, powiedziała mała Kasia. Taa, skrzywił się Prezes, ale to było dawno temu i się nie liczy. Poza tym, proszę pani, wszyscy z czasem mądrzeją, prawda? A jak się panu współpracuje z panem Lesmanem, pytali dziennikarze, gdy inne tematy zostały już należycie i do dna wyssane. Och, znakomicie, odpowiadał Prezes, kłaniając się nieznacznie. Ale tak naprawdę ja się w ogóle nie wtrącam, każdy powinien robić to, na czym się najlepiej zna. Więc jestem tu właściwie incognito, proszę państwa, właściwie to mnie tu nie ma, cha cha. Śmiał się jak zwykle szarmancko, ten nasz Baloo. Europejczyk. Gospodarz nieistniejący.

Gdy zapadł zmierzch, Prezes spojrzał na roleksa, a roleks na Prezesa i stwierdzili autorytatywnie, że już czas – idziemy do hotelu spać. Czesi pożegnali nas bardzo uprzejmie i zaprosili na jutro, więc w doskonałych humorach wróciliśmy na trasę wspinaczki. Szedłem ramię w ramię z Patrycją i Prezesem – nie ja tak się ulokowałem, lecz oni. Krew znowu zaczęła żywiej krążyć w żyłach, bo naprawdę wyglądało na to, że troszczą się o kształt i treść mojego tekstu z Pragi. Przez cały czas zabawiali mnie lekką rozmową. Wyliczali sklepy, które należy tu odwiedzić, i ładne miejsca, które koniecznie powinienem zobaczyć. Zwłaszcza knajpę „Pod Kasztanem", stwierdzili, patrząc na siebie porozumiewawczo. Po paru chwilach miałem dość, więc zapytałem o Minca. Czy bardzo im przeszkodziło, że zginął? Czy harmonogram nie ucierpiał? Zanadto? Skądże, odpowiedzieli. W najmniejszym stopniu, drogi panie! Patrycja zaś schowała wazelinowy sztyft do torebki i dodała, że byliśmy na to przygotowani, cha cha. Wyostrzyłem słuch i błyskawicznie spytałem, jak to. Prezes spiorunował ją wzrokiem i oświadczył, że pani Patrycja powinna była rzec „także na to", ale ma bezsprzecznie szczególne poczucie humoru, czarnego humoru, które jemu osobiście bardzo odpowiada, ale nie wie, czy mnie również. Również, odrzekłem, i nie ciągnęliśmy tego dłużej.

W końcu dotarliśmy na górę i tam okazało się, że tuż obok hoteliku jest parking. Stał na nim nasz autokar. Zrozumieliśmy, że wspinaczka była jednym z punktów programu, nie zaś koniecznością. Bardzo to wszystkich rozbawiło, gdyż warto wiedzieć, że dziennikarze są w gruncie rzeczy dziećmi, a właściwie rozwydrzonymi bachorami. Bardzo żywiołowo i przychylnie reagują na wszelkie traumy szkolne, a najbardziej lubią być organizowani.

Tak zakończyła się pierwsza odsłona niezapomnianego wyjazdu na plan „Procesu". W wilgotnej, nieco spleśniałej norze, która była najdroższym hotelem w Pradze. A także, o ile pamięć mnie nie zawodzi, w ogóle najdroższym hotelem, w jakim kiedykolwiek nocowałem. Może z wyjątkiem bardzo podobnego hoteliku w Weronie, który z zewnątrz wyglądał żałośnie, lecz w środku kłębili się amerykańscy koszykarze. I Tiberio

Lonati ze swymi pakersami. Prezes rzeczywiście wiedział, co dobre.

Nocy, poprzedzającej drugi i zarazem klu-
czowy dzień wyjazdu, nie pamiętam. Chyba
ze dwa razy wstawałem, ale nic ciekawego mi
się nie śniło.

Poranek przywitałem bólem głowy. Zszedłem na śniadanie, a tam czekała na mnie Patrycja i jej granitowy uśmiech. Rozejrzałem
się rozpaczliwie, bo zdążyłem już przywyk-
nąć do towarzystwa Prezesa, nigdzie go jednak nie było. Przemogłem pychę i przy kawie
zapytałem, kiedy przyjdzie, ale Patka odrzekła, że niestety! Pan Prezes pilnie wyjechał
w sprawach służbowych i już go nie zobaczymy. Usiadłem więc sam, gdyż poprzedniego
dnia aż nadto zbratałem się z resztą towarzystwa, po czym spokojnie zająłem się rogali-
kami, dżemem i kawą.

Nawet nie przyszło mi do głowy, jak brze-
mienny w skutki okaże się brak tonizującego
Baloo.

Po kilku minutach Patka wstała i stuknęła
nożem w kieliszek.

– No więc, szanowni państwo, skoro już
znowu jesteśmy w formie, to może ja powiem,
co się dzisiej zdarzy. Musieliśmy trochę skró-

cić program, bo mieliśmy w programie na dziś rano zwiedzanie zabytków złotej Pragi, ale skoro tak się państwo wczorej świetnie zabawili, to dziś musimy trochę zagęścić program i teraz tak: teraz, to znaczy za pół godziny pojedziemy na plan, bo mieliśmy to zrobić wczorej, a dzisiej konferencję. Więc obie te rzeczy będą dziś. Około drugiej niby miał być obiad, ale musimy troszkę nadgonić, więc będzie konferencja, chyba, że państwo zdołają jakoś w przerwach w zdjęciach porozmawiać z twórcami i aktorami, ale to będzie decyzja jednogłośna, że tak powiem, więc wstępnie planujemy posiłek na około czwartą, tak mniej więcej. No, a oczywiście robimy to zgęszczenie wyłącznie po to, żeby jutro – bo samolot jest wcześnie rano i chyba państwo też chcą się wyspać, to więc ewentualne zakupy byłyby dzięki temu jutro. Oczywiście chyba że będą chcieli państwo jeszcze raz odwiedzić plan, ale to wczorej był plener, a dzisiej i jutro w zasadzie będzie to samo, więc nie sądzę. No. Czy mają państwo jakieś pytania?

Słuchałem tego w niemym podziwie. Dziewczyna przeszła samą siebie. Znowu poczułem więź z resztą towarzyszy niedoli, bo i oni spoglądali na nią z zachwytem. W końcu facet w czarnej kurtce odsapnął i powiedział:

– To... zbiórka jest o dziesiątej?

– Tak! – odrzekła Patrycja, w skupieniu przeglądając jakieś kartki. – Przed hotelem... znaczy się, przed wejściem głównym. Bo nie będziemy jechać, tylko iść. Jasne?

Jasne, odkrzyknęliśmy gromko. Roześmiała się jak srebrny dzwonek i wyszła, a w ślad za nią popędził adorator, w biegu wciągając kurtkę. W dłoni ściskał kanapkę, więc było mu dosyć trudno.

Organizatorzy nie kłamali. Po przejściu trzystu metrów (w dalszym ciągu siąpił deszcz) Patrycja zatrzymała się, by zaczekać na spóźnialskich. Patrząc na kamienicę, pomyślałem, że mogli chociaż ulokować się nad Czertówką – byłoby z pewnością trochę taniej, a Józef miałby na początku niespodziewany, zaskakujący widok za oknem. Bardziej romantyczny, więc później tym większy byłby czad i mocniejsze uderzenie... Chyba zresztą zrozumiałem, o co chodziło operatorowi. Kamienica wcale nie była aż tak bardzo jasna, o nie, za to jako jedyna została niedawno odrestaurowana. Jednak byłem w błędzie – wśród podchodów czynionych w pracy zapomniałem, że mieliśmy przecież gościć w domu adwokata. Cóż, wypada przyznać się do pomyłki. Kiedy weszliśmy do środka, od drzwi sugestywnie upraszani o ciszę, prawie natychmiast usłyszałem z góry głośne ryki Olgierd, Olgierd i wszystko sobie przypomniałem. W duchu podziękowałem opatrzności, że podczas śniadania nie zadawałem żadnych pytań. Ale by było! Cichutko, na paluszkach powędrowaliśmy na górę, coraz wyżej i wyżej, no i wreszcie ktoś z tyłu się potknął, więc usłyszałem syknięcie, i inny ktoś nerwowo zachichotał, więc go uciszono, ale już nie mógł się powstrzymać, tak bywa, kiedyś, gdy chodziłem w krótkich spodenkach, nazywało się to „kościelny atak śmiechu", i wtedy następna osoba zaczęła się śmiać. Z niskich drzwi, widocznych za ostatnim zakrętem, biło jasne światło. Pojawił się w nich jasnowłosy młodzieniec, obuty w jaskrawe, pomarańczowe adidasy – zauważyłem je od razu, bo były prawie na wysokości mojej twarzy – i z wielkim oburzeniem na twarzy wrzasnął cisza! Zatrzymaliśmy się jak wryci, a po dwóch sekundach facet w czarnej kurtce powiedział: – My... do adwokata!

I cała grupa, nie wiedzieć czemu, ryknęła śmiechem.

Woźny, znaczy się kierownik planu, spojrzał w górę i zniknął w drzwiach. Idąca przede mną kobieta dosłownie płakała, zgięta wpół, więc nie mogłem się przepchać,

a zresztą mnie także ogarnęła histeryczna we-
sołość. Gdzieś tam z tyłu słyszałem gniewne
pokrzykiwania Patrycji, ale i ona zaraziła się
powszechnym atakiem szaleństwa, gdy
wreszcie ją zobaczyłem, śmiała się dokładnie
tak samo jak my, choć była czerwona ze zło-
ści. Parła do góry, rozpychając się łokciami,
ale schody wąskie i strome, a dziennikarzy
wielu... Z góry tymczasem dobiegały jakieś
odgłosy i nagle we drzwiach zobaczyliśmy
reżysera, lecz nie był to już potulny, młody
człowiek z poprzedniego dnia. Miał na nosie
czarne okulary, a pod nimi błyskały zaciśnię-
te zęby. Z wściekłością zrobił dwa kroki
w naszą stronę, postawił nogę na drugim
schodku od góry, pochylił się i zawył cisza!
Ale już! Zmiana była spektakularna. Zamilkliśmy, bardziej zdziwieni niż przestraszeni,
on wtedy wyprostował się i rzekł godnie: – Tu
się pracuje!
    Chwilę jeszcze postał, żebyśmy mieli czas
zrozumieć, a potem dodał znacznie spokoj-
niej: – Zepsuliście mi państwo ujęcie.
Olgierd, znaczy się Huld, zaczął się śmiać.
I wszystko na nic!
    Milczeliśmy zawstydzeni. Pochyliłem
głowę, żeby dyskretnie zerknąć do tyłu.
Wszyscy mieli trochę niewyraźne miny, a facet w kurtce, od samiuteńkiego rana nieźle

pijany, wycierał twarz wielką, kraciastą chustką. Spojrzał w górę i podniósł prawą rękę.
– Panie reżyserze, przepraszam! Albo nie, wszyscy przepraszamy! Obiecuję w imieniu grupy, że to się nie powtórzy. Dzisiaj.
Udobruchany Lesman rozluźnił się troszkę. Poklepał kieszenie, wyciągnął gustowne, kubańskie, wielkie cygaro i, odwracając się na pięcie, powiedział: – To zapraszam.
Weszliśmy do środka. Zgodnie z przewidywaniem znaleźliśmy się na zaadaptowanym strychu. Dziwne, bo przecież adwokat był bogatym człowiekiem... Ale pokój ogromny, ale przecież to licencja... Przez jedno z trzech małych, wertykalnych okienek zobaczyłem rdzawe dachówki lustrzanego budynku, a nad nimi szare niebo... właściwie ciemnoszare, bo wnętrze, w którym się znalazłem, było bardzo jasno oświetlone. Zawalone ogromną ilością różnych urządzeń, które otaczały wielkie łoże, stojące pod gołą ścianą. Nad łóżkiem wisiała kamera i proszę to rozumieć dosłownie – była tak wysoko, że patrzyła w dół prawie pod kątem prostym do podłogi. Wokół ułożone były szyny i wszędzie wiły się rozmaite, różnokolorowe przewody. Z prawej strony stał niewielki monitor, zwany chyba podglądem, przed nim siedział operator, a obok zobaczyłem puste krzeseł-

ko. Bez napisu reżyser, ale gdy szurając nogami i dyskretnie posmarkując, wchodziliśmy do środka, Lesman właśnie się na nim mościł. Poza tą dwójką wewnątrz znajdowało się kilkanaście osób. Wszyscy tkwili całkowicie nieruchomo, patrząc na nas nieprzychylnym wzrokiem. Nie widzieliśmy dokładnie twarzy, bo mieli zbyt jasne tło, ale... zdradzały ich złe błyski w oczach... W nagłym, atomowym błysku przypomniałem sobie rozmowę o wiedźmach, którą tysiąc lat temu odbyłem ze Stillerem i już wiedziałem, że choć coś innego miał wtedy na myśli, to jednak się nie mylił, a co więcej, że najprawdopodobniej trafiłem do samego gniazda czarownic. Że na zewnątrz może i są jacyś politycy, terroryści i zbrodniarze, ale prawdziwe epicentrum zła to ten właśnie strych, na czwartym piętrze słodkiej praskiej kamieniczki. Jednak w dalszym ciągu coś mnie uwierało i nie dawało spokoju, choć przez dłuższą chwilę nie mogłem zorientować się, co to takiego. A wtedy za plecami twórców zobaczyłem parę lśniących, rozpalonych ślepi człowieka, który leżał w łóżku – a wyglądało, że patrzy prosto na mnie – i normalnie zrobiło mi się gorąco z wrażenia.

Był to stary Olgierd, czyli adwokat Huld. Mistrz ceremonii.

Na brzegu łóżka siedziała Leni, owinięta w koc. Tylko ona nie interesowała się dziennikarzami. Była odwrócona do nas bokiem, miała pochyloną głowę i włosy zasłaniały jej twarz. Tuż obok stało krzesło, a na nim siedział niedbale chłopak – trochę mniej przystojny niż Minc, ale też świeży. Młody. Zrobiło mi się przeraźliwie żal tej sceny, bo co prawda do tego filmu nieszczególnie pasowała, ale do jakiegoś innego wprost znakomicie.

– Już się państwo uspokoiliście? – zapytał zgryźliwie kierownik planu.

Kompozycja pękła. Artyści leniwie zaczęli krążyć po pokoju, Leni spojrzała na nas, Olgierd zaś osunął się w głąb łóżka, równocześnie podnosząc niedbale wzrok i podciągając kołdrę pod sam nos. Większa część osób od razu wyszła do innego pomieszczenia.

– Fajno – ciągnął dalej Adidasy. – To teraz nie wiem... Łukasz, co robimy?

Lesman wzruszył ramionami.

– Sam nie wiem... Nie bardzo to sobie wyobrażam.

– Może – włączyła się Patrycja – może dubel, albo co?

– Dubel, dubel... – mruknął reżyser, w rosnącym gwarze ledwie było słychać. – To miało być zupełnie inaczej...

Reszty jego słów nie dosłyszałem. Zapanował rozgardiasz, dziennikarze rozleźli się po pokoju i zaczęli wypatrywanie ofiar. Baba, która nie lubiła pleśni usiadła na łóżku i zdołałem dostrzec, że para młodych aktorów błyskawicznie ulotniła się, znikając w drugich drzwiach, zaś adwokat kokieteryjnie schował się pod kołdrą.

Teoretycznie powinienem do kogoś podejść, tak nakazywało dobre rzemiosło, ale pomyślałem sobie, że tym razem zrobię inaczej. Przecież miałem plan, nie? Więc usiadłem po prostu pod ścianą i spokojnie czekałem. Z nudów podsłuchiwałem rozmowy toczące się wokół, co było zresztą jedną z moich ulubionych technik. W powietrzu fruwało tego sporo, prawym uchem wpadało aleź znakomita... scenografia, panie, wspaniale wygląda ten nowy Józef, a ta kamera... nowoczesne, tak z góry, ho ho, a po co te tory? Aha, a zobaczymy ten dynamiczny przejazd? Lewym zaś wypadało nooo taaak, rzecz prosta, proszę panią, naturalnie mogliśmy wziąść innego, ale Jakub ma wspaniałą twarz, kocha ją kamera, a wogle to nam szło o to, żeby było szybko, zresztą Józef... ale niech pani tego nie napisze, dobra? Jakaś panienka, chyba z radia pytała, dlaczego adwokat mieszka tak wysoko, skoro w książce mieszkał na parterze, na co usłyszała, że po piersze to będzie mieszkał na parterze, bo proszę panią przecież to jest film, to się po montażu okaże, a po drugie to chyba nie idzie o to, żeby sfilmować książkę, tylko żeby zrobić film, nie?

Ze smutkiem przyznałem Łukaszowi rację. Raz w życiu powiedział coś mądrego, a ja akurat musiałem być w pobliżu... Pomyślałem nawet, że może zdarzy się cud, że przesadziłem z totalną, aprioryczną negacją jego poczynań. Niewiele trzeba mi było do szczęścia.

Do reżysera zbliżyła się Patrycja, kucnęła i, popatrując koso, zaczęła mu szeptać do ucha. Obrzucił mnie ciężkim spojrzeniem. Trochę zniecierpliwiony coś jej odpowiedział, a ona na to prezes. Nie słyszałem, ale widziałem. Łukasz poprawił się na krześle, nawet trochę wyprostował plecy i przełknął ślinę, aż wreszcie kiwnął głową. Rzeczniczka ruszyła w moją stronę. Przebrzmiało dwunaste uderzenie zegara i pod sufitem zawirowały dobre wróżki – rozpoczynałem realizację Planu.

Usiedliśmy naprzeciwko siebie i wyciągnąłem dyktafon. Przez chwilę przy nim dłubałem, aż w końcu włączyłem – zapaliło się czerwone światełko – podniosłem go do góry i pomachałem do Lesmana, a następnie wyciągnąłem notatnik i długopis.

– Dzień dobry.

– Witam pana, panie Robercie.

– Panie reżyserze, wczoraj pomiędzy toastami Prezes był łaskaw stwierdzić, że robi pan zły film. Dlaczego?

– Dlaczego co? – Lesman zabimbał nogą i uśmiechnął się pod nosem.

– Dlaczego robi pan zły film?

– Skąd ta pewność? – ciekawe, ale odpowiadał dość szybko.

– Na razie nie ja tak twierdzę, lecz producent – ciągnąłem. – Chciałbym dowiedzieć się, dlaczego tak powiedział. Sądzi pan, że to był żart?

– Tak – odrzekł zwięźle.

– Nie uważa pan, że wobec budżetu i sposobu finansowania tego filmu żart prezesa był trochę... niestosowny?

Lesman zawahał się. Spojrzał w stronę Patrycji, ale miała na twarzy uśmiech. Nie zauważyłem nic poza tym.

– Myślę – rzekł po chwili – że... nie słyszałem tej wypowiedzi. Nie przypominam sobie, żeby coś takiego powiedział.

– Powiedział to publicznie, w obecności dwudziestu kilku osób. Stał pan dwa metry od niego. Naprawdę pan tego nie słyszał?

– Nie.

– W porządku. Proszę mi powiedzieć, czy pańskim zdaniem robi pan dobry film?

– Co?! – spojrzał na mnie jak na idiotę.

– Chciałbym usłyszeć, czy pańskim zdaniem „Proces" będzie dobrym filmem.

– No... sorry – wzruszył ramionami – ale nie rozumiem tego pytania.

– Ale powiedział pan „no". Co to znaczyło?

Po raz drugi się zawahał. Wyglądał na trochę zniecierpliwionego.

– No, to nic nie znaczyło. Znaczy się, nie mnie to oceniać.

– Słucham?

– Nie jestem krytykiem. Ani widzem. Nie mnie oceniać moją pracę. Mógłby pan zapytać o coś związanego z filmem?

– Przecież pytam.

– No, niby tak – żachnął się – ale pyta pan o rzeczy, o które... się nie pyta.

– Wybaczy pan, ale to moje prawo. Pan powinien odpowiadać, takie są reguły.

– Więc odpowiadam, że tak.

– W porządku. Na czym będzie polegała wysoka jakość pańskiego filmu?

– Nie rozumiem pytania.

– Czyżby? – kiwnąłem się na krześle. – Przecież to bardzo proste pytanie. Czym pański film pozytywnie... albo w ogóle: czym pański film w ogóle różni się od wszystkich innych?

Lesman znowu spojrzał w stronę Patrycji, potem na mnie i nagle, zupełnie niespodziewanie, parsknął śmiechem.

– Co pana tak rozbawiło? – spytałem.

– Rozumiem – rzekł. – Pan sobie ze mnie żartuje, prawda?

– Ależ skąd – poprawiłem się na krześle.

– Proszę pana, ja mam prośbę: robię teraz z panem wywiad, a to z kolei jest moja praca. Pańskie dotychczasowe pytania, przepraszam, odpowiedzi zajmują dużo czasu i są, niestety, nieprecyzyjne, a ja to będę musiał później zredagować, co w praktyce oznacza bardzo, bardzo duże skrócenie. Skondensowanie, więc proszę pana uprzejmie, żeby zechciał pan odpowiadać nieco krócej i ściślej. Jeżeli nie chce pan odpowiadać, proszę bardzo, ale ostrzegam, że i tak umieszczę w tekście te pytania, na które pan nie odpowie. Jasne?

Lesman zdębiał. Patrzył na mnie już nie jak na kretyna, tylko jakbym był... skorpionem albo jakimś innym, drobniejszym świństwem. Mendą. A w pokoju niezauważalnie zaczęło się robić ciszej i ciszej...

– Dobra – powiedział po dłuższej chwili, i zacisnął zęby. – Dobra! Dawaj pan!

Odsapnąłem z ulgą. Wreszcie się wkurwił. Spojrzałem na niego niemal z miłością.

– Fajnie! Więc proszę mi powiedzieć: czym pański film urzeknie i zachwyci?

– Co? – spytał wyższym o oktawę głosem. Pokręciłem głową z teatralnym, sztucznym niesmakiem.

– Dlaczego robi pan „Proces"? Po co?

– To... epicka historia... plastyczna anegdota jest, łatwo poddająca się... atrakcyjnemu...

– Ale mógłby pan swoimi słowami?

– ... tego się nie da powiedzieć inaczej! – wybuchnął Artysta i z całej siły walnął pięścią w podgląd. Kosztowna maszyna pochyliła się przed nim w głębokim ukłonie.

– Dlaczego pan się tak unosi? – zapytałem, zresztą (przyznaję) nieco zbity z tropu. – Przecież to tylko pytania. Taka zabawa, ja pytam, a pan odpowiada.

– Pan – opanował się jakoś, ale oczy latały mu na wszystkie strony – pan przekroczył granice zabawy! Grubo!

– Myślę, że nie – odrzekłem po sekundzie. – Przecież jestem dziennikarzem, chcę tylko odpowiedzi na proste pytanie. Kręci pan filmy wyłącznie dla pieniędzy?

– To mój zawód – syknął Lesman i zawiesił się.

– Czyli – wytrzymałem tylko chwilę – dla pieniędzy, tak czy nie?

Poczułem stężały niepokój za plecami. Obejrzałem się i stwierdziłem, że wszyscy ludzie, szeroko rozstawieni w pomieszczeniu, patrzą na nas i przysłuchują się rozmowie. Atmosfera stawała się nieco napięta. Tuż za mną tkwił kierownik planu, to jego obecność przed chwilą wyczułem. Zwróciłem się ku Lesmanowi.

– No? Uuu, panie reżyserze?

– To mój zawód! – rzekł jeszcze raz.

– Dobra – powiedziałem. – W porządku. Cofnijmy się trochę... do tyłu. Dwa lata temu pański off „Lapsus" otrzymał sporo nagród. Niektórzy uznali to za swoisty skandal, ale stało się, no i mam w związku z tym pytanie: czy jest pan dumny z tamtego dzieła? Szczerze dumny?

– Mógłby pan – niespodziewanie wtrącił się woźny, znaczy kierownik planu. – Mógłby pan dać już spokój panu reżyserowi? My tu pracujemy, nie?

– On też pracuje! – krzyknął z tyłu facet w kurtce. – Odwal się pan od niego!

– Chwilka! – odwróciłem się – już kończę. Już prawie wszystko wiem, jeszcze tylko dwa czy trzy pytania... No to jak, co pan powie o tamtym filmie?

– Uważam – rzekł Lesman, a w oczach zamigotały mu złe błyski – uważam, że to była świetna komedia.

– Nikt się na niej nie śmiał! Połowa ludzi wyszła z kina!

– Bo to był film artystyczny.

– Czyli jest pan dumny?

– Ten film też będzie świetny – warknął Lesman. – A ty dalej będziesz siedział w gazecie... albo i nie, bo coś czuję, że cię niedługo wypierdolą.

– Czemu się pan tak unosi? – odezwała się z tyłu baba od pleśni. – Mnie tamten film, szczerze mówiąc, zażenował. Nawet nie chodzi o to, że było za dużo momentów, ale moim zdaniem to on po prostu był zły. I głupi.

– Co się pani wtrąca? – powiedział stojący obok szwenkier, wyjątkowo rosłe chłopisko.

– My też jesteśmy widzami – podniosła nosek baba. – Czułam się zawstydzona, kiedy to oglądałam.

– Właśnie – zwróciłem się do reżysera – i tak doszedłem do ostatniego pytania, proszę zwrócić uwagę, sam doszedłem, bo pan mi na żadne właściwie nie odpowiedział, chociaż to pryszcz, bo i tak zawsze wymyślam...

– Dobra – przerwał mi Lesman – starczy tego pieprzenia! O co pan jeszcze chce spytać?

– A dużo będzie w „Procesie" momentów?

Po raz trzeci zgłupiał. Ale pytanie dnia nie było moje, tylko w gruncie rzeczy tej baby, przyznaję się bez bicia. Moje miało brzmieć inaczej.

– W porządku. Chyba pana uraziłem. Czy dużo będzie w tym obrazie scen e... erotycznych? Europejskiego, nędznie skręconego, srogiego ruchania? Smutnego? Ejże, niech mi pan odpowie!

I w tym momencie z tyłu rozległ się krzyk Leni: – Taaak! Dokładnie tak! Od początku do końca! Jezu, jak ja marznę! Nie macie pojęcia!

– Stul mordę! – wrzasnął Lesman.

– I wepchnął w to Murzynkę! I Cygana! Ooo!

W stronę Leni ruszył Adidasy, ale dziewczyna darła się wniebogłosy, nie zwracając na niego najmniejszej uwagi: – Ooooo! Motocykle! O kurwa, ja już nie mogę! Nie mogę! Jak ja się wstydzę!!!

A wtedy o jezu doskoczył do niej szwenkier i capnął za długie włosy, i w tym samym ułamku sekundy Kurtka z godnym podziwu refleksem lunął go w zęby – i w jednej chwili rozpętało się piekło.

Adidasy z doskoku rąbnął go łbem i natychmiast sam oberwał od jakiegoś innego dziennikarza, ja zaś wstałem, w pierwszym momencie zaskoczony, z półobrotem, ale gibki reżyser skoczył mi na plecy i zaczął du-

sić, dusić – zrobiłem krok do tyłu, drugi, a już
zalatały mnie mroczki przed oczami, i z całej
siły uderzyłem plecami uczepionego Artysty
o parapet, ale był z niego prawdziwy, kea-
nowski twardziel. Inny na jego miejscu miałby złamany kręgosłup, a ten co prawda mnie
puścił, lecz wciąż stał na własnych kopytach.
Więc-em go strzelił go w dziób raz i jeszcze
raz, szybko się obejrzałem, już trochę-tro-
szkę rozgrzany i hej – ujrzałem lecące w moją stronę praskie krzesło – cisnął nim chyba
oświetleniowiec. Jakimś cudem zdołałem się
uchylić i zobaczyłem adwokata, który siał zamęt i popłoch w głębi ringu. Opadli go dwaj
dziennikarze, ale on jednego kopnął w jaja,
a wtedy drugi sam się cofnął. W tym samym
momencie naczelna eleganckiego miesięcznika dla pań z radosnym, indiańskim skowy-
tem uderzyła Hulda torebką – po czym zaczęła rozpaczliwie uciekać – ale nie zobaczyłem,
co było dalej, bo Lesman reżyser znowu na
plecy moje skoczył, wyraźnie coś do mnie
czując, albo i ode mnie. Skłębiliśmy się w kącie i hej, powoli wypracowałem przewagę,
złapałem go za kark lewą ręką, a prawą zacząłem prać po mordzie, lecz znów nie mogłem
skończyć, gdyż ujrzałem zbliżającą się wam-
pirzycę-wampirkę, kudłatą sekretarkę planu
– trzymała w garści wielkie nożyce i do dziś

pamiętam zadziwienie moje na jej widok: po kiego chuja były im te nożyce? Ale musiałem puścić skurwysyna i za krzesło złapać, jednak bez potrzeby, bo jakaś krzepka dziennikarka chwyciła ją od tyłu i zaczęły się tarzać po podłodze. Kątem oka zobaczyłem, że Artysta ucieka, umyka dyskretnie wzdłuż przyściennej listwy, trochę na dwóch, hej! a trochę na czterech łapach i z rykiem popędziłem za nim, wywijając nad głową krzesłem.

Szala zwycięstwa nieznacznie przechylała się na naszą stronę. Artyści chyłkiem oddawali pole, niknąc za drzwiami. Część leżała powalona tu i ówdzie, jednak losy bitwy nie były jeszcze przesądzone, bo adwokat – fechtmistrz nad fechtmistrze i wierny szwenkier oparli się plecami o siebie – pierwszy od zawsze miał imponująco twardy łeb, a w dodatku trzymał w garści taboret, drugi zaś był nadnaturalnie duży i miał nieproporcjonalnie długie ręce – i choć obskoczyło ich paru naszych, z utensyliami, chociaż uciec nie mogli, jednak wpadli w bojowy szał i niepodobieństwem było do nich podejść należycie blisko.

Jednak widziałem to tylko przy okazji, bo czułem napór pewnego przymusu, czułem przymus kategoryczny: musiałem dopaść reżysera. Goniąc, spostrzegłem z obiektywnym zdziwieniem jednego z ludzi od dźwięku, najspokojniej w świecie trzymającego swój profesjonalny mikrofon (AKG?) i zbierającego. Skupiony był! Oszczędziłem więc świętego rzemieślnika i opłaciło się, bo dopadłem reżysera tuż przed progiem i nawet łobuz nie kwiknął. Krzesło było rozchwiane i rozpadło się na drobne kawałki, ale wreszcie dostałem to, czegom chciał.

A potem odwróciłem się w sam czas, by zobaczyć dwóch naszych, którzy taszczyli ciężki podgląd do zbombardowania wciąż broniących się w kącie artystów. Inny swojak bezskutecznie, ale cierpliwie szarpał kran, na którym wisiała kamera. Znalazłem jakieś inne krzesło, ale niestety usłyszałem spod ściany okrzyk, a raczej całą serię okrzyków:

– Dobra! Dobra!!! Poddajemy się!

Wszystko to trwało nie dłużej niż dwie minuty.

Dookoła leżały szczątki urządzeń i mebli, a wśród nich znokautowani i kilku takich, którzy ruszali się, pojękując. W kącie pod oknem dziennikarka, która przyszła mi w sukurs, siedziała na sekretarce planu, niemrawo okładając ją pięściami. Z drugiej strony, po przekątnej, zobaczyłem Leni, która głowę ku górze unosiła i starała się powstrzymać chlustający krwotok z nosa. Musiała solidnie oberwać, bo ledwie stała, oparta o ścianę. Dwaj dziennikarze owijali przewodem ponurego Olgierda, a Kurtka trzymał pod butem szwenkra. Ruszyłem w tamtą stronę.

Gdy podszedłem, Tygrys obejrzał się. Miał pęknięty łuk brwiowy oraz powiekę i zalaną krwią koszulę.

– Co robimy? – zapytał. Był trochę zdyszany, ale całkowicie wytrzeźwiał.

– Nie wiem! – odrzekłem. – Zrywamy się? Co?

– A może – wysapał – a może... a może... Niech pan spojrzy, panie Robercie! Mamy sprzęt... Jest Majka, jest Huld... może coś nakręcimy?

– Lepiej nie – wtrącił spokojnie dźwiękowiec, zwijając metodycznie długi przewód. – Artyści są płochliwi i łatwo ich odpędzić, ale szybko wrócą. I będzie ich więcej.

To rzeczywiście był argument. Popatrzyliśmy po sobie, a potem wokoło. Reszta naszych stała czekając, co postanowimy.

– Idziemy? – zapytałem. Kiwnęli głowami. Spojrzałem na dźwiękowca. – Proszę oddać taśmę.

– Słowo honoru – rzekł cicho, podnosząc dłoń. – Słowo, że to tylko dla mnie. Do celów profesjonalnych.

– Łżesz – powiedział facet w kurtce i wyciągnął rękę. – Dawaj.

Dźwiękowiec westchnął i poszedł wyjąć taśmę.

Zleźliśmy jakoś po tych schodach, chociaż musieliśmy prowadzić rannych. Na dole, przy tych pięknych, kutych drzwiach zatrzymaliśmy się na chwilę, a potem amant radiowy – ten od Patrycji – ostrożnie je uchylił i wyjrzał. Odwrócił się i mruknął, że nikogo nie widać, więc szybko, jak spadochroniarze wyskoczyliśmy i ruszyliśmy do hotelu. Szkoda, że ten marsz także nie został uwieczniony, bo większość osób miała malownicze obrażenia, naprędce i czymkolwiek poobwiązywane łby, dłonie, zdrowi prowadzili uszkodzonych etc., ale trudno. Zaczekałem na gościa w kurtce, a kiedy zrównał się ze mną, zaproponowałem, byśmy zniszczyli nagranie. Popatrzył na mnie z wyraźnym zastanowieniem, ale w końcu sięgnął do kieszeni – i wypruliśmy tę nieszczęsną taśmę, gniotąc ją mściwie. Resztki wrzuciliśmy do ulicznego kosza na śmieci i podpaliliśmy.

Bo z dziennikarzami to nigdy nic nie wiadomo...

W hotelu zaś najpierw rozeszliśmy się do pokojów, by opatrzyć rany, a potem zebraliśmy się w knajpie na dole.

Było jasne, że sytuacja jest poważna. Jednak nie chodziło wcale o wspaniałą bijatykę, problem tkwił zupełnie gdzie indziej – nie wiedzieliśmy, co należy uczynić po powrocie. W końcu wielkimi krokami nadciągał rok kultury... W efekcie odbyliśmy pierwszą z poważnych dyskusji, które zdarzyły się w Pradze. Oczywiście, nie licząc rozmowy z reżyserem, ale tamtej i tak ani przez moment nie zamierzałem użyć. Znowu padały różne wnioski, aż przeważył argument, że skoro kino europejskie i tak jest w wyjątkowo głębokiej defensywie, nie można go jeszcze bardziej pogrążać. No i znowu umówiliśmy się, że jeżeli oni nie zaczną, to my też. Że napiszemy nasze reportaże tak, jakby nic się nie stało. Potem zaś niespodziewany triumwirat – Skórzana Kurtka, Kobieta Od Pleśni i Zły Prowokator, czyli ja – usiedliśmy w kącie i szybko napisaliśmy uniwersalną, jedynie prawdziwą wersję absolutnie pokojowego pobytu w Pradze, by pozostali dziennikarze mieli się na czym oprzeć.

Przygotowaliśmy także 46 efektownych, cokolwiek znaczących wypowiedzi Artystów, w której to konfabule prym wiedliśmy Kurtka i ja,

i losowo rozdzieliliśmy je pomiędzy dziennikarzy.

W pewnym momencie podeszła mała w czerwonej kurteczce, od pewnego czasu prześladująca mnie wszędzie, gdzie trafiałem. Co było zresztą w pewnym sensie właściwym motywem – dobrze pasowało do epickiej historii o przygodach europejskiego kina. Poprosiła mnie na bok i zapytała, co mnie podkusiło. Po co sprowokowałem tę chryję. Nie wyglądała na szczególnie przejętą (choć miała obandażowaną rękę), lecz najzwyczajniej w świecie na zaciekawioną.

Zastanowiłem się. Wracałem już do normalnego stanu lekkiej wyniosłości, już pamiętałem, że pracuję w gazecie i że to zobowiązuje. Pomyślałem sobie jednak, że co tam, skoro urządziliśmy sobie godzinę totalnej szczerości, to od biedy mogę jej odpowiedzieć.

– A jak pani sądzi?

– Nie sądzę – odrzekła. – Chcę wiedzieć.

– A jeśli powiem, że nie miałem takiej intencji?

– Uwierzę.

– Nie miałem.

Popatrzyła na mnie uważnie i powiedziała hm. Rozbroiła mnie tym do końca.

– Widzi pani, mniej więcej od połowy straciłem kontrolę nad tą rozmową. Miałem mu zadać inne pytania, ale to tak niebywały dureń, że w zasadzie chyba to on mnie sprowokował. Chociaż...

– To czego pan właściwie chciał?

Wyjrzałem przez okno. Było tam ciemno, coraz ciemniej, za szybą widziałem spadające powoli, wielkie krople deszczu. Takie niemedialne i smutne. Kompletnie nie pasowały do poradnika dla tych, co chcą zrobić karierę. Do białych zębów i wiecznej opalenizny. Cóż, była późna jesień – i w pewnym sensie kończył się świat.

– Widzi pani – odrzekłem, patrząc jej w oczy. – Po prostu chciałem z nim normalnie porozmawiać.

9.

Patrycja zjawiła się dopiero wieczorem, na kolacji. Mimo wszystko (choć nie wiadomo dlaczego) było nam trochę głupio. Kiedy weszła, opuściliśmy głowy i zapadła ponura cisza. Tak wyraźna, że obcy goście hotelu również zamilkli i zaczęli spoglądać na nas z ciekawością. Jednak nic się nie zdarzyło, to znaczy nic spodziewanego – Patka z miłym uśmiechem powiedziała dobry wieczór i ruszyła do mojego stolika. Nie bardzo mi to było w smak, ale co miałem zrobić? Wstałem i obsłużyłem jej krzesło, a potem usiadłem. Przechyliła się do mnie poufale i, kładąc dłoń na mojej, powiedziała cicho: – Wszystko w porządku?

Odpowiedziałem, że jak najbardziej. Aby konwenansom stało się zadość, zapytałem ją o to samo. Odrzekła, że oczywiście i że to wszystko było bardzo ciekawą inspiracją. Że wszyscy tak uznali, nawet pan Łukasz, który od dziś ma na głowie aż piętnaście szwów.

– To debiut? – zapytałem zgryźliwie, bo jakoś znowu mnie zirytowała.

– W sensie, że... jakim? – spytała.

– To pierwsze szwy w karierze?

– Aaaa! To znaczy się, nie wiem. Chyba tak.

– Bardzo mi przykro – odrzekłem. – Mam nadzieję, że to doświadczenie wpłynie na jakość filmu.

Roześmiała się i zmieniliśmy temat.

Powiedziała mi, że następnego dnia rano przylatuje Prezes i że – jeśli będziemy mieli ochotę – zaistnieje możliwość kontynuowania programu. Choć aktorzy do niczego chwilowo się nie nadają, więc raczej będziemy oglądać próby. Oraz... oraz robić wywiady. Błyskawicznie na mnie zerknęła. Wstałem i powtórzyłem głośno tę ofertę, a reszta wycieczki zaczęła dyskutować. Po kilku minutach wszyscy jednogłośnie uznali, że tak właśnie będzie najlepiej.

Tym sposobem połowę niedzieli spędziliśmy znowu na strychu barokowej kamienicy. Wszystko wróciło do normy, nie było śladu wczorajszej burzy. Przy okazji mieliśmy szansę ocenić fachowość charakteryzatorki i powiadam wam, że była naprawdę świetna. Całe towarzystwo zachowywało się szarmancko, Lesman był niespotykanie uprzejmy i chociaż jak zwykle nie miał nic do powiedzenia, to przynajmniej siedział prosto i nie palił cygara.

Po południu wybraliśmy się do miasta. Moje akcje w amerykańskim stylu rosły – Prezes przylepił się do mnie, by zabawiać rozmową i służyć pomocą, jak się wyraził. Bardzo go podziwiałem, bo absolutnie nie był układny, wszystko robił od niechcenia i na całkowitym luzie. Zaprowadził mnie do restauracji „Pod Kasztanem", a ja w rewanżu pokazałem mu najlepszy sklep płytowy, jaki udało mi się znaleźć w Pradze.

Kupiłem trzy płyty, a on kupił trzy.

Potem zaś wracaliśmy spacerkiem i mżył deszcz. Był wczesny wieczór. Pogadywaliśmy niefrasobliwie o tym i o tamtym, aż w końcu, w połowie mostu Prezes przystanął i oparł się o barierę. Nie po raz pierwszy w tej opowieści czułem, że nadchodzi coś ciekawego. Ale z początku mnie zawiódł – zapytał trywialnie, co o tym wszystkim sądzę.

– O czym? – spytałem.

– O filmie... wyjeździe i tak dalej – rzekł miękko.

– Mam być szczery?

– Bezsprzecznie! – roześmiał się. – Nie nagrywam pana!

– Wyjazd był wspaniały. Żałuję, że pan nie widział bijatyki. Była kapitalna.

– Też żałuję – powiedział z uśmiechem. – Ale gdybym tu był, ten kretyn nie zrobiłby tego.

– Który? Przecież to ja zacząłem.

– Mówię o tym, który uderzył Leni – rzekł Prezes.

Zabawne. Jak zwykle wszystko już wiedział. Powinniśmy się zamienić, to on powinien być dziennikarzem. Nie, Jezu, co ja mówię – przecież nie chcę być producentem!

No, może jednak trochę chcę.

– Miał chociaż wstrząs mózgu? – zapytałem z nadzieją, ale Prezes tylko się żachnął.

– Myśli pan, że wrażliwość siedzi w mózgu? Wrażliwość ma się tutaj, o! – klepnął swą pierś. A potem znowu wyjrzał przez barierę.

– To będzie zły film, panie Prezesie – rzekłem po krótkiej pauzie. – Ale pan przecież doskonale o tym wie!

– Tak, wiem – westchnął ciężko Prezes. – To nie będzie cały wszechświat! Widz nie pofrunie w kinie do sufitu... i nikomu nie ściśnie się serce...

– Nie będzie emocji... ani zachwytu... I nikt nie będzie szczerze klaskał – dodałem z zadumą.

– A wie pan – ciągnął dalej Prezes – ja to najbardziej lubię takie filmy, na które się wchodzi, potem gaśnie światło, a w chwilę później robi się jasno... i już jest po filmie. A chciałoby się, żeby dalej trwał...

– O tak... – podążyłem za nim w rytm. – Ale ten taki nie będzie!

– No – zgodził się i zdjął okulary. – Na szczęście jest kilku ludzi, którzy... ten Duńczyk... czy tam dwóch... Niemiec, paru Anglików...

– Tak – rzekłem patrząc, jak manipuluje dłonią w okolicach oczu. – Ale oni dostają w gazecie po uszach. Pański film natomiast będzie chwalony, panie Prezesie. Dostanie kupę gwiazdek.

– Bezsprzecznie – powiedział smutno Prezes. – Dlaczego tak jest, panie Robercie?

Wokół bladych lamp, oświetlających most, tworzyły się ogromne, widmowe dmuchawce. Mżyło coraz mocniej i znad Wełtawy podniosła się mgła. Obaj byliśmy całkowicie przemoczeni, po twarzach ciekła nam woda. Rozłożyłem bezradnie ręce.

– Nie wiem, panie Prezesie, ale ze wszystkim tak jest, nawet z pieprzonymi książkami. Może to źle pojęty patriotyzm. Ale niech się pan nie przejmuje, kiedyś to się zmieni.

– Pan traktuje mnie jak dziecko – rzekł Prezes. – A ja jestem już stary i nie wiem, co mam robić!

Wyciągnąłem gwałtownie dłoń i złapałem go za rękaw.

– Ja wiem!

– Co?

– Trzeba uciekać!

– Dokąd?

– Nie wiem. Ale trzeba uciekać!

Prezes popatrzył przeciągle. Potem zaś delikatnie wziął mnie za rękę, odczepił ją od swojego rękawa i staliśmy tak, już bez słów, przez dobre trzy minuty.

Spoglądaliśmy na rzekę, po której niespiesznie wędrowały duchy...

W tym momencie moja opowiastka może
się skończyć. Z pewnego punktu widzenia
nawet powinna – wszak już wypełniła europejską matrycę kompozycyjną. Jednak poczucie misji oraz solidność kupiecka każą
postąpić inaczej, mimo rosnących kłopotów
z dokumentacją. **Ostrzeżenie dla klienta:**
solidne zakończenie wiąże się z fundamen-
talnymi zmianami. Odtąd europejskie, upior-
ne reguły kompozycji będą nieobiektywnie,
nierzetelnie i aż do końca naruszane – nim ru-
szysz dalej, zastanów się dobrze.

*

Samolot wystartował w poniedziałek, 13 listopada o trzynastej czterdzieści. Pożegnał nas
mały komitet, złożony z Artystów – nigdy się
to nie zdarza, ale przebieg całej wizyty na planie był nietypowy. Żegnali nas tak uprzejmie,
że momentami czuliśmy nawet coś w rodzaju
sympatii. No, może trochę przesadziłem.
W końcu Prezes nie przyszedł na lotnisko. Ale
gdy sekretarka planu, reżyser i szwenkier machali do nas chusteczkami, znienacka go zobaczyłem. Stał bardzo daleko, za szklanymi

drzwiami. Rozpoznałem go po sylwetce, bo był całkowicie nieruchomy, jak figura z wosku. Skamieniały, ale naturalnej wielkości. W jakiś sposób polubiłem tego człowieka, nie wydawał mi się już przeraźliwy, lecz niebywale tragiczny i doskonale dopasowany do czasów, w których przyszło mu żyć. Był nowoczesnym królem Learem, a nie pospolitym Makbetem, jak mi się wcześniej wydawało. Choć trzeba przyznać, że równie jak jego praszczur szkodliwym.

W samolocie pisałem wstępną wersję reportażu z planu „Procesu". Mniej więcej w połowie zdałem sobie sprawę, że choć mój długopis dzielnie przemierza trzecią, wielką kartkę, zupełnie przestałem kontrolować to, co piszę. Ze zdumieniem stwierdziłem, że rośnie we mnie jakaś niepojęta frustracja. Powinno być inaczej, w końcu wygraliśmy bitwę, spacyfikowaliśmy Artystów, po takich wydarzeniach powinien nadejść moment rozluźnienia, jak po ciężkim meczu albo raczej po zakończeniu całych zawodów. Rozejrzałem się dookoła i spostrzegłem, że wszyscy siedzimy z nosami zwieszonymi na kwintę. Wszyscy! Część osób nawet spała, choć gdy lecieliśmy w przeciwnym kierunku, nie spał nikt. A przecież teraz był środek dnia. Na próbę pomyślałem, że jestem zdenerwowany dlatego, że już za chwilę znowu będę rozumiał wszystko, co mówią ludzie w autobusach. Jednak to nie było to. Spróbowałem z innej beczki – może czułem naprężenie, jakiego doświadcza człowiek, który w totalitarnej rzeczywistości poszedł na demonstrację, dostał po łbie pałą i wraca do domu? Chyba byłem trochę bliżej. Czy chodzi o to, że pobiliśmy artystów wyłącznie dlatego, że mieliśmy przewagę liczebną? Że niby głupio mi? Bo było nas więcej? Nie, też nie to. Stiller? Tak, myślałem o nim, myślałem prawie przez cały czas, ale co mieli do niego inni... Z drugiej strony, każdy ma swoje własne frustracje... i nagle zdałem sobie sprawę, że kilka tygodni, a właściwie kilkadziesiąt stron wstecz przestałem działać w czasie teraźniejszym, moim ulubionym czasie rzeczywistych wydarzeń, zastrzeżonym dla rzeczy ambitniejszych. Z definicji niekomercyjnych. Nie oznacza to bynajmniej, że zacząłem patrzeć na siebie z trochę większym dystansem, co to, to nie, choć istotnie miałem wrażenie, że powoli przestaję być sobą, a raczej, że kilka tygodni wstecz dyskretnie wyszedłem z siebie i obserwuję własne poczynania – co prawda bardzo uważnie, ale jakby z pewnej odległości, można rzec, narracyjnej. Przypominało to realistyczny sen ze mną w roli, no, ma się rozumieć w roli głównej, ale jednak perspektywa uległa

odwróceniu i niektóre proste rzeczy niepostrzeżenie zaczynały się komplikować. Traciłem stabilność. Zyskiwałem niestabilność.
Narrator we mnie zachowywał spokój, bo opowiadał wszystko z daleka, ale z kolei aktor
tkwił w samym centrum wydarzeń i co gorsza,
dysponował nieporównanie mniejszą wiedzą,
nie mówiąc już o komforcie. Przedtem bywało raczej odwrotnie. Miałem wrażenie, że uzy-
skawszy wreszcie panowanie nad własnym
życiem, a przede wszystkim nad dzierganiem
oczek tej mętnej opowieści, równocześnie tu
i teraz straciłem nad wszystkim kontrolę i pły-
nę nie wiadomo dokąd.

Co więcej, ten drugi stopniowo i na pewno
przestawał być mną...

Choć opowieść na tym zyskiwała. Dziwne
– im bardziej traciłem ja, tym bardziej ona stawała się wyraźniejsza, mniej męcząca i oka-
zywało się, że wcale niekoniecznie gorsza.

Dużo lepsza.

Wróciłem do notatek. Skupiłem się i przeczytałem raz dwa wszystko, co do tej pory
napisałem. Był to całkiem zgrabny secik
kłamstw i zełganych impresji, polegający
w skrócie na tym, że miałem sporo o podda-
szu, ale nic o bijatyce, wspominałem o za-
mglonym moście, ale bez słowa o Prezesie

i tak dalej. Wszystko zgodnie z koordynata-
mi, które zadaliśmy we trójkę w hotelowej
knajpie.

Odłożyłem długopis i popatrzyłem przez
malutkie okienko.

Dlaczego, dlaczego nie zostałem pilotem,
choćby nawet tak nudnego, ciężkiego samolotu... Przed moimi oczami rozpościerał się
bezkresny, odwrócony ocean nieba, a jego
kolor był absolutnie nieprawdopodobny.
Kompletnie nieopisywalny, lodowaty i głęboki, nieograniczony, czegoś takiego z dołu
nie można zobaczyć. Nie można zrobić.
Dzieliła mnie od niego wyłącznie cienka
szybka, ale był to dystans nie do pokonania.
Mogłem tylko siedzieć i patrzeć, a cyniczna
refleksja, że pilot jest w takiej samej sytuacji,
tym razem nie miała zastosowania. Są bowiem rzeczy, których nie da się ruszyć z miejsca, a przynajmniej tak mi się wydaje. W myślach ukłoniłem się słońcu i spojrzałem
w dół. Były tam chmury po sam horyzont, niskie i z tak niecodziennej odległości zupełnie
nierealne, przypominały raczej biały dywan
z dziecinnego pokoju, co ja bredzę, przecież
nikt nie kładzie w dziecinnym pokoju białych, puchatych dywanów, więc może przypominały gigantyczny opatrunek, którym

opatulono tę sympatyczną ziemię, zaludnioną frapującymi ekspresjami białka, o których tak chętnie piszą moi ulubieni, skandujący pisarze, a żadnemu nie przyszło do głowy, że w porządnej opowieści nie może, nie ma po prostu prawa, pojawić się ani jeden kielecki wieśniak (chyba że zielony albo z rogami), bo taka opowieść w ułamku sekundy staje się nieznośna jak powszedni dzień i natychmiast gubi boskie tchnienie, o ile w ogóle kiedykolwiek je czuła.

Znowu przypomniałem sobie o Stillerze. Facet miał naprawdę mocną pozycję – oczywiście w mojej głowie, w porównaniu z chmurami, był niczym. Podobnie zresztą, jak ja, ale wiedziałem o nim już prawie wszystko, a on nawet tego nie przeczuwał. Pamiętam, że pomyślałem wtedy, że muszę załatwić go jak najszybciej, bo długo nie pociągnę. Za dużo fajek, za dużo stresów i stanowczo zbyt dużo planów. Gdzieś głęboko pod spodem piekło mnie, że zdemaskowanie szaleńca, jakkolwiek bardzo frapujące i w gruncie rzeczy przyjemne, będzie tylko częścią prologu wspaniałej emerytury. Dopiero później zacznie się wspinaczka na zupełnie innym poziomie, to fakt, ale z pewnością bardziej brutalna niż obecna stagnacja.

Właśnie wtedy, nad reportażem z Pragi, przyszło mi do głowy, że Stiller nie może być prawdziwym socjopatą. W roli wróżki wystąpiła stewardesa, która znienacka podeszła, by zaproponować jakieś gadżety z samolotowego sklepu wolnocłowego. Nic nie kupiłem, więc z rutyną poczłapała dalej. Wyglądała na bardzo zmęczoną i niezbyt szczęśliwą, choć znajdowaliśmy się w tak cudownym miejscu. Od tego chyba wyszedłem, od jej upudrowanej twarzy z widocznymi gdzieniegdzie małymi kropelkami potu, aż niespodziewanie wypłynęła ta nowa, zaskakująca myśl. Przecież gdyby nim był, nie miałby tych widowiskowych napadów szału, za które później godzinami, ba, całymi dniami, przepraszał. Socjopaci są konsekwentni, są normalnymi ludźmi, znakomicie potrafią się kontrolować i na wszystkie bodźce reagują zupełnie zwyczajnie, jak każdy. Nawet ci najbardziej niebezpieczni – i dlatego trudno ich zlokalizować. Sto filmów o tym widziałem i sto takich książek czytałem! Stiller zanadto wyglądał na szaleńca. Dosłownie zapraszał, by go podejrzewać. Od razu wpadłem w dygot, jak myśliwski pies, gdy jego sadysta pan podnosi sztucer do oka. Podniecony wychyliłem się i zawołałem stewardesę. Liczyłem na drugi zastrzyk natchnienia, a po

trosze na małą buteleczkę, bo praska trzy-
dniówka nie mogła urwać się zbyt nagle. Ech,
żeby tak mieć przenośny tomograf, pierdolnąć mu parę fotek i lu! Do jakiegoś neurolo-
ga, znajomego i dyskretnego. Żeby się skrzywił fachowo, podparł pod brodę, pochodził
po pokoju wte i wewte i wreszcie wypowie-
dział, rzecz jasna absolutnie miarodajnie
i precyzyjnie, jak oni wszyscy. Znałem ich
wielu, ale żadnego naprawdę dobrze, a poza
tym ten tomograf...

   Pytanie retoryczne – co przychodzi do
głowy laikowi, który szuka wariata? Odpowiedź jest tylko jedna – schizofrenia. Schi –
zo – fre – nia. Zapatrzony w okno smakowa-
łem to słowo. Było smakowite, ani zanadto
chrupiące, ani nazbyt sprane, trochę śmieszne, ale i odpowiednio złowrogie. Zimne jak
lód, jak zielone, pistacjowe lody. Schizofre-
nik! Cyklofrenik! Była tu też odrobina połu-
dniowego temperamentu, połączonego z oso-
bliwą elegancją, takim arystokratycznym,
śniadym sznytem – i wreszcie coś ludzkiego,
a to przecież rzadkość. W dzisiejszych czasach. Proszę mi wierzyć – poza drapieżno-
ścią, która wybuchła we mnie jak granat, poczułem wtedy coś w rodzaju ulgi. I to mimo
przepełniającej mnie pychy i monstrualnej
piramidy z egocentryzmu, w której mieszka-

łem od niepamiętnych czasów. Nie chciałem, żeby Stiller trafił do pierdla jako zimny potwór. Chciałem, żeby ludzie pomyśleli, że to raczej taki... Quasimodo. W pomidorach, ale z kolekcją misternych, struganych ludzików za plecami.

Rozglądałem się wokoło, jakby piorun we mnie strzelił. Podeszła zamówiona wcześniej stewardesa, wziąłem buteleczkę i gorączkowo zużyłem. Szybko zawołałem jeszcze raz, i babka od pleśni spojrzała na mnie współczująco, ale pokiwałem do niej głową i mrugnąłem cwaniacko, więc uśmiechnęła się i znowu zasnęła. Roznosiła mnie energia. Nie mogłem wytrzymać na niewygodnym, ciasnym fotelu. Nie wiedziałem, co zrobić. Czułem, że muszę zaplanować prowokację. Muszę zrobić coś, co brutalnie przepchnie łobuza na drugą stronę. Wymyślić coś, co nałoży się na wahnięcia jego szaleństwa, niebotycznie je wzmacniając. Tak, żeby już nie wrócił z tamtej strony... a przynajmniej nieprędko. W ostrych konwulsjach. Muszę!

Tuż przed piętnastą wysiedliśmy z samolotu. Znowu się pchałem, jak na początku wyprawy. Błyskawicznie przebiłem pierwszą bramkę, ale utknąłem na drugiej. Mój plecak przyjechał prawie na końcu. Kiedy przebiegałem przez halę przylotów, spostrzegłem całą dziennikarską swołocz czekającą przy wyjściu. Zwolniłem, ale już mnie zobaczyli i machali zapraszająco rękami. Podszedłem do nich. Okazało się, że chodzi o jakieś tam pożegnania, wymiany wizytówek i tak dalej, nie miałem na te bzdury najmniejszej ochoty. Wymigałem się jakoś, popatrzyli na mnie dziwnie, ale miałem to gdzieś i pobiegłem do autobusu. Wskoczyłem do środka, odsapnąłem z ulgą, w tej samej chwili ruszył i wreszcie mogłem wyciągnąć telefon. Rozejrzałem się szybko, bo któryś z matołów mógł mieć podobne tempo, ale nikogo ze składu wycieczki nie było. Wystukałem numer Stillera, uspokoiłem oddech, wytarłem pot z czoła i czekałem. Jeden sygnał, drugi sygnał, trzeci, no gdzie jesteś, odbieraj, piąty trzask słucham, Stiller?

– Jacek? Cześć, tu Robert.

– Już wróciłeś?

– Tak. Zablokuj mi dwie szpalty... na pierwszej.

– Co się stało?

Odetchnąłem z ulgą. Nikt nie puścił pary.

– Nie powiem ci.

– Powiedz!

– Nie powiem. Zablokuj!

W słuchawce panowała cisza. Chyba byłem wystarczająco sugestywny?

– W porządku. Gdzie jesteś? – spytał.

– Jadę. Tekst mam.

– Za ile będziesz?

– Pół... torej godziny.

– Aż tyle?

– Stiller, mam słabą baterię. Cześć!

Rozłączyłem rozmowę. Aż tyle...? Co, kurwa, mam się spieszyć? Dokąd? Muszę jeszcze wpaść na kawę, nie?

Przywarowałem w knajpie, nieopodal redakcji. O piątej z minutami wstałem od stolika, mając w notatniku prawdziwy, precyzyjny, wierny opis wszystkiego, co zdarzyło się w Pradze. Opisałem to sucho, kostycznie i po kolei. Wykorzystałem zapis rozmowy z Lesmanem, nie redagując ani jego, ani moich kwestii. Wprowadziłem do tekstu mnóstwo obrazów, ale przedtem starannie je przesiałem i wybrałem najefektowniejsze. Zakończyłem artykuł skróconym opisem trzeciego dnia pobytu – i wizerunkiem Prezesa stróżującego na lotnisku. Potem wszystko przeczytałem jeszcze raz i skrupulatnie wyciąłem to, co mimo starań wyglądało złośliwie. A nie było to wcale łatwe. Tytuł miałem w głowie od początku. Nie mogło być inaczej. Wybrałem „Jak ja marznę!", a gdyby chcieli inaczej to ustawić – „Jezu, jak ja się wstydzę!", i szlus. Jeśli ktoś sądzi, że to ja

oszalałem, jest w błędzie. Jeszcze nie oszalałem. Ani trochę.

Za piętnaście szósta wszedłem do redakcji. Byłem w euforii. Wiedziałem, że to będzie ostre, więc jeszcze na zewnątrz wyciągnąłem z plecaka butlę Becherovki i porządnie
sobie golnąłem, za Józefa. I za resztę skurwy-
synów. Przeszedłem korytarzem, kątem oka
zauważyłem wstającą gwałtownie Helenę,
ale tylko kiwnąłem głową i wbiegłem do
działu kultury, sugestywnie dysząc. Z wyjątkiem Agnieszki wszyscy tam siedzieli, po-
grążeni już w popołudniowej histerii, rozle-
gał się gorączkowy, szybki stukot klawiszy,
a w powietrzu wisiał koźli smród strachu.
Stiller obejrzał się gwałtownie i odetchnął
z ulgą, a w następnej sekundzie zapienił się
i wrzasnął:
— Dlaczego tak późno?
— Już, już przepisuję! — odkrzyknąłem, od-
suwając fotel i siadając. Stiller obejrzał się jeszcze raz, ale było jasne, że nie ma czasu na
dyskusje. Cały się trząsłem. Więc zacząłem
pisać. Mimo wszystko przyszedłem dużo za
wcześnie i chciałem jeszcze przeciągnąć. Li-
terki migały przede mną konstruktywnie.
    Pięć po szóstej znowu się obejrzał. Sekun-
dę wcześniej wiedziałem, że właśnie skoń-

czył, bo zawsze ostatni znak walił znacznie mocniej niż inne.

– Już? – krzyknął do mnie.

– Jeszcze nie – odpowiedziałem, w amoku strzelając w klawisze. – Za pięć minut.

Ale on ściągnął sobie coś innego i zapierdalał, jak torpeda. Zwolniłem, bo po pierwsze nie miał zbyt podzielnej uwagi, a po drugie i tak od dobrych kilku minut młóciłem tylko na oślep, jadąc kawałek do przodu, a potem kawałek do tyłu, gdyż wszystko było już wstukane. Powtórzyłem ten sam manewr jeszcze dwukrotnie i czułem, że Stiller powoli dostaje szału, ale nie było rudej, więc sam musiał przepompować wszystko.

Był, jako się rzekło, wyjątkowo sumiennym redaktorem.

Dwadzieścia po szóstej, kiedy po raz enty spojrzałem na zegarek i doszedłem do wniosku, że już czas, weszła Agnieszka. Przywitałem ją krótkim skinieniem głowy, ale przebiegła szybko i pochyliła się nad Jackiem. Już jestem.

– Już – krzyknąłem gwałtownie. – Jacek, już ci wysyłam!

Towarzystwo podskoczyło, a Stiller spoj-

rzał na mnie, na nierozgrzaną Agnieszkę
i rzekł:

– Dobrze.

Klik. Oparłem się leniwie.

*Życie jest jak tenis. Kto przegrywa, ten od-
pada.*
Otto Kern

Patrzyłem na te koślawe plecy. Wyprostował się. Ręce zawisły nad klawiaturą,
ale jej nie tykał. Zerknąłem na zegar, wi-
szący mu nad głową, a wskazówka sekun-
dnika przeskoczyła o jedną pozycję i zaczęła się zastanawiać. Zupełnie inaczej niż
ja. Stiller złapał się powoli za włosy i zacisnął pięści. Zbielały mu kostki. Pochylił
się, a potem gwałtownie obrócił i spojrzał
na mnie oszalałym wzrokiem. Siedziałem
spokojnie, a przynajmniej tak mi się wydawało. Nagle jego twarz zmętniała, ręce
opadły, a ich właściciel wstał i ruszył
w moją stronę.
    – Co to jest? – wycharczał. – Co to jest?
    – A co?
    – Co to jest?
    – Tekst!

– Co to jest, pytam?

Wyglądało na to, że się zaciął, ale dalej lazł ku mnie. Pozostali zaczęli się oglądać. U sąsiadów także zrobiło się ciszej.

– Mówiłem, że to na pierwszą stronę! – powiedziałem.

– Nie, tyś... Kurwa, co to jest?

– Tekst.

Zatrzymał się obok i splótł palce. Zmarszczyłem brwi. Coś tu się działo niedobrego. Niezgodnego z planem. Spojrzał na mnie, jak na obcego człowieka.

– Co robić? – jęknął. – Kurwa, co robić?

– Co się stało? – zapytała Agnieszka. Po raz pierwszy, odkąd ją poznałem, wyglądała na przerażoną. Przechyliła się do przodu, jakby chciała wstać.

– Boże, nie wiem – spojrzał na zegarek. – Kurwa...

– Co się stało? – wrzasnęła Agnieszka, patrząc na mnie z nienawiścią.

– ... nie ma na co... nie wiem... – bełkotał Stiller.

– Czekaj – krzyknąłem, bo już był najwyższy czas. Na plan B. Skurwiel wymykał mi się, wyślizgiwał. Zerwałem się na równe nogi. – Stiller, ja tego nie zmyśliłem! Tak było!

– Spierdalaj! – ryknął i ruszył do wyjścia.

– Stiller, zadzwoń do ko... do któregoś kumpla, tak było!

Zatrzymał się. Widać było, jak myślał. Aż trzeszczało. Nie wsadzał rąk do kieszeni, jak zawsze, lecz gwałtownie szarpał naderwany paznokieć.

– Jest jeszcze kupa czasu!

Sekunda, druga, trzecia, zacisnął pięści – i wreszcie skoczył do telefonu. Podniósł słuchawkę i przez chwilę zastanawiał się, a potem gwałtownie wystukał numer. Kolana latały mi na wszystkie strony, chociaż szykując zamach brałem coś takiego pod uwagę. Ale było fatalnie, bo w sprawach pierwszej wagi całkowicie mnie zawiódł. Całkiem. Nagła słabość podcięła mi nogi i ciężko usiadłem. Inni powoli wracali do pracy, marząc o jakichś danych, najpóźniej zrobiła to Agnieszka, do końca patrząc na mnie złowrogo. Stiller tymczasem przestał rozmawiać i stał z ogłupiałym wyrazem twarzy. Wciąż migotała w nim wściekłość. We mnie nie, bo już tylko na jedno liczyłem. Na rozpacz.

– No i co? – spytałem cicho.

– Nic nie wie – warknął Jacek. – Spyta babę, która od nich tam była... ale nic nie mówiła, kolego.

– Zaczekaj chwilę – odrzekłem, patrząc w podłogę. – Zaraz zadzwoni... albo lepiej ty zadzwoń, bo oni się teraz zaczną spieszyć. I to bardzo.

Spojrzał na zegarek. Wyciągnął rękę, chwycił słuchawkę i nagle odwrócił się w moją stronę. – Aaa, ty! – machnął ręką – Ty to zacznij zmieniać. Ale migiem!

Zbaraniałem. Zamieniłem się w słup soli. Co? Co mam zmieniać?

– Jak to?

Walnął pięścią w oparcie swojego fotela.

– Już tu! Poprawiaj!

– Co mam poprawiać?!

– To! – ryknął Stiller. Oderwałem nogi od ziemi, podszedłem i usiadłem w tym redaktorskim fotelu. Był obrzydliwie ciepły. We łbie mi szumiało, nie mogłem pojąć, o co chodzi. O co mu chodzi. Poczułem nagle kołatanie serca, poczułem jakąś niesamowitą słabość ogarniającą mnie całego, moje nogi, moje ręce... Spojrzałem do góry, w tę przeklętą mordę. Był potwornie wkurwiony, nie mógł się chyba dodzwonić, nagle złowił mój wzrok, otworzył szeroko oczy i gwałtownie machnął ku mnie głową.

– Na co czekasz?

– Stiller – powiedziałem jak we śnie. Bardzo powoli. – Tu nie ma nic do poprawiania. Tak było.

– Nie – wrzasnął, waląc do rytmu w widełki. – Za brutalnie! Za ostro! Za wrednie! Poprawiaj!

Ostrożnie położyłem dłonie na klawiaturze. Podniosłem je do twarzy. Niebywale powoli chuchnąłem w nie i zatarłem, jak jebany, blaszany drwal. Rozłożyłem palce na ośmiu, a przecież dwudziestu sześciu klawiszach i wczepiłem się oczami w monitor, który zdawał się rozpływać. Niepewnie nacisnąłem a, i pojawiło się na ekranie, nacisnąłem b, a potem c, i na chwilę uniosłem oczy i ujrzałem, że jest wpół do siódmej, więc do zamknięcia wydania pozostało tylko trzydzieści minut, a to przecież bardzo mało, gdy masz zmienić bieg wydarzeń, gdy trzeba w pewnym sensie wywrócić wszystko, a potem z ułamków i pojedynczych cegiełek zbudować nową ot! hecę, hecunię, więc backspace i następne zdanie, jeszcze bardziej nijakie, blade i przezroczyste, rozpędzam się, palce rozpędzają się coraz bardziej, a obok Stiller mówi w słuchawkę naprawdę? No co ty nie powiesz! Na okapie monitora postawił sobie malutki, wycyzelowany model podnośnika, takiego do europalet, przysuwam głowę bliżej, jest żółty, backspace, czuję, że coś się ze mną dzieje, już w ogóle nie patrzę na monitor,

lecz jak gnom zezuję do góry, on podnosi
nos i śmieje się cha cha, mówi w słuchawkę
no widzisz cha cha, a my to właśnie przed
chwilą puściliśmy, mój drogi! Koleżko!
Czas biegnie powoli, a ja się tak spieszę, gorączkowo pędzę donikąd, coraz bardziej pochylam się nad klawiaturą, wchodzę na jeszcze wyższe obroty i nagle znowu dopada
mnie, chwyta mnie za kark monstrualna ła-
pa teraźniejszości, tak niestrawnej i coraz
gorzej sprzedawalnej, ale oto stwierdzam
ze zdumieniem, że mam to gdzieś, że kompletnie mnie to nie obchodzi, backspace, bo
najważniejsza jest pierdolona koherentność i w kurwę jebana wrażliwość, a nie
można zapomnieć przecież o wyobraźni,
więc zaznacz i backspace, kątem zerkam
w lewo, choć przeszkadza mi jego wypięty
brzuch, ale co to? Nad ścianką sportowców
widzę dwie twarze, to szef i jego zastępca,
uśmiecham się pod nosem, bo przypominam sobie kobietę, której rosły włosy na
piersiach, jak też jej było na imię, jakieś to
było chyba skandynawskie, a może i nie
skandynawskie, jestem już maszyną do pisania, jednym ruchem palca przyzywam
z niebytu i odsyłam do piekła całe kawały
zdań, cała moja galaktyka się rozpada, ej,
Robert, czyś ty aby nie egocentryk, ach nie,

słowo honoru, nie miałem wcale takiego zamiaru, naprawdę, ale co to za odpowiedź,
odpowiadasz nie na temat, co to znaczy nie
chciałem, ty się zastanów! Ty myśl! Więc
myślę, ale nie wiem o czym, przede mną nie
ma żadnej twarzy, więc jak tu myśleć, i nagle spostrzegam znowu moje kochane, stare, neonowe „D", czuję blady strach i ruszam w jego stronę, nade mną leciutko
faluje pajęczyna, ale w szarym pokoju jest
prawie ciemno, a pod tą drugą ścianą zupeł-
ny mrok, jednak rozpaczliwie wyciągam rękę i nagle widzę... klamkę, ach, Boże, więc to
po prostu drzwi, zaczynam się śmiać, jaki ja
jestem durny, pani Partycjo, przecież to od
początku było jasne, każdy głupek by się zorientował, a trzeba było tylu miesięcy stuka-
nia w klawisze, no może nie miesięcy, ale
tygodni to na pewno, naciskam klamkę
i ostrożnie zaglądam, jak w praskich baro-
kach zerkam przez szparę i... i co tam jest?
Stoi tam stół, ale nie z powyłamywanymi nogami, tylko całkiem zwyczajny, kwadratowy, a na nim świeca, ale się nie pali, a obok
pióro, ale nie gęsie, a niżej krzesło, ale puste,
a w kątach ciemno, jak w dupie, ale co ja tu robię, a nie wiem, lecz oto słyszę głos i czuję na
ramieniu zaciskające się palce, patrzę w bok,
a tam para ogromnych, wściekłych oczu

wokół nich coś się buduje, konstruuje, migocą ogniste igły i z furkotem szyją, z molekularnych drgawek wyłania się znajomy kształt znienawidzonej twarzy, a niewidzialna ręka szarpie mnie gwałtownie, i nagle ona także zaczyna wykluwać się z niebytu, ale jeszcze szybciej

za nią zaś ściany, i widzę Stillera. Ma szeroko otwarte usta i jest siny. Wrzeszczy, ale nie wiem, co. Nic nie słyszę! Pokazuję mu na migi, że coś mi się, coś się ze mną stało, a on mnie gwałtownie popycha, zdążam złapać za blat i wracam na moje miejsce, on znowu mnie pcha, z całej siły, ale się przecież nie dam! Z szumu i dudnień wypływają jakieś głosy i tło powoli się czyści, jakby ktoś kręcił potencjometrem

i rozejrzałem się prawie przytomnie. Wszyscy stanęli za mną i gapili się zdumieni, dziesięcioro krwawych oczu, pięć nastroszonych czupryn. Więc podrapałem się po głowie, a wtedy Stiller, wykorzystując brak uchwytu, odepchnął mnie od biurka skuteczniej niż poprzednio. Odjechałem w kąt. Jacek błyskawicznie złapał drugi fotel i usiadł przed komputerem. Wpatrzył się w mój reportaż. Podszedłem, złapałem za

oparcie i szarpnąłem tak, że aż mi coś
w grzbiecie chrupnęło, a Jacek poturlał się
do tyłu.

– Spier... dalaj – wrzasnął – stąd! Sajdbar
robić! Sajdbar!

Co to jest sajdbar?

Sajdbar (ang. sidebar) to ramka,
w której kochany czytelnik znajduje
informacje, dopełniające główny tekst.
W tym przypadku Stillerowi chodziło
zapewne o przypomnienie wcześniejszych ekranizacji i adaptacji „Procesu"
Franza Kafki. Ozdobą wizualną takiego sajdbaru byłyby zdjęcia z filmów
oraz spektakli teatralnych, opartych na
arcydziele praskiego pisarza „przeklętego".
Niniejszego sajdbaru, traktującego
o sajdbarze, nie warto ozdabiać gra-
ficznie. Choć z drugiej strony zdjęcie
sajdbaru, na którym byłby sajdbar
z kolejnym, mniejszym zdjęciem
sajdbaru i tak dalej, byłoby modelem
nieskończoności – który usiłował
stworzyć już niejeden artysta. Czyż
nie?

– Jacek – dobiegł znad ścianki głos szefa działu sportowego. – Daj mu spokój.

Spojrzałem na Wielkiego Czwororękiego i zobaczyłem, że wiszą nad tą ścianką wszyscy, rząd poważnych twarzyczek, cała piętnastka.

– Daj spokój – dodał ten od Astrud, tak, to było to imię. Nagle sobie przypomniałem. – Przecież to bzdet.

– Nie – krzyknął Stiller, oskarżycielsko wskazując mnie palcem. – Nic nie zmienił!

– Stary – rzekł pojednawczo trzeci fizyczny. – Stary, puść ten tekst, odwal się od niego. Jemu naprawdę coś się stało.

– Tak – dodał kolejny. Wyskakiwali jak kukułki z zegara. – Spojrzyj, jakiż on siny!

– Strasznie się poci – rzekł następny. – O, zooobacz, pot mu płynie z czoooła...

– A i kapie z nosa – zauważył kolejny.

– Jego Siność zaczyna miękko przechodzić we Fiolet!

– O! O! Agnieszka wstaje! – śpiewał szef. – Zapewne podąży, by podjąć próbę negocjancji!

– Ale co dokładnie zrobi? I po chuj-że? – mnożył frazę jego zastępca. – A właściwie dlaczego?

Agnieszka rzeczywiście do mnie podeszła. Cała reszta ludzi z działu stłoczyła się trwożliwie za jej plecami.

– Robert – objęła mnie delikatnie. –
Chodź. Chodźmy na papieroska, co?
– Daj mu czas, Agnieszka – rzekli chórem
sportowcy. – Już i tak jest prawie za późno!
Puuuść, nikt na to nie zwróci uwagi!
– Puść – powiedziałem do niej cicho. – Pu-
uuść. Nikt nie zwróci uwagi.

Powoli ruszyłem z miejsca, bo mnie ciągnęła, niby delikatnie obejmowała, ale wcale
niedelikatnie, odchylając się ciągnęła, jeszcze
jeden krok i byłem już obok Stillera, a on wtedy jak tancerz, jak czujny wampir ominął mnie
dwoma długimi, płynnymi krokami, skoczył
do kompa i chrupnął palcami nad głową, jak
wirtuoz uderzył pierwszy akord, ale straciłem
wszystkie siły, nie byłem w stanie przeciwsta-
wić się temu absurdowi i hej! Popłynęły punk-
ty odniesienia! Raptem poweselałem, spojrzałem na Agnieszkę, była czerwona i zła,
i pomyślałem aj! czy ja już tylko takie buzie
będę widywał, czy może w końcu któraś się
uśmiechnie, i ajaj! Niespodzianka! Stanąłem
i objąłem żabkę, ale nie jak w neuroroman-
tycznych bielach i chirurgicznych zieleniach,
i serdecznie, z całej siły pocałowałem w usta

a królewna odskoczyła, wyrywając mi się
z rąk

i z całej siły, fachowo trzasnęła mnie pięścią w twarz

a wtedy zatoczyłem się do tyłu, widząc nie jedno słonko, ale co najmniej dziesięć, zza lin dobiegł wielki okrzyk czwororęcznych, trochę przytłumiony, w następnej sekundzie odzyskałem wzrok i zobaczyłem Agnieszkę, która zasłaniając usta pokrwawioną dłonią cofała się, była przerażona i wtedy złapałem za fotel, najśmieszniejsze, że mój własny, pozostali stachanowcy z kultury zaczęli spierdalać, chociaż Stiller służbista nawet nie drgnął, dalej pisał, ci ze sportowego przymrużyli oczy, otworzyli usta i patrzyli z orgiastycznym zachwytem, a ja jęknąłem i cisnąłem tym ciężkim fotelem w sufitowe lampy i kratki, i wszystko to rozprysnęło się na drobne kawałki, więc złapałem go i jeszcze raz, i znowu się sypnęło... jak szklany, plastikowy deszcz...

A wtedy skoczył Wielki Czwororęczny na swoje biurko i do nas, przez gipsową ściankę, a drugi, popiskując sportbutami, obiegł ją dokoła, i schwytali mnie ci dwaj sportowcy o złotych sercach i poprowadzili przez redakcję, w stronę palarni, a ja nawet nie próbowałem się wyrywać, bo to nie miało żadnego sensu, byli silni i zdecydowani, więc znowu zapadłem się do pokoju ze stołem i świecą,

potem na chwilę wyskoczyłem na powierzchnię, byliśmy na półpiętrze, szef działu sportowego mówił do mnie uspokajająco
żebym się uspokoił, o, zobacz, puszczamy
cię, widzisz, nikt nie zrobi ci żadnej krzywdy,
na schodach stała Helena, pokazałem jej na
migi, że już wszystko w porządku, że już nie
brakuje mi słów i nie będzie brakowało i szeroko się uśmiechnąłem, a potem skoczyłem
znienacka w stronę kultury, Helena pisnęła
i przywarła do ściany, bez potrzeby, bo tamci
dwaj natychmiast mnie dopadli i pragma-
tycznie pociągnęli dalej, w dół, na ulicę. Usi-
łowałem paść na kolana przed jakimś lum-
pem, ale mi nie pozwolili. Poszliśmy w stronę
parku, był to kawałek drogi, nie powiem,
i w dodatku lał deszcz, a nie zabraliśmy kur-
tek. W połowie drogi rzeczywistość przestała na moment migotać i dotarło do mnie, że
jest przeraźliwie zimno. Zgłosiłem wniosek,
że najpewniej trzeba li wracać, ale oni stwierdzili, że może jeszcze ć nie czas. Przeziębicie
się, ostrzegłem. Nic nie szkodzi, powiedzieli
serdecznie. Jesteś od dziś naszym ulubionym
bohaterem i nie opuścimy cię w potrzebie.

– Dlaczego, bracia? – spytałem.

– Pięknie rzuciłeś fotelem! – odrzekł ze
śmiechem szef działu sportowego. – W życiu
czegoś takiego nie widziałem!

– Chłopaki, no puśćcie mnie. Już jestem przytomny!

Jego zastępca popatrzył na mnie podejrzliwie.

– Chyba nie – rzekł. – Posiedzimy sobie na ławeczce...

– ...z godzinkę... – dodał szef.

– ...albo i dwie, i wrócimy – skończył zastępca.

Przeszliśmy przez kilka wznoszących się i opadających uliczek, na których tu i ówdzie stali policjanci. Jeden, z krzaczastym wąsem, przystąpił do naszej nieco podejrzanej grupy. Sportowcy zawahali się i próbowali przystanąć, policjant już chciał otworzyć usta, więc na wszelki wypadek pociągnąłem nas naprzód. Popatrzyłem na policjanta porozumiewawczo. Szliśmy dalej, aż skończyły się betony i zaczęły asfalty. Stopniowo miejski zgiełk ucichł i znaleźliśmy się wśród drzew. Z boku mignął jakiś zawstydzony pomnik i wreszcie, a byliśmy już nieźle zasapani, wreszcie znaleźliśmy odpowiednio przytulną ławeczkę. Szef z lekkim wahaniem puścił mnie, wyciągnął z kieszeni paczkę jednorazowych chusteczek i wytarł mokre deski. Jego zastępca zadrżał, bo powiał wiatr i z drzewa lunęła woda.

– Dobra – szepnąłem pokornie. – Możesz mnie puścić. I wracajmy już.

– Mowy nie ma – roześmiał się szef. – Posiedzimy tutaj.

– Po co? – spojrzałem na niego najbardziej pokornie, jak tylko umiałem. – Zobacz, wcale nie uciekam.

– I tak byśmy cię złapali – mruknął zastępca. – Jesteśmy znakomitymi sprinterami.

– Jak koledzy utrzymują formę? Przy tak niezdrowym trybie życia? – zapytałem taktycznie, siadając.

– O, to proste – odrzekł szef. – Trzy razy w tygodniu gramy w kosza.

– Naprawdę?

– Naprawdę.

– Wszyscy? Razem?

– Tak. Może chcesz też?

Zastanowiłem się. Nie umiałem grać w koszykówkę. To znaczy znałem zasady, ale nigdy nie udało mi się trafić do kosza.

– Chcę!

– Świetnie! No to słuchaj...

Potem rozmawialiśmy przez godzinę o sporcie. W parku panowały egipskie ciemności, ale deszcz zaczął się uspokajać. Zastępca szefa wpadał w interesujące rezonanse i od pewnego momentu zaczął kichać, ale do końca zachowywał refleks i doskonały humor.

Tuż przed ósmą postanowili, że można już poruszyć temat wieczornych wydarzeń. Fajnie się to obserwowało, bo najpierw delikatnie puścili kilka sond, a dopiero potem zapytali wprost. O co mi właściwie chodziło. Nie powiedziałem im prawdy. Powiedziałem, że chodziło mi o prawdę.

– Kochany – rzekł po chwili szef działu sportowego. – Jeśli tego szukasz, przejdź do nas.

Jego zastępca zaś dodał filozoficznie:

– W sprawach kultury i sztuki liczą się zupełnie inne sprawy.

Potem przez kilka minut siedzieliśmy w absolutnych ciemnościach, nie mówiąc ani słowa. Pięć po ósmej (o ile nie założyłem odwrotnie zegarka) zastępca wstał, wyciągnął paczkę papierosów, powiedział przepraszam szefie, ale muszę, zapalił i rzekł:

– Taaak. Prawdziwa sztuka jest jak wojna.

Szef działu sportowego przełknął ślinę i poprosił swego pracownika o fajkę. Tamten zamarł, spytał ze zdumieniem to pan pali? Tak, niechętnie odrzekł szef. Sporadycznie. A potem odwrócił się do mnie, też już stałem, i powiedział:

– Albo jak sport.

– Co macie na myśli? – zapytałem, choć przecież było to absolutnie jasne.

Uśmiechnęli się szeroko. Właząc w kałuże i złorzecząc, poszliśmy do redakcji.

10.

Było tam czysto. W sensie, że podłoga została zamieciona. Właściwie weszłem, żeby wziąść plecak i wyjść. Agnieszka siedziała w kącie. Nudziła się. Patrzała na mnie bez emocji. To i ja spojrzałem w górę. Była tam wielka dziura. Wzruszyłem ramionami. Ruszyłem do wyjścia.

Piotr przywitał mnie z radością. Chyba był szczery. Nawet na pewno. Czekał na mój powrót z Pragi. Miał w lodówce butelkę. Piliśmy długo. Kiedy wypiliśmy, wyjął drugą. A potem trzecią. Trochę wspominaliśmy. Przypomniał mi naszą pierwszą trawę. A ja jemu o gitarze. Więc poszedł do drugiego pokoju. Znalazł ją i wytarł z kurzu. Potem wyjął śpiewnik. Strasznie się ucieszyłem. Wyciągnąłem rękę, żeby mi go dał. No i dał. Przewróciłem kilka stron. Było wszystko, co trzeba. Piotr uderzył w struny. Zabrzmiały fałszywie. Zaczął stroić gitarę. Miał słuch absolutny. Zajęło mu to minutę. Patrzyłem z podziwem. I słuchałem z podziwem. Zaczęliśmy śpiewać. On śpiewał pięknie. Ja śpiewałem głośno. Szyby drżały. Spociłem się. Więc śpiewałem jeszcze głośniej. Nagle Piotr przestał grać. Zapytał, co się stało. Odpowiedziałem, że nic. Z nosa kapało na stół. Szyba była wymieniona. Nie maż się, powiedział Piotr. Musisz być twardy. I gibki. Tak mówił ojciec mojego koleżki. Jakiego koleżki, smarknąłem. Kolegi, odrzekł Piotr. Ten ojciec jest kapralem. Chodzi po domu w podkoszulku. Pije. Ale i dużo umie. Na przykład co, spytałem. Gołębie siadają na parapecie, odrzekł Piotr. On je łapie. Dwa naraz. Piotr, jestem na dnie. Co ty pierdolisz. Na jakim dnie. Na strasznym dnie, Piotr. Wyrzucili cię z roboty, zapytał Piotr. Nie, ale już nie mogę. Czego nie możesz. Już nie chcę kłamać. Co, spytał. Że mi się podoba. Co, spytał powtórnie. Wszystko. To znaczy nie. To, co ma mi się podobać. Ha. To rzeczywiście masz problem. Zmień pracę. Na jaką. Nic nie umiem. Nie umiem nawet tego, co robię. To ty coś robisz, zapytał. Tak, kłamię. A nie umiem kłamać. Wiesz co, powiedział Piotr. Lepiej idź spać. Już ja cię znam. Zaraz mi przywalisz. Nie, Piotr. Nie zrobię tego. Słowo honoru. No i widzisz, powiedział z uśmiechem. Jednak umiesz kłamać. Zastanowiłem się. Fakt, umiem. Więc o co chodzi, spytał. Wstałem. O to, że jest mi wstyd. Na wszelki wypadek poszłem spać.

Obudziłem się wcześnie rano. Wczorajsze wydarzenia chwilowo odpłynęły, gdyż bardzo chciało mi się pić. Napiłem się. Wróci-

łem do łóżka. Spojrzałem na moje Rado. Zacząłem medytować. Sprawy nie wyglądały
najlepiej. Po pierwsze, narozrabiałem. W gazecie tak nie wolno robić. Na planie filmu
zgoda, ale tutaj nie. Tu patrzyli mniej przyjaźnie niż artyści i Baloo. Tam byłem kimś, tutaj
nikim. Jednym z ząbków jednego z kółek.
Gazeta to maszyna komercyjna. Ma księgo-
wość, a w niej dwa słupki. Nad jednym jest
napis przychody, a nad drugim koszty. Nad
każdym z nas też one wiszą. Żebym chociaż
pracował w gospodarczym. Albo w sporto-
wym. Ale miotać przedmiotami w kulturze?
Byłem słoniem. Jednak nie w składzie porce-
lany, lecz w zoo. To mnie pocieszyło. Zapali-
łem papierosa. Potem go zgasiłem. Szybko
ogoliłem się i ubrałem. Na schodach przypomniałem sobie o zegarku. Wróciłem i znalazłem go w łazience. Zapomniałem usiąść na
chwilę. Ale to głupi przesąd.

Weszłem do pracy tuż po siódmej. Poza re-
cepcjonistką nikogo tam nie było. Rzuciłem
dzień dobry. Ominęłem dział kultury. Splu-
nąłem na podłogę (w duchu). Dotarłem do
końca korytarza. Usiadłem przed kompu-
trem. W nim była jeszcze szansa. Chociaż ilu-
zoryczna. Dzięki schwytaniu mordercy mogłem przetrwać. Być wreszcie wielki. Znowu
miałem plan. Znowu był świetny.

Mozolnie zbierałem dane. Bez klucza. Ani hasła. Czytałem po prostu wszystko. O wszystkim. Szukałem pasujących przypadków. Każda śmierć miała tu swoje miejsce. A zwłaszcza gdy ginął ktoś znany. Była ich niesamowita liczba. Znaczy, zmarłych. Nie zawsze pisało, jak to się stało. Wyławiałem jednak, co się dało. Od razu drukowałem.

O jedenastej ktoś przystanął za moimi plecami. Rzadko tu przychodzili. Każdy mógł wejść do archiwów ze swojego komputera. Ten był dla takich, co chcieli mieć spokój. I ciszę. Nieznajomy zamarł, potem cicho odszedł. I dobrze. Byłem dopiero w jednej trzeciej. Albo aż. Zależy, jak leży.

Po godzinie zrobiłem sobie przerwę. Spotkałem na półpiętrze Helenę. Miała kok. Czarny. Bardzo się ucieszyła. Zapytała, czy już jest dobrze. Odpowiedziałem, że tak. Cudownie, odrzekła. Musi pan pójść na urlop. Dlaczego, pani Heleno. Jest pan przemęczony. Wie pan, mam znajomą lekarkę. Właściwie to psychoterapeutkę. Ona mi wytłumaczyła. Co wytłumaczyła, pani Heleno. To, co pan zrobił. Aaaa. Było, minęło. Się nie powtórzy. Jak pan nie odpocznie, może się powtórzyć. Ale co? Rozejrzała się. Ciekawe, wszyscy przy mnie patrzą na boki. Panie Robercie, wyszeptała, pan miał atak. Dopraw-

dy? Co za atak, pani Heleno? To był jeden ze
stanów wyjątkowych, proszę pana! Pani Heleno, co pani raczy pieprzyć? Nie pieprzę, panie Robercie, j e s z c z e nie! Cha cha! Pański
stan wyjątkowy ma nawet nazwę! A to jaką,
spytałem. To się, proszę pana, nazywa afekt
patologiczny. Po prostu za dużo pan pracuje.
Ale psychoterapeutka nie chciała mi więcej
powiedzieć. Chce, żeby pan do niej przyszedł. Jest zresztą całkiem tania. Ile, spytałem merytorycznie. Osiem dych za czterdzieści pięć minut. Mmm. Istotnie niewiele.
Zgasiłem papierosa. To ja już idę, pani Heleno. Panie Robercie! Słucham. Zapisałam pana do niej. Na piątek. Dziękuję, pani Heleno.
Na razie.

Odwiedziłem mój dział. Stiller obejrzał
się. Mruknął cześć, i pisał dalej. Podeszłem
do swojego biurka. Przed komputerem leżała
kartka. Uniosłem ją do oczu. Było to wypowiedzenie umowy o pracę. Dyscyplinarne, ze
skutkiem natychmiastowym. Uzasadnienie:
zniszczenie stanowiska pracy. Znieważenie
przełożonego. No i chuj, pomyślałem. Chuj
wam w dupę. Poszłem z powrotem do archiwum.

Na wszelki wypadek zostawiłem wypowiedzenie na biurku.

Byłem jednak wytrącony z równowagi. Tak po prostu? O wy gnoje. Tak się nie robi. Siedziałem i siedziałem. W końcu westchnąłem i ruszyłem dalej. Przecież jutro już tu nie wejdę. Nie wpuszczą mnie.

Postanowiłem, że odsapnę, przeglądając archiwum zdjęć. Komputer wymagał klucza. Jakiego użyć klucza, by szukać? Przecież w tej sprawie nie ma klucza. Na chwilę zastygłem. A potem palce same wstukały Stiller. Dlaczego? Nie wiem. Zawsze byłem pewien, że maszyna odpowie: nie ma. Zastanowiła się przez mgnienie oka i na 19-calowym monitorze ujrzałem jego twarz.

Był na tym zdjęciu dużo młodszy. W ogóle nie siwy. Rozradowany. Oczy miał jak szparki i nie był sam. Stał pomiędzy dwoma chłopakami tak samo uśmiechniętymi jak on. Obejmowali się i triumfalnie patrzyli w obiektyw. Jednego doskonale znałem z wcześniejszych przeszukań. Był to sprzedajny polityk, zmarły na poderżnięte gardło, Lemper. Drugiego twarz coś mi mówiła, ale musiałem spojrzeć na podpis. Tekst pod zdjęciem brzmiał: Grzegorz Appelman, Jacek Stiller i Adam L a m p e r. I coś tam jeszcze, ale nie było to ważne. Pamiętałem już wszystko.

Błyskawicznie przeskoczyłem do archiwum tekstów. Musiałem się dowiedzieć, jak zginął Appelman. Ssak o dwóch żywotach. Rikki Tikki Tavi. Znalazłem natychmiast.

Tak – przedtem nie zwróciłem na to uwagi. Nawet teraz pamiętałem tylko o groteskowej, dwukrotnej śmierci. Nic więcej. Napisali, że utonął. Wtedy przebiegłem po tym oczami, bo szukałem noża. Albo innego narzędzia. A facet utonął w wannie, jak kociak. W tekście nie było dokładniejszych informacji, choć na końcu znalazłem notkę o wcześniej popełnionym przez gazetę błędzie. Tym niebyłym ukąszeniu węża. Jednak upiornie złowieszczym.

Notka była na pozór profesjonalna, chłodna i obojętna, ale teraz popatrzyłem na nią zupełnie inaczej. Wydała mi się pyszna i szydercza. Patrzcie, gnoje, znowu mieliśmy rację. Chociaż myśleliście, że tak nie jest.

Jednak czasem się mylicie, pomyślałem mściwie. Źle podpisaliście zdjęcie. Gdyby było dobrze podpisane, miałbym dowód dawno temu.

Kiwałem się przed monitorem, ale ostatnie wydarzenia uodporniły mnie na stres, więc byłem dość spokojny. Ostro główkowałem nad moimi notowaniami. Były kiepskie.

Wyglądało na to, że dostałem lekkiego pierdolca. Wyrzucili mnie z pracy. Jak rozegrać
grę – i zwyciężyć? Na razie zacząłem druko-
wać wszystko, co dotyczyło Appelmana.
Zdawało mi się, że ten nie zdążył nawywijać
tak, jak jego koledzy ze zdjęcia. Aż do wanny
był powszechnie szanowanym i mocnym
człowiekiem. Kariera kwitła obiecująco. Cały czas szedł do góry. Czym naraził się Stillerowi?

Przecież Jacek nawet nie zdradził, że go
znał. To bardzo niezwykłe. Kiedy ktoś zna
kogoś, a zwłaszcza tak blisko, natychmiast
o tym trąbi. Na lewo i prawo.

Wyciągnąłem z drukarki kartkę. Była to
kopia artykułu sprzed pięciu lat. Przykuła
moją uwagę, bo w tytule było słowo śmierć.
Autor sugerował, że Appelman wyjątkowo
sprytnie wykorzystał rozgłos związany ze
swą skonfabulowaną przez gazetę śmiercią.
Szybko zmienił barwy i wdarł się na pożąda-
ne stanowisko prezesa rady nadzorczej jakiegoś tam obszczaj banku. Drugiego co do
wielkości w Polsce, więc dwusetnego na
świecie. Ogólna atmosfera tekstu była taka,
że oto kolejny z naszych, łotr i świnia pognał
za Mamoną, zostawiwszy płaczące idee
w starym mieszkaniu. Bo od banku natychmiast dostał nowe, służbowe i ogromne.

Zerknąłem na datę. Biedak złapał boga za nogę trzy tygodnie przed śmiercią.

Ostatnia kurtyna spadła.

Gdy drukarka przestała jęczeć, zebrałem kartki i poszłem po wypowiedzenie. Uznałem, że czas wziąść się zaszyć w domu i wszystko spokojnie przeczytać.

Obok działu miejskiego na chwilę się zatrzymałem. Postanowiłem, że pożegnam się z Heleną. W końcu ona jedna lubiła mnie nawet teraz, gdy było już po wszystkim. Siedziała, odwrócona do mnie plecami. Podeszłem bliżej. Zajrzałem jej przez ramię. Przedtem wydawało mi się, że rozmawia przez telefon. Stwierdziłem jednak, że co prawda trzyma słuchawkę przy uchu, ale drugą ręką wciska widełki. Zmarszczyłem brwi. Światełka w telefonie nie paliły się. A powinny.

– Przepraszam – odezwałem się cicho.

Podskoczyła z wdziękiem, niewysoko. Spojrzała z pełną winy, zmieszaną miną i szybko odłożyła słuchawkę, przytrzymując do końca widełki. Jej twarz ozłocił szelmowski uśmiech, choć bardzo się zaczerwieniła. Wyciągnęła dłoń i wetknęła przewód zasilacza w... w gniazdko. Aparat ożył i zaczął rytmicznie mrugać wszystkimi lampkami. Co pani robi, Heleno? Ach, odrzekła, nic takiego.

(Była całkiem ładna)

Podsłuchuję sobie! Kogo? Nieważne, Robercie. Ale jak to możliwe, spytałem. Chodzi o etykę czy technikę? Raczej to drugie, kochana. Och, pan nie wie? Wystarczy wyłączyć zasilanie i już można podsłuchiwać. Wie o tym każda sekretarka, a ja tak długo nią byłam!

– Heleno, przyszłem się pożegnać.

– To na razie – odrzekła.

– Nie. Już się więcej nie zobaczymy.

– Jak to? – zbladła.

– Zostałem zredukowany.

– Dlaczego?

– Za wczorajszą rozróbę.

Patrzyła na mnie z półotwartymi ustami. Gniewnie się skrzywiła i coś w niej drgnęło, nagle stwardniała, na moment zmieniła charakter. Ostro wyciągnęła rękę.

– Proszę pokazać wypowiedzenie.

Wręczyłem jej kartkę. Z niespotykaną w jej przypadku, wyraźną złością przeczytała, a potem zgniotła metodycznie w kulkę i wrzuciła do kosza stojącego po drugiej stronie boksu. Po czym szybko przybrała swój zwyczajny, idiotyczny wyraz twarzy. Zamrugała do mnie oczami.

– Drogi Robercie, proszę to olać.

– Nie rozumiem.

– ... ale proszę o dyskrecję – zakończyła myśl, unosząc dłoń.

– Jasne.

Wstała i przyjacielsko obejmując mnie za szyję, szepnęła: – To mój tatko.

– Kto? – cofnąłem się o pół kroku.

– Szef – odrzekła czule. – Znaczy, wiceszef.

– Pani żartuje.

– Nie, panie Robercie – powiedziała. – Idę do niego.

I wdzięcznie, zamaszyście, nad podziw szybko wyszła. Ostrożnie ułożyłem stertę kopii na biurku, wyrównałem brzegi i zacząłem myśleć. Rany. Wyglądało na to, że karta się odwróciła, a był już najwyższy czas. W następnej opowieści koniecznie muszę zagrać w lotto. Albo kupić Colę i wygrać. Po drugie zaś... no cóż. Żałość i zgroza, ale okazało się, że przez dwa i pół roku obstawiałem nie tego konia, na dokładkę piekielnie narowistego. Ha. Wigorek wracał jak morze, fala za falą, zatarłem dłonie. Spojrzałem mściwie w stronę działu kultury. O, żesz wasza bladź! Robole wstawiali akurat nową kratkę, więc panował tam chaos. Ale za parę dni zafunduję im lepszy! I to dużo lepszy... Dużo.

Helena wróciła po pięciu minutach. Wyglądała jak Garfield. Nawet się oblizywała.

No i co, spytałem. Wzruszyła ramionami. Załatwione, odrzekła. Masz dwa tygodnie urlopu. Płatnego – dodała, podnosząc paluszek. O Jezu, powiedziałem. Strasznie ci dziękuję.

– Wiesz co? – Helena zamyśliła się. – Mam pewną propozycję.

– Jaką, Helenko?

– Kup koniaczek, ale taki lepszy, i wpadnij wieczorkiem do taty.

– Ale bez zaproszenia? – zawahałem się.

– Skądże – śliczny uśmiech opromienił jej buzię. – Zaraz będziesz umówiony. Idź już, odpocznij. I morda w kubeł.

Zapisała mi na żółtej karteczce adres zastępcy naczelnego. Czyli taty. Tatko.

Tym sposobem po czterdziestu minutach wylądowałem w łóżku. Wskoczyłem do niego ze wszystkimi zebranymi materiałami. Żeby je, ma się rozumieć, porządnie przejrzeć i posegregować. Nie tylko z koniaczkiem zamierzałem udać się do taty, oj nie.

Punktualnie o dwudziestej wbiegłem w zaczarowaną bramę z tabliczką Mokotowska 59. Miałem znakomity humor, a na plecach dowody redakcyjnych pasji Stillera. Nie było tego dużo, ale trudno. Udało mi się wy-

szukać tylko 68 dziwnych spraw, z których
większość stanowiły rozmaite przypadki
w świecie aktorów, filmu i teatru. Polityczne
fikołki chwilowo odłożyłem na bok, gdyż nie
czułem się pewnie w kleistych ośrodkach.
Stiller miał zresztą całkiem dobry gust i pewną rękę. Wyłuskane z archiwum cięcia jego
autorstwa były zaiste mistrzowskie.

Moim zdaniem.

Stosowne materiały miały stać się dese-
rem dla taty.

Przeszłem żwawo przez pierwsze podwórko i zanurzyłem się w czerń bramy, wiodącej
do drugiego. Ponuro tam było – ale pięknie.
Miejsca z charakterem są w dzisiejszych czasach na wagę złota. Tato zaczynał mi się coraz
bardziej podobać.

Chociaż był kolejną osobą, która mieszka-
ła nad podziw wysoko.

Zapukałem. Drzwi były odrapane, niepozorne, bez tabliczki. Po chwili rozległy się za
nimi szmery i szurania, trzaśnięcie zasuwy,
błysnęło światło i pojawił się zastępca naczelnego. Jezu. Ubrany w garnitur, nie w pa-
puty!

– Dobry wieczór – rzekł uprzejmie. – Proszę wejść.

Za drzwiami otwierał się łagodnie duży
przedpokój. Nie było tam błękitów, czerwie-

ni i nowoczesnych mebli. Pod ścianą stała komoda, na niej ciężki wazon z kwiatami. Obok książka, zerknąłem, „Il pendolo di", końca nie było widać. Na okładce leżała kartka, na niej widniał słupek:

masło
mleko × 2
mąka
włoszczyzna
główka czosnku
ser żółty biały
olej, oliwa
pesto
świeża bazylia
wykałaczki

– Panie Robercie... A, prawda – odwrócił się, zrobił krok w bok. Zobaczyłem sympatycznie uśmiechniętą, dość wysoką kobietę. Miała na sobie niebieską suknię z długimi rękawami i biały, kuchenny fartuch.

– Anno Mario, to właśnie pan Robert. Panie Robercie, oto moja żona.

Cmoknąłem Annę Marię w dłoń. Ech, było, nie było.

– Pójdę do kuchni – rzekła spokojnie. – Czego się pan napije?

– Kawki proszę – szepnąłem wykwintnie.

Zrobiła bezszelestnie sześć kroków i zniknęła jak duch. Byli dziś perfekcyjnie dopasowaną parą, bo zastępca naczelnego wdział zieloną marynarkę, spod której śmiała się żółta kamizelka i żółte spodnie. Nogawki opierały się na brązowych butach i ogarnęło mnie wrażenie, że znalazłem się w zaszczytnym towarzystwie Samuela z Sawrey. Rozpoznany znienacka Anglik mrugnął i wskazał właściwe drzwi – zanurzyliśmy się w półcień korytarza. Powiódł mnie zaskakująco długą, krętą drogą. Szliśmy bez końca, omijając kolejne drzwi i nieznacznie skręcając. Szybko nabrałem przeświadczenia, że musiał kupić całe najwyższe piętro. Mieszkanie było gigantyczne. Poczułem nawet coś w rodzaju zazdrości, a może raczej zawiści. Toczyłem wokół złym okiem, okiem brakarza, ale jedynym mankamentem wydały mi się niskie sufity. Jednak w końcu byłem na strychu. Tak to przynajmniej wyglądało. Wreszcie dotarliśmy do końca korytarza, oświetlała go nieco mocniejsza lampa, gospodarz otworzył kluczem solidne drzwi i wpuścił mnie do środka.

– Proszę, proszę.

Chyba był to gabinet, znaczy się pokój. Przeciwległy kąt do złudzenia przypominał miejsca, w których siedzą sławni literaci, gdy pokazują ich w telewizji. Być może zresztą właśnie tutaj wszyscy byli filmowani. Dwa duże okna, firanki, na podłodze dywan, masywne, dębowe biurko, za nim solidny regał z książkami, prawdziwymi albo i nie. Żeby sprawdzić, trzeba bardzo blisko podejść. Poza tym pokój był pusty, nie licząc wysokiej lampy w drugim kącie, kolejnego wazonu, stojącego na podłodze i małego, kwadratowego, olejnego obrazu, przedstawiającego niepozorne żółte kwiaty. Za biurkiem stał olbrzymi fotel, po stronie petenta zaś ciemne, stare krzesło.

Ze skórzanym poddupiem.

Zastępca naczelnego okrążył biurko, wyniośle wskazał mi krzesło i usiadł. Ja również, na wszelki wypadek trochę później.

– Ma pan szczęście – rzekł po chwili. – Jakoś nie umiem odmówić mojej córce.

Chciałem powiedzieć, że ja jakoś umiem. Ale wiecie, co? Jakoś tę ochotę zwalczyłem. Tymczasem tato kaszlnął, raz ciszej, drugi raz bardzo głośno, poprawił pozycję i wreszcie spytał: – Co panu palnęło do łba?

– Panie redaktorze – pochyliłem się konfesyjnie – to był atak afektu patologicznego.

– A... czego? – spytał.

– Poszło o wstyd.

Przyjrzał mi się niepokojąco uważnie. Trochę tak, jakbym zrobił na nim wrażenie czubka. Otworzyłem usta, żeby wyjaśnić bliżej moją epokową myśl, lecz wyprzedził mnie o mgnienie oka.

– Mógłby pan bliżej to wyjaśnić?

– Oczywiście. Więc...

– Nie zaczyna się zdania od więc – upomniał mnie dwornie.

– Naturalnie, naturalnie – schyliłem głowę z szacunkiem – Www... jak pan chyba wie, byłem ostatnio w Pradze, no i tam wziąłem udział w straszliwej bijatyce, chociaż w zasadzie nie było aż tak źle, albowiem w końcu wygraliśmy, to znaczy dziennikarze, no a od nas byłem tylko ja, no i...

– Do rzeczy, do rzeczy.

– Naturalnie. Www... potem wróciłem, no i napisałem, jak było. Literalnie! Słówka nie skłamałem. No i przyniosłem tekst do redakcji, bardzo się spieszyłem, a redaktor Stiller, a redaktor Stiller mnie skrzyczał i kazał wszystko zmienić.

– Uuu. Wszystko? – zastępca naczelnego podniósł brwi

– Tak – odrzekłem. – Chociaż napisałem tylko prawdę. Nie byłem też ani trochę złośliwy, słowo. Rzetelnie wydrążyłem. I, i wcale się nie włanczałem emocjonalnie, tylko całkiem obiektywnie.

– Całkiem? – spytał z nieobiektywnie złośliwym uśmiechem.

– Tak! A kiedy on mi kazał wszystko zmienić, a było już grubo po szóstej, wpadłem w straszną rozpacz. I to tak w skrócie wszystko.

Zastępca naczelnego dyskretnie ziewnął. Umiał to zrobić bez otwierania ust.

– Dobrze – powiedział. – Mógłby pan na chwilę przestać się wygłupiać i wytłumaczyć mi, o co właściwie chodzi?

Popatrzyłem mu prosto w oczy. Sporo mnie to kosztowało, ale kłopot sczezł naturalną śmiercią – tato spoglądał zupełnie gdzie indziej.

– Jasne, panie redaktorze.

– To proszę.

– Chodzi mi, nie, że kiedy patrzę na to wszystko, to chcę uciekać.

Podniósł brwi i podrapał się po brodzie.

– I?

Usłyszeliśmy ciche pukanie i weszła Anna Maria z tacą. Przepłynęła tuż obok mnie. Wywęszyłem, że pachniała lawendą, czyli w zasadzie nic nie wywęszyłem. Podeszła do biurka i postawiła na nim dwie filiżanki, a potem ulotniła się bezdźwięcznie. Gdy klamka powoli wróciła do normalnej pozycji i znieruchomiała, zastępca odetchnął i wróciliśmy do przerwanego tematu.

– I?

– I może rzucam fotelami, ale redaktor Stiller wpadł na lepszy pomysł. Skuteczniejszy.

Zastępca naczelnego leniwie przymknął oczy. Spojrzałem z natężeniem na książki, widoczne za jego plecami. Wszystko zależało od tego, czy są prawdziwe. Nigdy tak wiele nie zależało od tak niewielu.

– Nie rozumiem. Czy mógłby pan przejść do rzeczy?

Pochyliłem się i podniosłem plecak z podłogi. Musiałem trochę odsunąć krzesło, by zmieścił mi się na kolanach. Ani na chwilę nie zapominałem o trudnej sztuce negocjacji. Moje dłonie pozostawały niewidoczne.

Opowiedziałem wszystko. Od samego początku do samiuteńkiego końca. Zacząłem od tego, jak wojowałem z tyranią Stillera. Sugestywnie wcieliłem się w kozę, pilnującą swoich koźlątek, a Stiller otrzymał posadę wilka, który je pożerał. Nieźle, mocno to wyszło, trochę podkreśliłem pewne akcenty i nawet mnie samemu wydał się nie gorszy od obłąkanego inkwizytora. Przypomniałem historię śmierci portiera, nie wchodząc zanadto w szczegóły. Wreszcie zniżyłem głos i zanurkowałem w meandry wszelkich wypadków, na wszelki wypadek sprytnie przemilczając epizod z Karolem. Kiedy mówiłem o wizycie u Stillera i odkryciu, że jego prawdziwy pogląd na sztukę jest zdecydowanie różny od prezentowanego publicznie, zastępca naczelnego po raz pierwszy się uśmiechnął. Gdy pojawiła się kwestia zdjęć, synkopowych kolei ich losów i niespodziewanego zajścia przy podwórzowym śmietniku, wsparta dramatycznym wyłożeniem towaru na biurko, całkowicie znieruchomiał. No i wreszcie, gdy odśpiewałem dumkę o Mincu, nagle stał się poważny i poczułem, że wreszcie go mam, że historia całkowicie go wciągnęła. Zresztą rekonstruowałem ją według rytmu, który był zgodny z histerycznym falowaniem rzeczywistych wydarzeń, a raczej mojej duszy, chociaż duszy nie ma, w całej tej historii głęboko zanurzonej. Więc coraz bardziej mnie nosiło. Zawsze lubiłem opowiadać i chciałem, żeby zastępca naczelnego czuł się przynajmniej tak jak ja – w głębi ducha marzyłem, by podskakiwał jeszcze bardziej. Chociaż moje ekstatyczne śledztwo trwało kilka miesięcy, a on dostawał to wszystko w pigułce. W pewnym momencie nieco zzieleniał – gdy zapętliłem już akcję i powiedziałem, że według wszelkich znaków kradzież komputerów była wyłącznie zmyłą. Jak to, spytał niepewnie. To proste, jak drut, odrzekłem. Ona, znaczy się ta kradzież tu zwyczajnie nie pasuje, i tyle. Tato skrzywił się sceptycznie i mruknął, że to chyba trochę niezgodne z wytycznymi Conan Doyle'a i Agathy

Christie, ale byłem w pełnym pędzie i tylko za-
śmiałem się króciutko, i kaszlnąłem, i wstałem.
Bo już nie mogłem wytrzymać. Zakończyłem
opowieść zgodnie z planem – bardzo efektownie – wyjąłem z plecaka zdobyty kilka godzin
wcześniej wydruk z archiwum. Była to całkiem świeża historia śmierci dwóch młodych,
warszawskich aktorów teatralnych, którzy zgi-
nęli w okropnym wypadku samochodowym.
Wszędzie pisano, że to byli niezwykle utalen-
towani, obiecujący aktorzy. Że czekała ich
wielka, wielka przyszłość.

— Proszę zauważyć, panie redaktorze – wywi-
jałem kartką, krążąc obok biurka. – Proszę tylko
zauważyć. To nadzwyczaj symptomatyczne.

— Co? – zastępca naczelnego schował głowę w ramiona. Szczerze mówiąc, wyglądał
na nieco skołowanego.

— Panie kolego – krzyknąłem rozdrażnio-
ny. – To przecież proste! Po pierwsze, byli fa-
talni. Po drugie, teatralni. Po trzecie wreszcie, dwóch naraz. Co to znaczy?

— N... nie wiem – powiedział niepewnie.

— To znaczy, że kolega Stiller zaostrza me-
tody i skalę działania. Niedługo z pewnością
zabierze się za pisarzy!

Zastępca naczelnego bawił się wiecznym
piórem, stąd właśnie przyszło mi to do głowy.
Taka sprytna sztuczka, nie?

– Chce mi pan powiedzieć coś jeszcze? – odezwał się cicho. Pomyślałem przez chwilę. No tak, oczywiście.

– Muszę chyba wytłumaczyć – usiadłem, żeby trochę ochłonąć. – Jak na to wszystko wpadłem. To chyba dobry moment. Bo na razie zna pan tylko fakty.

– Fakt – zgodził się tato.

– No właśnie. Więc, panie redaktorze, wpadłem na to, bo on i ja, bo jesteśmy prawie tacy sami.

Szef znieruchomiał i popatrzył na mnie ze zdumieniem.

– Zażenowani. Przez tę wiochę, okropną, to chce nam się płakać. A Lesman po prostu nas dobił!

– Czym? – zapytał tato.

– Tupetem – znowu wstałem. – Kto to słyszał, żeby taki debil dostał taką kasę do rozpierdolenia, przepraszam, panie redaktorze.

– Nie szkodzi – rzekł wyrozumiale. – Proszę dalej.

– W nim – krzyknąłem – w nim nie ma krzty wrażliwości.

Zastępca naczelnego dla odmiany zainteresował się oknem. – Co ma jedno z drugim wspólnego? – spytał.

– Co? – sięgnąłem po plecak. – Proszę spojrzeć. To presbuk „Procesu". Ten chuj to napisał, własnoręcznie. Niech pan sobie przeczyta, proszę. Proszę!

Zastępca wziął pressbook i zaczął czytać. Mniej więcej w połowie dyskretnie na mnie zerknął, ale gapiłem się w bok. Zaschło mi w ustach. Donośnie siorbnąłem wystygłą kawę. W nagłej, dzwoniącej ciszy usłyszałem z głębi mieszkania dźwięk upadku jakiegoś naczynia. Chyba.

– Mmm. Rzeczywiście mocny ten wstęp – mruknął spokojnie tato. – Zapatrzył się szczyl. W mistrza.

– Panie kolego – wykrzyknąłem emfatycznie. – Nie umiał powiedzieć, dlaczego robi ten zasrany film!

– Naprawdę?

– Słowo honoru.

Zapadła cisza. Siedzieliśmy po dwóch stronach biurka, twarzą w twarz. Nie miałem już nic więcej do dodania. W finałowe rozdanie włożyłem więcej niż we wcześniejsze tasowanie, dałem z siebie wszystko i opadłem z sił. Zachowałem jednak lojalność i teraz mogłem tylko czekać na werdykt. Albo wyrok.

– Panie Robercie – rzekł po dłuższej chwili sędzia. – Proszę się nie bać mentorskiego tonu, ale inaczej nie umiem. Wśród wielu rzeczy, których się boję, na pierwszym miejscu są nieuzasadnione podejrzenia, a pańska historia jest nieprawdopodobna. Boję się, że nie ma pan racji. Jestem prawie pewien, że się pan myli, znam Stillera od wielu lat i nigdy nie zauważyłem w nim ani odrobiny niczego dziwnego. Muszę jednak przyznać, że teraz, że są tu istotnie pewne hm, ehm, zagadkowe koincydencje. Z tymi dwoma aktorami troszkę się pan zagalopował, ale poza tym fabuła jest, no, prawie wzorowa. Forma trochę mniej, ale w końcu. Zresztą nie wiem.

Odsapnął i wstał. I co? To już? Zdumiałem się. Wprost nie wierzyłem własnym oczom. I uszom. Przecież pokazałem mu wszystko, czarno na białym! Cały logiczny ciąg wydarzeń, taki piękny, wychuchany i wymuskany. Z jego własnego archiwum. No i wspaniała przemowa, dynamiczna i gwałtowna, ale co najważniejsze szczera, co? – miała się zmarnować? Niemożliwe. Przecież w takich historiach jest to wyśmienity moment na gwałtowne wydarzenia, zasadnicze rozgrywki, wielki pojedynek na dachach. Pościgi, motocykle! Szpitale! Znowu zaczęło mną trząść, ale nie wiedziałem, co jeszcze mógłbym zrobić. To się nie mogło tak trywialnie skończyć. Tak beznamiętnie. Zastępca naczelnego nie sprawiał wrażenia znudzonego, lecz nosem nieuchronnie wskazywał drzwi. Po prostu. Jak na końcu spotkania w interesach. Należało iść. Marsz!

– Jednak – rzekł Cezar, unosząc dłoń – jeśli pańska hipoteza jest słuszna, czeka pana nagroda.

Zamarłem. Ożyłem. Uchylił drzwi, przepuszczając mnie przodem, więc uniosłem lewą stopę, i...

– Jeżeli, w co nie wierzę, pańska historyjka okaże się prawdą, jest pan szefem działu kultury. A nad bonusami też się pomyśli.

Bingo. Złoty pył zawirował w powietrzu. Prawdą? Co on kurwa chrzani? Stopa uniosła się i opadła, druga podążyła w ślad za pierwszą i znowu, a z offu zagrały mi surmy bojowe i szłem, i szłem tym gotyckim korytarzem, w lewo, w prawo i znowu w lewo, w ogóle go nie zauważając. Bo w jedną stronę nie możesz się doczekać, w drugą trwa to moment. Kiedyś rodzice kolegi zabrali mnie nad jeziorko. Miałem wtedy pięć lat i była niedziela, przygotowania trwały kilka godzin, a jazda jeszcze dłużej. Całkiem niedawno, ze trzy lata temu spróbowałem znaleźć to miejsce. Wyruszyłem spod dawnego domu i dojechałem nad jeziorko w piętnaście minut, razem z szukaniem. Gówno prawda. Kłamię. Dopiero teraz wypłynęło to wspomnienie, wtedy myślałem o innych sprawach. Świeżo namaszczony pracowałem nad róż-

nymi wariantami okrutnej zemsty na Agnieszce, bo to było o niebo przyjemniejsze od
wspomnień z dzieciństwa. Wybrałem najpro-
stszy, bo kiedy już masz siłę, prostota jest naj-
lepsza. Postanowiłem, że natychmiast wy-
pierdolę ją z roboty. Pięciu minut to nie
potrwa. Byłem nieludzko szczęśliwy. Zgrzy-
tałem zębami ze szczęścia.

Tato odprowadził mnie do drzwi.
– Chwilkę – stopująco wyciągnąłem rękę.
– Pójdę pożegnać się z żoną.
– Nie trzeba – rzekł spokojnie. – Z pewnością już śpi. Do zobaczenia, panie Robercie!
Stary łgał jak pies. Wyraźnie słyszałem
dobiegającą z głębi mieszkania muzykę, Anna Maria słuchała jakiegoś molowego,
skrzypkowego jiga, stłumionego przez od-
ległość i zawikłaną geometrię mieszkania.
– Więc do widzenia, dobranoc! Dzię, dzięki za urlop. Bardzo mi się przyda.
– Nie wątpię, nie wątpię – odrzekł uprzejmie.
Drzwi były zamknięte na nietypową, ma-
sywną zasuwę. Z początku nie wiedziałem,
jak się do niej dobrać. W wypolerowanym,
stalowym okuciu widniała malutka, zła twa-
rzyczka. To byłem ja, a na twarzy miałem dia-
belski uśmiech. Mignęło mi, że gdyby facet

teraz mnie zobaczył, pewnie zrezygnowałby
z myślenia o bonusach

i poczułem, że szerszeń ukąsił mnie w plecy

a drzwi grzmotnęły mnie w twarz.

Nawet nie byłem szczególnie zdziwiony.
Podeszłem do sprawy jakoś tak naturalnie.
Osunąłem się na podłogę i leżę? No to leżę,
i co. Chyba można sobie poleżeć. Na kafel-
kach. Jednak po paru sekundach zrobiło mi
się głupio – w końcu byłem gościem. Gość
nie powinien leżeć w przedpokoju, a zwłaszcza o tak późnej porze. Postanowiłem, że
wstanę, przeproszę i szybko wyjdę, żeby za-
trzeć złe wrażenie. Dopiero wtedy stwierdziłem, że nie mogę się ruszyć. Nie czułem ciała. To bardzo dziwne wrażenie. Ani ręką, ani
nogą. Wytężyłem wszystkie siły, lecz zdołałem tylko cicho jęknąć. Usłyszałem skrzyp-
nięcie. I sapnięcie. Coś niepokojąco silnego
odwróciło mnie na plecy,
        i wtedy go zobaczyłem.
    Stał nade mną wielki jak góra. Był uważ-
ny i skupiony. Westchnął i majestatycznie podniósł do góry lewą rękę, tę od serca. Miał
w dłoni nóż. Po co mu nóż? Zakrwawiony?
Chciałem zapytać, ale tylko słabo jęknąłem.

– Za chwilę – powiedział konfidencjonalnie – już za dwa dni pojąłbyś, że to ja.

Co to mogło znaczyć? Niefrasobliwie zacząłem zastanawiać się nad tymi słowami. Że to on? Hej, to był przecież kawałek mojej ulubionej odpowiedzi na zaczepkę. Zaraz, jak to leciało? Że ja to on? A on, to co? On to on... a ja to ja...

– Słyszysz mnie? – kucnął. – Słyszysz?

Chciałem przytaknąć, ale nie mogłem. Przedpokój łagodnie pływał z boku na bok.

– Zamknij oczy, jeśli mnie słyszysz.

Z tym nie było szczególnych problemów. Trudności miałem tylko z otwieraniem.

– Zanim się rozstaniemy, chcę ci coś powiedzieć. Rozumiesz?

Niepewnie mrugnąłem. Zresztą już zrozumiałem. Trudno było uwierzyć i wcale nie widziałem jasnego, klarownego wyjaśnienia, ale osmotycznie pojąłem, że nie warto na siłę walczyć ze spranymi kliszami. Po co? Jeżeli klisza jest logiczna i miękko mości się w konwencji, po co myśleć?

– To była niezła opowieść, chociaż pomyliłeś osobę. No i jednak ci w samochodzie, wyobraź sobie, to też nie ja, ale w sumie dobrze się stało. Żyjesz jeszcze?

Jeszcze żyłem. Usłyszałem z dala blaszany rumor i gwałtowny okrzyk, a potem drzwi otworzyły się i weszła po trzykroć niebieska żona. Skrzypki zagrały dużo głośniej. Zastępca nieporadnie zerwał się na nogi, gorączkowo otrzepując kolana. Anna Maria stanęła jak wryta i załamała dłonie.

– I coś ty znowu zrobił – krzyknęła. Tato zmalał, kaszlnął i najwyraźniej bardzo się zmieszał.

– Przepraszam – rzekł cicho. – Ale pan Robert ugrzązł w bagnie behawioralnym i...

– Ależ, mój drogi! – lamentowała żona. – Dlaczego w mieszkaniu?

– Cipciu, przecież... terrakota...

– No i co z tego! – krzyknęła. Tato znowu się skurczył i pochylił, nerwowo pogładził udo.

– Co z nim zrobimy?

Chciałem poradzić, żeby mnie wypchali, ale jakoś nie udało mi się ich przekrzyczeć. Tak czy tak, pączkujący spór został przecięty waleniem w podłogę, gwałtownym i nerwowym.

– Widzisz? – mruknął z wyrzutem tato. – Nie krzycz tak.

– Dobrze już, dobrze – szepnęła Cipcia. Zamyśliła się, a od jakiegoś czasu wiedziałem, że widok zamyślonej kobiety nie wróży nic dobrego. Kiwnęła na męża.

– Chodź. Musimy pogadać – zerknęła na mnie nieufnie. – Na osobności.

Wycofali się do korytarzyka. Słyszałem przyciszone głosy, wyraźnie w dalszym ciągu się spierali, taty nie mogłem zrozumieć, nie nadużywał wysokich tonów, jednak doleciało do mnie ale przecież Helenka przyjeżdża na święta... byłoby, jak znalazł... nie nie, jest sporo miejsca, zresztą czekaj, zaraz sprawdzę... Potem chwila irlandzkiej muzyki, chyba Trevora Jonesa, i usłyszałem jakby z bardzo daleka ...a la dziczyzna, nie? Zawijany pudding? W przedpokoju zrobiło się ciemniej, chociaż być może sam byłem za to odpowiedzialny, w końcu za wszystko, nie wypieram się, za wszystko ponoszę pełną odpowiedzialność, zaczynałem mieć problemy z oddychaniem, ratowało mnie tylko zatracone pendolo, bo miałem nad czym myśleć, czułem z ulgą, że zbliża się koniec i wtedy wrócili.

Tato przebrał się do roboty. Z najgłębszej szafy, z ezoterycznych głębi wygrzebał zielone, przybrudzone spodnie od dresu i chiński podkoszulek, na ramiączkach. W garści ściskał olbrzymi, tradycyjny, kuchenny nóż z węglowej stali. Zbliżył się do mnie, ale żona zawołała, żeby chwilkę zaczekał.

– Ceratka – rzekła enigmatycznie i zniknęła. On postał jeszcze moment, niezrozumiale i na mgnienie oka spetryfikowany,

wreszcie odwrócił się i pochylił nade mną. Zebrałem wszystkie siły, podjąłem ostatnią próbę i powiedziałem bezgłośnie:
– Harris.
Przyjrzał mi się z niedowierzaniem. Kucnął i zapytał:
– Co takiego?
Jeszcze raz się sprężyłem i wyszeptałem:
– To już było, nie chcę.
Pokiwał głową frasobliwie. Przez twarz przemknął mu nagły błysk zrozumienia.
– Harris? A dlaczego nie Potter? Mój mały, spójrz na to z innej strony. Od trzech godzin rozmawiamy wyłącznie o tym, że wszystko nam nie pasuje. Chyba nie chodziło o wtórność, prawda? Takie zakończenie natomiast...
Weszła Anna Maria, więc przerwał tyradę, zamilkł w pół słowa. Racjonalna żona podała mu złożoną, posklejaną ceratę, po czym oddaliła się, znikając w muzyce. Było jasne, kto tu decyduje i dba o codzienne sprawy. Tato dość długo walczył z ceratką, warstwa po warstwie, wreszcie rozłożył ją zamaszyście, strzepnął i spłynęła na podłogę, by stać się moim ostatnim latającym dywanem. Wehikułem przemiany. Z pewnym trudem wturlał mnie i odpowiednio ułożył, poprawił. Sceptycznie zgiął i pomacał kuchenny nóż, narzę-

dzie redakcji. Odłożył go, wziął z komody swój, mały i zakrwawiony. Stanął blisko, bliziutko, uniósł rękę, skrzywił się z niechęcią i splunął na klingę. Zabłąkana kropelka śliny wpadła mi do oka i sprawiła, że odtąd do samego końca był niewyraźny. Wytarł nóż o spodnie, przyklęknął i oparł czubek ostrza o moje gardło, tuż nad obojczykiem. Uśmiechnął się szeroko – miał z bliska wielkie, żółte zębiska – a w jego oczach zapłonął nieziemski blask.

– Wydaje mi się absolutnie k o h e r e n t n e.

Było tak, jak gdyby wstyd miał mnie *przeżyć.*

Epilog

DLA MIESZKAŃCÓW TERENÓW NIEZURBANIZOWANYCH

*Dla osób z problemem alkoholowym telefon
Towarzystwa Pomocy Telefonicznej
842 26 00*

*Dla osób z problemem choroby alkoholowej
telefon Fundacji Trzeźwościowej
669 09 59*

*Dla gejów, lesbijek i ich bliskich – telefon
Stowarzyszenia Lambda 628 52 22
(wt. 18–21 – dyżur grupy gejów chrześcijan; śr.
18–21 – dyżur lesbijek; pt. 16–22 – gejów)*

*Żydowski – telefon Forum Żydowskiego
dla osób mających problemy z żydowskim
pochodzeniem – 652 31 44*

Z rubryki „Telefony Zaufania"
G.W.

Obudziłem się w miłym i schludnym, białym pokoiku. Drewniane okno było
uchylone i wiatr poruszał firanką, na parapecie stała doniczka z kwiatkiem. Nie było tam
zbyt wielu sprzętów: w kącie niewielki stolik,
bez telewizora, przy łóżku nocna szafka, na
szafce talerzyk, na talerzyku pomarańcza.
Spojrzałem na zegarek – zbliżała się dziesiąta. Obła, szafirowa szybka była nieznacznie
zarysowana, więc trochę się zmartwiłem, ale
tylko troszeczkę. Po pierwsze miałem wiecz-
ną gwarancję, a po drugie trapiła mnie znacznie większa, donioślejsza zmora, czyli
paskudna wtórność sennego koszmaru, wy-
śnionego przed chwilą do końca. Wsmako-
wałem się w tę zgraną, monumentalną obrzy-
dliwość. Fuj, była wyjątkowo wstrętna.
Jednak po namyśle doszedłem do wniosku,
że spektakularne przebudzenie jest nie mniej
wtórne i w jakiś sposób obie klisze zniosły się
wzajemnie, choć nie umiałem tego porządnie

wytłumaczyć. Zresztą mama zalecała mi sztuczne gromadzenie kiczu jako najlepszy sposób na złe humory i kaca. Często się z nią kłóciłem, lecz teraz niespodziewanie dla samego siebie uznałem, że miała rację.

W ścianie nad łóżkiem tkwił czerwony, wielki guzik. Strasznie mnie kusił, bo nie było obok żadnego napisu. Walczyłem zawzięcie przez trzy sekundy i po zaciętym oporze ustąpiłem. Wyciągnąłem palec i niecierpliwie wcisnąłem przycisk. Gdzieś w oddali zabrzęczał dzwonek. Błyskawicznie schowałem się pod kołdrą i zacząłem udawać, że śpię.

Po chwili drzwi cicho skrzypnęły i do pokoju ktoś wszedł. Przybysz poruszał się z kocią dyskrecją. Zbliżył się do łóżka i zapadła martwa cisza. Wymamrotałem niewyraźnie kilka słów i zacząłem się przeciągać, a wtedy usłyszałem sympatyczny głos, który powiedział dzień dobry.

Przy łóżku stała dziewczyna w długiej, holograficznej sukni. To jedyne dostępne określenie. Cała była w ruchu, migotała i rozpływała się, błądziły po niej światła i cienie, pojawiały się najróżniejsze kształty, raz szybko, a raz wolno i nie można było w żaden sposób wyczuć, czy to całe obrazy, czy tylko fragmenty. Wszystko było płynne, zamazane i prawie nie drażniło, choć po chwili poczułem, że jestem odrobinę zahipnotyzowany. Dziewczyna znikała za swoją suknią i nic nie mogłem na to poradzić. Nie mogłem przyjrzeć się jej twarzy. Ale musiała być przygotowana na osłupienie pacjenta, bo szybko ponownie się odezwała. Zapytała, jak tam pańskie samopoczucie, czy coś w tym rodzaju. Odpowiedziałem, że znakomite, a po krótkim namyśle dodałem, że jak nigdy dotąd. Przewróciłem się na drugi bok i spytałem, gdzie jestem.

– Są na ten temat różne teorie – odrzekła.
– Ale jak sądzę, nie będzie się pan awanturował?

Mogła być absolutnie spokojna. Minęło mi, jestem zdrowy i nigdy już nie będę z niczym walczył, nawet przez sen. Och, żachnęła się, proszę tak nie radykalizować postawy! To niezbyt rozsądne, a poza tym niemodne. Podeszła do szafki i wyciągnęła coś z szuflady, a potem kazała mi powiedzieć a. Powiedziałem a i zamknąłem usta, aż trzasnęły zęby. Ach, rzekła dziewczyna. Niech się pan nie przejmuje, przyniosę nowy termometr. To doprawdy drobiazg, panie Robercie. Proszę tylko nie połknąć szkła.

Kiedy wróciła, zacząłem się tłumaczyć. Przyznałem się, że pochodzę z okolic, w których termometry wkłada się pod pachę, albo do... do... Tu się zawahałem trochę, a dziewczyna zapytała no to proszę mi powiedzieć, gdzie w końcu mam go włożyć?

– Jak ma pani na imię?

Miała prawo być nieco zaskoczona nagłą zmianą tematu, lecz natychmiast powiedziała: – Astrud. Doprawdy, zdziwiłem się. To ciekawe, ale w ostatnich czasach imię Astrud nieco mnie

– Proszę powiedzieć a. Prześladuje? – spytała.

– Owszem.

Wytłumaczyła, że nie tylko w kinie i książkach zdarzają się nieoczekiwane sytuacje, w życiu także. Ta zresztą, gdyby pan dobrze pomyślał, była do przewidzenia. Nie spotkało nas nic szczególnego. Moi współpracownicy poinformowali mnie pisemnie, że jest pan – wyliczyła na palcach – po pierwsze heteroseksualny, a po drugie nadzwyczaj, no wprost chorobliwie chutliwy i stąd to imię – a także ta właśnie postać. Miałem drobne wątpliwości natury logicznej, czy też związane z następstwem czasów, lecz nim zdążyłem otworzyć usta, oznajmiła, że jestem w niebie, albowiem wczoraj wieczorem gwałtownie straciłem życie.

Spytałem nieufnie, czy to możliwe.

Wyjaśniła, że nie tylko możliwe, ale nawet pewne. Że nikt nie może tego wiedzieć lepiej, bo jest ona świętym Piotrem, choć w nieco zmienionej postaci. Zmienionej z powodów dyplomatycznych, dla zmniejszenia skutków ewentualnego szoku. Nie słuchałem uważnie, bo coś mnie bardzo zaniepokoiło.

– Astrud – weszłem jej w słowo. – Jest mały problem...

– Jaki? – zapytała dobrodusznie.

– Nie wiem, czy mi to przejdzie przez usta.

– Ależ mów, proszę!

– Jestem Żydem.

Gwizdnęła pod nosem i wyraźnie się zawahała. Sięgnęła do kieszeni (nie powiedziałem, że miała kieszeń? Ajajaj, co za błąd!) i wyciągnęła niewielki zeszyt, po czym szybko go przekartkowała. No cóż, mruknęła. Partacze. Nic mi o tym nie napisali.

– Drobiazg – schowała notatki i podeszła bliżej, a potem usiadła na brzegu łóżka. Zastanowiła się przez moment, po czym westchnęła z rezygnacją i rzekła: – Zresztą, nie jest to pierwszy przypadek.

– Ale czy ja aby powinienem cię widzieć? – zapytałem niepewnie.

– Stało się – odparła. Skoro już zobaczyłeś, i tak nic na to nie poradzimy. Drzwi ponownie skrzypnęły, więc raz na zawsze zakończyliśmy dysputę ekumeniczną, a do pokoju wszedł niewysoki, czarniawy mężczyzna, niosący tacę. Przyniósł obiad.

(Obiad? Nie za wcześnie na obiad?)

Nieco później znowu przyszła. Dłubałem akurat w nosie i myślałem, czy by nie wstać i nie wyjrzeć przez okno, ale chyba zdążyłem wyjąć palec, nim mnie przyłapała. Pochyliła się, poprawiła poduszkę i znienacka pogłaskała mnie po głowie, co było bardzo przyjemne, niespodziewanie przyjemne. Bez żadnego wstępu zapytała, po co właściwie opowiedziałem tę niezbyt smaczną historię. Zacząłem buńczuczny, gwałtowny wykład o wiosze, nijakości i takiej dziwnej inności, gęsto pomieszanej z patologiczną osobnością, jednak wcale nie wyglądała na w pełni usatysfakcjonowaną. W końcu zamilkłem. Speszył mnie jej nadludzki spokój. Przygładziła suknię, chwilowo bardzo miodową, i rzekła cicho: – Wobec tego ja powiem. Zgoda?

– Powiedz – zgodziłem się lekkomyślnie.

Oznajmiła z błyskiem triumfu, że po pierwsze zawsze chciałem się dowiedzieć, kto wylicytował te znaczki na aukcji u Pynchona. – A poza tym wierzysz, że Ota wcale nie zwariował, choć otoczyły go wilcze pyski i siedzi gdzieś, pije piwo i zaśmiewa się do łez. Wreszcie po trzecie od lat marzysz, żeby Crabb opowiedział ci, co zdarzyło się po wielkiej bitwie z Siuksami,

chociaż niezupełnie tak, jak to w końcu zrobił...

Byłem zdziwiony i poruszony. Trafiłem do fascynującego sanatorium. W dalszym ciągu przypuszczałem, że dziewczyna strzela na oślep. Uznałem, że najwyraźniej jest genialna.
— Nie myśl za wiele, panie Neuman — rzekła. — To są sprawy oczywiste. Wszyscy tego chcą, ale wstydzą się przyznać.

Nie tarzaj się już na kolanach, nie zamiataj czapką podłogi. Pomyśl trochę i zapomnij o pośpiechu, a wszystko będzie dobrze.

Po godzinie przyszła ponownie. Zdążyłem się przedtem uporać ze wzruszeniem, które w naszych szerokościach geograficznych jest tak bardzo niemodne. Nierozsądne, a w zasadzie naganne. Przywitałem ją więc wyrafinowanym, skomplikowanym, europejskim uśmiechem. Nie pozostała mi dłużna. Zbliżyła się z wielce tajemniczą miną i powiedziała, że teraz, drogi panie Neuman, urządzimy sobie zabawę adaptacyjną. Po czym pstryknęła palcami i do pokoju wkroczył dostojnie ten sam śniady milczek, który przyniósł obiad. Tym razem trzymał pod pachą drabinę. Rozstawił ją na środku i zniknął, jak duch. Chyba zresztą był duchem, czyż nie? Astrud wgramoliła się na górę, po czym wyciągnęła z kieszeni nieduże, blaszane pudełko. Zaczęła przy nim majstrować.

– Przyszło mi coś do głowy – rzekła i na chwilę przerwała wstęp do tajemniczych działań a... daptacyjnych.

– ...a propos twego pochodzenia. Powiadam jeszcze raz, nie przejmuj się: każda pensjonareczka, która zabiera się za opowiadanie historii, doskonale wie, że bez przynajmniej jednego Żyda ani rusz. Jesteś tylko prostym dziennikarzem, więc naprawdę dobrze się stało.

Doceniłem jej spokojny pragmatyzm. Skądś już go znałem. Poza tym zaczynała mi się podobać. No, nieważne, ruszajmy dalej. Zagrzechotało, wyjęła z pudełka kredkę, po czym zaczęła coś rysować na suficie. Najpierw była to tylko zakrzywiona, szara kreska, zmierzająca do przecięcia sufitu na pół, dziewczyna musiała kilkakrotnie przesunąć drabinę, by dojechać do obu ścian. Obserwowałem jej artystowskie wysiłki dość sceptycznie – może z małymi powierzchniami radziła sobie dobrze, ale tak wielka zdecydowanie ją przerosła. Od czasu do czasu przerywała pracę i bezmyślnie drapiąc się pod pachą, przygryzając usta i przekrzywiając głowę, oglądała swe faliste dzieło. Po wyrysowaniu i solidnym pogrubieniu kreski znowu zajrzała do pudełka. Kredki stuknęły o blachę.

– Nie sądzisz – powiedziała niedbale – że czas zabrać się za zamykanie drzwi?

– Co masz na myśli? – spytałem.

Znieruchomiała. Poprosiła, żebym na chwilę przestał oddychać i o czymkolwiek myśleć. Dla mnie – banał. Przez jakiś czas panowała absolutna cisza, ale stopniowo, powolutku wypłynęły z niej liczne głosy. Dobiegały zza okna. Wtem Astrud zmarszczyła brwi, władczo podniosła rękę – i wszystko znowu ucichło.

– Nie myliłam się – wzięła kredkę i pospiesznie wróciła do rysunków. – Późny, jesienny owad ukąsił Mateusza. To może pomieszać nam szyki.

– ...Mateusza?

Astrud wykonała nieokreślony gest, ale nie odpowiedziała na pytanie. Być może nie sformułowałem go wystarczająco precyzyjnie. Tymczasem rysunek błyskawicznie rósł i zajmował już przeszło połowę sufitu. Pierwsza, delikatnie wygięta kreska biegła od okna do ściany nad łóżkiem, poprzeczna zaś była znacznie mocniej zaokrąglona i nagle zrozumiałem, że patrzę na dziecinną, nieudolną podobiznę Saturna.

– Właśnie – rzekła Astrud. – Teraz zapytaj o Prawdę.

– Jak to?

– Taki był plan.

Włożyła kredki do pudełka, zeskoczyła, złożyła drabinę i postawiła ją pod ścianą. Wróciła na środek pokoju i zamaszyście, z szerokim szelestem usiadła na krześle, choć przysiągłbym, że przedtem go tam nie było. Nieoczekiwanie odbył się miniaturowy, kameralny spektakl, w tej samej bowiem chwili słońce zajrzało przez okno, jakby wywołane do tablicy. Enigmatyczne uwagi dziewczyny stały się jakby trochę bardziej przezroczyste, bo na sto procent nadchodził wieczór. Chyba miała rację i rzeczywiście należało przymierzyć się do snu. Westchnąłem z żalem, jak zwykle pyszny i pewien siebie.

– Czy możesz powiedzieć mi prawdę?

Moja gorliwość rozbawiła ją, ale nie wiem czemu. Być może znów powiedziałem coś niezupełnie tak, jak należało i w efekcie wziąłem dobroduszne zniecierpliwienie za dobry humor. Niczego nie byłem już pewien, od kiedy bowiem rzuciłem w kąt czas teraźniejszy, przestałem być sobą.

– Cóż – pokręciła głową – Twój wybór. Pamiętasz swoje sny? Te z piwnicami?

– Owszem – odparłem niemrawo.

– Nie bądź niefrasobliwy! – upomniała mnie srogo. – To podniosła chwila i nie powinieneś jej lekceważyć!

Pokornie ukłoniłem się i przeprosiłem. Udobruchana ciągnęła dalej: – To moja piwnica.

– Śniła mi się twoja piwnica?

– Widzisz w tym coś nadzwyczajnego? Trzymam w niej zamrażarkę.

– Nie – przyznałem po chwili namysłu.

– Dobrze! – rzekła. – Teraz druga sprawa, i to o nią tak naprawdę chodziło. Pamiętasz jeszcze zdjęcia, które przez dwa miesiące nosiłeś w plecaku?

– Jasne – powiedziałem dziarsko.

– Na jednym widać, że przewód zasilacza jest wyciągnięty. Zauważyłeś?

– Nie.

Zamilkliśmy. Dobrze mi było pod kołdrą. Nawet poważne rzeczy, jak ekumenizm czy rozplatanie nitek zagadki, nie mogły zepsuć szczególnego nastroju, którym wibrowała moja separatka. Problem prawdy? Doskonale wiedziałem, że Astrud mnie oszukuje. Pewnie miała dobre intencje albo program leczenia zakładał wstępne zgadzanie się ze wszystkim, co wypluwała wyobraźnia pacjenta – nieważne. Wchodziłem z ochotą w tę grę, nie po raz pierwszy zaczynałem grać i właśnie dzięki temu czułem się znakomicie i pomyślałem, a słońce opadało coraz niżej, że nie chcę, że za nic nie chcę stąd odchodzić, chcę zostać w tym łóżku już na zawsze i spać. Wyimaginowany, a może wykreowany raj, którego powabami i ciepłą atmosferą dziewczyna postanowiła ściągnąć mnie z powrotem, był nieporównanie przyjemniejszy niż groteskowe, monotonne piekło świata zewnętrznego.

– Piekła nie ma – zauważyła mimochodem Astrud. – Zostało wymyślone przez naszych pracowników administracyjnych.

– Jak to? – zdziwiłem się.

– Mówię prawdę – odrzekła i wstała. Podeszła do okna i odchyliła firankę.

– Zawsze. Ubieraj się, czas iść.

Spod drzwi poprosiła mnie o względny pośpiech. Poruszała się trochę mniej płynnie niż dotąd, zdziwiony stwierdziłem, że jest nieco speszona i to też było interesujące. Może nic nadzwyczajnego, ale przynajmniej coś nowego. Po raz kolejny ciekawość okazała się silniejsza od instynktu, wyskoczyłem z łóżka i błyskawicznie wciągnąłem ubranie. Na marginesie dodam, że było zupełnie nowe i miało trudny do zaakceptowania kolor.

Jasnoszary.

Sprytni byli – nie chcieli mnie tak od razu, na chama, z czarnego w biały. Żebym przypadkiem nie zwariował.

Ubrałem się i usiadłem na łóżku. Ani mi było w głowie podchodzenie do okna. Nie miałem zamiaru zwiedzać ogródka bez troskliwej opieki. Spokojnie czekałem i nawet niezrozumiały, ściszony gwar, który znowu zaczął dobiegać z zewnątrz, nie mógł wytrącić mnie z równowagi.

W której chwili weszła – nie wiem. Być może umiała jednak przenikać przez ściany, w każdym razie pojawiła się bezszelestnie jak duch, dobry duch. Wnętrze pokoiku nagle pociemniało i jej suknia dopasowała się do tej zmiany tonu, była teraz w kolorze wina, a pływające cienie stały się czarne i aksamitne. Wstałem, bezwładnie opuszczając ręce.

– Jest pan – rzekła uroczyście – potwornym egocentrykiem. Wyjątkowo antypatycznym... i co gorsza, ma pan fatalny gust. Dopuścił się pan licznych nadużyć, a także błędów rzeczowych, stylistycznych i kompozycyjnych. Mimo to proszę za mną.

Skinęła dłonią. Więc ochoczo podbiegłem i wziąłem ją pod ramię. Miałem ściśnięte gardło. Zeszliśmy po krętych schodkach. W połowie drogi zrobiło mi się trochę słabo, ale spojrzała przyjaźnie, dodając mi sił. Gdy dotarliśmy do ostatnich drzwi, drzwi ze śmieszną wycieraczką, role się odwróciły. Odzyskałem pewność siebie i ochoczo podskakiwałem. Byłem ogromnie zaciekawiony, ona zaś zatrzymała się i obrzuciła mnie krytycznym, niepewnym spojrzeniem, po czym kilkoma szybkimi, pełnymi tremy ruchami poprawiła mi włosy. Sięgnęła też do kołnierzyka, ale na szczęście go nie miałem. Nacisnęła klamkę i wreszcie wyszliśmy na zewnątrz.

W pierwszej chwili zobaczyłem tylko góry. Wielkie, skaliste góry. Były całkiem niedaleko i opasywały mnie ogromnym, postrzępionym półkolem. Wisiało nad nimi malutkie, kłujące słoneczko. Rany boskie, jaka niesamowita dekoracja, pomyślałem, a wtedy dziewczyna lekko popchnęła mnie do przodu. Zrobiłem dwa kroki i znowu stanąłem. Idź, panie Neuman. Idź śmiało. To nie dekoracja. Przecież mówiłam ci, że tutaj wszystko jest naprawdę. Pamiętasz?

– Nie pamiętam – wyszeptałem.

Stałem na ogromnej łące, spływającej gładko w stronę jeziora, a ta łąka nie była pusta, o nie. Najpierw zbliżyłem się do koca, na którym siedziały oczywiście trzy dziewczyny, i kiedy Anna, Agnieszka i Helena pomachały do mnie rękami, bardzo się ucieszyłem. Jednak od razu wróciły do swoich szminek, pudrów i spinek, którymi z radością się wymieniały. Dzięki temu mogłem skupić się na dziwnej osobie, która towarzyszyła im w pikniku, siedząc nieśmiało przy termosie. W pierwszej chwili pomyślałem, że to jakiś poplątany, zagubiony rycerz. Ale milczał i ożywiały go tylko odblaski światła na szarym, zaolejonym pancerzu. Choć na pozór słuchał, jego nieskoordynowane oczy pasywnie wędrowały po okolicy, jedna zaś ze stalowych dłoni żyła osobnym, własnym życiem, bezustannie wybijając frenetyczne rytmy na maleńkiej filiżance. Zdawało mi się, że pojąłem, więc dla porządku rozejrzałem się za siekierą, lecz nigdzie jej nie było. Cóż. Za to nieco dalej, w wysokiej trawie leżał nieodkryty mistrz świata w stereoskopowym widzeniu codzienności i supervisor nad telemarketingiem, ekscentryczny Roger Gespi.

Już od sześciu miesięcy chciałem go zapytać, co myśli o tej opowieści, ale chyba znowu był na lekkich prochach i zwinięty w kłębek spał jak zabity. Z ust wisiała mu długa, ośliniona trawka, a obok leżała szara czapka, którą kiedyś mi dał, choć przed północą nie zwykłem nic nosić na głowie. Ukoiła mnie wiedza, że także dołączył do muminków. Był niezawodny i gdy omijałem go na palcach, rzekł tylko przypadkiem nie zapomnij o jeleniu i, natchniony, poszedłem dalej, w lewo, w stronę sadu, albo i nie sadu, w każdym razie było tam sporo małych drzewek, powykrzywianych tak i siak, na wszystkie strony, a przykuwały uwagę, bo stał pod nimi malowniczy dwuszereg, znowu dziwnie swój, co więcej, im bardziej się zbliżałem, tym bardziej byłem pewien, że słyszę coś w rodzaju śpiewu, wciąż powtarzany, nieskończony, pierwszy takt. Zaczynali fałszywie i natychmiast przerywali, ktoś ich niecierpliwie strofował, ktoś stojący nieco z przodu, odwrócony do mnie szerokimi plecami. Ambitny dyrygent gwałtownie gestykulował i najwyraźniej opieprzał, rugał kiepskich śpiewaków, lecz oni wiercili się tylko i rozbawieni zaczynali coraz bardziej nie w ton, jak rozstrojona orkiestra dęta, a nie ma przecież nic śmieszniejszego i bardziej wzruszającego niż taka orkiestra, w końcu ich poznałem, to byli koledzy z działu sportowego, a dyrygował we własnej osobie szef i niecierpliwił się, i wściekał, bo nijak nie chcieli mu śpiewać głośno, a przede wszystkim dobrze. Święty człowiek wymachiwał patykiem z listkiem jak batutą. Było ich więcej niż piętnastu, bo do basów dołączyli też kolesie ze studia graficznego, ubrani w swoje dresowe bluzy i powycierane na kolanach dżinsy, i wszyscy znakomicie się bawili, jak zwykle. A wtedy usłyszałem nieśmiałe, strapione chrząknięcie, ktoś za mną stał i fatycznymi odgłosami zwracał moją uwagę, więc cisnąłem solipsyzm w krzaki i spokojnie się odwróciłem ku nieznajomemu gościowi.

Był jeszcze niższy niż zazwyczaj, choć w dalszym ciągu miał na sobie ten sam zielony, stary garnitur, żółte spodnie i kanarkową kamizelkę.

– Dzień dobry – powiedziałem. – To pan też tu jest?

– O tak – odparł cicho. Wyglądało na to, że nieco się speszył, w każdym razie nie patrzył mi w oczy i wiercił butem w trawie. Wyciągnąłem dłoń, on z ociąganiem podał mi swoją, suchą i ciepłą, niespodziewanie zrobił krok do przodu i uściskaliśmy się jak w pieprzonym filmie wojennym.

– Przepraszam – powiedział. – Zapewniam, że nie zmarnował się ani jeden okruszek... o ile to ma jakiekolwiek znaczenie.

– A Helenka – spytałem złośliwie. – Była na świętach?

– Tak – wymamrotał niepewnie i uciekł spojrzeniem w stronę koca. – Ale ona do teraz nic nie wie...

– Nie dowie się – zapewniłem go, krzyżując palce i, nie wiedząc, co właściwie powinienem zrobić w tak idiotycznej sytuacji, zaproponowałem, byśmy poszli w stronę jeziora.

Tuż nad wodą stali dwaj ludzie, którzy z tej odległości byli nierozpoznawalni. Prozę zdecydowanie dyktuje dajmonion, nie tylko z głowy ona wychodzi, więc zżerała mnie ciekawość, kim są. Dyskutując podążyliśmy w tamtym kierunku.

– Wie pan – zastępca naczelnego szybko wracał do formy – ja tu coś właśnie planuję, i chciałbym...

– Przepraszam – nie mogłem wytrzymać – czy pan opuścił padół normalnie?

– Tak – odrzekł. – Wiele lat po panu. Zawał.

– A „Proces"...? – spytałem. Zastępca naczelnego chwycił w mig i uspokajająco zatrzepotał rękami.

– Tak, bardzo dobry. Znakomity!

Kurwa, chyba nie tylko Astrud umiała tu czytać w myślach. Co to za miejsce? Cudowne? A on, jakby wywołany, ciągnął dalej:
– Zresztą Lesman zrobił później sporo dobrych rzeczy, chociaż w końcu się powiesił.

Wszystko to zostało powiedziane z porozumiewawczym lekceważeniem, jednak mimo wszystko nieco struchlałem.
– To on też tu jest?
– Oczywiście – odrzekł tato. – Ale niech się pan nie niepokoi. Już dawno temu wyruszył w góry, żeby medytować.
– A film? – odetchnąłem z ulgą i przystanąłem.

– Mówiłem przecież – mruknął, znowu trochę niepewnie. – Znakomity.

– Panie redaktorze – powiedziałem. – Niech mi pan powie prawdę!

Ludzie, ku którym szliśmy, byli już bardzo dobrze widoczni. Stali dość daleko od siebie i zawzięcie dyskutowali. Jeden był starszy i wąsaty, drugi zaś wydawał się jeszcze chłopakiem, jasnowłosy i przystojny. Puszczał jojo, a ten z wąsami, gestykulując namiętnie, do czegoś usilnie go przekonywał.

– To był straszny paw – powiedział szeptem zastępca i przyłożył palec do ust.

Ruszyliśmy dalej. Słońce zbladło i oparło się o górski grzbiet. Przez ułamek sekundy współczułem panu reżyserowi, który gdzieś tam, wysoko i zupełnie samotnie marzł i nawet nie miał do kogo ust otworzyć. Ale w końcu sam był sobie winien, jak wszyscy oni skończył na szóstkę kurs asertywności, więc leczenie nie może potrwać krótko.

Zastępca naczelnego nie dał mi czasu na pogłębione przemyślenia.

– Panie Robercie, do rzeczy. Tu się sporo dzieje. Różne rzeczy, najróżniejsze. No i pomyśleliśmy sobie, nie, nie ja sam, absolutnie wszyscy, że właściwie może warto byłoby...

– Zrobić gazetę! – dopowiedziałem machinalnie. Zastępca naczelnego wpadł w ekstazę.

— Tak! — rzekł na wdechu i uśmiechnął się od ucha do ucha. Po czym błyskawicznie spoważniał i spojrzał na mnie wyczekująco.

— I co? Wchodzi pan?

Stanęliśmy obok wielkiego, polnego kamienia. Obejrzałem się w stronę chłopaków z działu sportowego, których śpiewy przerodziły się w ledwie słyszalną, gwałtowną dyskusję.

— Nikt jeszcze na to nie wpadł — kusił zastępca. — A ja to po prostu kocham, panie Robercie. Tęsknię!

— Nie wiem — odrzekłem po dłuższej chwili. — Jak by to miało wyglądać?

— Och, bez obaw! — zastępca uniósł dłonie. — Będzie pan pisał, co zechce. Szczerze!

— A jeżeli coś mi się nie spodoba... Nie będzie żadnych taryf, co?

— Co pan ma na myśli? — spytał nieufnie.

— No, że jak zrobione w sanatorium, to dobre... a jak gdzieś indziej, to złe?

— Ależ oczywiście! — wykrzyknął z oburzeniem, podnosząc do góry rękę i kładąc ją na piersi. — Panie Robercie, jak pan mógł...

— Już, już wystarczy — odezwała się z tyłu Astrud. Naszą rajską łąkę okrył właśnie popołudniowy cień, więc miała świetne wejście.

— Niech pan na razie da spokój. To pierwszy dzień.

Tato był bardzo rozgorączkowany i chciał dalej namawiać, ale zdecydowanie poprosiła go, żeby sobie już poszedł. Nie musiała powtarzać, pogalopował. Jednak gdy był już dwadzieścia metrów od nas, nieoczekiwanie stanął, obejrzał się, wspiął na palce, przyłożył dłonie do ust i krzyknął:

– Ja też najbardziej lubiłem romanse! A najbardziej głupie! Cała reszta to gówno!

Po czym stropił się, zawstydził i przygarbiony popędził w stronę sanatorium. Dobrze się stało, bo znowu wystąpił w roli katalizatora – zobaczyłem wreszcie budynek, z którego tak niedawno wyszedłem.

Był wysoki, okrągły i niebieski. Miał spiczasty daszek zakończony ozdobną, złotą gałką w kształcie szyszki.

Zamyśliłem się na chwilę. Ale nie nad propozycją naczelnego, tylko tak ogólnie. Nabierałem strasznej ochoty na ognisko, wyprawę w góry i gitarę. W końcu jestem przecież alpinistą, kakofonem i narkomanem, pasowałoby jak ulał. Poza tym odnalezienie Lesmana nęciło mnie, mogłoby być ciekawym doświadczeniem, z pewnością dużo milszym i zabawniejszym niż wygłupy z nową wersją gazety. Bo jakże to – znowu ściąganie ludzi, montowanie działów, entuzjazm i męka, pierwsze numery na sucho, debiut i naciski, a potem pierwsze reklamy, objętość szpalt reklamowych zaczyna przeważać nad całą resztą... Wstrząsnął mną dreszcz, robiło się zimno.

– Patrz, patrz! – rzekła szybko Astrud.

Z jabłonek wyskoczył jeleń, a tuż za nim kolejny znajomy człowiek i biegli tak po łące, jeden z wdziękiem, a drugi trochę nieporadnie, choć z wigorem. Na szyi miał hawajskie girlandy z kwiatów, które zabawnie powiewały i nie chciały spaść nawet wtedy, gdy zaczął fikać zamaszyste, ciężkie koziołki. Wytężyłem wzrok i według kilku szczegółów odróżniłem ze zdziwieniem Prezesa, pogrążonego w gimnastycznych, karkołomnych ewolucjach.

– Co mu się stało? – spytałem ze zdumieniem.

– Ach, nic takiego – odrzekła Astrud. – Namówił Tarkowskiego, żeby zrobił „Dwanaście krzeseł". Właśnie – tu wskazała ludzi, dogadujących się nad wodą – ustalana jest obsada. Nie idzie to jednak zbyt łatwo.

– A ten drugi? – patrzyłem uważnie.

– To Jack Dawson.

– Co?

– Jak to? – żachnęła się. – Zamarzł i utonął, nie pamiętasz?

(Oczywiście pamiętałem)

– Kogo ma grać, na Boga?

– Główną rolę – odrzekła Astrud, znacząco spoglądając w niebo. Zrozumiałem subtelną aluzję i przysiągłem, że już nie będę nadużywał.

– A inni kandydaci?

– Tak. Jackson i Benigni, lecz z Jackiem rozmowy idą najlepiej.

– A pozostałych dziewięciu? – spytałem zgryźliwie, znów osłabły.

Wcale nie wyglądała na rozbawioną. Powiedziała, że powinienem skończyć raz na zawsze ze zgryźliwością i łapaniem za słowa. Chyba że zamierzam skorzystać z propozycji szefa, wtedy proszę bardzo.

Przeprosiłem.

Nurtował mnie problem romansu, ponieważ, rzecz jasna, ja także najbardziej je lubiłem. Szliśmy w stronę domu, mogłem więc jeszcze raz obejrzeć trzy dziewczyny, z których pierwsza odeszła, bo ją olewałem, druga znienawidziła, gdyż byłem wariatem, a trzecia zjadła. Chociaż, właściwie niechcący. W tej akurat chwili zaabsorbowane były trzepaniem koca i wyglądały bardzo ładnie, jednak z pewnością wszystko dobrze pamiętały, a to całkowicie wykluczało ponowne nawiązanie

znajomości. Tymczasem Astrud wzięła mnie
pod ramię i ochoczo wyobraziłem sobie, że
oto znalazłem się w którejś z dziewiętnasto-
wiecznych, śmiesznych książek, choć nie
mam pięknej postawy, rumianych lic, boko-
brodów i uzasadnionego poczucia wyższości,
a tylko siano we łbie i wróbla na dachu. Cóż,
spróbować przecież nie zawadzi. Lecz ona pochyliła się do przodu, ruszyła biegiem, pociągając mnie gwałtownie, i równocześnie za-
trząsł nią śmiech. Zrobiło mi się przykro.

– Nie! – powiedziała. – Chyba pan żartuje,
baronie?

– Oczywiście. Przepraszam za śmiałość.
Czy mi pani wybaczy?

– Naturalnie – dopiero teraz się zatrzymała. – Jednak w przyszłości nie jest to całkiem
wykluczone.

– Ale co? – zapytałem głupio.

Niebieski dom był już blisko. Wydawał się
teraz znacznie wyższy i smuklejszy. Czekając cierpliwie na dalszy ciąg, powiodłem
oczami ku górze, aż do wystającej rynny. Kilka razy chuchnąłem, gdyż odniosłem wrażenie, że zrobiło się jeszcze zimniej. Miałem rację, i nagle poczułem się samotny. Wszystkie
głosy umilkły, polne koniki przestały cykać,
a kiedy poruszyłem butem, usłyszałem tylko
suchy chrzęst.

– Na początku różnie bywa – odezwała się cicho Astrud. – Pamięta pan? Pański szef strasznie się miotał, obrażał mi pracowników i wstyd przyznać, ale musieliśmy nawet użyć kaftana. Nie do wiary. Myślał, że jest w szpitalu o zaostrzonym rygorze. A najśmieszniejsze, że co drugie zdanie zaczynał od więc.

Miałem na końcu języka uwagę, że zawsze był uparty, ale opadły mnie wątpliwości. Przecież w zasadzie nic o nim nie wiedziałem, a poza tym zapadał zmrok i nie był to czas na złośliwość. Wielkimi krokami nadciągało zakończenie, które za wszelką cenę powinno być, które będzie szczęśliwe i optymistyczne, gdyż właśnie zakończenia najdłużej tkwią w pamięci

i w sercu,

skupiłem się więc i oczyściłem umysł.

W ciszy uniosłem głowę i spojrzałem w głębokie, bezdenne, granatowe niebo, przecięte na pół prawdziwą tarczą Saturna. Nic już mnie nie dziwiło, a gigantyczne, lodowe pierścienie czerwieniały olśniewająco. Szczelina Cassiniego wcale nie była martwa i pusta, wisiało w niej kilka bledszych, lecz wyraźnych pierścionków. A potem, tuż nad zębatym horyzontem zobaczyłem Pandorę i nieco wyżej Prometeusza, i wtedy zrozumiałem, a właściwie przypomniałem sobie, że ta parada, że ta kosmiczna opera nigdy się nie skończy, bo tutaj wschodzi i zachodzi tylko słońce.

Tylko słońce.

Astrud ujęła moją dłoń i odgarniając włosy, zerknęła na zegarek. A potem szepnęła chodź, chodź, mamy tylko pięć minut.

Na werandzie stał niewielki stolik, a obok stary, zetlały fotel. Dziewczyna kazała mi usiąść. I dokądś pobiegła. Na stoliku błyszczała flaszeczka, tuż za nią szklaneczka. Cieniutkie głosiki zawyły nalej, nalej sobie troszkę – i oto z powrotem stałem się konformistą. Niechcący zrobiłem kałużę, nie mogłem bowiem oderwać oczu od niebieskiego spektaklu, ale druga próba wyszła mi znacznie lepiej. Upiłem łyk i mlasnąłem, z satysfakcją. Oparłem się wygodnie. Zupełnie przestałem marznąć.

Po chwili dziewczyna wróciła, taszcząc ogromne i nieporęczne pudło. Kazała mi zamknąć oczy i nie podglądać.

– Astrud – rzekłem. – A telewizor?

– Na co ci on? – spytała nieuważnie.

– Tęsknię za Eurosportem.

– Nic z tego – odrzekła. – Może za trochę, ale nie jutro.

– Szkoda.

– To twój substytut piekła – mruknęła. – Ty także opowiedziałeś historię o niczym i musisz odpokutować. Dobra, gotowe.

Obok szyszkowej, złotej balustradki stał prawdziwy teleskop, niezbyt długi, jednak wcale nie przypominający zabawki. Celował płasko, tuż nad horyzontem, Astrud zaś spiesznie obracała pokrętłami, popatrując w wizjer. Gwizdała pod nosem jakąś trywialną, prostą melodyjkę.

– Jutro masz urodziny, panie Neuman. Koledzy się złożyli i oto – cofnęła się i otrzepała dłonie – Proszę!

– Dzięki – bąknąłem, bardzo speszony. Nastąpiła minuta ciszy, wreszcie dziewczyna drgnęła i rzekła szybko, bez zbędnej celebry:

– Już, to koniec. Zostało piętnaście sekund. Mateusz właśnie się budzi.

Przyłożyłem oko do wizjera. Z głęboką niewiarą w sens opowiadania jakichkolwiek historii, gdy z buta sterczy słoma, a na drugiej nodze kapeć, spojrzałem w okrągłą szybkę.

Ujrzałem tam małą, błękitną kulkę.

Subiektywnie rzecz biorąc, była nie większa od pomarańczy.

Spis treści

Część pierwsza

Gazeta   17

Część druga

Teoria gier   81

Część trzecia

Zajęcia praktyczno-techniczne   193

Epilog   409